肉包不吃肉 著

海棠微雨共归途 II

广东旅游出版社
中国·广州

第六章	客聚异前尘	177
第七章	尘心将扬别	207
第八章	别兮长阶尽	243
第九章	尽错蜀悲歌	281
第十章	歌罢死生阔	309

目录

【第一章】火树银花合 001

【第二章】合欢话故词 033

【第三章】词终芳菲落 063

【第四章】落难不离卿 097

【第五章】卿本深宫客 141

第一章 火树银花合

本座包饺子啦

墨燃被他这样一问，神色竟有些愣怔。

我想他了吗？

尽管前尘恩怨深刻、无可疏解，可是这辈子楚晚宁不曾做过对不住他的事情，反倒在逆境中次次相护，自己落得一身病痛。

他半晌才慢慢道："嗯……他几次受伤，全是为了我……"

楚晚宁听他这般表述，但觉心中微暖，刚想对墨燃说些什么，却听他又讲了后半句。

"这恩情太重，我只盼能帮他快些好起来，不想欠他太多。"

心里那暖洋洋的东西似乎是死了，一动不动，凝成了冰，楚晚宁僵了一会儿，才觉得自己可笑得厉害。

是他自己，有一点点希望就要昏了头脑地往火焰里扑腾，最后烧成了灰也怪不得别人。

楚晚宁笑了笑，想必那笑容是十分难看的，碰了一鼻子灰。

"你也别想太多，你既然是他徒弟，又有什么欠不欠的？一切都是他心甘情愿的。"

墨燃转过头瞧着他："你啊，小小年纪，总板着脸学大人说话。"说着就笑吟吟地去揉他的脑袋。

楚晚宁被他揉着揉着，一开始还笑，到后来眼眶里慢慢地起了层水。楚晚宁望着眼前那张灿烂年轻的脸庞，轻声说："墨燃，我不和你玩了，你松手。"

墨燃脑袋里的筋太粗了，不曾觉察他神情的异样。更何况平日里和"夏司逆"这样笑闹惯了，因此他依旧逗孩子似的捏了捏楚晚宁滑嫩的脸颊，将他的嘴角轻轻上推，做着滑稽的鬼脸。

"小师弟怎么又生气啦？"

楚晚宁望着对方眼眸中那个稚气幼小的孩童，被摆弄出的笑容是那么丑，像是一个可悲又可笑的怪物。

"松手。"

墨燃并未觉察，如往常般逗他："好啦好啦，不生气了，以后不说你像大人了，好不好？来，和好，叫声师哥——"

"你放开……"

"乖啦，叫一声师哥，一会儿给你买桂花糕吃。"

楚晚宁合上眼帘，睫毛微微颤抖着，声音终于有些低哑了。

"墨燃，我没有在开玩笑，我真的不想和你玩了，你松开我，你松手，好不好？"他细长的眉蹙起，因为合着眸所以不曾掉泪，喉间却已然哽咽，"墨燃，我疼……"

太疼了，心里盛着一个人，他把这人小心翼翼地藏在心底最深处，只要能默默惦念着、护着，怎样都好。

但那个人所有的柔软都是给别人的，留给他的只有一身的刺。他把那个人捂在心里，那个人一动，他的心口便会血流如注，一天一天，旧疤未愈，新伤又起。

他不知道自己还能在这样的痛楚中支撑多久，也不知道自己何时会崩溃。

墨燃终于觉察到不对，有些惶然地松了手，摸着他微微发红的脸，手忙脚乱地不知该怎么办好。楚晚宁忽然觉得，其实变小了，也是好的——好歹能毫无顾忌地喊一句疼，示一寸弱；好歹能让那个人关切地看自己一眼。

那是他曾经想都不敢想的东西。

一转眼，除夕来临。这是死生之巅一年中最热闹悠闲的时刻，众弟子贴着桃符，扫着积雪，孟婆堂的掌勺师傅从早忙碌到晚，准备着岁末的珍馐盛宴，各个长老也都以自己擅长的法术为大家增添年味。比如，贪狼长老将一池泉水点化成了美酒；璇玑长老则放出了自己驯养的三千多只火光鼠，让它们各自守在门派各处，给大家驱寒送暖；禄存长老给大家堆的雪人施下咒术，让它们满山乱跑，吱哇乱叫，逢人就喊"新春快乐"。

大家不指望玉衡长老能做些什么，事实上，玉衡依然在闭关，长久以来，压根儿就没有在众人面前出现过。

唯有薛蒙站在窗边，仰头看着天空中不知何时纷纷扬扬飘落的幻术海棠花瓣，若有所思道："过了今日，我们便要走了，看来还是无缘在离开时见师尊一面……不知道师尊此刻正在做什么呢。"

"肯定在修行啊。"墨燃咬着一个苹果，含混不清道，"说起来，晚上所有长老都要表演节目。真是可惜了，师尊若是在，也得去，不知道能演什么。"

说罢，他自己先笑了起来："大概是演如何'生气'吧？"

薛蒙瞪他："怎么不演如何'抽死墨微雨'？"

大过年的，薛蒙开了个刻薄玩笑，墨燃也不生气，忽然想起了什么，问道："对了，你今天瞧见小师弟了吗？"

"你说夏司逆吗？"薛蒙道，"没瞧见，人家好歹是璇玑长老门徒，天天跟我们混在一起，璇玑长老已经不计较了，若是过年再与我们厮混，他师父该要气死了吧。"

墨燃哈哈一笑道："说得也是。"

红莲水榭，斜阳向晚。

楚晚宁捏着一枚药丸细细打量，薛正雍坐在对面，楚晚宁不曾请他喝茶，他就自己给自己斟满了一杯，还毫不客气地吃了人家碟子中的一块酥糕。

楚晚宁瞪了他一眼，他丝毫未觉，而是嚼着糕点，说道："玉衡啊，你别看啦，贪狼嘴虽然毒，但心眼不坏的嘛。他怎么可能害你？"

"……尊主想哪儿去了？"楚晚宁淡淡道，"我只是在想，既然贪狼长老费心炼制出了能让我恢复一日成人形体的丹药，那为何不干脆多炼制几枚？若有所需，服用即可。"

"哎呀，哪有这么容易的？"薛正雍说道，"炼制这种药所需药材十分少见，他炼制了三枚，药材就已经耗完。不是长久之计啊。"

"这样。"楚晚宁沉吟道，"原来如此，多谢他。"

"哈哈。"薛正雍摆摆手，"你俩其实挺像的，都是嘴上说得难听，心眼儿却不坏。"

楚晚宁横了薛正雍一眼，也不说话，兀自给自己斟了一杯茶，服下那枚可令他恢复一天往昔形体的丹药。

薛正雍待要再吃一块花糕，却被楚晚宁按住了手。

"干吗？"尊主不满道。

楚晚宁道："我的。"

薛正雍："……"

夜幕降临，死生之巅的弟子陆陆续续来到了孟婆堂。每个长老都带着他们的徒弟坐在一起，和面包饺子。雪人和火光鼠穿梭在人群中，帮他们传递着盐罐子、辣椒粉、葱花碟子，或是别的杂物。

每一桌都热闹非凡、欢声笑语，唯有玉衡长老这一桌，徒弟全了，师父却缺席。

薛蒙看了看旁边，叹了口气："我想师尊了。"

师昧温声道："师尊不是前几日写了书信，让我们好生过节，在桃花源刻苦修行，待他出关，就会来瞧我们的吗？"

"话是这么说没错，但师尊什么时候才会出关啊……"

正唉声叹气、无精打采地瞥过门厅时，他忽然一愣，坐直身子，像猫儿般睁圆了眼，朝孟婆堂庭门处望去。

血色迅速褪去复又涌上，薛蒙面泛红晕、眸中光亮，竟是激动得磕磕巴巴："是……是……是……"

墨燃当是璇玑长老养的奇珍异兽跑出来了一只助兴，觉得薛蒙见识浅薄、大惊小怪，不由得好笑道："是什么是？瞧你那样，跟见了神仙似的，有什么好大惊小——"

他笑嘻嘻地转过头，漫不经心地一抬眼，后面那个"怪"字，无论如何都说不出口了。

敞开的大堂门扉外，暮色风雪中，楚晚宁着一袭白衣，披着鲜红色的斗篷，正修雅地侧身收油纸伞，抖落细细覆雪，而后睫毛帘子卷上，露出一双明锐细长的凤眸来，淡淡地看了他们一眼。

就这一眼，待墨燃觉察过来，竟发现自己已是心跳加速、掌心盗汗，连呼吸都不由自主地轻缓下来。

孟婆堂渐渐静谧。楚晚宁平日出现在孟婆堂，弟子们就不敢喧哗，何况他闭关多时，此时于除夕雪夜中现身，沾染的霜雪之意使得他的面容更清白俊美，眉宇更漆黑深重。

墨燃起身，喃喃道："师尊……"

薛蒙砰然站起，像一只猫崽子似的朝着楚晚宁疾奔过去，一边喊着"师尊"一边扎进楚晚宁怀里。

楚晚宁的衣衫在雪中浸得极冷，但瞧薛蒙的神情，简直像抱住了三月桃花、十月炭火，暖得不行。他一直嚷嚷着："师尊，你终于出来了，我还以为走之前瞧不见你了，你果然还是疼我们的，师尊、师尊……"

师昧也迎了过去，缓然拜下，面露喜色："恭迎师尊出关。"

楚晚宁拍了拍薛蒙的脑袋，又朝师昧点了点头："为师来迟了些，走吧，与你们一同守岁。"

他坐到席间，坐在薛蒙身边、墨燃对面。

楚晚宁一来，最初的热闹欢欣之后，众人又恢复了往日习惯，皆与师尊一般正襟危坐。桌前静谧到诡异。

中间桌子上搁着面粉、肉馅、鸡蛋等食材，还有一枚崭新的铜板。

墨燃是他们之中厨艺最好的，因此大家最后决定由他来指挥。

"那，我就恭敬不如从命了。"墨燃笑道，"擀面你们会吗？"

没人吭声。

"……好吧，我来擀面。"墨燃说，"师昧，你做的抄手最好吃，饺子的馅儿也没什么区别，你来调馅儿吧。"

师昧犹豫了一会儿，说道："这……还是有些区别的，我怕我做不好。"

楚晚宁淡淡道："能吃就行，不必多虑。"

师昧笑道："那好吧。"

"薛蒙你就帮忙递个水、卷个衣袖什么的。别帮倒忙就成。"

薛蒙："……"

"至于师尊嘛……"墨燃笑道，"师尊要不就坐在旁边喝茶？"

楚晚宁冷冷道："我包饺子。"

"啊？"墨燃一惊，以为自己双耳暴聋了，"你要做什么？"

"我说，我包饺子。"

墨燃："……"

他忽然宁愿自己是双耳暴聋了。

本座听君再抚琴

谁料,楚晚宁包饺子的手法虽然笨拙,但成品居然不差,一个个圆润可爱的水饺被他匀长的手指捏出来,整整齐齐地码在案头。

三个徒弟都不禁目瞪口呆。

"师尊居然会包饺子……"

"我不是在做梦吧?"

"包得还很好啊。"

"哇……"

他们的小声嘀咕自然逃不过楚晚宁的耳朵,楚晚宁抿着嘴唇,睫毛垂下,虽然依旧面无表情,耳朵尖却微微泛起了绯色。

薛蒙没有忍住,问道:"师尊,你是第一次包饺子吗?"

"……嗯。"

"那怎么会包得这么好看?"

"……就和做机甲一样,不过捏几个褶而已,有什么难的?"

墨燃隔着木桌望着他,逐渐有些出神。

上辈子他唯一见过楚晚宁动手做面食,是在师昧去世之后。那天楚晚宁去了厨房,慢慢地包了师昧生前最擅长的抄手,但是还未来得及下锅,就被失去理智的墨燃打翻在地,白生生的抄手七零八落地滚了一地。

墨燃并不记得那些抄手包的是扁是圆,是美是丑。

墨燃只记得楚晚宁那时的神情,他一言不发地望着自己,脸颊上还沾着面粉屑,看上去是那样陌生,有些茫然,甚至有些愚笨……

墨燃那时以为他会生气、会发火,可是他最后什么都没有说。他只是俯身,低着头把那些沾了灰泥的抄手,一个一个地,默默地拾起来,拢在一起,然后,再亲自倒掉。

那时候的楚晚宁,究竟是怎样的心情呢?

墨燃不知道,他不曾去想,不愿去想,其实,也不敢去想。

饺子包好了,被小雪人端去厨房煮熟,楚晚宁按照习俗,封了一枚铜板在里面,吃到的人会有好运气。

雪人很快把煮好的饺子端了回来,木托盘里还放了调好的酸辣醋料。

薛蒙说:"师尊先吃。"

楚晚宁没有推却,夹了一个饺子,放到自己碗里,却没有吃,而是又夹了三个,依次给薛蒙、墨燃和师昧。

"新春快乐。"楚晚宁淡淡道。

徒弟们一愣,随即都笑了起来:"师尊,新春快乐。"

说来也真是巧,只是第一个饺子,墨燃就嘎嘣一声咬到了铜板,实在是猝不及防,差点磕去半颗牙。

师昧瞧着他一脸龇牙咧嘴的苦相,笑了起来:"阿燃新的一年会有好运气呢。"

薛蒙道:"哼,狗屎运。"

墨燃泪眼汪汪:"师尊,离介个饺子也捞得太准了,介才第一个,窝就起到了……"①

楚晚宁道:"好好说话。"

墨燃:"我咬到了鞋②头。"

楚晚宁:"……"

墨燃揉着腮帮子,喝了口师昧递来的茶,总算缓了过来,开玩笑道:"哈哈,师尊该不会是记住了哪个饺子里有铜板,故意磕我的吧?"

"你想得倒是很美。"

楚晚宁冷冷道,而后低下头,只管自己吃了起来。

但不知道是不是墨燃的错觉,他看到楚晚宁的脸在温暖的烛光中,似乎微微地有些红了。

掌勺大厨的丰盛晚餐在饺子之后,菜很快被一盘一盘端了出来,鸡鸭鱼肉

---

① 取谐音,实为"师尊,你这个饺子也捞得太准了,这才是第一个,我就吃到了……"
② 取谐音,实为"舌"。

沉甸甸地摆满了桌子。

孟婆堂渐渐热闹，薛正雍和王夫人坐在首席，让小雪人挨桌送去丰厚的压岁红包。

一只小雪人不停地撞着楚晚宁的膝盖，石子做成的眼睛滴溜溜地盯着他转。

楚晚宁微怔："怎么，我也有？"

接过红包拆开，里面是一把价值不菲的金叶子，他有些无奈，抬头去看薛正雍，却瞧那庸俗的汉子正笑嘻嘻地望着自己，还抬起手中的酒盏，遥遥敬了一杯。

好傻。

他又觉得薛正雍真是……真是……

楚晚宁盯着薛正雍看了一会儿，忍不住嘴角泛出一丝笑，也举起了自己的酒杯，朝尊主举起，一饮而尽。

金叶子后来全都分给了徒弟，酒过三巡，台上演出不断，这一桌的气氛也终于活络了起来，主要是那三个熊孩子似乎不再那么怕他了。

至于楚晚宁，向来是千杯不倒的。

"师尊师尊，我来给你看看手相吧？"

率先喝得脑子有点不太清楚的，是薛蒙。

他拽着楚晚宁的手，凑在眼前细看。要不是他三杯酒下肚，借给他十个胆子都不敢这样冒犯。

"命线长却断断续续，身体似乎不是特别好。"薛蒙嘟嘟哝哝，"容易生病。"

墨燃哈哈笑道："挺准的。"

楚晚宁瞪了他一眼。

"无名指纤长，师尊，你很有生财之运。"

"三线同源，情线末端支线垂入智线，一般愿意为情牺牲……"薛蒙愣愣看了一会儿，忽然抬头问道，"真的假的？"

楚晚宁脸都青了，咬牙道："薛子明，我看你是活腻歪了。"

偏偏喝醉了的薛蒙还浑不自知，居然憨厚一笑，继续看下去，然后念叨："啊，还有，情线有岛形纹，并且是在无名指下，师尊，你看人不太准……许是一个睁眼瞎……"

楚晚宁再也忍不了，愤然抽手，拂袖欲走。

墨燃笑都要笑死了，捧着肚子乐了半天，忽然对上楚晚宁冷峻肃杀的目光，硬生生憋住，肋骨却一抽一抽地疼。

楚晚宁怒道："你笑什么？有何可笑的？"

他正恼得要离开，衣袖却被薛蒙拽住了。紧接着墨燃就笑不出来了，薛蒙迷迷糊糊地一把将楚晚宁拉了下来，埋头窝进楚晚宁怀里，手环着他的腰，额头抵着他的衣襟，无限亲昵地蹭了蹭。

"师尊……"软绵绵的少年嗓音，带着些撒娇的意味，"不要走嘛，来，再喝一杯。"

楚晚宁看上去像快噎住了。

"薛子明！你、你简直胡闹，快放开我！！"

岂料这时，台上的小雪人忽然吱吱咕咕地跑了下来，原来是贪狼长老的舞剑表演结束了，按照顺序，应该轮到楚晚宁了。

这下可不妙，所有人的目光都聚集到了楚晚宁身上。见到薛蒙喝醉之后居然胆敢抱着玉衡长老的腰，埋在对方怀里耍无赖，众弟子纷纷错愕至极，有人甚至连筷子都拿倒了，目不转睛地盯着这个角落。

楚晚宁："……"

一时间，场面尴尬极了，玉衡长老站也不是，坐也不是，只能僵手僵脚地任由薛蒙抱着。

许久静谧之后，墨燃忽然干巴巴地笑了两声："不是，薛蒙，你都这么大的人了，还撒娇呢？"说着伸手就去拽人，"起来了，别赖在师尊身上。"

薛蒙倒不是存心撒娇，这事儿他要是清醒的时候还能记得，自己就能抽自己两大耳刮子。

可人这会儿醉意正酣浓，墨燃生拉硬拽拖了好半天，才把他从楚晚宁身上撕下来。

"坐好了，看这是几！"

薛蒙看着墨燃伸出的一根手指，皱眉答道："三。"

墨燃："……"

师昧忍不住笑，也去逗他："我是谁？"

"你是师昧啊。"薛蒙不耐烦地翻着白眼。

墨燃也凑热闹："那我是谁？"

薛蒙瞪着他看了一会儿，说："你是狗。"

墨燃怒道："薛子明我跟你没完！"

忽然旁边那一桌,有个不知是胆子大,还是也喝多了的弟子指着楚晚宁,笑嘻嘻地高声问了句:"少主,那你看看,他是谁?"

薛蒙酒量实在不行,坐都坐不稳,趴在桌上,托着腮,眯着眼睛看了楚晚宁良久。

楚晚宁:"……"
薛蒙:"……"
楚晚宁:"……"
薛蒙:"……"

僵持许久,就在众人都以为薛蒙大概是酒劲上头,要睡过去的时候,他忽然笑逐颜开,又想去拉楚晚宁的衣袖。

"神仙哥哥。"

四个字掷地有声、清晰可闻。

众弟子:"……"

"哈哈……"

不知是谁先笑出声来,紧接着大家都忍不住了。即使楚晚宁脸色再难看,脾气再差,但是法不责众,大家算准了他即使再不高兴,也不能用天问把在场每个人都抽一遍吧,于是热闹非凡的孟婆堂里哄笑成一片,酒肉之间大家都在唯恐天下不乱地交头接耳。

"哈哈,神仙哥哥。"

"玉衡长老这么好看,还真的像神仙。"

"可不就是神仙吗?"有个弟子道,"告诉你们,其实我之前就悄悄地给玉衡长老作了一句诗。"

有人问:"什么什么,说来听听?"

"谁拂广袖重霄破,照尽红尘万雪山。"弟子摇头晃脑。

"啧啧,你什么时候作的啊?"

"呃……实不相瞒,是在听他讲结界课的时候。"

"……英雄,你真是太有种了。你可千万别让玉衡长老知道你在他的结界课上看着他诗兴大发,不然,神仙哥哥就要杀人了。他一剑下去,你连灰都不剩!"

"你好残忍!"

"嘿嘿,实话实说嘛。"

楚晚宁的脸色由白转青、由青转黑,最后,决定佯作镇定,当作没有听见。

毕竟他习惯了面对大家的疏远和敬畏，在这节日气氛和酒意里抒发出来的忽然热切与嬉闹，让他顿时招架不能，节节败退。面对这样的情况，他实在不知道该作何反应，只得强作镇定。

但耳根处微微的绯霞颜色，出卖了他那张看似冰冻三尺的俊脸。

墨燃注意到了，抿了抿嘴唇，没有说话，心里却不知为何，骤然翻腾起一股恼人的妒意。

他不是不知道楚晚宁好看，但和其他人一样明白，楚晚宁虽然英俊，但那种俊美更多的是一种刀劈斧削的锐利，不笑的时候总是霜雪般冷，令人不敢亲近。

以他阴暗狭促的心理来说，楚晚宁就像一盘色香味俱全的酥肉，但是被摆在了残破肮脏的食盒里，这世上唯一打开了食盒，尝到里面美味的人，只有自己。他不用担心有人能发现这道佳肴并食髓知味。

可是今夜，在暖融融的炉火、烧酒的刺激下，那么多双眼睛都在盯着那个曾经无人问津的食盒。

墨燃忽然有些紧张起来。他想把食盒牢牢捂住，就像挥走恼人的苍蝇一样，赶跑这些觊觎他的吃食的人。

可是他忽然又意识到，这辈子，这酥肉不是他的。他端着晶莹剔透的抄手，就再也腾不出空来赶掉那些垂涎酥肉的狼。

墨燃他们没有想到楚晚宁居然真的也和其他长老一样，认真准备了贺岁节目，呈上的是古琴演奏。弟子们满眼崇拜，有人小声道："真想不到，玉衡长老居然会弹琴……"

"而且弹得还特别好听，我都要不知肉味儿了。"

墨燃一声不吭地坐在原处，薛蒙已经睡着了，伏在案上，呼吸匀长。墨燃拿过他手边的酒壶，给自己斟满，一边听一边喝，盯着台上的人出神，胸中的烦躁越发强烈。

复生前，楚晚宁是没有在除夕团聚宴上演奏过任何曲目的。

他弹琴的模样，只有很少很少的人见过。

大约是当时，被墨燃软禁，楚晚宁实在是心中郁结，见庭中有一把桐木古琴，就席地而坐，闭目抚弦。

那琴声悠远空寂，招凤引蝶，墨燃回来的时候，就看到楚晚宁坐在院子里的侧影，说不出地寡淡宁静、清正高洁。

自己那时候是怎么对待他的？

啊，是了。

他把楚晚宁拽起来，又把古琴踢至一旁，直接在院中羞辱了这个月华般清冷的男人。墨燃只顾着自己高兴，没有去管楚晚宁有多痛苦难受，甚至没有去管那时候已过立冬，师尊那么怕冷……

师尊事后调养了好几个月，都养不回精神。

墨燃那时候森冷地对他说："楚晚宁，你以后，绝不许在旁人面前弹琴。你知道你抚琴的模样有多……"

他抿起了嘴唇，找不到合适的措辞，于是没有再说下去。

楚晚宁一言不发，嘴唇青白，合着眼眸，剑眉肃杀。

墨燃抬起手，犹豫片刻，抚摸上他紧蹙的眉心。踏仙君的动作似乎是轻柔的，奈何声音依旧冷峻无情。

"你若是不听，本座就拿链子把你锁在榻上，让你什么都做不了。本座说到做到。"

楚晚宁当时是怎么回应的？

墨燃又闷了一口酒，看着台上的人，郁沉地回想着，好像楚晚宁什么也没说，又好像睁开眼，冷冷地说了一个字——

"滚。"

他记不清了。

他那一生，和楚晚宁纠缠的时日那样绵长，很多事情，都不再如此清晰，不再那样棱角分明。

墨燃闭上眼睛，指节青白，心中栗然。

他想着过去的事，再听不到除夕热闹的欢声，听不到楚晚宁舒旷的琴音。

他脑海里只剩下一个近乎疯狂的冷酷声音，兀鹫般自前尘里振翅而来，久久盘旋。

"地狱太冷了，楚晚宁，你来殉我。"

"是啊，你是神，是旁人的光，薛蒙、梅含雪，黎民百姓都等你照亮他们呢，楚宗师，圣贤啊。"那个声音甜蜜地笑道，笑着笑着，陡然狠戾起来，犹如一剖两半的魂灵，怒如雷霆，"可我呢？你照过我吗？暖过我吗？我身上只有你留下的疤！圣贤啊，楚晚宁！

"你要做他们的火，我偏要把你带到我的坟里，让你只能照我的尸骨，我要让你，和我一起烂掉！

"死生不由你……"

震天的欢呼声响起,墨燃猛然睁开眼,冷汗已浸透后背。

演奏已结束了,其他弟子都在热切地拍着巴掌,墨燃坐在其中,觉得眼前阵阵发虚,脸色阵阵发白,他看着楚晚宁抱着桐木古琴缓步走下木阶。

那一瞬间,他今生第一次,忽然觉得如此荒谬,觉得前世的自己似是疯魔疯癫。

其实楚晚宁不坏……自己这又是……何必呢?

烈酒入喉,他终是茫然无措,终是困顿无知,终究,沉醉睡去。

本座好像有点糊涂了

墨燃的酒量其实不差。

只不过,这个除夕,他明明心中惴惴,却为了佯装无事,笑嘻嘻地喝光了五坛梨花白。到最后,他终于有些意识模糊了。

师昧连拖带抱地把他扶回去,倒在床榻上时,他喉头滚动,想唤师昧的名字。

然而,习惯是很可怕的。

过去的那么多年,陪在自己身边的人都不是心中的白月光,而是看腻了的蚊子血。

一说出口,他唤的仍然是那个他本以为仇恨着的人。

"楚晚宁……"

含含混混的。

"晚宁……我……"

师昧愣了一下,转头去看正立在门边的楚晚宁。楚晚宁刚刚把薛蒙抱回卧房,此时端了一碗醒酒汤进来,也恰好听见了墨燃的呢喃。

他错愕之后,随即笃信是自己听错了,毕竟墨燃都是管自己叫"师尊"的,叫"楚晚宁"也就算了,至于"晚宁"——

他不禁想起那次在红莲水榭,墨燃在睡梦中清清楚楚地唤了"晚宁"二字。

难道墨燃心里其实还留有一点……

这个念头未及深想,就被他掐灭了。

楚晚宁素来果敢干脆,唯独此事,他想,自己是个拖泥带水的懦夫。

"师尊。"师昧一双风韵绝代的柔亮眼眸带着些猜疑,犹豫地看着他,"您……"

"嗯?"

"……其实也没什么。既然师尊在这里照顾阿燃,那我、我先走了。"

楚晚宁道："等一下。"

"师尊还有别的吩咐？"

楚晚宁道："你们明天，就要去桃花源了？"

"……嗯。"

楚晚宁脸上没什么表情，过了一会儿，说："你去休息吧。你们几个人在外面，要互相照顾，还有——"

他顿了顿，才说："记得早些回来。"

师昧离去了。

楚晚宁走到床边，面无表情地扶起墨燃，一勺一勺地将醒酒汤喂给他喝。

墨燃不喜欢那种酸涩的味道，喝下去没多久，就都吐了出来。吐出来后酒倒是醒了几分，他睁开眼，半醒半醉地望着楚晚宁，嘟哝道："师尊？"

"嗯。我在。"

"哈哈。"他不知道为什么又笑了起来，酒窝深深，而后道，"神仙哥哥。"

楚晚宁："……"

说完之后，他又趴着睡着了。

楚晚宁担心他着凉，守在旁边，时不时替他掖好被子。

卧房外，许多弟子还没有睡觉，下修界有守岁的习惯，大多数人还在房里三五成群地说着笑话、玩着牌九，或是变着法术。

当丹心殿前高悬的水漏滴尽，意味着年岁交替，弟子们纷纷出了房门，开始点放烟花爆竹，夜幕刹那间火树银花。

墨燃迷迷糊糊中被外头震耳欲聋的声音闹醒了。

他睁开眼，扶着抽痛的额角，却见楚晚宁坐在自己床边，平静俊美的脸上没有太多表情。见他醒了，楚晚宁也只是淡淡地说了句："吵醒你了？"

"师尊……"

他清醒后不禁打了一个激灵。

为何会是楚晚宁陪在自己身边？师昧呢？

睡梦中，自己不会说错了什么话吧？

墨燃忐忑不安，偷偷去看楚晚宁的神色，所幸楚晚宁倒是若无其事，令他稍微松了口气。

外头爆竹声响，两人互相尴尬地瞧了一会儿。

楚晚宁："去看焰火吗？"

墨燃："师昧呢？"

两句话几乎是同时说出口的，再要后悔，也来不及了。

墨燃有些惊讶，微微睁大了眼眸，像是从来不曾认识他似的，盯着他的脸看了许久。

沉默过后，楚晚宁似是毫不在意地起身，推门而出时，侧过脸："都是要守岁的，他应该还没睡，你去找他吧。"

果然啊，自己有那么坏的脾气，就算赌上全部的勇气，留墨燃和自己看一夕烟花绽放，他得到的也只会是拒绝。

早知道他就不问了，好丢人。

回到红莲水榭，楚晚宁独自坐在终年不败的海棠花树下，一个人披着御寒斗篷，看着天空中粲然的烟花。

遥远处，是弟子所居之地的温暖灯火，欢声笑语传来，都与他没有太多的关系。

他应该是早就习惯了。

可是不知为何，他心口很闷。

大概是看过了别人的热闹，再回到自己的清冷里，他就会格外难受。

他默不作声地瞧着那此起彼伏的烟花，一朵两朵，人们在互相问候着除夕快乐，三声五声。

楚晚宁靠着花树，有些疲惫地闭上眼。

不知过了多久，他忽然感知有人闯入了结界。

他心中微动，却又不敢睁眼，直到听见微微喘着气的呼吸声，还有那熟悉的脚步声响起，又在不远处停下。

少年的嗓音带着一丝犹豫。

"师尊。"

楚晚宁："……"

"我明天就走了。"

"……"

"要很久才能回来。"

"……"

"我想着其实今晚也没有什么事，明天又要早起，师昧应该已经睡了，不会在守岁的。"脚步声又响起，这次靠得更近了，在几尺远的地方，停了下来。

墨燃道："所以你如果还愿意，我……"他张了张嘴，后面的句子被一簇巨大的热闹烟花掩盖。

楚晚宁舒展眼帘，抬起头，正看到夜空中星河灿烂，火花点点散落，那个年轻好看的少年站在自己面前，带着七分怜悯、三分赧然。

楚晚宁"……"

楚晚宁一向高傲，对于别人因为同情而做出的陪伴，从来不屑一顾。但此时，楚晚宁看着他，忽然觉得说不出什么拒绝的话来。

大概是自己也被烧酒迷了心性吧。

在这个时候，楚晚宁竟然觉得胸腔又是酸楚，又是温热。

"既然来了，就坐吧。"最后，他淡淡地说，"我与你同看。"

他仰头望着天，神情似是寡淡的，衣袖中的手指却因紧张而暗自蜷起。他不敢去过近地瞧身边的人，只看着天边的烟花开了，长夜漫漫，落英缤纷。

楚晚宁轻声问："这些日子，都还好？"

"嗯。"墨燃道，"认识了一个特别可爱的小师弟，之前信函里，都与师尊说过了。师尊伤势如何？"

"无碍。你莫要自责。"

一朵烟花砰然碎裂，散成五光十色的辉煌景象。

火树银花不夜天，爆竹声响，雪光中都弥漫起了一层薄薄的硝烟味。他们坐在花树下守岁，楚晚宁不爱说话，墨燃就找话跟他聊，讲到后面有些累了，不知不觉就睡了过去。

第二天一早，墨燃醒来，发现自己仍然在花树下，脑袋枕着楚晚宁的膝盖，身上还披了一件柔软厚实的火狐茸斗篷。那斗篷皮毛顺滑，做工考究，正是楚晚宁御寒的衣物。

墨燃微怔，抬起头来，看到楚晚宁靠着树干睡得正沉。他睫毛垂下，纤长柔软的睫毛随着呼吸而微微颤动，像是风中蝴蝶。

他们昨天居然就这样坐在树下睡着了？

不应该啊。

按照楚晚宁那强迫症的脾性，就算再累，也会回到屋子里睡，怎么会愿意胡乱在树下凑合着休憩？还有自己身上这件火狐茸斗篷……

是他给自己盖上的吗？

墨燃坐了起来，墨黑的头发有些散乱，睁着眼睛，披着楚晚宁的斗篷，有些茫然不知所措。

昨天他醉得不算太厉害，虽然有些事情记不太清了，不过大致还能回想起来。

至于后来主动跑到红莲水榭，陪着楚晚宁守岁，他也是在意识清醒的情况下做出的抉择。

明明曾经那么憎恨这个人，可是当听到这个人问出"去看焰火吗"的时候，当看到这个人落寞转身，独自低头离去的时候……

他居然会觉得难过……

想着，反正也要很久不会再见面了，这辈子的冤仇又没有那么深，楚晚宁那么孤独，偶尔陪他一起守到天明又有什么关系？

墨燃就堂而皇之地找过来了，现在回过头看，却觉得自己真的是……

未及想完，楚晚宁也醒了，墨燃嗫嚅道："师尊。"

"……嗯。"刚醒来的男人微微蹙着眉头，扶着自己的额角，揉了揉，"你……还没走？"

"我、我刚醒。"

墨燃发现自己巧言善辩的一副伶俐口舌，最近每次遇到楚晚宁那张漠然的脸，都容易磕磕巴巴，舌头打结。

僵了一会儿，墨燃才猛然想起，楚晚宁的斗篷还披在自己身上，连忙脱了下来，手忙脚乱地裹回对方肩头。

给他披斗篷的时候，墨燃注意到楚晚宁虽然衣袍里三层外三层，但少了件御寒大衣，在雪地里终究是显得单薄了些。

这个念头不由得让他的动作越发惶急，拨弄系缨的时候，把自己的手指也笨手笨脚地系了进去。

墨燃："……"

楚晚宁看了他一眼，伸手解开，淡淡道："我自己来。"

"……好。"

他又讷讷地补上一句。

"抱歉。"

"没什么。"

墨燃站了起来，犹豫一会儿："师尊，我要去收拾东西，再去吃个早饭，然后就出发了。"

"嗯。"

"……一起下去吃饭吗？"呸！说完他就恨不得咬舌自尽！犯什么浑！干吗邀请楚晚宁一起？

或许是看到墨燃问完之后脸上立刻浮现出的后悔神色，楚晚宁顿了片刻，说："不必。你自己去吧。"

墨燃生怕再跟他多待一会儿，会说出什么更惊世骇俗的话来，于是道："那我先、先走……"

楚晚宁："好。"

墨燃离去了，楚晚宁面无表情地在树下坐了一会儿，然后扶着树干，慢吞吞地站起来，却不动。

他的腿被墨燃枕了一夜，已经毫无知觉，麻得压根儿走不动路了。

沉闷地在树下立了良久，等血液循环恢复，楚晚宁才拖着自己的腿，一瘸一拐地回到了屋子里。

果然在天寒地冻中坐了一晚，即使在海棠树遮蔽之下地上并无积雪，他也还是着了凉。

"阿嚏！"

他打了个喷嚏，眼尾立刻泛起湿红。

拿手帕捂着鼻子的时候，楚晚宁心想，要死……好像……感染了风寒……

玉衡长老。

坐拥三把神武，修真界各派争夺的当代第一大宗师，天问一出四海皆惊，白衣降世人间无色。

那么厉害的人物，可以说，他应该是这一代中最强的武力拥有者。

可惜再强悍的人也有薄弱处，楚晚宁的薄弱处就是怕冷，一受冻就容易头疼脑热。所以，在墨燃和师昧离开死生之巅的当日，楚宗师不但药效消失重新变小了，并且，也毫无悬念地开始打喷嚏、流鼻涕。

于是这日晌午，羽民来接人时，接到的是健健康康的薛蒙、墨燃、师昧，还有一个不住地在"阿嚏阿嚏"的可怜小师弟"夏司逆"。

本座只有那么一点出息

没办法,就算小师弟"阿嚏阿嚏",该出发还是得出发,羽民带他们一路向东,到了长江口岸,招来一艘可自行航行的船,以结界护航,放舟海面。

这个夜晚,墨燃第一次摆脱师尊,与师昧在外相处。可奇怪的是,他好像并没有预想中的那样兴奋。

薛蒙和夏司逆都已经睡了,墨燃独自躺在甲板上,胳膊枕于脑后,看着满天星斗。

师昧从舱中出来,拿了些向渔民买的鱼干,坐到墨燃身边,两个人一边啃着小鱼干,一边闲聊。

"阿燃,咱们去了桃花源,就未必赶得及去灵山论剑了,我倒是无所谓,但你和少主都是极厉害的人,失了崭露头角的机会,你后不后悔?"

墨燃转头,笑了笑:"这有什么?名声什么都是虚的,去桃花源学了本事,能保护重要之人,比什么都重要。"

师昧笑意盈盈,温和道:"你能这般想,师尊知道了,定会很高兴的。"

"那你呢?你高兴吗?"

"我当然也高兴。"

海浪拍打着船舷,木舟在海面上颠簸。

墨燃侧躺着看了一会儿师昧,想说几句,又不知该如何开口,就发了一会儿呆。

师昧觉察到了他在看自己,于是转头,将被海风吹乱的长发拂至耳后,微微一笑:"怎么了?"

墨燃脸一红,扭头道:"没什么。"

师昧仍然微笑着:"但你,好像真的有话要和我说的样子啊。"

墨燃心头一热，有那么一瞬间似乎又想说出口。

可是不知为何，他眼前忽然闪过一道洁白的身影，面目清癯，不怎么爱笑，总是独来独往，很孤寂的模样。

忽然喉头像被堵住，他再也说不出话来。

墨燃扭头，瞪着繁星点点的夜空。

半晌后，他默默地说："师昧，你对我真的很重要。"

"嗯。我知道，你对我也很重要。"

墨燃又说："你知道吗？我之前做了一场噩梦，梦里你……你不在了，我很难过。"

师昧笑了："你倒是挺傻的。"

墨燃："……我会保护好你。"

"好，那先谢过我的好师弟了。"

墨燃心中一动，忍不住道："我……"

师昧柔声问："你还想说什么？"

浪花的声音显得那么响，舟楫颠簸。师昧安静地看着他，似乎在等着他说出最后那句话。

可是墨燃闭上了眼睛："没什么。夜里凉，你回舱里去睡吧。"

师昧静了一会儿，问道："那你呢？"

墨燃有时候真的傻头傻脑："我……看星星，吹吹风。"

师昧没有动静，过了一会儿，笑了："好，那我便走了。你早些歇息。"

他转身去了。

樯橹行于海面，天高云阔。

躺在甲板上的那个家伙浑然不知自己都错过了什么，他其实根本就是心不在焉，一直在试图挖掘自己内心深处的真实情感。琢磨了很久，因为实在大脑缺根筋，当天空泛起鱼肚白的时候，他仍然没有想出个所以然来。

很晚的时候，他回到舱内，众人都已经睡了。墨燃躺回衽席上，看着狭小天窗外的夜色，眼前慢慢浮现出楚晚宁的身影，时而闭目不语，时而目光凌厉。

当然，墨燃也想起过那个人蜷缩着熟睡的模样，温顺又孤独，像一朵因为开得太高，而无人问津的春睡海棠。

撇开仇恨不说，楚晚宁与他前世的纠缠实在深过了这世上的所有人。

他从楚晚宁身上夺走了许多的初次，比如初次下厨、初次掉泪，不管对方愿不愿意。

与之相对的，他也给了楚晚宁一些他的初次，不管对方想不想要。

比如初次拜师，初次哄人，初次赠花。

初次对一个人失望透顶。

以及，初次动心。

是的，初次动心。

他来死生之巅，第一个想要亲近的人其实并不是师昧，而是楚晚宁。

那天在海棠树下，那个白衣青年是如此专注美好，以至于第一眼看见，墨燃就觉得除了这个人，任谁来当他的师父，他都不要。

可究竟是从哪一个须臾，一切都变了呢？

究竟是从何时起，他在乎的人成了师昧，而恨的人，成了师尊……

他这几个月仔细想了想，然后觉得，应该就是在那次误会之后吧。

那是他第一次被楚晚宁罚抽了柳藤，十五岁的少年伤痕累累地回到寝房，独自蜷缩在床上，喉头哽咽，眼尾湿红。背上的伤口是其次，最令他难过的是师尊冷漠的神情，天问落下，犹如抽打一只丧家之犬，未曾有半分心慈手软。

偷摘了药圃里的海棠不错，可是他并不知道那株海棠有多珍惜名贵，也不知道王夫人花了多少心血，等待五年，方才盼来一朵盛开。

他只知道，那天他月夜归来，瞧见枝头卧着一抹莹白——花瓣色泽清冷，芳香幽淡。

他仰头欣赏片刻，想起了自己的师尊。那一瞬间，心头不知为何涌上一股莫名的悸动，似乎连指尖都忍不住微微发烫，未及反应，他已小心翼翼地折下花朵，动作轻柔，生怕碰掉哪怕一滴瓣蕊上的露水。

透过浓黑的睫毛帘子，瞧着月色之下犹带清露的晚夜海棠，他不知道，那一刻他留给楚晚宁的温柔和喜爱是如此纯粹，今后的十年，二十年，直到死，都不会再有。

花他还未赠给师尊，就被刚好来替母亲采药的薛蒙撞见。

少主怒气冲天地将他扭送到师尊面前，楚晚宁执卷回首，闻言目光冰冷锐利，瞥过墨燃的脸，问他有何要辩。

墨燃说："我折花，是想送给……"

他手里还拿着那一枝春睡海棠，凝着霜露，说不出地清冷娇媚。

可是楚晚宁的眼神太冷了，冷得他胸中那熔岩般的热度，一寸一寸地凉了下去。

那个"你"字，他就再也说不出口了。

那种感觉，他太熟悉了，在他没有回死生之巅前，在他瘦小的身子穿梭在乐伶与恩客之间时，他每一天都是在这样的眼神中度过的——

那种轻视，那种鄙薄……

墨燃忽然一个激灵，不寒而栗。

难道师尊，竟是看不起他吗？

面对楚晚宁的冰冷质问，墨燃只觉得心都寒了。他低下头，沉声道："……我……无话可辩。"

终成定局。

就因为这一朵海棠，楚晚宁打了墨燃四十藤鞭，直打到墨燃最初对他的好意，都支离破碎了。

可如果当时，墨燃愿意多解释一句，如果当时，楚晚宁愿意多问一句，那么也许一切都会变得不一样，这对师徒，或许不会踏上万劫不复的第一步。

但是，并没有那么多如果。

而也就是在这个节点，温柔的师昧，出现在了他的身边。

从楚晚宁那边回来后，墨燃没有去吃饭，蜷卧在床上，也不燃灯火。

师昧推门进来，看到的就是这样一个僵在黑暗中的身影。他把端来的红油抄手轻轻搁在桌上，而后走到床前，和声软语地唤了一声："阿燃？"

墨燃头也不回，血色弥漫的双目依然死死地盯着墙壁，一开口嗓音沙哑沉重。

"出去。"

"我来给你送……"

"你给我出去。"

"阿燃，你别这样。"

"……"

"师尊的脾气是不好，习惯了也就没什么了。你起来吃些东西吧。"

墨燃执拗得像是十匹马都拖不回的倔驴。

"不吃，我不饿。"

"……好歹垫一垫肚子，你不吃的话，师尊知道了会生——""气"字都还来不及说出口，墨燃就腾地坐了起来，含着水汽的目光委屈又愤怒，透过睫毛微微颤抖着。

"生气？他生什么气？嘴长在我自己脸上，吃不吃东西和他又有什么关系？其实他根本也不想要我这个徒弟，我饿死了最好，饿死了也给师尊省心，好让他老人家高兴。"

师昧："……"

没有料到自己的话会这样触及墨燃的痛处，他一时有些茫然无措，只愣愣地望着眼前的小师弟。

许久之后，墨燃的情绪稍缓，他低下头，脸侧长发垂落，遮住了半张面容。

墨燃道："……对不起。"

师昧看不清他的脸，只看到他的肩膀在隐忍着颤抖，指捏成拳，手背经脉泛着淡青色。

十五岁的少年毕竟还是太稚嫩的，他忍了一会儿，终于忍不住，蜷坐着，抱着膝盖埋头大哭起来，声音破碎嘶哑，断断续续，带着疯狂与迷惘，痛苦和悲伤。

他撕心裂肺地放声大哭，嘴里翻来覆去说的，只是几句话——

"我只是想有个家啊……这十五年，我真的……真的只是想要有个家啊……为什么要看不起我……为什么要这样看我……你们为什么、为什么都看不起我……"

他哭了很久，师昧就陪着他坐了很久。

等墨燃哭够了，师昧递给他一块洁白的手帕，又端来了已经冷透的红油抄手。

师昧温声道："别再说什么饿不饿死这种傻话，你既然回到死生之巅，拜在师尊门下，就是我的师弟，我也自幼没了父母，你要是愿意，把我当家人看就好。来，吃饭吧。"

"……"

"这抄手是我包的，你就算不赏师尊面子，也要赏一赏我的面子，对不对？"师昧微微弯起嘴角，舀了一勺晶莹饱满的抄手，递到墨燃唇边，"尝一口吧。"

墨燃眼眶仍红着，睁着满是水汽的眼睛，望着床边的人，终于松开了口，由着那个温柔的少年把食物喂过来。

其实那一碗抄手已经凉透了，也浸过了头，错过了吃的最好时候。

可是那一刻，烛火里，就是这碗迢迢送来的吃食，伴随着那张风华绝代、眼波温柔的面容，在刹那间铭刻入心。生前死后，永世难忘。

大概就是从那个晚上开始，他对师尊恨得越来越深。而也正是自那天起，他笃信，师昧是自己一生中最重要的人。

毕竟人都是贪恋温暖的。

尤其是冻惨了的丧家犬，看到撒盐都会瑟瑟发抖，恐是雪花飘落，畏惧严冬将至。

踏仙君看起来风光，但只有他自己心里清楚。

其实他真的，不过就是一只流浪的野狗。这只野狗一直在找个可以蜷缩容身、可以被称为"家"的地方，但找了十五年，怎么也找不到。

所以，他的爱恨变得很简单又可笑——

有人给了他一顿棍棒，他就恨上了。

有人给了他一碗肉汤，他就爱上了。

只有那么点出息而已。

本座发现了一个秘密

木船被施了仙术，行得甚快，第二日清晨便已到了扬都口岸。进港处已有仙使接应，驻了数匹骏马。

众人在码头吃了早饭，羽民们不需进食，便坐在渡口边闭目养神。此时天刚拂晓，往来商贾行人不多，但船工们都已起了，三五成群地聚在一起喝粥吃馒头，还时不时用好奇的眼光往他们那里看。

穿褐衣短打的粗壮汉子们啜着粥饭，议论声零星飘进墨燃耳朵里。

"哎哎，我识得他们的衣服，这是下修界的人嘛。"

"下修界离得么远，又不常与我们这里的门派往来，你是怎么知道的？"

"你看他们腕甲上的纹章嘛，是不是和夜游神上的一模一样？"

"你说的是那种驱魔木甲？"有人往薛蒙袖口看了一眼，嘎嘣嘎嘣咬着咸菜，惊叹道，"哎哟，还真的是啊。那夜游神是谁做的来着？"

"听说是死生之巅的玉衡长老做的。"

"这玉衡长老是什么人呀？有没有我们孤月夜的姜掌门厉害？"

"嘿嘿，那可不知道了，修仙人的事，谁说得清呢？"

船工们讲话乡音重，墨燃他们听不太懂，楚晚宁却能听明白这些人在说什么。他知道了自己所制的夜游神已顺利于民间流销开来，心中不禁觉得宽慰，于是又盘算着回去之后要多制些轻便好用的木牛流马，行些善事。

过了早，一行人快马加鞭，不消两个时辰就到了九华山前，此时辰光尚早，冬日旭阳方才清正高悬，万缕金光犹如绡纱拂落，浸得连峰雪色晶莹、华光潋滟。峰麓上数百株终年翠微的古柏青松凌霜而立，犹如仙风道骨的大隐之士，垂袖敛眸，阒静而立。

九华峰顶，凡人称其为"非人间"，却非虚言。

羽民在山脚下吹了三声哨,一只羽毛凤丽绸艳的金雀儿从白雪皑皑的山间翩然飞落。众人跟着金雀指引,一路向西,来到一帘湍急汹涌的飞瀑前。

"仙君们请先退后。"

为首的羽民当先而立,五指拈花,默吟出一段咒诀。忽然间,她聚起朱唇,朝着风中轻轻呼了口气,一道火龙竟就此腾空而出,朝着瀑布直击而去,将水帘子一分两半!

羽民嫣然回首,微微笑道:"诚请诸君,移步桃花源。"

他们跟着羽民穿了水帘,过了结界,眼前豁然开朗,只见此处广袤无垠,竟似另一处千丈软红。桃花源,是一个与修真界并无过多瓜葛的洞天,虽不比真正的仙界,更不能与神界同日而语,但灵气亦是饱满充沛的。桃花源内山水景致皆如水墨写意,色泽清雅幽淡,行一段路,发现其中四时变换也无定数。

一行人由羽民引路,先过荒野,只见得江流潮涌,听得两岸猿声;再至城郊,又看到阡陌纵横,田垄吹麦;最后到了城内,过眼处楼阁工整,檐牙高啄。

桃花主城恢宏华美,其城郭之大、配设之齐,与人间的繁盛都会并无二致,只是空中落花与飞雪共舞,碧鸟与仙鹤齐飞,过往羽民皆是延颈俊秀,吴带当风,宛如从画中款款走下的绝代仙子。

不过,这般灵秀景象,薛蒙一行人虽然瞧得也颇为新鲜,但因为已见识过金成池异景,便不会再过多大惊小怪。

到了一处岔路口,只见一位披着白底绣金凤凰大氅的羽民立于参天巨木旁,她额前那朵火焰纹比旁人皆深,这意味着她的法力远在其他羽民之上。

引路的仙使把众人带至她面前,而后屈膝躬身,行了一礼道:"大仙主,死生之巅的四位仙君已到了。"

"辛苦了,你退下吧。"

"是。"

那个衣着华美的羽民微微一笑,声音便如雏凤清啼般动人。

"我名为十八,受我家仙上垂青,忝居桃花源大仙主高位。众位愿意赏脸来寒门修行,实感惶恐万幸。诸位仙君在此期间,若有招待不周处,还请多多海涵,不吝直言。"

她长得如此让人惊艳,讲话又彬彬有礼,实在很博人好感。

薛蒙虽不爱男子容貌胜过自己,但正是知慕少艾的年纪,自然不讨厌貌美如花的女子,因此笑道:"仙主客气,不过十八这个名字着实古怪,不知仙主尊姓。"

十八温婉道："我无姓，就叫十八。"

墨燃哈哈笑道："你叫十八，那是不是有人叫十七？"

他本是一句玩笑，谁知十八听了，不禁莞尔："仙君聪慧，十七是我姊姊。"

墨燃："……"

十八解释道："我们羽民由朱雀天神落下的绒羽中诞生，修为浅时，往往是朱鹮之形。最早化形的是我家上仙，其余羽民，便按化形顺序，起名一、二……我是第十八个，所以名为十八。"

"……"

墨燃听后觉得无奈，原以为薛正雍起名字已经够糟糕了，没有想到这里还有一个更糟糕的，直接玩数数。

但接下来，十八说了个让他更加觉得像遭天打五雷轰的消息。

"先说正事吧。众仙君初来此地，还不识桃花源修行规矩。"十八道，"凡间修行，数百年来大多以门派划分，而在此处不同。我们羽民素来分工明确，有专习'御守'的，专习'攻伐'的，专习'疗愈'的，统共三种。你们的修行也将按此三种进行。"

墨燃笑道："这个好。"

十八朝他点了点头："多谢小仙君赞同。须知道前几日孤月夜的修士也来了，听闻此种修行之法，却是大皱眉头呢。"

墨燃奇道："御守归御守，攻伐归攻伐，疗愈归疗愈，这样简洁明了，不是挺好的？他们有什么不满？"

十八道："是这样的，孤月夜有位段公子属'御守'，需与同属仙君们住在一处，而他的师姐属'攻伐'，必得和攻伐一门仙君们同练同住。我虽不太明白凡人情感，却也看得出那位公子并不愿意与师姐分离两地。"

"哈哈，这有什——等等，你说什么？"墨燃笑了一半，忽然反应过来，猛地睁大了眼睛，"不同属性的人非但要分开修行，还得分开居住？"

十八不知他为何突然变了脸，茫然道："是啊。"

墨燃脸都绿了："……"

开什么玩笑？

半个时辰后，与十八讨价还价失败的墨燃，呆呆地站在一方敞亮的四合小院里，陷入了漫长的沉默。

他、薛蒙、夏司逆,三人均属攻伐,被分在了桃花源的东面。所谓东面,不是指一小块地方,而是专属"攻伐"仙君们的起居之所,光是这样的四人一所的院落就有二十余间。另有山石湖泊、巷陌街市,修筑得与凡间极像,大约是知道他们要在此处久居,让他们聊解思乡之愁的。

而师昧,因为属"疗愈",去了桃花源南面,与墨燃他们的住处相隔甚远,中间更有结界阻挡,要靠令牌才可通行。这意味着,墨燃虽与师昧同在桃花源,但除了每日三大属性仙君们共同修习羽民入门心法外,没有任何机会能与对方相见。

这还不是最糟的。

墨燃倏地抬起眼,透过密实的睫毛帘子,望着在院子里来回打转儿、显然正打算给自己挑个最舒服住处的薛蒙,不禁额角青筋突跳。

薛蒙……

不错,他从即日起,必须和薛蒙天天住在一个院子里!人生八苦之爱别离、怨憎会,在今后一段时间,他或许感受得很彻底……

羽民自上修界选到下修界,轮到死生之巅已近尾声。因此其他门派的人来得都要比他们早,薛蒙很快发现,他们所居住的四合小院里头,有间小屋已有主人了。

"奇怪,不知道是谁已经住这儿了。"薛蒙一边说着,一边瞥了眼院中晾晒着的褥子。

墨燃道:"不论是谁,应当不是个爱斤斤计较的人。"

"这话怎么说?"

墨燃道:"我问你,你挑了哪间房住?"

薛蒙神色大为警觉:"你要做甚?我已经看好了,坐北朝南那间是我的,你若要跟我抢,我就……"

就怎么样他还没来得及琢磨出来,墨燃就笑着打断了他:"我不喜欢太大的房间,不和你争抢。不过我要问问你,若是这间屋子仍空着——"他说着,点了点那个已经有人搬入的小屋,接着问道,"你可愿意与他换?"

薛蒙先看了看那素朴茅庐,又瞪了墨燃一眼:"你当我傻吗?我当然不换。"

墨燃笑道:"所以我说那人是个不爱斤斤计较的。你看,他来的时候,这里四间屋子都空着,他却不挑最好的,只选了间低矮茅舍。这人若不是傻子,便是个谦谦君子。"

"……"

此番分析丝毫不错,薛蒙却觉得像是被墨燃笑里藏刀地捅破了脸皮。人家是君子,放着好屋子不住,要睡破茅庐,那自己不就是臭小人、小气鬼了吗?

但墨燃又完全没有提薛蒙半个字,叫薛公子骂也骂不得,忍也忍不下,一时脸都涨至通红。

"反正……我住惯了好的。"薛蒙憋了口气,沉着面孔道,"我就是住不惯破地方,谁要当这个君子谁当去。我不稀罕。"

言毕,他怫然离去。

于是这处别院里,四间迥然不同的屋舍都有了屋主。

薛蒙选了北面精舍,粉墙黛瓦,门楣描金,是最为通透华贵的一间。墨燃选了西面石砌小屋,门口栽着一株桃花树,开得正是热烈。楚晚宁则要了东面的一栋竹楼,夕阳西下,温润的青竹像是翠玉在散发光华。

而南面素陋茅舍,住的便是那个素未谋面的"君子"。

楚晚宁伤寒未愈,头晕得厉害,早早地就进了竹楼去歇息。薛蒙陪了他一会儿,但这个小师弟既不会撒娇,也不爱听故事,只一个人裹成个小粽子闷头睡觉,薛蒙在床沿边坐了一会儿,嫌没意思,便拍拍屁股走了。

院子里,墨燃端了把椅子出来,正跷着双腿,臂弯枕于脑后,悠闲地看金鸦西沉,余晖剥落。

见薛蒙出来,他问:"夏师弟睡了?"

"嗯。"

"烧退了吗?"

"你要关心他,自己进去看看不就好了。"

墨燃哈哈一笑:"怕小家伙没睡沉,笨手笨脚吵醒了他。"

薛蒙乜他一眼道:"你倒是难得有些自知之明。我还以为你只会和我娘养的猫猫狗狗一般,在院子里乘乘凉,偷偷懒。"

"哈哈,你怎的知道我就是在偷懒?"墨燃玩转着手指间的一朵桃花,抬眸笑道,"我在院子里闲坐的这会儿工夫,可发现了个惊天大秘密。"

薛蒙显然是不想问,但又好奇,隐忍了半天还是绷着脸,做出一副故作不在意的神情,嘀咕道:"……什么大秘密?"

墨燃朝他招招手,眯起眼睛:"你附耳过来,我悄悄说与你听。"

薛蒙不情不愿,纡尊降贵地把耳朵凑了过去。墨燃贴近了,低声笑道:"嘿嘿,上当了吧,傻萌萌。"

薛蒙倏忽睁圆了眼,勃然大怒,一把扯过墨燃的衣襟:"你骗我?你幼不幼稚?!"

墨燃哈哈道:"我哪里骗你了?我是真的发现了个秘密,却也是真的不想告诉你。"

薛蒙黑眉立蹙:"我若再信你,便真是傻子!"

二人鸟啄狗狗啃鸟似的闹着,墨燃正要再嘻嘻哈哈地说些什么去惹对方更生气,却忽听得身后传来一个陌生的声音,略带疑惑地"嗯"了一声,而后道:"两位是新来的同修吗?"

此人声音清清朗朗,较寻常青年的声色更为润净。

墨燃与薛蒙齐齐回首,只见残阳血色里,一位劲装打扮的男子临风而立。

那男子生得五官深邃、眉目漆黑,束着黑玉发冠,一张蜜色脸庞英俊又精神,身材虽非高大魁伟,但身姿极为挺拔,更胜苍松翠柏,尤其是一双长腿,被黑色束裤妥帖地包裹着,显得修长有力,笔直英武。

墨燃的神色瞬间变了,眼前似乎闪过了隔世的鲜血与罪孽。

他好像看到了跪在血雨腥风中的一道身影,琵琶骨被打穿,半边脸的皮肉被撕去,却还宁死不降,不肯屈服。

心头一颤,像是叶片上落了一滴清白晶莹的露水,墨燃竟说不出是什么滋味。

如果说他前世有敬佩过什么人,那么眼前这一位,定当是其中之一。

原来那个要与他们同住的如风君子……竟然是他吗……

第二章 合榻话故词

本座很好?

兄弟俩停止了打闹,双双起身。

眼前之人有种十分庄严的气质,薛蒙愣了一会儿,才反应过来,颔首道:"嗯。说得不错。你是谁?"

他自幼任性惯了,王夫人虽反复教他礼法,他却浑然不放在心上,因此询问别人姓名,一不用敬称,二不先报出自己名号,实在是非常不礼貌。

但墨燃知道,此人是断不会和薛蒙一般见识的,毕竟人家是……

"在下儒风门弟子,叶忘昔。"青年果然沉稳不怒,漆黑的剑眉下,一双眼眸宛如淬着星辰碎光,格外明亮锐利,"敢问阁下高姓。"

"叶忘昔?"薛蒙皱起眉头,喃喃道,"没听说过。没名气。"

他嘀咕的声音虽不响,但对方耳力若是不差,肯定也能听到。墨燃因此在暗中拉了拉薛蒙的衣袖,让他收敛一些,而后敛去眸中的情绪,微微笑道:"在下死生之巅墨燃,身边这位是拙弟薛蒙。"

薛蒙挣开他,朝他怒目而视。

"别碰我,谁是你弟弟?"

"唉,薛蒙,你啊……"墨燃叹了口气,随后复又弯着眼睛,冲叶忘昔笑道,"舍弟顽劣,让叶兄见笑了。"

他倒不是突然转了性子,对薛蒙客气起来,只不过因为这位叶忘昔实乃人中俊杰,虽然此时寂寂无名,但是在墨燃复生前,人家可是整个修真界除了楚晚宁之外的第二大高手。

天知道以前墨燃在叶忘昔身上吃过多少苦头。如今再世为人,对于这位刀锋般锐利、修竹般高洁的英杰,不说拉拢讨好吧,至少墨燃再也不想与他为敌了。

一个楚晚宁都够墨燃焦头烂额的,再来个叶忘昔,哪还有舒坦日子过?

叶忘昔话不多，与两人互相客气几句，便回屋去了。

他人一走，墨燃又恢复了那神憎鬼厌的嬉笑嘴脸，拿胳膊肘捅了捅薛蒙，笑着问道："怎么样？"

"什么怎么样？"

"这个人啊。"墨燃问，"喜不喜欢，好不好看？"

薛蒙莫名其妙地看了他一眼，骂道："神经病。"

墨燃哈哈笑道："我们四人同住一院，往后就要抬头不见低头见了，你该庆幸与我们住一起的是他。"

薛蒙奇怪道："听你语气，你认识他？"

墨燃当然不能说实话，便开玩笑道："不认识，不过呢，我看人只看脸。我瞧他好看，心中欢喜得很。"

薛蒙骂道："恶心！"

墨燃打了个哈哈，转身挥挥手，又背对着薛蒙做了个咒骂的手势，便懒洋洋地回自己的石头小屋里，咔嗒一下落了门闩，把薛蒙的骂骂咧咧都关在了外面。

翌日清晨，墨燃起了个早。

为了让他们熟悉桃花源生活，羽民特将修行延后了三天。墨燃梳洗完毕，见叶忘昔已出门去了，而另外两人尚未醒来，便自己去街上闲逛。

清晨薄雾里，不少仙门剑客步履轻盈，飘然而过，赶去各自修行的地方。

墨燃途经一家早点铺子，瞧见新出一锅水生煎，想起小师弟还病着，于是走过去道："老板娘，要八只煎包，再打一碗甜粥，带走。"

摆摊的羽民头也不抬地说："给我六根羽毛。"

墨燃一怔："六根什么？"

"六根羽毛啊。"

"……那我现在是不是得去找只鸡，拔几根毛？"

那羽民掀起眸子白了他一眼："没毛还想吃饭？去去去。"

墨燃又是好气又是好笑，待要再细问，忽然身后传来一个熟悉的声音，一只缠着绷带的手伸了过来，指间夹着六根金光璀璨的羽翼。

"老板娘，打粥吧，我替他付了。"

羽民接了翎毛，也懒得和他们啰唆，转身打包早点去了。墨燃侧过脸，就瞧见叶忘昔正立在他身边，端的是清秀英挺、气度自华。

"多谢你了啊。"揣着热气腾腾的煎包和甜粥,墨燃与叶忘昔边走边说,"今天要是没遇到你,恐怕我们都得饿肚子。"

"无妨。"叶忘昔道,"十八姑娘记性不好,总是忘记给新来的人一些羽毛。我也是恰巧路过,举手之劳而已,你不必客气。"

墨燃问:"在桃花源做买卖,都需要拿羽毛?"

"不错。"

"那羽毛是从哪里来的?"

叶忘昔道:"拔来的。"

"拔、拔……"墨燃有些呆住,还真是从鸟身上拔的?那这里的鸟不得被他们拔秃了?

见他面露惊异之色,叶忘昔有些好笑地瞥了他一眼:"想什么?这桃花源里有一个始祖深渊,据说是当年朱雀上神羽化飞升的地方,深渊底下尽是赤焰真火,酷热难当。因此周遭寸草不生,百兽皆不能活。"

墨燃听他这般形容,立刻想到了昨天路过城郊时,远处一段透着血色的天幕,便道:"那个深渊可是在城北附近?"

"你说得不错。"

"那和羽毛又有什么关系?"

叶忘昔道:"是这样,始祖深渊附近虽然没有其他生灵能够存活,但是深渊里面栖息着一群怒枭,以真火为巢,昼伏夜出。它们的翎毛可以助羽民修为精进。"

"原来如此。"墨燃笑道,"难怪要拿羽毛来换东西。"

"嗯。不过你需得留心,夜间活动时,他们的羽毛会变得与寻常夜枭无异,即使抓到了也毫无用途。只有当每天旭日东升时,怒枭千百成群地返回始祖深渊。在即将进入深渊的一刻,他们身上的羽翼会重新变回金色,那时摘下才有用。"

"哈哈,那岂不是成了修行轻功?要是功夫不到家,掉下去可就成烤肉了。要是不去摘,那又会活活饿死。"墨燃忍不住啧啧,"这可真叫人苦恼。"

叶忘昔问:"你莫不是不善轻功?"

墨燃笑道:"一般一般。"

"那可不行。"叶忘昔道,"怒枭行动迅猛,不输鹰隼。你若不勤加修行,不出几日就会饿肚子。"

"这样……"

见墨燃兀自走神，叶忘昔叹了口气道："我所得的羽毛不少，暂且也不缺得用。你们三人若有需要，先问我取就是。"

墨燃连连摆手，笑道："这怎么好意思？这六根羽毛当是我问你借的，我先回去吃饭了，明日要是采得了羽毛，我就还给你。多谢啦！"

告别叶忘昔，墨燃揣着早饭回到了别院。

薛蒙的屋子里头没人，大约醒了闲着无事，四处乱逛去了。墨燃于是来到了楚晚宁的竹楼。

楚晚宁尚不曾醒。墨燃把粥和煎包在桌上放下，来到他床边，低头看了他一眼，突然间某种熟稔的感觉飘上了心头。

这个小师弟睡着的样子……怎么有点像某个人？但又想不起来到底像谁，只是记忆里模糊有个人也是这个样子，躺在床上的时候，总是把自己蜷成一团，手枕在脸颊边——到底是谁呢？

正在他发呆的工夫，楚晚宁醒了。

"嗯……"翻了个身，楚晚宁看到床边的人，猛然睁大了眼："墨燃？"

"都说几遍了？要叫师兄。"墨燃揉了揉他的头发，而后探到额头一试温度，"烧退啦，来，起来吃点东西。"

"吃东西……"榻上的孩子愣愣地重复，发髻凌乱，衬得一张脸越发水灵可爱。

"你看师兄疼不疼你？起了一早去买的早点。趁热快吃吧。"

楚晚宁穿着洁白的里衣下了床，走到餐桌前。桌上摆着一片鲜嫩荷叶，里头生煎皮薄底酥，上面撒着碧绿的葱花和黑芝麻。另有一小盅龙眼桂花粥，煮得软糯稠厚，正冒着腾腾热气。

素来强势的玉衡长老，竟生出了一丝不确定："给我的？"

"啊？"

"都是……给我买的吗？"

墨燃愣了一下："对啊。"

他看着楚晚宁犹豫不决的样子，想了想，笑道："快吃吧，不然就凉了。"

楚晚宁在死生之巅那么多年，众人虽敬他，却因他性格倔强冷淡，几乎无人愿意与他一同进食，更别提替他打一份早饭了。有时候他看着弟子间互相关照，嘴上虽不愿承认，心里却忍不住微羡。因此对着这一碗粥、几只包子，他沉默良久，竟也舍不得去吃。

墨燃见他坐在小凳上，盯着眼前的吃食却不曾动筷，还以为不对他胃口，于是问道："怎么了？是不是油腻了些？"

"……"

楚晚宁回头看他一眼，摇了摇头，拿起调羹舀一勺粥，吹了吹，小心翼翼地喝了一口。

他若是昔日俊美冷淡的楚宗师，这样喝粥只会显得涵养颇好，雅致翩翩。

但换在一个孩子身上，竟有些笨拙与可怜。

墨燃误会了，便对他说："你可是不喜欢龙眼？那你拣出来丢边上，不碍事。"

"没。"小师弟脸上没有太多的表情，但重新望向墨燃的时候，乌黑的眸子却是温润的，"我喜欢的。"

"哦……哈哈，那就好，我还以为你不爱吃呢。"

楚晚宁垂下浓密的睫羽帘子，小声重复道："我喜欢的。以前从来没人会这样待我。"

他说着，抬起眸子望了墨燃一眼，认真道："多谢你，师兄。"

墨燃没有想到他会说出这一番话，不由得怔住了。

他不是什么良善之人，也不喜欢孩子，之所以对夏司逆好，只不过觉得他小小年纪身手不凡，是个值得结交的后生。

他怀抱功利之心，对方却以真诚相待，墨燃不禁有些赧然了。但听这小师弟的话，又觉得好奇怪，于是摆手让楚晚宁不要再谢自己之后，他问道："以前没人给你买过早点吗？"

楚晚宁没什么表情，点点头。

"璇玑长老门下的那些人，不会互相照顾吗？"

楚晚宁道："我不常与他们聚在一起。"

"那你入门前呢？你在俗家的时候，你爹娘……"话说到一半，墨燃就顿住了。

墨燃这小师弟生得这样玉雪剔透，哪个做父母的忍心把他扔到山上来修行，且从不来门派看他一眼？想必他与自己和师昧的遭遇是一样的。

果然，楚晚宁平静道："父母见弃，也没有其他亲眷，没人带我。"

墨燃不说话了，良久静默后，长叹了口气，心道：我本来与这孩子交好，一是看他修为高超，二是看他颇为沉稳，与寻常吱呀乱叫的小孩儿不一样，却不想他竟与我一般身世可怜。

墨燃看着眼前的师弟，不由得想到自己年幼时那段满是辛酸苦楚的岁月，胸臆中一股热血涌动，渐生怜悯与亲昵。他忽然道："从前没人带你，但以后有了。你既唤我一声师兄，从此，我便要好好照顾你。"

楚晚宁似乎没有料到他会这样说，显得有些惊讶，过了一会儿，慢慢展开一个微笑，说道："你要照顾我？"

"嗯。以后你跟着我，我教你心法，教你练剑。"

楚晚宁笑意更浓了："你要教我心法，教我练剑？"

墨燃误会了，挠头道："你别嘲笑我啊，我知道你修为很不错了，但毕竟尚年幼，很多事情都要再学。璇玑长老门徒众多，定顾不着你。你跟我学有什么不好的？我至少还是有一把神武的人呢。"

楚晚宁静了良久，开口道："我不曾嘲笑你。我……觉得你很好。"

这样的话，换作以前，他是万万说不出口的，但身体变小了，似乎连带着性子也会柔和，就好像躲在了暗处，终于可以卸下硬邦邦的面具。

倒是墨燃，活了两辈子，第一次被人夸"你很好"，尽管对方只不过是个小孩子，但也令他手足无措、惊喜非常，磕磕巴巴了半天，素来厚得像城墙般的脸皮，竟然涨红了。

他喃喃着重复："我、我我我很好……我很好吗？"

他忽然模糊地想起，自己年幼时，曾是真的想做一个好人的。

但，那时卑微却温柔的愿望，就和"长大后要讨胭脂铺的李姊姊当媳妇儿""赚够了银两就天天都要买烧饼吃""要是以后一顿饭里能有两块红烧肉，当神仙都不换"一样，后来都成为风吹雪散的记忆了。

本座来到古临州

墨燃他们的修行很快开始，当然，攒羽毛是他最热衷做的事情，毕竟他又不指望真的从前世的这帮手下败将这里学到太多东西，过好日子才是正经的。

他们每日破晓前去始祖深渊抢夺金羽，而后去祝融洞打坐，以体内灵力对抗祝融洞炎阳，提高自身修为。两个时辰后，他们跟着羽民修习鬼怪制衡之法。

再过两个时辰，修罗场互相对抗。

入夜前，去桃花源观星崖听十八姑娘讲解《百鬼谱》《驱灵诀》。

当然，墨燃最喜爱的是晚上去观星崖听经，因为那是唯一会将三大不同专精的修士聚到一处的课习。

他知道师昧轻功不好，惦记着对方吃不饱肚子，所以自己摘下来的羽毛，每天都会分一半给师昧用。不过除此之外，他也难以和师昧有过多交集，反倒天天与楚晚宁相处，两人渐渐形影不离。

这段时光，往往是楚晚宁坐在桥栏上吹叶子，墨燃就坐在他旁边托着腮看日升日落，云卷云舒。或是楚晚宁站在河边喂鱼，墨燃撑着伞立在旁边看着锦鲤踊跃，碧波金鳞。

桃花源落雨时，墨燃拉着楚晚宁的手，和他一起沿着龟裂古旧的青石小径行走，一把油纸伞端端正正，开在两人头顶。

若是积水深了，墨燃便会背起小师弟，雨点滴滴答答，小家伙伏在他肩头很安静，总也不多说话。

只是有时背热了，墨燃额头有细细的汗珠，那寡言的师弟就会拿巾帕默默替他擦一擦。那帕子白净素雅，边角绣着一朵海棠花，墨燃总觉得眼熟，像是在哪里瞧见过，但忽悠悠的念头就像落入深潭的细雨，再也无从找起了。

这一日，楚晚宁于院中休憩，墨燃心血来潮，解了他的发辫替他束成高高的马尾，正梳着头发，忽见得叶忘昔捂着左肩，面色微郁地走进了院中。

墨燃眼尖，微微抬起眉毛："叶兄受伤了？"

"嗯。"叶忘昔顿了一下，皱着眉道，"切磋时受的小伤，无妨。只是那人当真轻薄下流，令人鄙夷！"

"……"

墨燃啜嚅，甚是难以置信："有人非礼你？"

叶忘昔瞪了他一眼，目光锐利，冷冷道："你想什么？"

"哈哈哈，开个玩笑嘛。"墨燃尴尬地笑了两声，忍不住好奇道，"你说的那人，是谁啊？"

叶忘昔道："还能有谁？还不是昆仑踏雪宫的那个风流种子。"

一听这个形容，墨燃"啊"了一声，心道：莫非是他？

这些日子他时常在桃花源里听到一些女弟子窃窃私语，张口"大师兄"，闭口"大师兄"的。年纪轻的也就算了，就在昨天，他还见到一个四五十岁的女修站在花丛边撒癔症，眼神飘忽喃喃着："这世间男子，没有一个能与大师兄比肩，若是他能真心看我一眼，跟我说说话，我便是堕入地狱，也毫无怨恨。"

如此痴怨之态，让墨燃当时就笑喷了，并怀疑她说的"大师兄"就是自己想的那个人。但是桃花源里修士众多，且彼此之间并无太多往来，他从来都是只闻其名，未见其人，又不好意思和女弟子们探听八卦，因此也不能确定。

"我今日在西市的灵湖楼喝酒，"叶忘昔说，"那个混账东西碰巧也在里头。我见他怀中搂着两名女子，已是十分浪荡，但别人你情我愿，与我也无关系，便也不好说什么。"

墨燃赞同道："这倒是。"

"但后来，外头冲进来了个孤月夜门下的女弟子，神色焦灼，左顾右盼，显是来寻人的。"

墨燃笑道："就是来寻那个'大师兄'的吧？"

"你也听说大师兄了？"

"哈哈，那你看看，连你这样的正人君子都知道了他的风流烂账，我这种熟知张家长李家短的，又怎么会不清楚？"

叶忘昔默默看了他一眼，道："那个大师兄当真不是东西。孤月夜的女修来寻他，实是因为他前些日子与人家交换了信物，说是要结为道侣，从此不再相离。"

墨燃又笑了："那这话是万万听不得的。我猜那定情信物大师兄有个十七八件，件件一样，追一个姑娘便送一次信物，恐怕连海誓山盟的说辞都没啥区别。"

一直安静听着没说话的楚晚宁终于开口了，他瞥了墨燃一眼，似是不满地说："你又知道了。"

谁知叶忘昔却站在了墨燃那边："墨兄说得不错，事实确是如此。那女修原本就暗慕大师兄，听他这么一说，便信以为真，当晚就失身给了他。"

墨燃："哎哟。"他忙去捂楚晚宁的耳朵。

楚晚宁不动声色道："你这是做什么？"

"小孩子不能听这个，听多了不利于修行。"

楚晚宁："……"

墨燃捂好了楚晚宁的耳朵，立刻眼睛亮亮地迫不及待地问："然后呢？"

叶忘昔是个正人君子，哪里想得到墨燃这个卑鄙小人简直就是把他义愤填膺的叙述当桃色话本在听，正气凛然道："然后还能怎样？大师兄自然是不愿认账，也不愿与那女修多纠缠。那女修拿出的信物剑穗，岂料大师兄左右搂抱着的两个女子也各有一枚，他说只要与他是朋友的，他都会赠一枚剑穗相伴，并非送与道侣的。"

"啧啧，那当真无耻至极。"

"是啊。"叶忘昔说，"我看不惯，便与他论了起来。"

他说到这里，脸色微有异样，过了一会儿，才道："论了不愉快，便打了起来。"

墨燃笑了笑："这样。"心里却道：恐怕不是。

如果"大师兄"真的就是他猜的那个人，那么以那人的性格，是断然不会因为这种事情而与人动手的，只怕叶忘昔是出于尴尬，隐瞒了些什么。

不过叶忘昔既然不愿意说，墨燃当然也不会戳穿，于是换了个话头道："那大师兄的身手想必不错，要是寻常人，定是伤不了叶兄的。"

不说这个倒还好，一说这个，叶忘昔似乎更恼了，一双漆黑的眸子像星火燎原，闪动着腾腾怒意。

"好？好什么！"叶忘昔愤然道，"自己法术平庸，动手全靠女人——不是东西！"

"啊？哈哈哈哈。"墨燃听他这么一说，定睛一看，只见得叶忘昔除了肩膀上的剑伤之外，脸颊处也有三四道断续的血痕，显然是被女人的指甲挠的，不由笑得打跌，"大师兄果然名不虚传哪，哈哈哈哈。"

楚晚宁却不说话，自叶忘昔说"论了不愉快，便打了起来"开始，就似乎在深思。

待叶忘昔回房去包扎伤口了，楚晚宁才道："墨燃。"

墨燃拍了他的脑袋一下："叫师兄。"

楚晚宁道："他说的大师兄，是梅含雪吧？"

墨燃笑道："我猜是的。"

楚晚宁又不说话了，略略思忖着。

忽然，他像是想通了什么，倏地睁大眼睛："这位叶忘昔，该不会是被——"

"嘘！噤声！"墨燃把手指凑到他唇边，止住了他的话语，而后蹲着身子，与楚晚宁保持齐平，笑道，"你小小年纪，想些什么呢？"

"……早前听说过梅含雪此人……特别不靠谱，什么荒唐事都做过，没想到他连儒风门的弟子都敢……"

墨燃随意笑道："哈哈哈，他是挺不靠谱的。但别人的事情我们少管。来，师兄继续给你扎头发。之前在西街见到个发扣挺好看，也不贵，就买了，我给你戴上看看。"

就像墨燃不喜欢楚晚宁的品味，楚晚宁也对墨燃的喜好不敢恭维。

楚晚宁对着那只流光溢彩的金色兰蝶浮夸发扣，陷入了沉默："你确定这是给我戴的？"

"是啊。小孩子就要用金色啊，红色的，你看，多活泼。"

楚晚宁："……"

楚晚宁实在是很不情愿，但是细细想来，这似乎是墨燃第一次送自己东西，于是闭嘴不说话了，沉着脸任由墨燃把发扣扣到他马尾的顶束，金色的兰草和蝴蝶在墨色长发上发出灿烂辉光。

楚晚宁垂下睫毛，忽然觉得这样也很好。

这样的颜色，这样的墨燃，这样的自己，若是身躯恢复，是断然不会再有的。

这只蝴蝶，就像从梦里飞来的一样。

白云苍狗，日月如梭。

众修士于桃花源修行，转眼已过半年。

按十八姑娘所说，半年之后，众人需要依次接受羽民考验，测一测修行进展如何。

"这是诸位来到这里之后的首次试炼。"集会上,十八婉婉道,"试炼内容按照诸位各自所修的心法不同,分为三大险境。御守们进入'血河境';疗愈们进入'大悲境';攻伐们进入'修罗境'。

"以上三大险境,都是按照数百年前鬼界攻入人间存留的记忆,还原出来的虚境。诸位在其中不会有任何危险,破解虚境内的危机后,便会返回桃花源。

"虚境试炼每次只可进入两人,也就是说,试炼者可以独自挑战,若要邀请同伴,只可邀请一名。试炼所轮次序,以仙使通告为准。"

集会散后,试炼便徐徐展开了。墨燃不知道御守和疗愈那边的情况,但攻伐这里,已经接连测了六七个人,所幸那些人都完成得不错,看来此番试炼也并非太难。

一旬过后,便轮到了墨燃。

监管攻伐修士们的,正是十八,她微微一笑,问道:"墨仙君可需要同伴一并前往?"

墨燃想了想:"我要是挑了一个人和我一道去,那他是不是不用再接受一次试炼了?"

"这是自然。"

"那我带师弟去吧。"墨燃指了指楚晚宁,"他年纪小,到时候一个人,我不放心。"

皓月当空,他们随着十八来到了一个黑魆魆的洞穴边,那洞口笼罩着一层金红薄烟。

十八道:"二位仙君请听好,修罗境所还原的景象,是两百年前鬼界的一次破裂惨状。当时因为结界未能及时修补,大批冤魂厉鬼逃往人间,残害生灵无数。这个虚境就是依照当年临州一个幸存者的记忆所拟。你们踏入山洞的一刻,就会去到两百年前的战乱临州城,杀掉领兵的鬼王,虚境自破。"

墨燃看了楚晚宁一眼,转而对十八笑道:"仙子姊姊,你看我皮糙肉厚的无所谓,我师弟才六岁,你说这刀剑无情的,万一伤到了他……"

"你不必担心,虚境中的一切兵刃都不会真正伤及二位。"十八说道,"你们若是受了伤,会有灵力自行标记,若是标中了要害,便代表二位重伤身亡,挑战就失败了。"

墨燃这才放心，拊掌笑道："原来是这样，仙子姊姊们考虑得真周道，多谢多谢。"

既然担心已除，墨燃便和楚晚宁一同前往洞中试炼。那山洞黑魆魆的，他们前脚刚迈进去，身体便骤然感到一阵悬空，紧接着眼前闪过五光十色的模糊景象，无数张扭曲的人脸汇聚成河流在身下流过。

待到两人坠落于地，双脚踩稳后，发现自己已然被传送到了古城，站在城郊故道口。此时正值晌午，日头大晒，空气中弥漫着一股浓烈的腥臭味。

两百年前百鬼夜行的临州古城，便伴着这浓郁的腥气，犹如一纸战火中焦黄的残卷，在墨燃与楚晚宁眼前，缓缓地，凄然展开。

本座见到了谁

当年的临州古城正值战乱，过眼处满地血膏，四下里尽是残垣断壁。在厉鬼瘴气的熏蚀之下，城郊百草萧疏，万木枯槁。

墨燃还未回神，就听得一阵异响。他抬起头，陡见不远处的一株老槐残枝上挂着一副新鲜肠子，十余只黑鸦正围着啄食，血滴和肉渣不断地往下溅落。

树下，一具中年男子的尸身倒伏着，腹部被利爪撕开，污血和脏器流了一地。没有人能够知道他死的时候究竟是睁着眼还是闭着眼的，他的眼珠子已经被啄空了。

这样的场景，墨燃并不陌生。

复生前他纵横人间，曾屠尽了儒风门七十二城，当时血流漂杵，尸横遍野，亦是这般惨状。

可不知为何，那些鲜血令他痛快不已，身体里每一丝骨肉都在肆意地啸叫。此刻突然又见到了相似的惨状，他心中却起了一层森寒、半寸怜悯……难道自己真是装乖巧久了，竟不知不觉转了性？

他正思索着，忽听得一阵马蹄声，前方竟起了一片扬尘。

在这样兵荒马乱的世道还能纵马疾行的，多半不是什么好鸟。

墨燃立刻拉住楚晚宁，把他往自己身后带，然而临州故道四周空旷，并无可以匿身之处。眨眼间一行轻骑出现在了茫茫尘烟之中，近看了墨燃才发觉，那些马并不强健，有几匹饿得连肋骨都根根明晰，有十余个人分别坐在马背上，按着辔头。

那些人穿着统一的制式白底绲朱劲装，头戴红白翎羽兜鍪，齐眉勒着双龙绞杀额环。他们虽然衣物不甚干净，却十分整齐，虽然面容格外消瘦，但依旧精神抖擞。更难得的是，他们人人都挽着一把劲弓，背后满满一筒羽箭。

在烽火狼烟的乱世，最值钱的是两样东西：食物和武器。

他们显然不是普通人。

墨燃正不知来者是善是恶，是敌是友，却听得其中一个十四五岁的少年惨声喊道："爹！阿爹！"

少年扑通一声从马背上跟跄滚落，摔跌进泥土里，又连滚带爬地起来，跌跌撞撞地朝树下跑去，扑在那个横死的中年男子身上，号啕大哭起来："阿爹！阿爹！"

其他人也都露出了怜悯的神情，但显然已经见过太多的生死，多到甚至有些麻木，因而除了抚尸痛哭的少年之外，并无人下马相劝。

有人注意到了不远处的墨燃和楚晚宁，愣了一下，用临州乡音浓重的官话问道："你们不是本地人吧？"

墨燃道："对，……我们是从蜀地来的。"

"这么远？"那人吃了一惊，"这世道，一入夜都是厉鬼，你们是怎么活下来的？"

"……我会些法术。"墨燃心知言多必失，见这些人并无歹意，便拉了楚晚宁出来岔话头，"这是我弟弟，我们路过这里，走不动了，想歇一歇。"

骑队里那些人见了楚晚宁，有几个似乎微微愣了一下，更有两人小声交头接耳。

墨燃警觉道："怎么了？"

"没什么。"为首的青年道，"说正经的。你们要歇到城里头去歇吧。别看这里眼下没有怪物，要是到了晚上，那可到处都是鬼，小满的养父就是白日头出去找吃的，结果昨儿下了暴雨，没来得及在天黑前赶回来，你看这不就……"他重重叹了口气，再没有说下去。

原来小满就是那个痛哭流涕的少年，树下死去的是他的养父。乱世中总有这样的事发生，一个家里出去个人找食物，早上好端端地出去了，晚上就再也没回来。

虽知这是两百年前早已发生的事情，但那少年哭得撕心裂肺，几欲泣血，墨燃看在眼里，胸中却仍忍不住泛起微涩，然而微涩过后，涌起的便是一阵陡然心惊。

他以前杀人不见血，为何渐渐心软至此？

他当即拉着楚晚宁，与那一骑青年告别。

为首的那个人说道："你们进了临州城，找个地方先住下。临州马上要全城搬迁到普陀了，那里灵气充沛，暂未受鬼气侵袭。你们孤孤单单的，不如和我们一起走。"

"全城搬迁？"

"是啊。"那人说到此事，目光灼灼，面容都像在散发着光辉，"多亏了楚公子的好计谋，全城老小都能捡回条命啊！不说了，不说了，我们还得在天黑前把城郊寻一圈，看看有没有幸存的人可以带回城去——唉，小满，走吧、走吧。"

他唤小满，但小满仍然抱着养父的尸身在流泪，没有回头来看一眼。

墨燃叹了口气，拉了拉楚晚宁，低声道："走吧。我们先进城去。"

楚晚宁点头，忽而问："你说他们全城搬迁，到底成没成？"

墨燃拉着他微凉的稚嫩小手道："你要听真话还是假话？"

"自然听真话。"

"小孩子还是听假话比较好。"

楚晚宁便道："他们没有走成。"

"对啊。"墨燃说，"你看，你自己都知道真话是什么，偏偏还要问，好像问我一遍，结局就能改变似的。"

楚晚宁不理他，继续问："你知道他们为何没有走成吗？"

"你看你又问我，我又不是活了两百年的老妖精，这我怎么清楚？"

楚晚宁不出声了，过了一会儿才阴郁道："两百年前临州城的人，几乎死绝了。"

墨燃："……"

楚晚宁道："没逃出几个。"

"不是，师弟啊，你年纪轻轻，怎么全都知道？"

楚晚宁白了他一眼："玉衡长老在旧史上讲到过不止一遍，你上课不听，反倒来问我为何这么清楚，委实可恨。"

墨燃有些无奈，心道，我上我师尊的课走神，师尊都还没骂我，你骂我做什么？但想想觉得还是不跟小孩子一般见识，由着他开心算了。

两人边说边走，不知不觉间就过了城门，来到临州的主城内。这座一面矗立于钱江江边的古老城池已经坚壁清野，驱魔工事遍布墙头与城沿。

城池外堆积着数不清的尸体，布满恶鬼诅痕，这种尸体若不处理，到了晚上都是会生变的。

道士们趁着正午，出来在外面拿香灰拂洒，对于那种诅痕格外深刻的，都以朱砂蘸酒，画符驱散。

城门拒马前站着两个守卫，打扮和刚刚在城外见到的那一行青年一模一样，也是白底绲朱劲装，双龙绞杀额环，臂挽弓，背后箭筒满羽。

"站住，什么人？"

墨燃于是又按刚才的话解释了一遍，那两个门卫并非存心想拦人不让进，而是要做个登记，于是把他们二人记录在案后，便放他们进去了。

走之前，墨燃想起了刚刚那骑马少年提及的"楚公子"，既然那人说临州举城迁移，是托了"楚公子"的好主意，那么破解虚阵的关键，应该就在这个楚公子了。

"不好意思，我想跟阁下打听一个人。"墨燃道。

守卫掀起眼帘："你们从蜀中来，还有认识的人？"

墨燃笑着说："不是，是方才路上遇见的几位军爷，提到了一位姓楚的公子，说他两天后要带全城老少迁往普陀，不知这位楚公子是什么人。在下略通法术，若有力所能及之处，也想搭一把手。"

守卫来回打量他一番，许是觉得墨燃能带着个小奶娃千里迢迢、毫发无损地来到这里，应该确实有些能耐，便道："楚公子是太守老爷的长子。一个月前鬼王降临，太守老爷不幸罹难，这之后都是公子爷在领着我们御敌。"

"太守的公子？"墨燃和楚晚宁互相看了一眼，墨燃转而道，"好奇怪，太守公子也通法术吗？"

"有什么好奇怪的！"守卫横了墨燃一眼，"就允许大门派修行，不允许凡间散修吗？"

"……"

散修有是有，但从来成不了气候。

墨燃心道，莫不是这楚公子半桶水晃得叮当响，瞎出主意害了临州全城百姓性命？

但依着守卫的指点，往太守府走去，墨燃立刻发现自己想错了。那位赶巧和他师尊老人家一个姓的公子爷，显然不是只有三脚猫功夫。

因为他看到了上清结界。

上清结界是一种非常强大的净气结界，可以阻挡有效范围内一切邪佞之息。只要这种结界开着，莫说是普通鬼怪，即使是千年厉鬼，也难以踏入其中半寸。

不过，这种结界必须由施术者亲临其中，作为阵眼，并且所覆区域极小，就连楚晚宁这样的大宗师，也只能用上清结界笼罩半个死生之巅而已。

而此时此刻，两百年前的这位楚公子，造出一个覆盖了太守府方圆十里的上清结界，虽然远不及楚晚宁，但也绝不是寻常人所能比肩的了。

两人往太守府门口走去，墨燃原本想着碰碰运气，让人通报一下，说是有修士自请襄助，看看那位太守公子爷愿不愿意赏脸相见。

岂料刚转过一个拐角，他们就看到太守府衙门口，排了三条长长的队伍。六个和守卫骑兵做相同打扮的女侍摆出厚实的大木桶，几百个面黄肌瘦的老弱妇孺聚在府衙前，正依次领着布施的粥饭。

领完粥的人，又都来到府前的一株海棠花树下。那花树下立着个白衣男子，一头墨色长发松散地绾成一束，正把一张又一张画好的符纸派分给众人，并细细地叮嘱所需注意之事。

他背对着墨燃，因此墨燃也看不清他的相貌。

不过那些领了符纸的人都朝他感激地道："多谢楚公子大恩大德，多谢楚公子大恩大德……"他们念叨叨地散了。

原来这位便是太守公子爷了。

墨燃心生好奇，拉着小师弟绕过去一看。

只一眼，墨燃顿时眼睛睁得滚圆，犹如五雷轰顶——

这、这不是楚晚宁吗？！

莫说墨燃，就连楚晚宁自己都愣住了，排在队尾远远瞧去，太守楚公子面目清癯，剑眉凤目，鼻梁弧度却很柔和，便连那一身白衣，都与自己相似至极！

楚晚宁："……"

墨燃："……"

僵了老半天，墨燃颤声说道："师弟啊。"

"嗯。"

"你有没有觉得……这位楚公子，长得格外像一个人？"

楚晚宁干巴巴地："像玉衡长老。"

墨燃一拍大腿："可不是嘛！怎么回事？这人是谁？和师尊什么关系？"

"……你问我，我怎么知道？"

"你不是听课认真吗？"墨燃很急。

"这个课上又不会讲。"楚晚宁很气。

两人就又不说话了，排在队伍里，慢慢往前挪着，都目不转睛地盯着公子爷看。

再仔细瞧了，墨燃发现其实楚公子与楚晚宁长相并不是如出一辙。这位公子爷的面容更加文静儒雅，眼睛没有那么狭长，瞳仁更温润些，目光也较楚晚宁柔和许多。

墨燃看着看着，忽然"咦"了一声，低头又去看小师弟。

"你让我好好瞧瞧。"

"干吗……"楚晚宁不免心虚，将脸转开了。

墨燃见他躲了，越发不依不饶，伸手去捏他的脸，强行令他回过头来。墨燃看了一会儿，忽然意识到什么，喃喃道："哎呀。"

楚晚宁强作镇定："怎、怎么了？"

墨燃眯起眼睛："难怪方才在城外，那些人见到你会交头接耳，我忽然发现，你长得和师尊也有点像啊。"

楚晚宁："……"

楚晚宁忙挣开他，耳朵尖却涨红了："胡说八道。"

"可是好奇怪，为什么那些守卫他们一眼就能看出来，我却半天都想不到呢？"

楚晚宁："……"

墨燃正百思不得其解，忽然听到脆生生的一句话，有个稚子喊道："阿爹。"

本座给师弟讲故事

墨燃循声瞧去，看见答案豁然出现，并且自府衙的石阶上跌跌撞撞地跑来。

那是一个三四岁的孩童，手里抓着枚竹制小风车，朝着楚公子蹦跶。他穿着素净的小衣衫，襟前挂着碧玉项圈、福禄寄名锁、红绸护身符，俨然缩小了一圈的小师弟。

墨燃这回算是知道，那些骑兵交头接耳的原因了。

他禁不住喃喃："师弟啊，你和师尊都是临州人，而且师尊还姓楚，你说这两百多年前的楚家，该不会是你们的宗家？你俩该不会是什么远方亲戚吧……我觉得这可能性很大啊。"

楚晚宁没吭声，也盯着那两个人看。

他一直不知道自己的身世，年少时的事情都记不太清晰了。

难道，这个楚公子，真的是自己的某位先辈吗……

他正思忖着，队伍排到了墨燃。

楚公子抬起眸来，原本正要给墨燃符纸，然而见到是个面生的人，不由得微怔，随即温和地笑了笑："异乡人，初来此地？"

他声音淳厚儒雅，更与楚晚宁的冰冷肃杀不同。

"啊……啊是、是啊。"

骤然有一个长得那么像师尊的人，如此和气地与自己说话，墨燃还真说不上是什么感觉，一时间不知所措。

太守公子微微一笑："在下楚洄，敢问阁下尊姓？"

"我、我姓墨，我叫墨燃。"

"墨公子是从何处来到临州的？"

"远、远得很，在蜀、蜀中。"就算楚洄公子气质温和，但墨燃仍觉得自己要被这个人一眼看穿。

楚洵微怔，而后谦谦微笑道："确实好远。"他顿了顿，目光垂落数寸，瞧见了立在旁边的楚晚宁，儒雅的面容上浮现出一丝讶异。

"这位是……"

"我叫夏司逆。"楚晚宁道。

墨燃把他带到自己身边，摸了摸他的头，干笑道："这是我弟弟。"

长得不像我，像你。

或许是因为大战在即，情形紧迫，楚洵无暇多想。又或许是因为他只是一个幻境中的人物，难以对本不属于这个幻境的事情做出太激烈的反应。总之他皱了皱眉头，多瞧了楚晚宁一会儿，而后便将两张画好的符纸分别双手递交给了他们。

"远来是客，何况如今民不聊生。这两张符纸还请二位收下，若是没有别的安排，不如在城内多住两日。"

墨燃道："我都听说啦，公子是要带城民们迁至普陀吗？这符纸又是做什么用的？"

"这符纸是灭魂符。"楚洵解释道，"带在身上能够隐匿气息。"

墨燃立即明了："啊，我知道了。要是把气息封住，对方就无法觉察到我们。这样即使我们当着对方的面走过去，他们也会摸不着头脑，不知该如何是好。"

楚洵微笑道："正是如此。"

墨燃见他正忙碌，也不便再多问，于是谢过楚洵公子，拉着小师弟到边上去了。

两人坐在墙垣边，墨燃侧过脸，见小师弟正捧着那张符纸出神，便问："在想什么？"

"我在想，这确实是个好法子。"楚晚宁静静地思量着，"却不知为何最后他们没有走成。"

"这个书上没写？"

楚晚宁道："两百年前这场灾劫，以《临州集注》记载为最详，但也不过寥寥数行。"

墨燃问道："书上怎么说？"

"临州被围困，城中景象不得而知。待得义军破困，见尸枕倚于道，十室九空。太守府百人并黔首七百四十户，俱亡矣。"

墨燃道："死因都没有写吗？"

"没有记载。当时临州城是被围困的，活下来的人寥寥无几。后来有几个幸存之人被羽民救回，但羽民往往不涉世事，所思所想与凡人不同。在他们眼里，真相如何并不重要，即使他们清楚，无故也不会告于天下。"

楚晚宁顿了顿，继续道："不过，既然他们两日之后便走了，当时究竟发生了什么，我们也很快就能看到。我们不如再四下走走，或许能探着什么端倪。"

两人把灭魂符收好，正要离开，忽听得一阵脚步声，紧接着楚晚宁的衣袖就被扯住了。

"小哥哥。"

楚晚宁回头，原来是那个与自己长得颇像的小公子，那小公子年岁极幼，奶声奶气道："小哥哥，阿爹说你们在这里没有地方住，如果不嫌弃，今晚可以留在咱们家里。"

"这……"

楚晚宁和墨燃面面相觑。

墨燃问："方便吗？你爹爹都已经这么忙了。"

"没有关系呀。"小家伙露出了温馨的笑容，"家里已经住了很多没地方落脚的人啦，大家都住在一起，有爹爹在，晚上不害怕，没有鬼。"

他言语上还多有不连贯之处，但质朴热情，令人听着心疼。

墨燃道："好，那我们晚上就来府上打扰了，谢谢你啊，小弟弟。"

"嘿嘿，不谢我、不谢我。"

看着他蹦蹦跳跳地跑远，墨燃拉了拉楚晚宁的手，道："哎，我说句真的。"

"我知道你要说什么，你闭嘴。"

"哈哈哈。你又知道啦？"墨燃笑着揉了一把他的头发，"等回山了，我真得去找师尊问问，你们俩一个像大的，一个像小的，说和楚太守没有血缘，我都不会信！"

楚晚宁："……有血缘又怎样？"

"啊？"

楚晚宁淡淡地看了一下树下那一对父子，而后毫无波澜地说道："反正都是两百年前的事了。人都死了。"

言毕，他转身离去。

墨燃在原地待了一会儿，才拔腿追上他，边走边念叨："哎，你说你这小孩子，小小年纪，戾气怎么这么重？死了就死了？死了也是祖宗嘛。换成是我，我肯定要回去给他们建个祠，塑个九尺高的金身供着，浑身都要熏香料、挂珠宝，年年香火不断。我还指望着祖宗罩我呢……欸欸，你别走这么快呀。"

两人在城中走了一圈，发现每家每户都在收罗稻秸，扎着稻草人。

一问之下，他们才知道原来这也是楚洵公子吩咐城民去做的。城中居民无论年岁大小，每人都需要有个相对的稻草人，草人里包裹着纸张，滴上本人的鲜血，做成所谓"假傀儡"。

这个道理就好像河神要吃人头，就有人制成馒头，里面裹上肉馅儿投入河中献祀河神。

要知道有的鬼神出于根脚原因，头脑并不机敏，稍微使一点障眼法就能把他们骗得团团转，比如楚晚宁他们之前接触过的鬼司仪，就是泥巴脑子，极好忽悠。

这样看下来，楚洵最起码为城民做了两重准备，第一重是灭魂符，让他们在逃难期间不会被鬼怪发现。

第二重是稻草傀儡，因为鬼怪一旦发现城中百姓突然全部消失了，势必极为狂躁。留下傀儡做掩护，可暂时稳住他们，为举城迁徙拖延时间。

可越是这样，墨燃和楚晚宁心中的疑云就越重。

为何楚洵公子都已经布置得如此周详了，还会功亏一篑呢？

怀着这样的疑虑，他们回到了太守府上。这时候天已经黑了，不少住得偏远的人不愿意回家，拖家带口地卷着铺盖来上清结界内过夜。

太守府夜不闭户，只留着白天看到的那种白衣守卫在四下巡逻。

墨燃他们过去的时候，府上已经没有空房了，到处都挤满了人，一个厢房里有三四户人家蜷缩着，已无立锥之地，最后两个人只得挑了条走廊歇下。

被褥肯定是没有的，墨燃问守卫要了些稻草，在地下铺软和了，把楚晚宁抱上去。

"委屈你今天睡这里。"

楚晚宁道："挺好的。"

"是吗？"墨燃笑起来，"我也这么觉得。"

他倒在楚晚宁身边，伸了个懒腰，然后把胳膊枕到脑后，看着木椽分明的廊顶。

"师弟，你看那些鸟人造梦的本事真不错，虽说这个梦境有幸存之人的记忆做基石，但居然能细化到连廊顶木橼上的纹路都这么清晰，也是难得。"

楚晚宁道："羽民毕竟是半仙之躯，法力虽未登峰造极，但总有些凡人不能及的本事。"

"也是。"墨燃眨了眨眼，翻了个身，支着脑袋看着楚晚宁，"我睡不着。"

楚晚宁瞥了他一眼："那我讲个故事哄哄你。"

他原本不过说了一句嘲讽的玩笑话，岂料墨燃脸皮居然厚得要命，笑道："好呀好呀。师弟讲个七仙女和董永的故事吧。"

楚晚宁没料到他会当真，一愣，然后悻悻地把脸转开去了："你想得倒很美，这么大岁数的人了，也不嫌丢人。"

墨燃笑道："那你看看，其实人啊，得不到的东西就会一直惦记着，这跟岁数没多大关系。我小的时候，没人讲故事哄我，我就总是想啊、想啊，想要是有个人也能哄哄我就好了。后来这个人一直没有出现，我也长大了，也就不想了，但心里总还是惦记的。"

楚晚宁："……"

"你小时候也没人跟你讲故事吧？"

"嗯。"

"哈哈，所以你其实也不知道董永和七仙女的故事该怎么讲，对不对？"

楚晚宁："……这种腻歪又无趣的传闻，有什么好说的？"

"不会就是不会，别说是什么腻歪又无趣的传闻。你这样子长大之后肯定和我师尊一样，成为一个特别无趣的人，谁都不爱搭理你。"

楚晚宁怒道："不搭理就不搭理，睡了。"

说完他躺下合眼。

墨燃笑得直打滚，滚来滚去，滚到楚晚宁身边。他瞅着小师弟闭着眼睛的模样，睫毛乌黑匀长，很是可爱，于是伸手捏了捏人家的脸。

"真睡啦？"

"睡着了。"

"哈哈。"墨燃笑了，"那你睡着，我来给你讲故事吧。"

"你会讲故事？"

"对啊，就跟你会说梦话一样。"

楚晚宁闭嘴了。

墨燃躺在他身边，两个人枕着稻草，头和头挨得很近。墨燃笑了一会儿，见师弟不理睬自己，也渐渐不笑得那么夸张了，只是眼睛仍然是弯弯的，看着廊顶，鼻尖时不时蹿上稻谷粗犷的味道，声音平静又安宁。

"我给你讲的故事，是我自己编的。以前没人讲故事哄我，我很羡慕，但也没有办法，每天躺在床上，就自己讲故事给自己听。我讲给你的这个，是我最喜欢的，我给它起了个名字，叫作《牛吃草》。"

本座讲的故事"炒鸡"难听

墨燃说到这里又笑了笑,然后才继续道:"很久很久以前,有一个小孩子。"

楚晚宁闭着眼睛:"不是牛吃草吗?怎么是小孩子?"

"你先听我说完啊。"墨燃笑盈盈道,"从前有一个小孩子,家里很穷。他没有爹娘,在一个地主家里做童工,要洗碗、洗衣裳、擦地,还要出去放牛。地主家每天给他三块饼吃,小孩子能填饱肚子,就觉得很满足。

"有一天,他和往常一样出去放牛,在路上遇到一只恶犬,咬伤了牛的腿,为此,小孩毫无意外地被地主痛打了一顿。地主打完他之后,又让他去把那只恶犬弄死了出气,不然,就不给孩子饼吃。

"小孩很害怕,只能照着吩咐,把狗打死带了回来。但是他回家之后,地主发现,原来咬伤自家耕牛的,竟然是县老爷的爱犬。"

楚晚宁睁开了眼睛:"那该怎么办?"

"那还能怎么办呢?那只狗是县老爷最喜爱的,狗仗人势耀武扬威惯了,谁知道就这样被稀里糊涂地打死了,要是县老爷知道了,定然不会轻饶他们。于是地主越想越气,依然没有给小孩子饼吃,还威胁说,要是县老爷找上门来了,就要把他送出去。"

楚晚宁:"……什么乱七八糟的?一点道理都不讲,我不听了。"

"很多事情本来就是没有道理可讲的。"墨燃笑道,"就比谁钱多,谁拳头硬,谁的官大。第二天,县老爷果然就来找人了,小孩子被供了出去。因为年纪实在太小,县老爷也不好意思关他,狠狠打了他十棍,然后把他放了出来。"

楚晚宁问:"那孩子出来后,就逃了吧?"

墨燃说:"哈哈,没有逃,小孩依旧回到了地主家,养好伤,又继续给他们放牛,每天依然拿三块饼吃。"

"他不生气吗?"

"他只要吃得饱就不生气。"墨燃说,"打一顿就打一顿,过去就过去了。就这样,相安无事十多年,放牛娃长大了,跟他同岁的还有地主家的儿子。有一天,地主家来了几位贵客,地主儿子见其中有个客人,带了只特别漂亮的玛瑙鼻烟壶,心中喜欢,便把它偷了过来。

"那只鼻烟壶是客人家里祖传的,十分贵重,客人很惊慌,满屋子找东西。地主儿子见瞒不住了,就把鼻烟壶塞到放牛娃的手里,并告诉他,如果他敢把真相说出去,就再也不给他饭吃,让他活活饿死。"

楚晚宁听到这里,已是无奈至极,心道墨燃虽然自幼流落在外,但好歹是在乐府长大的,娘亲又是乐府的管事嬷嬷,日子虽不幸福,但也不至于凄苦,怎么编的都是这样阴沉灰暗的故事?

墨燃津津有味地讲道:"鼻烟壶很快就被找到,那个放牛娃为了吃饭,也只能硬着头皮招认,而等着他的自然又是一顿暴打。这次,他们把他打得三天都下不来床。地主儿子逃过一劫,就偷偷塞给放牛娃一个夹着五花肉的馒头,那孩子狼吞虎咽地吃着,也就不恨这个害他的人了。因为实在没有尝过这样的美味,所以他一边捧着馒头,一边还不停地跟地主儿子说:谢谢,谢谢你。"

"不听了。"楚晚宁这回是真气着了,"怎么就不恨了?一个馒头就不恨了?还谢,有什么可谢的!"

"不是啊。"墨燃无辜地眨眨眼,"你没听仔细。"

"我怎么没听仔细了?"

墨燃正色道:"那可是个夹着五花肉的馒头。"

楚晚宁:"……"

"哈哈,瞧你这表情,不懂了吧?那孩子平常只能在除夕吃到一两块肥肉。他本以为,他这辈子到死都不会知道五花肉是什么滋味,所以当然要谢谢人家。"

见小师弟被自己噎得无话可说,墨燃极灿烂地笑了笑,继续道:"反正这件事情,就这么过去了。他依旧拿着自己的三块饼,每天过日子。有一天……"

楚晚宁这下算是明白墨燃讲故事的路数了,只要"有一天"出现,准没有好事情。

果不其然,墨燃道:"有一天,地主儿子又犯事儿了。

"这一次,他在磨坊里非礼了邻家的一个姑娘,正好让那倒霉的放牛娃撞见了。"

楚晚宁："……莫不是又让那孩子顶包？"

"哎呀。"墨燃笑了，"就是这样，恭喜恭喜，你也会讲故事啦。"

"……我睡觉了。"

"别呀，很快就讲完了。"墨燃道，"这是我第一次讲故事给别人听，你就赏个脸嘛。"

楚晚宁："……"

"这次地主儿子是一定要让放牛娃顶包了。因为那姑娘不堪受辱，撞壁自杀了。可是放牛娃不傻，死了人是要偿命的，他不可能替地主儿子抵命。"墨燃说，"他不愿意，地主儿子就把他和死了的姑娘反锁在磨坊里，然后跑去报了官。

"这个放牛娃'劣迹斑斑'，小时候无故打死了县令的狗，后来又偷了客人的鼻烟壶，这回居然强暴了民女，自然是罪无可赦。没有人愿意听他的辩解，人赃俱获，他被抓了起来。"

楚晚宁睁大眼睛："……然后呢？"

"然后，他在牢里待了几个月，秋天的时候，被判死刑，送到城郊的刑台绞死。他跟着行刑的队伍在田垄里走着，忽然看到不远处有人在杀牛。他一眼就看了出来，那头牛啊，就是他从小放的那头，已经老了，没什么力气下地了。但是老牛也要吃草啊，只吃草不做事，地主怎么可能愿意养它？它为他们耕了一辈子地，到最后，他们要把它杀掉，吃它的肉。"

说着这样残忍的事，墨燃居然也不伤心，笑道："可是放牛娃是从小骑在牛背上长大的，跟它说过很多悄悄话，给它喂过牛草，委屈的时候抱住它的脖子哭过，他把它当作自己在世上唯一的亲人。

"所以，他跪下来请求牢头放自己去和那头老牛道别。可是牢头自然是不相信人和畜生会有什么感情的，觉得他是在耍滑头，没有准许。"

"……然后呢？"

"然后？然后放牛娃被吊死了，牛也被杀死了，热血流了一地，看热闹的人冷冷散去，地主家那天晚上吃了顿牛肉，不过牛肉太老了，总塞牙缝。他们吃了一点，不喜欢，就都倒了。"

楚晚宁："……"

墨燃翻了个身，笑眯眯地看着他："讲完了。好听吗？"

楚晚宁道："滚。"

"我第一次编给自己听的时候，都哭了呢，你心肠好硬，都不掉眼泪。"

"是你讲得太差……"

墨燃哈哈笑了两声，揽过小师弟的肩膀，摸摸他的头发："那没有办法，你师兄就这点本事。好啦，故事讲完啦，我们睡觉吧。"

楚晚宁没吭声，过了很久，忽然开口："墨燃。"

"叫师兄。"

"为什么要叫《牛吃草》？"

"因为人和牛一样，都要吃东西，为了吃东西，就要做很多事，要是有一天做不动了，也就没人稀罕你活着了。"

楚晚宁又不说话了。

院中窸窸窣窣的是避难之人发出的细小的声响，偶尔还有一两声不祥的鬼怪啸叫自结界外头传来。

"墨燃。"

"哎呀，不懂事，叫我师兄。"

楚晚宁不理他，而是问："真的有这个孩子吗？"

"没有的。"墨燃静了一会儿，倏忽笑了，梨窝深深，很是好看。他把小家伙揉进怀里，温和道："当然是编出来骗你玩的啊。乖，睡吧。"

谁知没一会儿，他们忽听得院中一阵喧闹。

有人怒喝道："找公子找公子！公子忙着呢，哪儿有空来管你的事情？把那尸体给我清出去！你知不知道身上有蓝斑的都是极危险的！你想害死我们吗？"

这声音在暗夜中就像一声惊雷，一听"蓝斑"二字，所有人都被轰然炸起，一时间睡着的人都一骨碌坐了起来，往吵闹处齐齐望去。

墨燃把小师弟挡在后面，看了一眼，皱起眉头低声道："嗯？是中午那个人？"

跪在地上被人呵斥的，正是中午那个名叫小满的少年。他依然穿着白日里的劲装，只不过精气神完全不一样了。

他整个人像被抽空了一般，只是死死搂着养父的尸身，那尸身指甲增长了不少，其他人见了，纷纷往后避退。太守府的管事正厉声朝他斥责着。

"你爹是我同僚，他遇害我也难受。但那能怎样？是你昨天晚上叫饿，他才跑出去给你找食吃，你累得你爹死了，现在还要累着我们吗？"

小满跪在地上，头发蓬乱，满眼通红："不、不是，我不是的……爹，阿爹。求求你，让我见见公子，公子有法子的，我想把我爹好好葬了，求你们不要……不要毁了他……呜……"

他说到"毁"字时，已经哽咽不堪，脸埋在掌心里胡乱擦着，嘴唇哆哆嗦嗦："我求求你们……让我等公子回来……"

"马上就要到子时了，公子在外面，怎么可能顾得到你的事情？你知道寻常尸首还能净化，但你爹已长出蓝斑、指甲都已异变，怎么可能还能撑到公子回来？"

"不要……可以的，刘叔……求求你，我给你当牛做马，我、我以后想办法我报答你，求求你，不要动我阿爹……求求你……我求求你……"

见他如此哀求，管事的中年男子长叹一声，眼眶也红了，但仍是道："唉，你可知，你这是要了我们所有人的命啊——来人！"

"不要！不要！！"

但是已经来不及了，没有人会去帮他。谁都清楚这具尸首若是留着，会害了所有人。

小满养父的尸首被强行拖拽走，去外面处理。小满被左右几个人制着，血泪纵横，满面脏污，口中连续不断地发出兽般的嗥叫，最终也被人半拖半架地带远了。

这般风波过后，院中众人细碎议论了一番，又渐渐恢复平静。

楚晚宁却没有睡下，低头沉思着。

墨燃侧眸望着这个小师弟，问道："在想什么？"

"这个人痛失至亲，做下如此糊涂事。他养父的尸身被夺，难免怨恨旁人。我有个不甚确定的猜想，我在想，临州举城搬迁失败，会不会是因为他？"

墨燃击节道："我也是这么想的。"

楚晚宁摇头道："不过一切尚早，并不可妄下定论，先注意着他。"

第三章　词终芳菲落

本座初见天裂

第二日,并无异样。

楚洵已经派人在清点城中稻草人是否足够,各家各户也都开始打点一些少得可怜的包袱,准备今晚过后,明儿一早就在楚洵的安排下依次出城前往普陀山避难。

墨燃坐在府衙门口,看着往来的人群,叹了口气道:"楚洵布置得周密,若无人告密,以寻常鬼怪的头脑,是难以迅速辨别城内留下的都是假傀儡的,看来果然出了泄密之人。师弟,你说呢?"

无人搭理他。

"哎?师弟?"

墨燃一转头,发现小师弟不知何时走到旁边看一列整装待发的骑兵去了,反倒是楚公子的儿子,默默地来到了他身边,托腮坐着。

"大哥哥……"

墨燃被他的忽然出现吓了一跳:"怎么了?"

小家伙指了指旁边的一棵老桐树,那上头晃悠悠地挂着只风筝,他口齿不甚清晰地说:"娘留给我的,飞上去了,拿不下来。大哥哥帮我?"

"好说好说。"墨燃使出轻功飘然飞上树梢,将那只彩蝶风筝摘下来,复又稳稳地落回地面,将风筝递给了他,笑道,"拿好了,可别再丢了。"

小家伙懵懂地点了点头。

墨燃见他一个人到处乱晃,想来楚洵也没有工夫管儿子,便问他:"你娘呢?这里人多杂乱,我带你去你娘那里。"

"阿娘?阿娘在后山。"

墨燃好奇道:"在后山做什么?"

"睡觉呀。"小家伙睁着圆润的眼睛,软绵绵地说道,"阿娘一直睡在那里。春天的时候会开花,阿爹常常带我去看她。"

墨燃轻轻"啊"了一声,竟一时无言。

倒是小家伙浑不在意,似是因为年岁尚幼,还不明白所谓生死,高高兴兴地摆弄着手里的风筝,又抬头望了望墨燃,忽然蹭过去,脆生生道:"哥哥,谢谢你,我给你……我有个东西送给你。"

他说着,就在衣兜里掏了起来,掏啊掏啊,掏出了小半块苇叶裹着的糕饼。

这些时日,临州城诸人都是饥肠辘辘,吃不饱饭,也不知这小东西是怎么省下来的这么一块点心。他把糕饼掰成两半,把大的留下,把小的递给了墨燃。

"大哥哥,你吃……嘘,不要告诉别人,我没有更多的了。"

墨燃刚要伸手去接,小家伙忽然又改了主意,想了想,把小的那块收了回来,把大的递给了他。

"好吃的,有豆沙。"

这小小的举动却让墨燃心中陡然生出一阵酸楚温热,他从来都是习惯了别人待他坏,却不知该如何应对突如其来的好。他伸手接了糕饼,讷讷地道了谢。小家伙因此显得很高兴,仰着脸粲然笑着,黑漆漆的睫毛卷翘,神情温良。

墨燃收了糕饼,不舍得吃,便去边上摘了一片桐叶,将糕饼裹好,收入襟怀,待要再跟小家伙说几句话——小孩子毕竟是小孩子,一个地方待不住太久——早已转身蹦跳着跑远了。

这时楚晚宁走了过来,见墨燃站在原地出神,便微微挑起眉头问:"怎么了?"

墨燃看着小家伙远去的背影,叹了口气:"我在想,好端端的那么多人,怎么就都死了?"

是夜,天空中阴云密布,不时有蓝紫色的雷电撕裂苍穹。到了后半夜,狂风飒然,凄凄切切,暴雨奔踏而至。

雨水属阴,会使得鬼怪的力量更为强悍。于是这天晚上,楚洵让临州所有幸存者都聚集到太守府附近,不得踏出上清结界半步。

由于天降大雨,很多原本勉强可以睡人的地方都作废了。

墨燃一开始还能盯住小满的行踪,但随着挤进来避雨的人越来越多,一不留神,小满就猫腰不见了。

墨燃低声道:"不好。"

楚晚宁身形小，立刻道："我追过去看看。"

他说罢潜入人群当中，立刻被摩肩接踵的密实人群挤得看不到背影了。

过一会儿，楚晚宁回来了，眼神阴鸷，森冷道："逃了。"

"出了结界？"

"嗯。"

墨燃不说话了，看着外面的瓢泼大雨，还有在雨中忙碌的太守府的人。

这些不过都是两百年前的幻境啊，一切都是既成事实。

他忽然觉得有些凄凉，身边的妇孺脸上都带着殷切的希望，想着破晓后楚洵就会带着他们离开这座鬼域，到普陀避难去。大雨中着白衣红兜鍪的守卫都在全心地做着最后的防御，为黎明到来时的搬迁绸缪。

他们都不知道自己活不久了。

夜更深了，原本喧哗鼎沸的人都相互枕藉着睡着。

楚晚宁和墨燃却了无睡意，他们所要做的事情，是在鬼王出现后将其诛杀。既然小满已经跑出结界，想必变故就发生在今晚了。

墨燃侧头看了楚晚宁一眼，说："你睡吧，有事我叫醒你。"

楚晚宁道："我不困。"

墨燃摸着他的头发："那吃些东西？来这里之后就没有再进食了。"

"我……""不饿"两个字，在楚晚宁看到墨燃拿出的糕饼后，被默默吞咽的动作所取代。

墨燃把糕饼递给他："你吃吧。"

楚晚宁接过糕饼，掰成两半，大的给了墨燃，小的自己拿着。墨燃呆呆地看着他的举动，也不知道在想什么。

咬了一口糕饼，楚晚宁忽然低低"嗯"了一声，而后问："这是在桃花源买的？味道怎么和之前吃的不太一样？"

"怎么了？"

"桂花香味好重。"

墨燃苦笑道："是吗？这是楚洵的儿子给我的，大约是临州风味。"

"确实是临州风味。"楚晚宁默默地又去咬第二口，可是嘴唇才张开一点，忽然就僵住了，像是猛然意识到什么，脸上血色骤然褪去。

"不对！"

楚晚宁倏忽起身，眸子睁得大大的，面色极其难看。

墨燃不知道哪里出了问题："什么不对？"

楚晚宁不答话，而是起身来到院中，冒着大雨左右环顾一番，捡起了一块棱角分明的尖石，在自己臂上狠狠划下一道口子，霎时间鲜血四溅。

墨燃忙拉住他："你疯了？"

楚晚宁盯着臂上蜿蜒纵横的血迹看了一会儿，猛地抬头，目光极其凌厉："你还不知道发生了什么吗？"他厉声道，"有人要害我们！"

鲜血顺着他的胳膊不停地往下淌，又被雨水冲刷成淡淡的粉色。

暴雨滂沱，楚晚宁的面容苍白肃戾，漆黑的眉宇蹙得极紧，雨珠严丝合缝，令他全身湿透。

轰的一声，天雷破空，刹那间照得暗夜宛如白昼。

墨燃也在这惊雷里骤然反应过来，不由得后退一步。

他也知道是哪里不对了。

所谓虚境，里面的东西即使做得再真实，也都是假的。

糕饼不可能真的有滋味，利器也不可能真的伤到人，总而言之——虚境内的东西不可能对他们有任何效用。

"有人让虚境实化了。"楚晚宁轻声说。

虚境实化是一种极难施展的法术，又称"虚实道"。最擅长这种法术的是十大门派中的"孤月夜"，这个门派的宗旨为"悬壶济世，圣手疗心"，后面半句说的就是他们当中有一些人专修虚实道，做出一段实化虚境。要知道世上有许多人是无法接受亲眷离世的，而通过"虚实道"就能做出亡人存活的虚境，陪伴在生者旁边。

不过由于这种真实虚境极为难制，通常而言，只能做出一小段景象。比如与故人对酌、共眠，等等，且最多只能做一件事情。

但是羽民所制的这个虚境宏大浩繁，持续时间之长，所涉事件之多，要想统统实化，恐怕孤月夜的掌门亲自动手都未必能成。

墨燃当即想到一个人，心道——会不会是之前在金成池的那个假勾陈？然而不及深思，就忽听得天空中爆开异响。

那些熟睡的人像受惊的鸟雀一样醒来，睁着惊恐憔悴的眼睛左右环顾，然后看到了天上。

半晌死寂过去后，惊叫声像滚油里溅落的水花般蒸腾爆裂。

众人四下奔逃，却发现无处可去，到处都是尖叫声。天空中裂开一道缝，一只巨大的血红鬼眼正森森然垂照在结界上方。

那眼睛挨得如此近，几乎就贴在结界的口子上。

一道混浊冷酷的声音隆隆响起："楚洵，你好大的胆子，区区肉体凡胎，竟妄想愚弄本座。"

墨燃喃喃道："是鬼王……"

鬼界共有九王，法力相去甚远，此时他尚未现身，也不知道是第几位王。天空中只有那一颗鲜血淋漓的眼珠子，逼视着下方宅邸："不自量力，荒谬至极！可笑的凡人——你要救他们？我原本未必会戮尽城中人，但你既然要忤逆于我——我便杀尽全城！鸡犬不留！"

随着一声啸叫，鬼眼正中央爆出一阵刺目红光，直朝着上清结界劈斩而来！

刹那间，天地变色，金红相接！狂风暴雨中飞沙走石，院中林木咔嚓摧折，结界下的人乱作一团，抱头痛哭，号啕一片。

上清结界抵御住了第一次攻击，但接下来又是一道红光劈落，复又击在同一位置，结界再次扛住了重击，但已有裂痕出现。

"不自量力——委实可恨！！！"

一束又一束红光轰然下落，爆出簇簇花火。眼见着结界将裂，楚晚宁心知不好——既然这个虚境已经实化，那么对手的攻击就与在现世中无异。若是结界被破，自己和墨燃恐怕都得死在虚境里！

楚晚宁想着，指间已是金光灼灼。

此时若是使出大招，身份必将被墨燃看透，但事已至此别无他法，他正欲召出天问速战速决，忽然间，一道异彩华光犹如劲厉羽箭，破空穿云，直刺结界崩漏处！

众人回首，只见屋顶瓦上，楚洵踏雨而来。

他臂挽一把凤首箜篌，指尖弹拨箜篌之弦。琴声锐响，犹如金石崩裂，束束华光抽离而出，聚拢于天幕。只在瞬间，原本岌岌可危的上清结界被重新加固。

"是公子！"

"公子！"

下面的人纷纷叫喊，更有喜极而泣者。楚洵与鬼王之眼法术相抗，并不落于下风，转眼间百招走过，鬼王竟不可近结界半寸。

空中那个冷酷的声音越发阴沉："楚洵，以你之能，管自己逃命谁也伤不了你，你为何要多管闲事，与我鬼界为敌？"

"阁下欲伤我临州城民，何来闲事一说？"

"可笑！鬼怪素来以生人魂魄灵体为食，我族吞吃魂魄，就如你们吃肉吃菜，有何不同？等你死了，你便会看得清楚！"

楚洵应答自如，手下琴声亦不停歇："那便要看阁下有无本事取我项上人头了。"言语间指下弦声愈急，趋于高亢，最后竟是龙光漫照，映彻长空，直刺雨夜里那一只狰狞血眼！

"啊！！！"

凄厉可怖的嘶吼声震得天地都像在颤动。

那只眼睛被楚洵法术灼伤，腥臭的血花四下飞溅，刹那间天雨血，鬼夜哭。对方盛怒之下将一束强过之前数倍的光刃自血雨腥风中横斩劈落，楚洵振袖出招格挡，然而此一击乃是鬼王的暴斩，两方抗衡之下，楚洵被掀起的气浪震得接连后退，手下弦音亦有凝滞。

"公子！"

"裂缝！有裂缝！结界要破了！"

"阿娘——阿娘——"

粥粥众人一片惊慌失措，有亲眷的哭喊着抱作一团，孤苦伶仃的则蜷在角落处瑟瑟发抖。

楚洵几乎将银牙咬碎，目光如炬，却是不愿轻易放弃。艰难胶着间，忽地身边左右各有一束光芒亮起，他微侧目，见墨燃与楚晚宁已迎光刃而上，金色的光与红色的光源源不断地奔涌而至，与他汇聚融合，再次将结界封严。

天幕中发出狰狞的暴喝。

鬼眼消失了。

三人落于地面，天空中腥臭的血水又继续下了好一会儿，才慢慢恢复成透明的雨。

楚洵面色苍白，朝墨燃二人行了一礼："多谢二位襄助。"

"不必客气。"墨燃摆了摆手，"你快休息一下，你脸色好难看。"

楚洵点了点头，他确实已耗损了极大的法力，于是墨燃扶他到廊下歇息。方才惊乱的人们见到楚公子重新补了缺漏，救他们于水火之中，都甚是感激，纷纷围过来，更有递水披衣者。

有人说道："楚公子，你衣衫都湿透了，去火堆那里烤一烤吧。"

楚洵——谢过，但因着实疲惫，不愿再走动，便婉拒了对方的邀请。那些人并不气馁，干脆又抱了些松木枝过来，在楚洵身边生火。

四周渐渐安静下来，唯剩火堆噼啪爆裂的声响。忽然有城民问他："公子，我们布置得这么周密，怎么还是被鬼王看穿了？唉，这该如何是好啊？"

"是啊是啊。"

"怎么就知道我们要搬走呢？公子明明说过这鬼怪无法辨别傀儡和活人的，这是怎么回事啊……会不会是……"说话的人的声音渐渐轻了下去，转而偷乜楚洵一眼。他们显然是想说是不是楚洵弄错了，是不是楚洵没有弄清楚。

这个眼神被太守府的白衣近卫们瞧见了，立刻有人皱眉怒道："想什么呢！定然是有人口风不严走漏风声，叫鬼王知道了！"

那人嘀咕道："谁会去跟鬼怪走漏风声？又不会有什么好处……"但见周遭之人都在对他怒目而视，他便悻悻地不再多舌。

静默一会儿，又有人问："公子，那个鬼老头定然不会善罢甘休的，我们接下来该怎么办？"

楚洵很累了，并未睁眼，但依然和声温语道："撑过天亮就好，天亮之后先出城赶路，白日里他们作不了祟。"

"可是我们这么多人，有老有少，还有些受了伤的，一天赶得到普陀山吗？"

楚洵温声道："你们别担心，都歇下吧。明日你们只管赶路，办法由我来想。"

一直以来都是公子护佑着他们，既然他这么说，众人都应了，有小孩子蹭过来，捧着一小块麻糖，要给楚洵吃。楚洵浅浅睁开眼眸，微笑着摸了摸他的头发，正欲开口说些什么，忽然有一近卫惊慌失措地跑将过来，喊着："公子！公子不好了！"

"怎么了？"

"小公子、小公子——小满——城隍庙外面——"那人显是受了极大的刺激，竟是无法说出个整句来，磕巴地讲着，忽然扑通一声跪在地上，号啕大哭起来。

楚洵倏忽起身，原本尚存的一丝血色也消失殆尽，朝着大雨里奔去。

本座心恻

城隍庙是楚洄法力所能及的边缘，城隍庙台阶仍能受结界护御，但庙宇本身已经无法被结界笼罩。

庙堂内，灯火昏幽。

十余个鬼怪分立两边，一个红衣女子被绑缚着，背对着众人，仰头正望着几案上供奉着的神像。

在她身边，小满垂眸而立，手下制着一个稚嫩小儿。

楚洄失声道："澜儿！"

这孩子不是别人，正是楚洄的儿子楚澜。墨燃心中一紧，那半块糕饼的滋味似乎仍在唇齿之间，他见小公子受制，欲上前去，却被楚晚宁拦下。

"别去。"

"为什么？"

楚晚宁看了他一眼，轻声道："都是两百年前就死了的人了，如今这幻境已化为现实，我恐你会受伤。"

墨燃这才想起确实如此，无论自己再做什么，死了的人都是死了的，什么都无法更变。

小公子在结界外哭喊着，含混不清地直嚷："阿爹！阿爹救我！阿爹救澜儿！"

楚洄嘴唇微微发抖，朝小满厉声道："你这是做什么？我并不曾亏待于你，你放开他！"

小满却置若罔闻，兀自垂着头，好像什么都没有听到一样，只是从抓着楚澜的那双手却能瞧出他内心的犹豫。他左手虎口有一点黑痣，手背青筋暴突，不住地颤抖着。

此时，太守府聚着避难的城民也都纷纷追来了，瞧见庙内景象，都忍不住又惊又怒，纷纷私语。

"那是公子的儿子啊……"

"怎么会这样……"

小满手起刀落，松了红衣女子的绳索。那女子回神，缓缓转过头来，她生得极其美艳，灼若芙蕖，延颈俊秀，只是面色苍白若纸，嘴唇却嫣红如血，朝着楚洵莞尔的模样，竟是瘆人大过妩媚。

闪烁缥缈的烛火照亮了她美丽的容颜，在看清她面容的一刻，楚洵和身后人群里年岁稍长的一些人，都僵住了。

那个女子的笑容中有着一缕凄楚，柔声道："夫君。"

墨燃震惊。

楚晚宁："……"

这个女子不是别人，正是楚洵已故的发妻！

楚夫人眼波流转，要从小满手里牵过儿子。小满初时不肯，然而楚夫人身为鬼怪，脱开禁锢后力量远胜于他，稍加用力便把孩子夺了过去。可惜她在孩子未曾满月时就染疫病去世了，因此小公子从未见过娘亲模样，一时间仍是哭闹不止，口中直喊爹爹，要让楚洵救他。

"乖孩子，不要哭了，娘亲带你去寻你爹。"

楚夫人一双纤若秋苇的玉臂搂住孩子，将他抱起，缓缓走出庙门，沿着被雨水浸湿的青石台阶，一路行至上清结界前，立在楚洵面前，眉间似喜似愁，似悲似欢。

"夫君，一别经年，你……你过得好不好？"

楚洵却是一句话也说不出来，他垂落着的指尖在不住地颤抖，一双凤眸望着结界后面的女子，眼眶渐渐地便红了。

楚夫人轻声道："澜儿都这么大了，你也沉稳了许多，和我念想里的，有些不一样了……让我好好瞧瞧你。"

她说着，伸出手，贴在结界上，却因鬼怪之身，不能越过，只隔着华光流淌的一层屏障，默默地瞧着后面的人。

楚洵合上眼眸，睫毛却已湿润。

他也抬起手，隔着结界，与楚夫人手掌相贴，复又睁眼，两人隔着生死相望，宛如昨日重现。

楚洵哽咽道："夫人……"

一家人自多年前便阴阳相隔，所度天伦之日，却是掐指亦能算清。

"院旁那年我栽下的海棠花，可活了吗？"

楚洵笑着，却是泪光涟涟："都亭亭如盖了。"

楚夫人似有喜色，温声道："那真好。"

楚洵也尽力而笑，说道："澜儿最喜欢那棵海棠树，春天的时候，总是在树下玩耍。他和你一样喜爱海棠花，每年……每年清明……"他说到这里，却再也无法再展欢颜，额头抵着结界边缘，泪水不断滚落，已是泣不成声，"每年清明，他都摘一朵最好看的，要放在娘亲墓前。婉儿、婉儿，你看到了吗？每年……每年你都看到了吗？"到最后，哽咽破碎，字句泣血，竟是怆然恸哭，再无君子之姿。

楚夫人亦是红了眼眶，只不过她因是鬼怪，无泪可流，但神情凄楚，也令观者动容。

一时间，四下寂静，再无人说话，都默默地看着眼前景象，有人在低声啜泣。

然而这时，空中传来一个森然冰冷的声音："她当然是知道的，不过很快，就会不知道了。"

墨燃脸色陡变："是鬼王！"

楚晚宁脸色亦是阴沉至极："无耻小人，竟是不敢现身！"

鬼王咝咝而笑，犹如尖锐的指甲划拉锅底，听得人毛骨悚然。

"林婉儿已是我鬼族一脉，原本我并不愿伤她，但你要与我作对，毁我一目，我便要挖你心肝，让你痛胜于我！"

话音落下，庙宇中的十余名鬼怪森森开口，各念咒符。

"凡心已死，前尘泯灭——"

楚夫人蓦然睁大双眼，颤声道："夫君，澜儿，接过澜儿！！"

"凡心已死，旧人泯灭——"

"澜儿！快！快去你爹那里！"

楚夫人推搡着孩子，想要把他递进结界，可是小公子与鬼怪一同被那层薄膜阻拦在外，竟是不得返回。

小满立于庙栏前，自上而下俯视着他们，面目似是悲伤又似痛快，原本还算俊秀的脸几近扭曲。

"没用的。我依照鬼王的吩咐，在他身上打了鬼族印记，他现在和鬼怪一样，进不去上清结界半步了。"

身后的念咒声犹如潮水，不断起伏着："凡心已死，明识泯灭——"

"夫君！"楚夫人已是惊慌至极，搂着怀中的孩子，在结界外敲打着，"夫君，你撤了结界，你撤掉结界，让澜儿进去，你护住他，你护住他——我——我快要……我……"

"凡心已死，慈心泯灭——"

"夫君！！！"

楚夫人扑通一声跪了下来，双目圆睁，不住地颤抖着，脸上已有血红咒印渐渐爬上："孩子——澜儿……你答应过我的，要照顾好他……撤掉……求求你……撤掉……夫君！！"

楚洵已是心肠俱碎，几次抬手欲施术，却终究复又垂落。

楚澜在外面号啕大哭着，满面是泪地仰着头，伸出小手哭喊着："阿爹，你不要澜儿了……吗……阿爹，抱抱澜儿……爹爹抱……"

楚夫人紧紧地搂着他，亲着孩子的脸颊，母子俩一个跪着、一个哭着，都在求楚洵打开上清结界，让孩子过去。

人群中忽然有人大喊："公子！不能啊！不能撤了结界，否则临州余下的数百城民都得死——这是鬼界的奸计！公子！你不能撤啊！"

"是啊，结界不能撤！"求生之欲令一个又一个布衣纷纷跪下朝楚洵磕头，也都是期期艾艾一片哀声，"公子，求求你，结界不能撤！撤了大家都会死的！"

"夫人，求你了……"更有人朝楚夫人跪拜起来，"夫人，你慈悲为怀，你菩萨心肠，我们都会感恩戴德一辈子，求求你，不要让公子撤了结界，你大慈大悲，救苦救难，求求你……"

刹那间，除了太守府近卫和极少的一些百姓没有跪地恳求之外，剩余的人哭喊一片，声势顷刻盖住了结界外楚夫人和小公子的央求。

楚洵便如立于尖锥之上，又如被上万把尖刀刺中肺腑，刀刃在血肉里生出逆刺，把五脏六腑都捣碎了。

前面是妻儿，身后是百人之命。

他在这样的煎熬中，仿佛已经死了，被烈火吞没，骨骼都成了灰。

偏偏鬼怪的诵吟之声不停，且越发尖锐。

"凡心已死，七情泯灭——"

"凡心已死，六欲泯灭——"

楚夫人脸上的纹咒越来越多，从她白皙的脖子一路往上攀，几乎覆盖了整张脸，浸入她的眼睛里。

她喉咙里似乎已经很难发出完整的句子，只能绝望地看着丈夫，破碎地喃喃。

"你若是……我……会……恨你……你……把澜儿……我恨……我……"

咒纹浸眸，她柔弱的身子猝然一颤，似是剧痛难当，紧紧闭上双眸。

"我——恨！！！"

陡然一声凄厉的尖叫，尾音却成了兽类般的嘶嗥！

楚夫人猛然睁开双眼，眸中一片血红，原本柔美的杏眼里竟并生出四个瞳仁，密密实实地挨着，挤掉了所有眼白的位置。

"婉儿！！"

楚洵悲痛至极，一时间竟忘了上清结界必得由施咒者站在其中方能生效，只想去与爱妻聚首，然而就在他即将迈出结界的一刻，忽然一箭破空，嗖的一声既准又狠地扎入了他的肩膀，将他本欲伸手的动作生生阻住。

那竟是太守府的一个青年，仍保持着挽弓射箭的姿势。

青年兜鍪猎猎，朝楚洵义正词严地道："公子！你醒醒！你平素教我们有道者，众生为首，己为末，难道这些都是空口白话？事情一落在你自己肩上，你就要为了一人生死，赔上百人性命吗？！"

青年旁边一个老妪颤巍巍地道："你、你快放下弓，你怎可伤公子？凡事、凡事都是公子的抉择，公子已经仁至义尽，又、又怎么可以……你们这是忘恩负义啊！！"

然而这边未争执完，忽听得前方一阵惊叫。

楚夫人竟已全然狂化，她原本是那样慈爱地搂着自己的孩子，此时却与野兽无异，仰天嗥叫，口中流涎，牙齿陡然增长。

楚澜在她怀中，嗓子已经哭哑了，然而破碎哽咽间，却断续地喊了一声："阿娘……"

回应他的是楚夫人血红的利爪，整个扎穿了他的咽喉！！！

天地间，就此没了声音。

血花在一朵一朵地飘飞，仿佛那一年，海棠花开了，楚夫人抱着新生的孩子，站在窗扉前看着院中芳菲温柔，嫣红散落。

娘亲温柔地摇着臂弯里的孩儿，轻声哼唱："红海棠，黄海棠，一朝风吹多悠扬。小童相和在远方，令人牵挂爹和娘①。"

红海棠……黄海棠……

当年她怜爱地抚摩过楚澜的手，此刻却在撕裂着楚澜的头颅、四肢、皮肉。

一朝风吹多悠扬。

大雨瓢泼，污秽横流。

小童相和在远方。

城隍庙阁檐角巍峨，宝相庄严，万法慈悲。

那年小儿新生，娘亲在城隍阁前跪下，温热纤长的素手合十，钟声响起，雀鸟四散，香烛氤氲间她跪拜叩首，祝愿她的孩子福寿安康，长命百岁，一世安宁……

令人牵挂爹和娘。

血肉都碎了，楚澜的心脏被掏出来，被楚夫人贪婪地嚼食着……

"啊啊啊啊啊！！！"楚洵终是崩溃了，跪在地上，抱着头，头不住地磕着地面，血流如注。他撕心裂肺、支离破碎地号哭着，他跪在雨里、跪在血里、跪在妻儿面前、跪在临州城的百姓面前、跪在神像之下、跪在泥淖之中。

他跪在罪孽里，跪在圣洁中。

他跪在感恩里，跪在仇恨中。

他佝偻到尘埃里，魂魄都撕裂了，都泯灭了。

同悲万古尘。

过了很久，才有人终于颤颤地发声。

"公子……"

"公子节哀……"

"公子大恩大德，没齿难忘……"

"楚公子大义，真是好人哪！真是好人……"

有人搂紧了自己的孩子，捂着孩子的眼睛，不让孩子看到这狰狞的一幕，此刻才敢把手松下，苍白着脸对楚洵说："公子，我们的命都是你救的，夫人和小公子，一定能……能升入极乐……"

另有人唾骂道："抱着你的孩子滚远点！你怎么不和你的孩子升入极乐？！"

---

① 修改化用于《竹枝词六组》（古代童谣），因不是十分常见的诗句，为免误会，特此标注。

那人便怯怯地退远了。

只是这些争吵，都隔得那么远，楚洵觉得自己已经死去了，听他们的声音，就好像隔着前尘汪洋传来。

暴雨里那个男人一身污脏，那一层透明的薄膜将他和他的妻儿长远分隔，白骨森森，涕泗纵横。墨燃看着眼前的景象，忽然想起上辈子，自己滥杀无辜时，是不是催生了不止一个楚洵，不止一个楚澜，不止一个楚夫人……

他忽然低头去看自己的手。

一瞬间，他恍惚看到了满手的鲜血。

可是一眨眼，他又发现依然是冰冷冷的雨，滴在掌中，汇聚成流。

他微微发着抖。

可下一刻，手掌就被拉住了。

他似是从噩梦中猛然惊醒，转眸看到小师弟正关切地望着自己。那个孩子的模样和死去的楚澜是如此相像。

墨燃缓缓跪下来，与他齐平，似是罪人在魂归者面前请罪，一双沾染着雨水和泪水的眸子望着他。

楚晚宁没说话，抬起稚嫩的小手，摸了摸他的头。

"都过去了。"楚晚宁轻声说，"都是往事了。"

"是啊。"过了半晌，墨燃才凄然一笑，垂下眼帘，喃喃着，"都是往事了。"

即便都是往事，也都是他做过的，他虽不曾杀害楚澜，但又有多少个与楚澜一般的人因他而死？

墨燃越想越心惊，越想越痛苦。

他为何会心狠手辣至此……为何会一意孤行至此……

本座不忍

　　幼小的楚澜死去了，虚境却没有结束。

　　黎明尚远，噩梦般的长夜仍未过去，侥幸得存的城民们回到府内，准备在天大亮之后启程前往普陀。

　　很难相信有人在经历这样的苦痛过后，还能坚持着把先前的事情继续做下去。事实上，楚洵似乎也真的只剩一具躯壳在行走，而魂魄早已不在了。

　　墨燃在城内走了一圈，听到不少人在忧心忡忡地议论，毕竟楚洵受了如此折磨，且不说他会不会心生怨恨，即便他依旧愿意带着大家突出重围，但以这样的神志，怕也是凶多吉少。

　　不过并非所有人眼中都只有自己，真心实意替楚洵难过的，虽然不多，但至少是有的。

　　众人在这样的惴惴中挨着，等待着天亮。

　　然而比旭日更早到来的，是那熟悉的冷酷声音，在沉甸甸的夜色里爆裂开，隆隆地回荡在结界上端。

　　这一次鬼王并非在和楚洵对话，而是说给城内百姓听的。

　　"天很快就要大亮了，本座知道你们想趁着白昼，举城离开。然而，你们可当真想清楚了？普陀离此处甚远，一日之内绝不可能到达。等到天黑，你们又要靠着楚洵之力得以庇护。可是楚洵，真的能护住你们吗？"

　　"娘亲——"

　　有孩子听到这可怕的声音，吓得哭了起来，蜷进母亲的怀中。所有人都仰头看着天幕。

　　楚洵立于府前，却恍若未闻，背靠着那株海棠花树，垂闭着眼眸。

　　"他的妻儿是因为你们才死，你们以为，他还会真心护着你们？恐怕他另有谋划，会让你们生不如死，好为妻儿报仇。这才是人性……本座也曾活过，也曾是人。人世间虽有仁善者，但不过为了谋个好名声，人性本恶，所谓善人，皆有所图。若是被逼到绝路，他人的死活又何足挂齿？"

鬼王森森的声音在不断地回响。

"本座先前便说过，我原本不欲取你们全部性命。须知即便身为活人，也同样可为我鬼族效力。如若不信，你们且看看他——"

随着他话音落下，结界外一片黑云滚滚涌动，却是小满站在上端。他身边还立着一个男子，四五十岁的模样，生得慈祥忠厚。

有人惊呼道："是小满的爹！"

"是小满的爹啊！他爹不是死了吗？"

"尸身都被毁掉了，当时大家都瞧见了，怎会这样？！"

鬼王道："本座既为鬼族九王之一，虽不能像阎罗帝君般掌控生死，却也能让亡人恢复生前面貌。尔等效力于我，便可以与逝去的亲眷长伴。而忤逆于我，便会如你们的楚公子一般，亲眼见到妻子杀了孩子，痛彻心扉，却无力回天。"

结界内一片死寂。

"你们当真要信他吗？信他不会害了你们，给妻儿报仇？"

"你们当真要信他能带你们逃出生天，远去普陀？"

有人朝着楚洄看去，眼中已开始跃着阴森的光。

楚洄终于抬起头，一个人立在花树下，静静地看了他们一眼。他实在是不知道该说些什么，良久，才道了一句："事已至此，我害你们又有何用？"

"哈哈哈哈——"鬼王令人毛骨悚然的长啸回荡在结界上空，"好极了、好极了，他不会害你们。若是信他，你们便随着他去吧，但若是信我——"

他的声音越发高亢，几乎要把人的耳膜撕碎，直扎进心里。

"若你们信我，便会即刻得到褒赏。我可以让你们死去的亲人都回到你们身边，只要你们交出楚洄，只要你们把他——给我交出来！我与他冤仇深刻，与你们并无瓜葛，交出楚洄，你们不必背井离乡，交出楚洄，你们可以阖家团圆，把他交出来，一切就都结束了。"

鬼王幽幽道。

"天亮前，我在城隍阁等。"

声音消失了。

人群从死寂，慢慢生出一丝异样的喧闹，所有人都往楚洄那边看。而楚洄也看着他们,神情平静,甚至可以说是安宁。

有人开始无助地喃喃:"怎么办……"

"怎么办?夫君,我好怕啊……"

"阿娘我怕,我不想被吃掉!"

更有甚者,压低声音道:"鬼王说得也不错……所谓善者,皆有所图,我们以前见多了这样恶心的狗官,楚……楚公子虽然眼下什么都没做,但你看他的样子,魂不守舍的,谁知道他之后会不会做出什么丧心病狂的事情来!"

有人听到了他的话,竟不反驳,反而窃声应和:"你说得不错,别到时候他报复心起,坑害我们所有人!临阵反水,这种事情前朝又不是没有过……"

忽然间有个汉子冲出去,嘴里喊着:"抓住他!抓住他我们就能活下来!"

四下竟无人响应,良久之后才有一个年轻女子站出来,拦在了他面前,声音细软却很坚决:"大丈夫怎能恩将仇报至此?"

"滚开!"那汉子一脚将姑娘踹倒在地,朝她面上唾了口浓痰,"你一个陪男人睡觉的臭婊子,无牵无挂的,有你说话的份儿?老子上有老下有小,老子不能让自己家人受委屈!楚公子,对不住了!"

说着他就要去擒楚洵。

岂料没走一步,腿又被人死死摞住,那汉子一低头,勃然大怒:"臭婊子你还敢拦着?你是要大家陪着你送死吗?"

姑娘愤然道:"我虽是个勾栏女子,却也能分是非对错。猫猫狗狗都知道报恩,何况是人?"

"去你的!"

那汉子又是几脚朝她面上蹬去,直把人踢得面目青紫。这时候很多人也朝着楚洵围了过来,尽管人群中有少数人像这青楼姑娘一般想要阻拦,但终究绵薄无力,就像激流中的一片浮叶,很快被冲刷覆去。

"公子——公子你快走啊!"

亦有老妪颤巍巍地朝楚洵喊道:"楚公子,走吧!走吧!莫要再为这群畜生留着了!走吧!"

也有稚嫩的孩童嗓音:"你们不要打了,阿娘,阿爹,不要去伤公子,你们不要去伤公子——"

一阵人头攒动,喧哗鼎沸。

楚洵孤身立在雨中,好像看到有很多厉鬼从地狱深处爬了出来,有那么一瞬，他是想离去的。

可是目光落在那些哭喊着的活人身上，看着号啕劝阻爹娘的孩童，看着最早站出来，已经鼻青脸肿的那个姑娘，看着老妇人在风雨中颤抖着的白发，还有零星十余个背朝着他、极力阻止着的城民——他想离开的脚步，却又停住了。

他们是没有错的，若是撤了结界，这些人也将死去。

原来世上最恶心的不是恶魔，而是那些懦弱禽兽，没有本事，为了苟且地活着，披上了人皮，混在人群当中，只要自己能活下去，便什么都做得出来，什么都说得出口。

末了，他们还会道一句："我也只是想活命呀，我也很可怜、很无助，我又有什么罪过呢！"

他曾经以为，他庇护的都是手无缚鸡之力的良善之人，可是他错了。

时至今日，那些畜生才脱下自己的人皮，露出一张又一张鲜红色的、丑陋的、狞笑着的脸……

藏得好深……藏得好深。

他不想再为那些衣冠禽兽流血流泪了，可他们是那样狡诈，藏在良善的人当中，一张张脸笑得恣意而痛快，笑着楚洵的无能为力。

——你必须救我们，若是你撤了结界，我们就拉着你想救的人，拉着感恩你的人，一起下地狱。

你就是恶心死也没有办法。

是你自己要做一个君子的，是你自己要做好人的。

你既然做了这样的选择，那献出自己的命来拯救大家，便是你应当做的事情，你不做，就是伪君子，就是骗子，就是假清高，就是猪狗不如。

他仿佛听到那些人，在高声奸笑，在啸叫——你别无选择。你别无选择！

楚洵在那潮汐般纷乱的争吵声中，缓缓仰头，在风雨飘摇中，看了看苍穹。

天，终于要亮了。

一夜暴雨，已将城隍阁石阶上的血水冲刷殆尽。楚洵和那些相护于他的人，都被缚住了手脚，朝着庙堂走去。

这场景委实是可悲可笑的，那些人将楚洵捆绑得那样牢，沾沾自喜于擒到了这样厉害的角色，却不知道其实楚洵只要施一个法咒，就能将这些绳索摧为灰烬。

但他并没有那么做，最终也没有将上清结界撤去。

临州流的血，已经够多了，他不想再为了报一己之仇，累得无辜之人丧命。

　　于是那层薄膜，把恩将仇报的人也好，真心待他的人也好，都护在其中。他来到庙堂前，鬼王并未现身，只有一盏烛火散发着滚滚黑烟，盘扭成虚无的人形。

　　"为何——不撤去结界？"在见到楚洵的一刻，那声音是出离愤怒的，"撤去结界！！"

　　楚洵平静地说："除非我死。"

　　那团黑气发出一声凄厉的啸叫，嘶哑道："楚洵你疯了！你们……杀了他——给我杀了他——否则入夜后，我要了你们所有人的性命！"

　　黎明来了，一层一层白昼之光虚弱地点燃了无尽长夜。

　　鬼王在光芒中无法支撑自己，逃窜到黑暗之中，那盏燃烧着黑烟的烛火猛然颤了一下，便熄灭了。

　　楚洵回过神，城隍阁建得颇高，远远望去，河山笼在烟雨里，看不清伤痕，竟是风月如旧，江南春好。

　　"楚公子，对不住。"

　　"非是我们心狠手辣，实在是你毁去鬼王一目，他与你积怨太深……我们迫不得已……"

　　"还说那么多做什么！迟则生变，老子全家都等着活命呢，是他一个人重要，还是大家伙儿的性命重要？有道者，众生为首，己为末，他自己说的！"

　　楚晚宁立在远处，遥遥看着这个不知与自己究竟是何关系的男人，心中滋味复杂难当。

　　忽而一双手蒙住了他的眼睛。

　　楚晚宁小声问："做什么？"

　　"不让你看。"

　　"……为何？"

　　"会难受的。"

　　楚晚宁静了一会儿，睫毛在墨燃的掌心里簌簌颤动："不会，都说是两百年前的事了。"

　　墨燃的声音从身后传来，轻轻叹息着："……小傻瓜啊，那我的手心，怎么就湿了？"

　　不知过了多久，一炷香、一个时辰，或是一个转瞬。

时间在这疯狂与混乱中，都是模糊的。

待楚晚宁睁眼的时候，上清结界已经散去，楚洵倒在了血泊里，周围是人也是鬼，是魑魅魍魉披着人皮，在嗅着新鲜的血迹。

喜悦、愧疚、劫后余生，痛苦、罪恶、人心如兽。

空气里弥漫着死的味道。

人间，或者地狱——都已不那么清晰了。

人群慢慢散去，白昼里是不会有鬼怪的。他们急着去果腹，急着去歇息，急着去等着夜晚鬼王再次降临，去验查庙宇中死去的男子，而后给予他们亲人归来的封赏。

庙宇中，就渐渐只剩下了那十余个悲泣着的活人。

有那个青楼女子，有那个满头华发的老妪，有被孩子劝阻下来的一对夫妻，一个乞儿，一位书生，一个说书人，一个昔日的富家公子，一个怀抱着幼子的寡妇，一个教书先生，一个农人。

再无其他。

然而就是在他们抚尸痛哭的时候，血泊之中已死的男人，却睫毛轻颤，慢慢睁开了眼睛。

"公子！"

"楚公子！"

墨燃心下震颤，不忍道："没用的……这是……"

这个法咒于现世已失传，却不料能在这个虚境中再次看见。

"这是遗声咒。他已经死了，死之前对自己施了这个咒。"楚晚宁顿了顿，道，"他有事没有做完，在世上尚有牵挂。"

楚洵果然目光空洞，无焦点，只是淡淡地说："鬼怪险恶，其言不可信，入夜之后失却上清结界，必然魑魅横出，四下屠杀。万望诸位逃离此处，前往普陀。"

"公子……"

"我已身死，无缘再伴诸位左右，然已凝毕生灵力，结法咒于灵核之中。诸位携我灵核，鬼怪自不可近身。"

哭声更甚，近乎泣血。

墨燃与楚晚宁更是悚然色变——灵核……

那是与心脏同生的结晶啊……

死去的楚洵缓缓抬起尚未僵直的手，依照着生前布下的咒诀，握住埋在胸中的刀刃，抽了出来。

而后——

"公子！！"周围的人都哀叫着，嗓音扭曲沙哑，像浸满血泪，"公子你这是做什么！！"

死人的手指撕开自己胸膛的裂口，扎入自己的血肉，攫住已不再跳动的心脏，缓缓地、一寸一寸地，扯将出来。

那心脏在淌血，在跳动着金红色的火焰。

那是楚洵灵核之力，是蜡烛烧到最后的光明。

"拿……着……"

他把那颗燃烧着的心举起，平直地递到前面，不住重复："拿着……拿……着……"

血珠滚落，却都成了一朵朵红色的海棠花朵，那些花朵在燃烧，绚烂夺目。

"长路漫漫，险阻难料，楚洵命浅，不能再尽绵薄之力，万望诸君……万望诸君多自……珍……重……"

墨燃骇然看着眼前的这一切，忽觉芒刺在背，冷汗涔涔。

伤疤……这伤疤！！

他猛地想起，楚晚宁的胸口，贴着心脏的位置——也有一道疤！

从前，他从未关心过楚晚宁的过去，对于这道伤疤究竟从何而来，到死都没有开口问过。

而这辈子，要问，他也没有资格了。

本座跟你学呀

是巧合，还是……

如今师尊的胸口，当然不是他想看就能看的，他只能凭着记忆回想那道创伤，颜色淡淡的月牙形，应当纯粹是刀刃的划痕没错，而不像楚洵，五指聚力刺入，留下狰狞的血窟窿。

这，终究是不一样的。

这样想着，墨燃稍稍松了口气，楚洵和楚晚宁虽然是性格迥然不同的人，但他们身上有着太多的相似之处，从长相，到"有道者，众生为首，己为末"，再到胸口那一道伤痕，巧合堆积在一起，实是令人生疑。

可不知道是为什么，或许是因为楚洵太过温柔，与楚晚宁的暴戾恣睢全然不同，又或许是因为楚洵是个有妻有子的人，所以，如果楚洵是楚晚宁的转世，或者就是楚晚宁，墨燃觉得自己会受不了，会崩溃。

幸好并不是这样。

失去了楚洵护佑的临州城会面临怎样的灾劫，自是不用多言。

鬼王当然不会信守承诺，入夜之后，血雨腥风，天地愀然。

墨燃带着楚晚宁避身在一座破落的小屋内，屋主人早就死了，家具器皿都蒙着一层厚灰。

墨燃关紧了房门，四下封严，只留厨房里的一扇小窗可以探查外面的情况。

外面时不时传来尖厉的惨叫，还有不祥的吞嚼声。

墨燃把楚晚宁抱到角落的小柴堆上，摸摸他的头："按十八姑娘说的，击败鬼王，我们就可以离开了。所以你乖乖待在这里，不要乱动。"

楚晚宁闻言，倏忽抬起头："你要出去？"

"现在不走，等鬼王现身了我再出去。"

"可是外面很危险。虚境已经实化，以你一人之力，如何抵挡？"

"那我也不能带着个小孩子去打架啊。"

楚晚宁摇了摇头："我与你一起走。"

"哈哈哈，师弟真可爱，但你还小，跟我出去会拖了我后腿的。等你再大一些，遇到这种事情我就不拦着你出头了，但这次你要先听师兄的。"

"我不会拖你后腿的。"

"一般拖后腿的都会这么说。"墨燃道，"你乖乖的，不要胡闹啦，好不好？"

"……"

见楚晚宁终于不再说话，墨燃稍稍松了口气，透过木窗的棱纹朝外望去，神色渐渐凝肃。

本是用作试炼的虚境究竟为何会突然实化？小师弟说得不错，有人要害他。复生前想要让他死的人不计其数，但如今他尚未开罪任何厉害角色，思来想去，唯一可能要他性命的便是当初在金成池遇到的那个假勾陈。

可那个假勾陈的原身究竟是什么人？能熟练地运用珍珑棋局到此地步，从前为何不曾崭露头角？

莫非这世上复生的，不止他一个人……

这个想法令他陡然不寒而栗，甚至目露凶光。

复生之后，他只想把过往掩埋，若是有第二个人，那事情恐怕就棘手得很了。

他眉头越蹙越深，却忽听得楚晚宁又道："墨燃，我……"

"怎么了？"

楚晚宁暗自咬牙，权衡利弊之后，便把心一横，想干脆把真相告知他算了。

"你听我说，其实我可以帮你的，我是……"

可墨燃听到"我可以帮你的"，只觉得小师弟是想再和自己挣扎一番，于是打断了他的话头，说道："好啦好啦，说不让你出去，就不会让你出去的。你就别再逞强了，听话！"

"不是，你听我说——"

墨燃正心烦着，于是道："不听不听，王八念经。"

"……"

见楚晚宁面色难看，墨燃大约觉得自己方才语气差了些，便拿手指杵了杵他眉间，复又笑道："你小小年纪，怎的如此苦大仇深，又不爱听长辈的话？那，我跟你说，你既然叫我一声师兄，咱俩师出同门，遇到这样的险情，我便要护你周全，可明白了？"

楚晚宁闭了闭眼睛，低声道："……明白。"

"明白就好，那你——"

"可我担心你。"

墨燃一愣，在师弟额前的指尖似乎微微颤抖了一下，竟是一时间说不出话来。他活了两辈子，"我担心你"四个字，却是从未听人讲起。纵使师昧待他温柔，却也不曾这样单刀直入地表述过对他的关心。

他怔愣地望着眼前柴堆上那个小小的孩子，心中百感交集。

过了许久，他的眼神渐渐变得很温柔，然后他杵着楚晚宁的指尖轻轻上拂，落到对方柔软的发顶，揉了揉。

"不要担心，师兄答应你，会活蹦乱跳地回来的。"

"墨燃，你能不能听我先把话讲完……"

墨燃莞尔："好吧，你要说什么？"

"其实我是——"

"砰"的一声，门被撞开，一个披头散发的男人尖叫着冲了进来。他浑身是血，身后跟着一群被血腥味引过来的鬼怪。

男人拖着条烂腿跟跄地滚进房间，抄过旁边一切能抓到的东西朝低嗥咆哮着的僵尸丢掷过去，边丢边喊："滚开！别过来！快滚！快滚开！"

墨燃暗骂一声，将楚晚宁拦在身后，手中红光亮起，召出见鬼持护于身前，侧过脸道："师弟，你躲好了，千万别过来！"

说着他提藤迎将上去，与那些闯入屋内的鬼怪厮杀起来。见鬼虽然与天问相似，但楚晚宁的招式并未完全传授于墨燃，而墨燃曾经的武器是刀，对于软兵器颇不适应，因此厮杀起来初时虽不落下风，可渐渐地就有些力不从心。

他正将见鬼舞得混乱一片，忽听得背后稚子声响，脆然清冷道："左边绕腕击三下，然后腾空起，绕背甩出去。"

墨燃一时来不及思考，便按着他的指点打了一套，柳藤抽在左边一个鬼怪身上，只一下，那鬼怪就被神武打得臂断见骨，寻常人绝不会无聊到再在它上面抽另外两次。但既然小师弟说了，那么权且试一下也无妨，当即他又照着那鬼怪打了两次，而后腾身而起，腰背软下，翻身径直将藤鞭朝背后一甩——

唰！

这时候不早不晚，正好赶到下一拨鬼怪涌来，蓄积了三次力道的见鬼蓦地燃出一道炽烈赤焰，轰然朝着它们扑杀而去。鬼怪顿时被暴烈的神武拦腰劈斩，齐齐身首异处，掉落在地上的脑袋还冒着缕缕黑烟。

墨燃愕然，略显吃惊地望了冷然端坐在柴火堆上的小师弟一眼。

这家伙……可以啊！

"接下来该怎么打？"墨燃来劲了，兴高采烈道。

楚晚宁面无表情："接下来……拿你的左手，拍一下你的右边衣摆。"

"哦哦，这路数高深莫测，是什么招式？"

楚晚宁淡淡道："没什么高深莫测的，你刚刚挥得太得意，自己的袖子被武器燎着了而已。"

墨燃"啊"了一声，低头一看，果然如此，连忙手忙脚乱地把见鬼燎出来的火拍灭了。这人脸皮也真厚，居然丝毫不尴尬，还笑吟吟地抬起头，朝对方说："我家师弟好生厉害，我喜欢。"

楚晚宁轻咳一声，默默地把脸转开，对着灰扑扑的墙壁，耳朵根有些薄红。

这时候屋子里只剩下六只还能活动的鬼怪了，楚晚宁也不愿再瞧着墨燃，依旧扭着头，对着墙壁指挥道："手腕放松，藤柳往天顶挥，旋转六次蓄力后，一字斩。"

墨燃依言照做，但转到第五圈的时候，忽然想起来："一字斩怎么斩？"

"……你平日用剑怎么斩就怎么斩。"

"啊，原来如此！"墨燃恍然大悟，一击挥下，烈火灼灼，那柔软的藤蔓仿佛瞬间淬烧成了坚不可摧的长刀，唰的一声将六只鬼怪一刀切！

"哇——"

这次墨燃的眼睛都睁得滚圆了。

"你从哪里学的？我怎么觉得你用藤鞭，都要与我师尊一般纯熟了？不对，没准你还比他厉害，你教我的这些，他可从来没有跟我讲过。"

"……"

墨燃笑逐颜开："好好好，好极了，往后我都不用看师尊脸色了，我跟你学，岂不是快活？"

楚晚宁瞪了他一眼："你嫌玉衡长老给你脸色看？你怎么不嫌我给你脸色看？"

墨燃收了藤鞭，重新将门堵上，又拖过张桌子挡在入口，笑道："你给我脸色看，那也是对我好呀。咱们俩呀，这也算是患难与共过了，你待师兄的好，师兄可都记得，往后就拿你当亲弟弟疼你。莫说你甩我脸色了，就是不开心了打我两下,我也不生气。"

楚晚宁黑着脸:"谁要当你弟弟。"

说着他跳下柴堆,不愿再理睬墨燃,而是去查看闯进来的那个男人的伤势。

岂料一探之下,楚晚宁竟微微睁大了眼:"……怎么是他?"

"是谁呀?"

墨燃把头探过来一看,也呆住了:"那个……那个小满?"

躺在血泊里断续呻吟啜泣的正是小满,他受了极重的伤,楚晚宁探查之后,摇头道:"人鬼从来不可共生,想必是鬼王将其利用之后就不管他了。此人真是……"

墨燃道:"罪有应得。"

楚晚宁看了他一眼。他打了个哈哈,忽然有些心虚,要说罪有应得,最应该遭报应的人,不该是他自己吗?

墨燃岔开话题,问道:"对了,你刚刚想跟我说什么来着?你其实是什么?"

楚晚宁垂落睫毛,顿了顿,低声道:"其实我是——"

话未说完,忽然间感到背后风起,楚晚宁猛然心惊,回身迎击,但是毕竟是孩童身躯,力道远不足成人来得大,竟脱逃不能,被对方紧紧锁住了咽喉!

小满不知何时挣扎着,凭一口气从血泊里爬了起来!

他一只青筋暴突的手死死卡住了楚晚宁的脖子,另一只手则反剪了楚晚宁的双臂,污脏不堪的脸庞有疯狂的火焰在焚烧,求生欲让他整个人都扭曲了,像是蜡化的塑像,在热焰烘烤下变形。

他满眼血红,对着墨燃嘶声道:"带我……离开这里……"

"你放开他!"

"带我离开这里!!"小满怒号道,目眦欲裂,"不然我要了他的命!走!"

"你要我救你,我便救你,你跟一个小孩子过不去做什么?你先放了他——"

"你再说我现在就杀了他!!反正我已经做尽了坏事,不缺这一桩!你到底走不走?!"

楚晚宁被他掐得发不出声来,一张清秀的小脸涨得通红。墨燃见状急了,虽然此刻一击过去就能要了小满性命,可是在这虚境实化之处,万一小满当真暴怒,只怕在自己动手击杀前,对方就可能已经重伤了师弟。

墨燃道:"好好好,我听你的,你别激动,你先松一下手,我这就……"

话音未落,情况突变!

本座归来

楚晚宁哪里会是随意就能受制于人的软柿子,只见得金光一闪,墨燃隐约看到他手中有某一种武器掠过,但那武器收放极快,只在瞬间,就将小满双手连腕截断!

小满惨叫着往后倒退,这下他除了一只脚,便连双手也废去了。

那掐制着楚晚宁的手跌落在地,楚晚宁站起来,似乎怒极,面色难看到了前所未有的地步。他一时间似乎想说什么,但是嘴唇动了动,最后似乎气得无言,只铁青着脸,愤然转身。

墨燃连忙过去抱起他:"师弟,你怎么样?有没有哪里受伤?"

楚晚宁在他怀里摇了摇头,也不吭声,竟是恶心得说不出话来。

不过再怎么说,这个小满也是两百多年前活着的人了,眼前这个不过是衍生出来的傀儡而已。楚晚宁抹去脸上的血污,低声对墨燃道:"你也瞧见了,我留在这里,未必周全,不如随你一同出去迎战。以我的法术,不至于拖你后腿。"

小师弟的能耐,墨燃之前只听薛蒙说过,并未眼见,方才的变故却着实令他开了眼。

"你厉害是厉害,可是……"

楚晚宁道:"我熟知各种兵刃的运用,还能在旁边指点你。"

"但是……"

楚晚宁抬起眼眸:"你就信我这一次吧。"

"……"

"师兄。"

楚晚宁原意是加深语气的恳切,岂料以孩童脆生生的嗓音念来,竟是软糯可爱，仿佛在撒娇，听得楚晚宁自己都有些被惊到。

墨燃听了也是一愣，随即纠结地"啊啊啊"直挠头，把脸埋到掌心半天后，才说："这个……主要我怕是……你那什么……"

活了两辈子，第一次被一个小家伙这样软绵绵地呼唤，墨燃当真觉得此人与他同气连枝，如亲兄弟。

墨仙君要恨一个人，便会恨得入骨，可对珍视之人格外心软，因此挠了半天头发，再蹲着抬眼去瞧楚晚宁，默默地耳朵尖就红了。

他要是真有个弟弟就好了，不会那么孤独。

偏生楚晚宁见墨燃的反应，犹豫一会儿，又试探着小声念了句："师哥。"

师哥与师兄不一样，更亲切。

墨燃抚着额头，觉得自己有些扛不住。

楚晚宁意味深长地看了他一眼，便对此人弱点了然于心，反正他现在是孩童身形，墨燃又不知道他本尊是谁，也不嫌丢人，于是又开口糯糯地唤了声："哥。"

"……"

"哥哥。"

"……"

"墨燃哥哥。"

"啊啊！！！好了好了！带你！带你！别叫了！"墨燃跳起来，直搓鸡皮疙瘩，面红耳赤道，"走走走，你跟我走，你厉害，你最厉害了。我的天哪！"

楚晚宁负着手，微侧过脑袋，浅浅一笑："走吧。"

说着他慢悠悠地往门口走去，身后墨燃小声的嘀咕传来："从哪儿学的这一招啊？可肉麻死我了，哎哟喂……"

原本眼见了楚洄之事，楚晚宁心情甚是糟糕，可是此时他觉得胸臆中的阴霾渐渐淡去，忽听得墨燃问："哎，对了，师弟刚才要跟我说什么？"

楚晚宁转过身来，非常淡定地说："啊，那个啊。"

"嗯？"

"我忘了。"

"……"

"等我以后想起来，再跟墨燃哥哥说……"

"啊啊别！别叫！叫师兄就好！叫师兄就够了！"墨燃连连摆手。

楚晚宁目如深潭，唇边带着丝微笑，淡淡道："那好啊。师兄，时候差不多了，这个幻境是按幸存之人的记忆化成的，眼下那些人已经离开临州，我想这个幻境也支持不了太久。鬼王应该很快便要出来了。"

"也是……击败了他，我们就能出去了吧？回头我一定要盘查清楚，看究竟是谁把幻境实化了，要取我俩性命！"

楚晚宁点了点头："所幸的是，之前鬼王与楚洵对招，看得出这个鬼王并非十分厉害的角色，可能是九大鬼王之中实力最弱的一个。虽然这里已经被实化，但我想，对手或许是真把我当作寻常六岁小儿来对待的，他不曾料到我能帮忙摆平这个幻境。"

墨燃听得连连点头，道："不错。"

楚晚宁道："所以与其说幕后之人想害我们，不如说，他从一开始就没把我计入其中。他想害的人，其实只有师兄你一个。"

墨燃更是点头如捣蒜："你说得很有道理。"

"出去之后，师兄定要把这件事跟薛蒙讲清楚，这桃花源内恐有险恶，凡事都要留心了。好了，先不说这个，我们走吧，我不拖师兄后腿，还请师兄带我破困而出。"

楚晚宁预料得果然不错，时至寅时，城内屠杀已近尾声。

天空边沿忽然裂开一道血色缝隙，青烟散入墟场，凝成了一个身形佝偻的男子。

那男子双目赤红，皮肤青白，身体一半仍有血肉覆盖，另一半却全是森森白骨。他拖着黑色大氅，在尸横遍野的临州古城踽踽而行，沿途吸收着新死之人的怨气与痛苦。

墨燃避身暗处，看清了他的相貌。

"是他？"墨燃的声音里有一丝庆幸。

楚晚宁是明白墨燃的庆幸究竟为何的，但是他既然此刻不打算表明身份，那作为一个六岁孩童，总不能知道得太多。

于是他佯装不知，抬头问道："什么？"

"你猜得很靠谱，鬼界九王，实力悬殊，其中最弱的应当就是这一位。"墨燃侧身立在轩窗边，看着那个人影由远及近，低声道，"我们运气不差。"

"师兄有几成胜算？"

"九成，话嘛，总是不能说得太满。"

楚晚宁于是笑了笑。

他当然知道鬼界有九大鬼王，以"骷髅皇"为最弱，但强弱是相对的。墨燃这个年岁阅历尚浅，即使有神武见鬼在侧，要单独应对骷髅皇还是勉强了些。

　　只不过那个想要暗算墨燃的人，千算万算，还是没有算到陪在墨燃身边的并不是死生之巅随随便便一个幼齿小儿，而是楚晚宁。

　　"救我……"

　　两人正欲破门而出杀对方个措手不及，却听得身后传来一声微弱的呻吟。

　　"啊，他还活着？"墨燃睁大眼睛，回头看到蜷缩成一团的小满。

　　"我不想死……阿爹……我不想……"

　　楚晚宁看着那个犹如一团破布烂麻的少年，摇头道："当年，这个人应当在进屋子的时候就死了。但在这个幻境里，他之所以仍然活着，大概是因为我们藏身在此除掉了追杀他的鬼怪，改变了些许幻境中的事情。"

　　"唉……若是他不曾叛变，你说两百年前，楚洵是不是就不会死，临州也或许并不会成为一片废墟……"

　　"也许吧。"

　　但是两人都明白，无论再说什么，过去的都已经过去了，此刻重要的应是战胜骷髅王，脱离幻境。无须再踌躇，墨燃与楚晚宁从藏匿之地掠身而出，一路大杀四方，不曾示弱。

　　脱离虚境比他们想象的要更容易。

　　墨燃目标明确，很快便与骷髅王交上了锋。但是看着两人尽全力厮斗，楚晚宁却隐隐觉得一阵不安。

　　那不安并不是因为墨燃落了下风，事实上墨燃在他的指点下，一直稳占优势，可是楚晚宁越来越清晰地觉察到——躲在暗处的那个人，将情况控制得实在太过精准。

　　也就是说，那人清楚地算到了，若是只有墨燃和另外一个资质平平的人困于此处，想要脱险是极其困难的。但对方又没有使用更厉害的手段来置墨燃于死地，显然是不想让人知道这是一起蓄谋的他杀案，而是想要营造出一种墨燃因为试炼时出了意外，死于幻境之内的假象来。

　　到底是谁如此精心安排，要夺墨燃性命？

　　当真是当初金成池的那个假勾陈吗……

　　楚晚宁看着墨燃与鬼王鏖战，随着时间的推移，此时墨燃已占上风。天色将亮，鬼王的法力在逐渐减弱，很快就要撑不住，胜负已分了。

可就在这时，楚晚宁猛地在那片被墨燃法咒封锁住的鬼怪之中，看到了一张属于活人的脸！

"谁？！"

那个人离得很远，混在鬼怪之中，穿着斗篷，戴着帽兜，半张脸笼在阴影里，只露出尖尖的下巴、色泽甜蜜的嘴唇，还有弧度柔和的鼻梁。

只一眼，楚晚宁便觉察出这个人的行为举止不似两百年前的虚景——此人并未做出任何攻击的态势，只是幽幽地掩在帽兜之下，面朝着楚晚宁与墨燃的方向。见楚晚宁注意到他，他竟微微一笑，而后抬起手，在自己颈边划拉两下，做出了一个类似于"杀"的动作。

楚晚宁暗骂一声，猛地掠过去，要擒住此人。

可他仍是笑着，帽兜之下，嘴唇嫣红，白齿森森，朝楚晚宁做了个口形，看上去很像是"告辞"，随后闪身没去。

"站住！"

没有用的，天光透亮，层层鱼腹白翻腾而起。

墨燃与鬼王的厮斗已以一击绞杀告终——当鬼王的头颅被墨燃手中的见鬼整个勒下，污血狂涌时，眼前的景象便急速飞起来，楚晚宁和墨燃的身体被骤然抛起，两百年前的临州日出、残垣断壁，统统成了一道道光怪陆离的虚影。

"砰"的一声，当楚晚宁重新坠落到地面时，已经返回试炼之窟中。

墨燃也已经回来了，正摔在他身边，浑身都是打斗时留下的斑驳血迹，但他自己受伤不重，正侧着脸躺在地上，显然还无力起来，只一双漆黑的眼睛侧望着身边的楚晚宁。

过了一会儿，墨燃抬手，用指尖轻轻碰了碰他的额头。

"出来啦！"

楚晚宁"嗯"了一声，脸色却很难看："……我刚刚，在里面看到一个人。"

"什么？"

"很可疑，应该就是施法咒的那个人。"

墨燃一骨碌爬了起来，瞪大眼睛："你瞧见了？你瞧见了！那你看清他是谁了吗？长什么样子？"

楚晚宁蹙眉摇头道："他戴着帽兜，我看不太清楚，但是看身形应是个男子，岁数不大，偏瘦，下巴很尖……"

还有半句话他没有说出来。

他觉得那半张脸看上去，隐约有些熟稔的感觉，似乎很早之前，在哪里见到过。可是又觉得只是自己的错觉，毕竟只是下半张脸而已，相似的人多了去了，他一时也难以判断。

他正沉吟着，忽觉得墨燃拍了拍他的肩膀。

"师弟。"

"怎么了？"

"……你看那边。"

墨燃的声音有些低沉，微微带着凉意。

楚晚宁抬起头来，顺着他指的方向看去——是十八。

试炼之窟的入口，十八姑娘双目暴突，悬于窟顶，一双穿着丝缎绣鞋的脚晃晃悠悠地在半空中打着摆。

她已经死了，这里没有风，看她晃动的幅度，杀她的人应当刚刚离去没多久。

但是最让楚晚宁和墨燃色变的，还是那个紧紧勒在她脖间的凶器，是一段柳藤，叶如刀裁，周身流窜着烈红色光芒，时不时还有火舌爆裂，星火和血花一同溅落。

见鬼。

勒死十八，并把她悬在洞窟顶部的，居然是神武见鬼！

第四章 落难不离卿

本座冤枉

　　墨燃脸色苍白，难以置信地召唤出刚刚才收拢的武器，看着一簇火光在自己掌心亮起，见鬼应召而出，躺在他的手心。

　　两相比对，杀死了十八的那把武器，除了没有握柄，简直和见鬼一模一样，就像从见鬼上绞下了一段——难道这世上，还有第二把见鬼？！

　　来不及深思，忽有脚步声自远而近，以极快的速度飞奔而来，楚晚宁比墨燃沉静些，略微沉吟，目光陡然一凛："墨燃，先把见鬼收起来！"

　　"什么？"

　　来不及了。

　　一群人已经掠至试炼之窟门口，有羽民，有各个门派在桃花源修行的修士，人群中甚至还有薛蒙、叶忘昔、师昧的身影……似乎有人觉察了试炼之窟这边的异样，召集几乎所有的人，赶来此处。

　　于是当众人陆续到达时，看到的是惨死在洞外的十八，脖子上勒着柳藤，挤到血肉里。而墨燃与一个半大孩童狼狈不堪，显然刚经历过一番恶斗，墨燃浑身是血，手中拿着的，正是跃淌着危险火光的见鬼……

　　鸦雀无声。

　　不知是谁忽然喊了句："凶、凶手！"

　　人群慢慢喧闹起来，惊慌，愤怒，窃窃私语汇聚成流，嗡嗡地震颤着耳膜。"杀人了""凶手""是何居心""丧心病狂""疯子"等破碎的字句不断地重复着，攒动的人潮就像方才幻境里的尸流，这给了墨燃一种错觉，就仿佛幻境还没有结束，噩梦还在继续。

　　临州城两百年前的血，仿佛还在流淌着。

　　"不是……"他喉咙发干，往后退了一步，"不是我……"脚步一顿，有人拉住了他的衣摆。

墨燃混乱间低下头，看到楚晚宁的一双清澈眼眸。

他无意识地喃喃着："不是我……"

楚晚宁点了点头，欲将墨燃护在身后。可是他此刻是那么小小的一个孩子，又能做什么？

他正焦灼着，忽然感到墨燃又往前走了一步。

喊叫的人越来越多："把他抓起来！还有那个小孩！抓起来！凶手！"

"不能让他们逃了，太危险了！快抓起来！"

墨燃反手拉住楚晚宁，将他带到自己后面，挡住他，而后低着头缓了一会儿，逐渐平复下来。

"十八姑娘不是我杀的。你们听我解释。"

人群中那一张张脸都是如此模糊，和前世某个他不忍回忆的时候重叠在一起。他勉强在那些人影中看到了薛蒙，薛蒙一脸难以置信，然后他看到了师昧，师昧睁大了眼睛，脸色白得可怕，正不住地摇着头。

墨燃闭上眼睛，沉声道："人不是我杀的，但我没打算逃。你们在抓我之前，总该听我一次申辩吧？"

即使墨燃这么说了，也没有人会听他的。不安和愤怒弥漫在人群中，有女修尖声道："你、你杀人被抓了个现行，还有什么可辩的！"

"就是！"

"不管怎么样把他们两个都抓起来！要是真的冤枉他们了，到时候再放出来也不迟！"

"抓起来！抓起来！"

薛蒙从最初的惊骇中回过神来，出了人群，面朝着那些愤懑扭曲的面孔，背朝着墨燃，大声道："请诸位静一静，听我一言。"

"你谁啊你！"

"凭什么听你的！"

"等等，这位好像是凤凰儿？"

"凤凰儿？天之骄子？就是那个薛蒙？"

"是他啊……"

薛蒙的脸色十分难看，近乎苍白，他缓了口气，慢慢说道："请诸位听我一言，这两位都是我死生之巅的弟子，我信他二人绝不会做出残杀无辜的事来，还请各位先冷静一下，好歹先听一听他们的解释。"

"……"

一时的沉寂之后，忽有人喊道："我们凭什么信你？是死生之巅的弟子又怎么样？你就一定对他们知根知底、了如指掌吗？"

"就是，人心隔肚皮，就算是同门，又能了解多少！"

薛蒙的面色越来越差，嘴唇紧抿着，手不知不觉握成了拳。

在他身后，墨燃拉着楚晚宁站着。墨燃其实从薛蒙出来时就略感诧异，从前和这个堂弟无深厚情谊，总是互相瞧不上眼，后来他成了人界帝尊，烧杀抢掠无所不为，自然就和"凤凰儿"进了水火不相容的两个阵营。

因此他怎么也没有预料到，原来在这样千夫所指的情况下，薛蒙居然会是背朝着他，而面朝着别人的。

墨燃心头忽地一热，说道："薛蒙，你……信我？"

"呸！狗东西，谁信你了？"薛蒙侧了张脸，没好气道，"你看看你这都摊上的什么事儿！明明还比我大一岁，却要我给你收拾烂摊子！"

"……"

他骂完之后，转头却以更凶恶的嗓音，朝那些人嚷道："怎么着？我怎么就不了解他们了？他们一个是我师弟，一个是我堂哥！是你们懂，还是我懂？"

"薛蒙……"

"你们听几句解释会死吗？这么多人看着，难道耽搁一会儿，他俩能插上翅膀飞了不成？"

这时候，师昧也走了出来，不过就显得没有气势多了，柔柔弱弱的，惶然道："诸位仙君，我也能为他二人作保，十八姑娘定然不是他们所伤，请诸位听一听解释，多谢……"

叶忘昔竟也挺身而出，虽不为二人作保，但比那些乌烟瘴气的人要冷静得多。

叶忘昔道："即便要暂且拘禁他们，也当给其辩白的机会。如若不然，岂不是便宜了真正的凶手？万一那人正隐匿于你我之中，又该如何是好？"

他这样一说，其他人顿时面面相觑，眼神中都多了一丝警惕。

"……好吧！那便先容你们解释！"

"但抓还是要抓的！谨慎为上！"

"宁可抓错，不能放过！"

墨燃叹了口气，以手抚额，过了半晌，居然笑了。

"没想到四面楚歌，竟也有人愿意信我。好、好，就算被抓，就冲你们三个人，我也不生气了。"

他简单地把虚境实化，境内所遇之事，以及出来之后就看到十八被害一事说了一遍。

可惜修罗境被打破之后，其他人再进去就完全是一个新的幻境了，因此也不能考证墨燃所说究竟是真是假。不过若是编造的，那他要在短时间内拼凑出这样一个故事，也实在是难了些。

因此等他讲完之后，人群之中已有大半人，显得有些动摇。

一个身份较为尊贵的羽民低声和下属耳语了几句，然后道："墨燃，夏司逆，你二人虽有说辞，但终究没有证据。在一切查清之前，为了桃花源的周全，还是得委屈你们被关押一段时日。"

墨燃无奈苦笑："行行行，我就知道会这样。你们给我吃喝供好，我也就不说什么了。"

"这个自然。"

羽民顿了顿，又道："即日起，桃花源内的修士需严加戒备，以免再生意外。眼下没有及时赶到的修士，一会儿我都会派人一一盘查询问，以排除嫌疑。另外，这件事情我会通知各派掌门，尤其是涉事最深的死生之巅，若是可以，我想请二位的师尊前来一叙。"

"师尊？！"墨燃一听，脸色就变了。

楚晚宁没有吭声。

"我不想请师尊来！换我伯父行不行？"

"弟子有恙，应禀明其师。这是修真界自古以来的规矩，难道你死生之巅竟是不同？"

"不是，我……"

墨燃焦躁地直挠头，连连叹气，也不知该说什么才好。

弟子有恙，事禀师尊，这当然没有错。

可是想到楚晚宁那神色寡淡的脸，那冰冷清寒的眼神，墨燃就觉得他即使来了，也肯定是不分青红皂白，先把自己教训一顿，还不如不要相见。

但是无论墨燃说什么，事情都难以改变了。

他和小师弟一同被关了起来。

桃花源的幽禁之地是一个不大不小的山洞，洞口生着只听羽民命令的远古荆棘，里头终日昏暗，好在有个火塘，里面燃着被施了法咒、不会熄灭的火焰。

洞内一切从简，一张宽大粗糙的石床，铺着羽翼织成的金红色软垫，另有一张石桌、四张石凳、一面铜镜、几套碗碟茶具。

墨燃和楚晚宁便一同被软禁在了此处。

虽说事情并未下定论，但负责监管二人的羽民似乎与十八交好，她无端丧命，那个羽民便迁怒墨燃二人，因此生活起居上多给二人使了些绊子。

第一天晚上，那羽民还知道送些饭菜来，菜色不丰，但也够吃。然而第二日，便只随意往洞内丢了些生肉菜叶，米面盐巴，说是没工夫照顾他们的伙食，让他们想吃什么自己打理。

"自己打理就自己打理，做饭而已，谁不会？"

墨燃说着就气哼哼蹲在地上，挑拣起了好用的食材。

"小师弟想吃什么？"

"……都可以。"

"唉，这天下最难做的菜便叫作'都可以'。让我看看，这里有五花肉、白菜……啧啧，这鸟人可真抠门，给的白菜全是帮子，给了些面粉和粳米，量挺多，也不知道是几日份的。"他叨叨地数着，抬头问楚晚宁，"想吃饭还是吃面？"

楚晚宁正伏在石床上歇息，闻言略微思忖，然后说："面。"

顿了顿，他又补上一句："排骨面。"

"……啊哈哈，你这可难为我了，哪里来的排骨？"

"那就随便了，都可以。"

墨燃盘腿坐在地上，手支着膝盖，托着腮，想了一会儿说道："这里料也不多，我给你做碗臊子面吧？"

"臊子面？"

"喜欢吗？"

"还好吧，辣吗？"

墨燃笑了笑："你看，那鸟人给的东西里，连半点辣椒影子都没见。"

既然已经商量好了吃什么，墨燃便动手开始和面。楚晚宁个子矮，力气也不够，便懒得惺惺作态去帮忙，只趴在床上，懒洋洋地看着墨燃揉着白软的面团，渐渐地，目光温柔起来。

突然他觉得这样也很好，墨燃不知道他是谁，他便能一直这样待在墨燃身边,做饭的时候,会问他一句想吃什么,真的很好。

他甚至有些不安,觉得自己得到了太多,像是从一个叫"夏司逆"的小孩子身上偷来的。

墨燃煮好了面,将炒熟的肉末码上。羽民给的佐料少得可怜,他也着实做不出什么色香味俱全的菜肴来,但面条扯得很筋道,软硬也刚刚好,五花肉切下了一层肥膘煸出猪油,嗞啦一声趁着滚烫浇在面上,拌匀了也很香。

"师弟,吃……"他一抬眼,看到楚晚宁已经睡着了,依然是趴着的姿势,脑袋枕在臂弯,侧着脸,睫毛很长,神情安详。

"饭了……"他喃喃地把后半截话说完,然后走到床边,摸了摸楚晚宁墨玉般的头发。

"这样看起来,你还真的挺像师尊的。不知道你和师尊,到底跟临州楚家有什么渊源,也不知道究竟是谁想害咱们,唉……更不知道师尊此刻在做什么,知道这里出的事情,会不会不分青红皂白又怪罪于我。"

说到这里,墨燃眸色微暗,手指尖卷着楚晚宁的一缕黑发,幽幽地叹了口气。

"你是不知道他,一有事情,便总是数落我……他特别不喜欢我。"

可惜楚晚宁睡着了,这句话像曾经让他们纠缠了数十年的误会一样,轻飘飘地散落寂夜,无人应答。

墨燃等面条凉一些,不至于烫嘴时,便把楚晚宁叫了起来。

"师弟,吃饭啦。"

楚晚宁捂着嘴打了个哈欠,睡眼蒙眬地发了一会儿呆。

"哦,吃饭……"

墨燃把面条端过来,他爱做饭,却不爱洗碗,为了少洗一件器皿,干脆把面条全部盛在了刚刚炒肉臊的锅里。

楚晚宁对于这样豪放不拘小节的吃饭方式略感吃惊,微微睁大了双眼,难以置信地看着那一大锅面条:"这……怎么吃?"

"一起吃呀。"墨燃把一双筷子递给他,自己则双手合十,笑道,"比谁捞得快大赛,马上开始啦!谁能吃到更多的面呢?让我们拭目以待吧。"

"……"

墨燃念叨完,眯起眼睛笑得更开心。楚晚宁盯着他看了一会儿,说:"你好像只要有的吃,就会特别……"

"特别高兴，对吧？"

"嗯。"

"哈哈，民以食为天嘛。"

墨燃说着，也不客气，先捞了一大筷子面条，吸溜吸溜吃得腮帮子鼓鼓囊囊："丑是丑了点，但素味道还爽素不错滴[1]。"

楚晚宁脸色不好看："吃饭，别吸溜。"

"哈哈哈！"墨燃拍着大腿笑，"你这孩子，跟我师尊也太像了。他也让我别吸溜，但是你猜怎么着，有一次我和他吃饭，故意甩了根骨头到他碗里，气得他哟，哈哈哈哈——"

楚晚宁咬牙切齿道："你当真放肆！"

"对对对！就是这个反应，你怎么知道？哎哟，还学得挺像，哎，师弟，我觉得你俩可能是远亲啊，说真的，等师尊来这里了，你找他好好问问呗？哎哎——你别跟我抢那半个煎蛋啊——"

---

[1] 谐音，原意为"但是味道还算是不错的"。

本座炖汤

是夜,两个人躺在宽敞的石床上,被软禁的时光实在难挨,功也练了,饭也吃了,别的也没什么事可做。

走来走去,就那么大的洞窟,楚晚宁心静,倒也还好,但墨燃不一样,他真有些度日如年的感觉。

"唉,无聊啊,无聊啊,玩什么?玩什么呢?"

楚晚宁闭目道:"睡觉。"

"还早得很啊。"墨燃看了一眼滴漏,摇了摇头,"早得很。"

楚晚宁不理他。

墨燃在床上打了几个滚,突然间来扯他的脸。

"师弟。"

"……"

"师弟!"

"……"

"师弟!!"

楚晚宁蓦地睁开眼,怒道:"做什么?"

墨燃厚颜无耻地拉着他的手来回摇晃:"陪我玩。"

"……到底你是师弟还是我是师弟?"楚晚宁怒不可遏,甩开他的手,"谁陪你胡闹!"

墨燃甜丝丝地笑起来,当真十分厚颜无耻,他说:"当然是你陪我胡闹呀。不然还能有谁?"

楚晚宁:"……"

发带是从墨燃头上拆下来的,红色的,窄窄一根,两头系住,绷在墨燃手指间，绕成了一个独特的结。

楚晚宁到底还是从床上坐了起来，没好气地问："这是什么？怎么玩？"

"这是花绳。女孩子玩得比较多，男孩子通常不玩这个，不过我以前不是在乐坊长大的嘛，那里女孩多，所以也就学会了。"

"……"

"其实还挺有意思的，你看着，你来把这根线钩到手指上……不对，不是这根，是小拇指，嗯，就是这样，然后把大拇指和食指钩住那边两根线……"墨燃慢声细语地说着，很耐心也很安宁。

烛火噼啪，暖黄的光晕映照着他们的身影，一大一小，低头专注地绕着那段由发绳绕出的红线，彼此的神情都禁不住地渐渐温柔。

楚晚宁的手绷着线，他在墨燃的指点下绕着花样，冷不防绕错了，红线转手的时候一扯，并没有如预料中扯出新的样式，反而又拉成了原形，简简单单的两道。

他怔怔地看着，手仍举在半空，却是一脸不解地喃喃："怎么散了？怎么能这样……"

"哈哈，你又绕错了吧。"

"……再来。"

"不来了不来了。"墨燃笑道，"总玩一个没意思，换些别的。"

"不行。"这回换楚晚宁不乐意了，肃然道，"再来一次。"

"……"

两人在洞内待了三日，第四日晚上，墨燃照例准备给楚晚宁做些好吃的。这几日他已经琢磨出了些门道，自己这位小师弟和师尊果然是同乡，饮食的喜憎如出一辙。

今晚羽民送来的是一只母鸡，几枚菌菇。墨燃打算炖一锅鲜菇鸡汤，加上些自己擀成的面条，滋味想必不会太差。

"晚上喝鸡汤？"

"嗯。"墨燃应了一声，侧眸去看楚晚宁。这孩子虽然于武学一道天赋异禀，但完全找不准翻花绳的门道，偏偏又一根筋特别死心眼儿，没事就拿根头绳在手上琢磨，固执的样子也是令人忍俊不禁。

墨燃笑道："你坐在旁边慢慢玩，不过怕是我汤都炖好了，你却还没把这绳子钻研透。"

楚晚宁冷哼一声，顿了顿，淡淡道："剩的食材里头，可有姜片？"

"我看看……呦，有的，特别多，昨天给了一堆姜。"

楚晚宁满意道："多搁一些进去，去腥。"

墨燃摸着下巴："呦……该不会还要放些枸杞子吧？"

楚晚宁眼前一亮："有吗？"

"扑哧。当然没有，只是觉得你与师尊口味真像。他喝汤也爱搁姜、放枸杞。"

"……你记得他爱吃什么？"

"哈哈，是啊是啊，我乖巧呗。"

墨燃也懒得多解释，总不能和小师弟讲什么自己是复生的吧？于是他顺着杆子应道："我可是二十四孝好徒弟，可惜师尊看不到我一颗赤子之心，拳拳仰慕之情。"

墨燃随口说着，便开始处理禽肉，于是完美错过了楚晚宁的神情。他麻利地拔毛去了脏器，正准备煮水去血污，忽听得小师弟轻声道："他未必就不会知晓。"

"啥？"

楚晚宁见墨燃抬头，倏忽耳朵尖就红了，扭头干咳几声，说道："我说你待玉衡长老的好，他未必就不会知晓。"

"哦，这个啊，其实也没关系。反正我都习惯了，虽然有的时候也妄想过他能像别人家的师父一样，跟我说些体己话，或者偶尔能像我知道他喜欢吃什么一样，知道我喜爱什么就好了。不过那都是过去的事情了，我刚入门那会儿，受了他漂亮皮囊的蒙蔽，还以为他是个温柔的人，现在想想真是……唉，他老人家高不可攀日理万机，我哪敢入他的眼啊？哈哈，啊哈哈哈。"

楚晚宁闻言，本有些愠怒，然而仔细一想，自己平日对墨燃虽有关心，但确实总摆出一副疏离姿态，不由得又成了窘迫，便默默地垂头不语。过了一会儿，他从床上跳下来，不声不响地走到墨燃身边。

"做什么？"

"你都做好几天饭了，今天的简单，换我做给你吃。"

墨燃一愣，随即笑道："怎么忽然有这念头？你小小个子，怎么做饭？连灶台都够不到。更何况我是你师兄，你既然都这样喊我了，几顿饭算什么？"

楚晚宁搬了张板凳过来，站在凳子上不出声，执拗地望着他。

墨燃："……你瞪我干啥？"

"你看我够不够得到灶台。"

"……"

"玉衡长老不知道你爱吃什么，我却不似他那般没良心。"楚晚宁面无表情道，"你休息去吧，我给你做饭。"

忙忙碌碌半天，楚晚宁也不让墨燃插手，而是气势汹汹眼神凶恶地举着菜刀分割着母鸡的"尸首"，神情专注，手法僵硬，场面令人不忍直视。

墨燃原本还想搭把手，奈何小师弟的臭脾气和师尊也很像，专注做事情的时候特别讨厌别人打扰，于是几番自讨没趣后，只好挠着脑袋躺床上发呆休息去了。

鸡肉终于下了锅，楚晚宁盖上汤锅的泥盖，转头刚想对墨燃说些什么，忽听得牢洞门口传来一个轻轻的声音。

"阿燃，夏师弟，你们在吗？"

墨燃一听这声音，如被雷击，蓦地跃下床来。他冲到门口，透过缝隙，先是看到一位羽民冷冷地立在外面，但目光稍转，便看到在她身后，师昧一身素白，面露忧愁地立着，不由得大喜过望："师昧！你……你怎么来了？"

"我有要事要与你说。"师昧道，"尊主已经接到禀奏，赶来了桃花源，此刻正在同羽民交涉。你怎么样？这些天可受苦了？"

"我好得很，能吃能喝能跳。"墨燃顿了顿，又问，"师尊呢？他人在哪里？"

"说是仍在闭关清修，不曾前来。"

"哦……"墨燃目光闪烁，随即叹了口气，喃喃自语道，"不来也好……不来也好。"

"不过璇玑长老到了，说是来担保夏师弟的。"师昧问道，"夏师弟在睡觉？"

墨燃道："没呢，他在炖汤。师弟——你快过来！"

楚晚宁放下扇火的小竹扇子，走到门口，看了看外面的两个人，并没有露出什么意外的表情，淡淡道："怎么了？"

师昧还没说话，就听那羽民先哼了一声，道："还不是你们死生之巅的人来了，你师父说要保你，正同我们的仙尊商议。"

"……我师父？"

"璇玑长老啊。"

"哦。"楚晚宁顿了顿，面无表情，"甚好。"

那羽民撇撇嘴，说道："你俩出来吧，众位尊上都已聚在饮露阁，等着听二位解释。"

楚晚宁回头看了看正炖着的鸡汤，说道："我不去了，汤煮了一半，我走不开。墨燃，你代我说去。"

那羽民闻言，心道果然是个乳臭未干的小孩子，讲话居然如此不靠谱，于是冷笑着吓唬他："你要是不去，就错过了辩解的机会，若是判你杀了十八姑娘，那可是要杀人偿命掉脑袋的。"

岂料楚晚宁听了一点儿也不怕，反倒神情漠然，冷冷瞧了她一眼，转身就走了。

师昧待要叫住他，墨燃却笑着摇了摇头："随他吧，我去就好。"

"可是璇玑长老远道而来，他不去问候，未免失了礼数……"

墨燃还未开口，就听得楚晚宁远远道："墨师兄，你代我向师尊问好。"

自己话说得那么小声，居然还被他听到了，师昧不禁有些尴尬，清了清嗓子，待羽民打开了牢洞外的荆棘丛，便拉着墨燃准备离开。

岂料这时，楚晚宁却反身折回，叫住了他："师兄。"

"师弟可是改了心意，要同我一道去了？"墨燃笑着问。

楚晚宁小短手挥了挥衣袖道："我自是不去的。过来是叮嘱你一声，记得早些回来，晚了汤就冷了，不好喝。"

墨燃愣了一下，失笑道："好，那你等我。"

"嗯。"楚晚宁便不再说话了。只是待墨燃走得远了，身影消失在拐角处不见，他才转过头，专心熬汤去了。

饮露阁离牢洞不远，走过去的路上，师昧有意无意地问道："阿燃，你这些日子，与夏师弟似乎又熟悉了些？"

墨燃笑道："对啊，我与他也算是患难与共了。怎么，师昧该不会是吃小孩子的醋了吧？"

"……胡言乱语。"

"哈哈哈，师昧不用担心，我最喜欢的呀，还是师昧，不会变的。"

"……莫要再胡说，我只是觉得夏师弟有些奇怪……"

"奇怪？哦……"墨燃想了想，点头道，"他是挺奇怪的。"

"你也觉得了？"

"是啊。"墨燃笑道，"小小年纪讲话成天和大人一样，法力也不容小觑。另外，之前在幻境中遇到的事情更离奇，我还没来得及跟你们说。你知道吗？我怀疑他和咱们师尊是远房亲戚。"

师昧眸色微动，问道："此话怎讲？"

"我们在幻境里看到一个人，是两百年前临州城的太守之子，也姓楚，长得和师尊特别像，他有个儿子，容貌也是……"

他正要说到关键处，忽然间听到前面一阵激越的咒骂之声，抬眼一看，竟是薛蒙满面怒容地大步而来，嘴里还不停咒骂着："畜生！禽兽！不要脸的狗东西！"

本座糊涂了

　　冷不防撞见墨燃,薛蒙愣了一下,这还是墨燃被关押之后两人第一次见面。
　　想起在众人面前薛蒙对自己的回护,墨燃不禁朝他露出了笑脸,可薛蒙被这笑脸吓了一大跳,露出了嫌恶的表情,牙酸道:"你干什么?看什么看!有什么好看的!笑什么笑!有什么好笑的!"
　　"……我和你打招呼啊!"
　　"恶心!"
　　墨燃:"……"
　　他这一来,打断了墨燃的话头,师昧若有所思地沉吟一会儿,却也没有再追问下去,而是笑着朝薛蒙道:"少主,又是谁惹你了?"
　　"还能有谁?还能有谁!!臭不要脸!恬不知耻!猥琐卑鄙,下流无耻!"
　　墨燃叹道:"不够押韵。"
　　"你管我!有本事你来!"
　　"没本事没本事,不是文化人。"墨燃笑道,"说吧,谁惹了你啊?"
　　师昧微笑道:"我猜又是大师兄。"
　　"什么狗屁大师兄!禽兽!登徒子!他这么随便,怎么就没染上花柳病?!我愿意花十年寿命祝他头顶生疮,脚下流脓,烂鼻子烂眼睛我看谁还瞧得上他,这个卑鄙无耻,臭不要脸,猥琐下流……"
　　墨燃:"……"
　　眼见着薛蒙要陷入滔滔不绝的死循环,师昧忙打住他,指着后面喊了一声:"嘘,快看,喜爱大师兄的那些女修来了——"
　　"哈!"薛蒙吃了一惊,素来骄傲的面容上居然出现了一丝惶然。他低声骂了句"淫荡肮脏",竟就夹着尾巴头也不回地遁走了,当真急如丧家之犬,末了还颇要面子地喊了句:"我想起另有要事要做,先行一步!"

墨燃看着他一溜烟跑没了影,怔道:"哇,可以啊这个大师兄,居然能让他怕成这个样子。"

师昧忍笑道:"从他前天无意中在酒楼撞见人家,起了些冲突,回来就这样了,算是遇到了克星。"

"佩服佩服,有机会必须见识一下。"嘴上虽这样说着,墨燃心里却有了些数,能让薛蒙躲成这个样子的,想必这个"大师兄"就是他猜的那个人没错了。

但此时不是看薛蒙热闹的时候,饮露阁里,薛正雍和璇玑已经到了,正与桃花源的主人——羽民的上仙缓声讨论着十八被杀一案。

羽民上仙近乎仙躯,周身环绕着莹莹灵光,虽看上去是个豆蔻年华的少女,但天知道她究竟有多大岁数了。

她正缓缓地同薛正雍讲着事情的原委,外头走进来一名近侍,低声道:"上仙,人带来了。"

"请他进来吧。"

墨燃跟着师昧进了暖阁,环顾一圈,瞧见薛正雍摇着那把闻名遐迩的文人扇,与人相谈,立刻喊道:"伯父!"

"孩子、孩子。"薛正雍闻声扭头,眼睛一亮,忙招呼他过来,拍了拍他的肩膀,"来,在伯父身边坐下……"

"人不是我杀的……"

"当然不会是你,当然不会是你。"薛正雍连连叹息,"也不知是怎样生出的误会,刚刚上仙都与我说了。我这次来,便是要想法子证你清白,唉,天可怜见,瞧瞧你灰头土脸的样子。"

他拉着墨燃,羽民上仙也并未阻拦,只淡淡地瞧着两人。

墨燃同璇玑长老也打了招呼,随即坐在薛正雍旁边。但让墨燃觉得奇怪的是,璇玑并没有立即注意到自己的徒弟夏司逆不在,只自然而然地和墨燃点了点头,反倒是羽民上仙问了一句:"咦?另一个孩子呢?那个姓夏的。"

"啊,是啊。"璇玑这才回过神来,"……我的徒儿呢?"

墨燃见他对夏司逆并不上心,有些不满,说道:"我师弟还在天牢,他让我代他向你问好。"

"这样。"璇玑点了点头,"他怎的不来?"

墨燃没好气道:"做饭。"

"……"

薛正雍愣了一下,哈哈笑了:"做饭比澄清自己重要?"

璇玑也莞尔道:"当真是任性胡闹,待散会之后,我去瞧瞧他。"

"不用了,散了之后我们还要吃饭。"墨燃说,"你们想怎么审?赶紧审了吧。"

薛正雍便道:"上仙,我们接着方才的话说,你看这样,本门另有一长老善炼丹药,来此地前,我特地请他炼了数枚赤子丸。"

"赤子丸?"上仙闻言微微一怔,蔻丹轻点唇边,"就是那个可令凡人开口吐真言的丹丸?"

"正是。"

上仙略感惊讶:"此丹所需材料复杂且极为难炼,就是在我桃花源中,要制成此丹也需要不下半月,想不到仙君门下竟有如此药宗能人,怎的不带他一同前来?"

"他性子偏孤,不爱与人同行。"薛正雍道,"丹药已经在炼了,十日之内便可遣飞鸽送至桃花源。到时候请上仙验明丹药效用,给小徒们服下,真相便可大白。"

上仙思忖片刻,颔首道:"此法可行。"

薛正雍松了口气,笑道:"那既然这样,我这就去牢洞接另一个门徒出来。"

"慢着。"

"怎么了?"

上仙道:"事情未曾辨明之前,墨微雨和夏司逆尚有嫌疑。纵使有尊主担保,本座也不能放他二人自由。"

薛正雍闻言,啪的一声合了折扇,脸上虽带笑容,目光却有些沉冷:"上仙如此做事,就有些不地道了。"

羽民上仙抬起眼眸,一双赤红眸子盯着他:"薛尊主对本座的决议有所不满?"

"是啊,既然我门下二徒均未定罪,又有我与璇玑长老看管担保,上仙再执意关押他们,又是什么道理?"

"谈不上关押吧。"上仙清冷道,"我未曾苛待他们,每日供食亦不曾断,只是限了他二人活动,并不过分。"

薛正雍此时虽仍在笑,但已是冷笑了。

"不过分?据我所知那牢洞不见日月,是关押明定犯人的地方,上仙上嘴唇碰下嘴唇就说不过分，也真是厉害极了。"

旁边立刻有羽民护卫厉声阻拦："薛尊主，你请注意言辞！"

"怎么了？我言语之间有什么不妥吗？我未曾辱骂你家上仙，讲的事情也字句属实，只是少些客套敬意，并不过分。"

那羽民听薛正雍如此说，不禁更气："你！"

一只莹白如玉的素手伸出来，拦住了他。上仙抬起了头，冲着薛正雍冷冷一笑："曾听人间传闻，死生之巅的薛尊主乃一介行首，法力虽盛，学识却略有欠缺，更不善玩文字，今日一见，却觉得传闻欺了本座。薛尊主，好有道理呀。"

薛正雍也冲她微微一笑，眼里却已毫无笑意："粗人一个，上仙莫要介意。"

那羽民上仙莞尔，抬手取了个橘子，细细剥了，递到薛正雍面前："那么你我各退一步。令他二人自由如故是决计不可能的，但在牢狱里住着确实不妥。本座即刻就令人带夏司逆出来，墨微雨和夏司逆转居凌霄阁，那是招待宾客之地。只是我须得派人好生盯着，不能让他二人出阁半步。这样如何？"

薛正雍沉默少许，抬手，于半空中微微凝顿，最终还是接过了那个橘子。

凌霄阁虽说是待客之地，但桃花源并不是常常有客人来的，因此阁内已是荒僻许久。既然上仙首肯了让他们先迁至此处，墨燃便打算自己先去清理一番屋舍。等打扫好了，他再去接夏司逆过来。

薛正雍和璇玑还有要事要谈，墨燃就在几个羽民的盯梢之下，和师昧一同先去了凌霄阁。

凌霄阁地处桃花源西北处，外头繁花成林，烟霞如锦。

"好地方，这样住着也不委屈了。"墨燃笑眯眯地说。

师昧叹了口气："怎么会不委屈？人明明不是你们杀的，他们却冤枉好人。可惜师尊不能来，要是他来了，用天问审上一审，也用不着什么赤子丸，真相便昭然若揭了。"

"哈哈，师昧想得太简单。天问乃是神武，虽然有套出真言的作用，但奏不奏效，全看施术者是否有心审问。你觉得那些鸟人会愿意让我的师尊来审我吗？他们会信吗？"

"……这倒也是。"

眼见着即将日暮，墨燃便开始着手收拾屋子，师昧在一旁帮忙。

说来也是奇怪，当墨燃打扫完屋子，坐下来喝了口茶水稍作休息的时候，才忽然发觉自己居然没有因为能够与师昧单独相处而感到更高兴,也没觉得与师昧在一块儿比与夏司逆在一块儿时舒服自在。这个认知令墨燃不由得一噎,茶水差点喷出来。

师昧吓了一跳:"怎么了?"

"没、没什么。"墨燃连连摆手,心里却叫苦不迭。

他最近这是怎么了?不应该啊……

墨燃挠挠头。

师昧眨眨眼。

四目相对,墨燃憨厚地咧嘴笑了,梨窝融融很是可爱:"外头的桃花好看,我去摘一枝给你带走。"

师昧道:"草木亦有情,让它们好端端地在枝上开着吧。"

"嗯……你说得对,那、那就不摘!"

枯坐一会儿,墨燃挖空心思想再与他说说话,却发现相见的日子少了,竟也没什么可提的。

抬起眼,他忽见得师昧因为帮着自己打理房舍而沁出的细汗,心下不忍,从怀中拿出了块帕子递给师昧。

"擦擦汗。"

师昧垂眸看了一眼,见墨燃紧张兮兮地捏着手帕,不由得微微一笑,温声道:"谢谢。"

于是他接了手帕,轻轻拭着额头。

那帕子触感轻柔薄软,是极好的天蚕丝织成的,师昧用过之后,便道:"帕子我带回去,洗好了再还给你。"

"好好好。"墨燃一迭声地应了,他对师昧的逢迎简直深入骨髓,成了本能,"你要是喜欢,不还也成。"

师昧笑道:"这怕是不妥,你看这帕子做得那么好……"他一边说,一边展开手帕,准备抚平细褶,重新叠好。

然而纤细白嫩的手指抹过刚刚展开的帕身,师昧就怔住了,轻轻"咦"了一声。

"怎么了?"

师昧顿了顿,抬眼笑道:"阿燃真要把这帕子赠给我?"

"你喜欢就拿着嘛。我的就是你的。"墨燃很大方。

师昧眼底的笑意幽幽:"借花献佛,你不怕师尊知道了抽你?"

"啥?"这回轮到墨燃怔住了,"什么借花献佛?这跟师尊又有什么关系?"

"你自己看啊!"师昧语气里有些说不清道不明的意味,"偌大的一朵海棠花,师尊何时把自己的帕子送你了?"

本座不好

墨燃呆若木鸡。

过了老半天,他才抓耳挠腮、面红耳赤地回过神来,连连摆手:"不是、那个、我不知道啊,这不是我的手帕,那我的手帕上哪儿去了?……我我我,唉,我真是跳进黄河也洗不清……"

他瞪着那块绣着淡淡海棠花的天蚕丝手帕,却怎么也想不起来自己怎会多了这样一个物件,着急上火琢磨了半天,忽然一拍脑袋。

"啊!"

"怎么了……"

"我想起来了!"墨燃松了口气,从师昧手中把手帕拿回来,笑道,"不好意思啊,这帕子确实不是我的,不能给你。"

师昧:"……"

他也没说要啊。

"不过这也不是师尊的,别看到海棠就是师尊呀。"墨燃把手帕叠好,自己揣回怀里,显然因为自己没有错拿师尊的帕子而感到无比轻松和宽慰,"这帕子是夏师弟的。"

师昧若有所思:"夏师弟的?"

"是啊,我这些日子和他住在一起,兴许是帕子洗了,早上拿的时候拿错了,哈哈,真是不好意思。"

"……嗯,没关系。"师昧依旧温柔地微微一笑,而后起身道,"时候不早了,走吧,我们去接夏师弟过来。"

两人出了屋舍,径直往牢洞行去。

然而未行出太远,师昧的脚步却渐渐缓了下来,初时还不明显,可冷不防他绊到了一块碎石，竟一个踉跄差点摔倒，幸而墨燃走在旁边，及时抓住了他。

墨燃见他面色苍白，毫无血色，不禁惊愕道："你怎么了？"

"不妨事。"师昧缓了口气，"午饭吃少了些，没什么力气，歇息一会儿便好。"

他越是含含糊糊地想要混过去，墨燃便越是在意，仔细一想，师昧轻功不佳，这桃花源的吃穿用度都需要翎羽来换，以前都是自己拔了羽毛来送给他的，这些日子自己被关，薛蒙这个没脑子又不知道照顾人……

墨燃越想越不放心，说道："你以前在门派内，也时常不吃午饭，却从不见你虚成这样。你这哪里是一顿饭没吃？跟我说实话，饿多久了？"

"我……"

见他嗫嚅不语，墨燃脸色越发阴沉，拉着他就往反方向走去。

师昧慌忙道："阿燃，去、去哪儿？"

"带你吃东西去！"墨燃恶声恶气的，回过头的时候眼神却很心疼，"我不在，你就不会好好照料自己吗？每次心里都惦记别人，做什么都先考虑别人！但你呢？你考虑过自己吗？"

"阿燃……"

他拖着师昧一路去了酒肆，照理说师昧隶属疗愈系，没有令牌是无法来到墨燃他们惯住的攻伐系驻地的。不过自从十八出事后，人心惶惶，为了应对突发情况，羽民早就将各系之间的禁制取消了。

"要吃什么？自己点。"

"随便吃一些便可以了。"师昧显得有些内疚，"对不起，本想着是来帮忙的，最后还是拖了你的后腿……"

"你我之间有什么对不起对得起的？"墨燃伸手弹了弹他的额头，放缓了语气，"点菜吧，点完我把钱付了，你坐着好好吃。"

师昧一怔："那你呢？"

"我得去接夏师弟，凶手未曾抓到，牢洞附近虽有看守，但我仍不放心。"

听得墨燃要离开，师昧眸中似有一瞬暗淡光晕闪动，但很快他又道："买两个包子就好，我与你一道去，边走边吃。"

墨燃正想劝阻，忽听得酒肆外一阵莺声燕语，十余个打扮得花枝招展的年轻女修嘻嘻哈哈地进了楼。

"掌柜的，我向你打听个事儿。"为首的一个女子娇笑着问道，"大师兄……今晚是不是订了这家酒楼的宴席？"

"是啊，是啊。"掌柜的眉开眼笑地应道。这些日子这些羽民都摸清楚了，大师兄爱喝酒、爱听曲儿，每晚都会找间酒肆开宴。而只要"大师兄"在的地方，就会有一群叽叽喳喳的女修提前蜂拥而至。

果不其然，那些女修立刻越发兴奋，忙不迭地要订桌子，时不时三两句话飘入墨燃耳中。

讲的都是什么"小芳，你看看我今天的眉毛画得好不好看？大师兄会不会喜欢""好看好看，那你瞧瞧我的眼妆可是艳了些，他会不会觉得我轻薄"以及"你这么美，大师兄定然喜欢你啦，昨天我都看见他瞧了你好几眼呢""哎呀，讨厌，怎么可能？还是姐姐气质华贵，大师兄喜欢的必是姐姐这般腹有诗书的才女"。

"……"

如此非常时期，这些人还能为了个男人这样烟霞陶醉，墨燃抽了抽嘴角，转头对师昧道："包子就包子吧，我们买了就走，留你一个人在这虎狼之窟里，我也是不放心的。"

师昧看他表情，忍不住轻轻笑着摇了摇头。

这楼内滋味最好的就是"止不住涎"大肉包，墨燃一口气买了十个，全都给了师昧。走在路上，时不时瞧一眼吃得香甜的师昧，墨燃总算是心情放松了些。

可是谁都没有想到，正是这包子，把师昧吃伤了。

他原本就肠胃弱，粒米未进久了，腹内空空，陡然吃了这油腻的肉包，很快胃就受不住，阵阵绞痛起来。

这下墨燃彻底无法去接楚晚宁了，赶忙把痛得面色苍白、满头大汗的师昧扶回凌霄阁，放在刚刚收拾好的卧房床榻上，就去外头叫人请大夫。

开了药，喂了热水，墨燃坐在榻边，看着师昧憔悴不已的模样，自责不已："还疼？我帮你揉揉。"

师昧声音很是低软无力："不用……不妨事……"

但墨燃骨节分明的修长大手已经搭了过来，隔着被褥按在他的胃处，轻轻按揉着。

许是墨燃按的力道正好，很是舒服，师昧终究没有再说什么，便在这体己的抚揉下逐渐放松呼吸，沉沉睡了过去。

墨燃直守到他睡沉，才准备离开。

然而他尚未起身，手却被捉住了。

墨燃眸子陡然睁大，黑中带着幽紫的眸光微微闪动："师昧？"

"疼……不要走……"

榻上的人依旧闭着眼，似是梦呓。

墨燃呆呆地立在原处，师昧从来不会求人帮他做什么事情，从来都是他不计回报地帮着别人，也只有睡熟了，才会这样软声央着墨燃不要走。

于是墨燃坐回了榻边，一边专注地看着那张脸，一面继续缓缓地帮他揉着胃，敞开的轩窗外，桃花点点飘落，天色终大暗。

待墨燃猛然想起还答应了小师弟共进晚餐一事，已经是午夜时分了。

"完了！"墨燃倏忽跳了起来，直拍脑袋，"完了、完了、完了！！"

这时候师昧也已经深眠，墨燃一个箭步蹿到外面就想往牢洞跑去。天空中却忽然亮起一道蓝光，璇玑长老怀中抱着个孩子，孩子怀中揣着个小瓦罐，两人从天而降。

"长老！"

璇玑略带责备地扫了墨燃一眼："怎么回事？不是说你去接他了吗？要不是我不放心，过去看了看，玉……喀，我徒儿恐就要在牢内等到明日天亮了。"

"是弟子的错。"墨燃低下头，过了一会儿，又忍不住抬眼去看楚晚宁："师弟……"

璇玑把楚晚宁放下来，楚晚宁抱着瓦罐，安静地看了墨燃一眼："你吃过晚饭了吗？"

怎么也没有料到他开口第一句竟然是这个，墨燃怔怔道："没、还没有……"

楚晚宁就走过来，把瓦罐捧给他，平淡地道："还是热的，喝些吧。"

墨燃站在原地，良久没动。待自己反应过来，他已经把小家伙和瓦罐一起抱了起来，抱在怀里。

"好、我喝。"

那傻孩子怕汤冷了，就把外袍脱了下来，包在了罐外，因此小小的身子抱起来微微有些凉。

墨燃抵着他的额头，轻轻蹭了蹭，两辈子都没有说过的真心话脱口而出："对不起，是我不好。"

告别了璇玑，两人返回屋内。

外袍已经皱巴巴的不能再穿了，墨燃怕孩子冷，去里屋翻一条小毯子给楚晚宁。楚晚宁打了个哈欠,抱着小瓦罐爬到板凳上,正准备拿两个小碗盛汤,忽然眼睛眨了两下,目光落到师昧吃剩了的肉包上。

"……"

跳下凳子,楚晚宁踱到卧房,面无表情地看着榻上躺着的人,没有生气也没有吭声,只是觉得骨头缝里冒出些丝丝缕缕的冷意,把方才还温热的一颗心径直冻到冰冷无波。

等墨燃回到厨房的时候,楚晚宁仍靠窗坐在桌边,一只脚踩在条凳上,另一只脚垂落着,胳膊随意搭枕着窗棂。

听到动静,他淡淡地回过脸,瞥了墨燃一眼。

"来,找到一块火狐毛毯,你先披着,夜里凉。"

楚晚宁没说话。

墨燃走过去,把毯子递给他,楚晚宁也没接,只是摇了摇头,缓慢地合了眸子,似是闭目养神。

"怎么了?不喜欢吗?"

"……"

"那我再给你找找,看还有没有别的。"

墨燃笑着道,揉了揉楚晚宁的头发,转身准备再去寻一块毯子来,却忽然发现桌上的瓦罐不见了,不禁愣了一下:"我的汤呢?"

"谁说是你的了?"楚晚宁终于说话了,声音清冷,"我的。"

墨燃抽抽嘴角,还以为他闹小孩子脾气:"好好好,你的就你的,那你的汤呢?"

楚晚宁漠然道:"扔了。"

"扔、扔……?"

楚晚宁再不理他,轻巧地跃下长凳,转身推门出去。

"欸?师弟?师弟你去哪儿?"墨燃顾不得拿毯子,凶手未明,外头不安全,他连忙跟了出去,却见得桃花树下,那个装着汤的小瓦罐还笨笨地被搁着,并没有被扔掉。墨燃松了口气,心想总归是自己做得不对,小师弟刚刚不生气可能是在强忍,忍到后面发现忍不住了,发发脾气也没什么过错。

于是他走过去,坐在楚晚宁旁边。

楚晚宁在桃花树下,抱起他的小瓦罐,也不理睬墨燃,一个人打开封盖,拿了比自己脸还大的汤勺,想伸进去舀汤,发现根本伸不进去,不由得更怒,啪的一下把汤勺摔了个粉碎，坐在那里抱着罐子发呆。

墨燃支着下巴，侧过脸在旁边给他出主意："你直接对着罐喝嘛。反正这里就我们俩，不丢人。"

"……"

"不喝啊？不喝我喝了，这可是我师弟第一次给我熬汤，不能浪费。"他有心逗他，说着笑吟吟地就要去夺罐子。

岂料楚晚宁却一巴掌拍开了他的手："滚开。"

墨燃眨了眨眼睛，总觉得这对话有种似曾相识的感觉，但随即又厚着脸皮笑着贴过去："师弟，是我不好，你不要生气啦。我本来很早就想来接你，但是你明净师兄忽然间身体不适，所以我便耽搁了，不是故意让你久等的。"

楚晚宁仍是低着头不说话。

"那你看看，我忙到现在，晚饭也没有吃，真的很饿啊。"墨燃可怜巴巴地拉拉他的袖子，"师弟，好心的师弟，我的好师弟，求你了，就赏你师兄一口汤喝呗。"

"……"

楚晚宁动了一下，总算把汤罐子搁在了地上，微微抬起的头稍许偏了偏，依旧转开去，意思是让墨燃要喝自己拿。

墨燃就笑了："谢谢师弟。"

小瓦罐里装得满满当当的，只消一眼就知道师弟自己吃得很少，把大半的肉留给了他，以至于肉很多，汤很少。

墨燃盯了一会儿，眉眼弯弯，温声道："这哪里是汤呀，分明是一锅子炖肉。师弟真厚道。"

"……"

闲话也不多说了，墨燃照顾师昧半天，是真的饿惨了，何况又是师弟一番心意，更是不能浪费。他折了两根桃树的细枝，指端聚气将粗糙的枝条削修整齐，充作筷子，夹了一块鸡肉塞到嘴里。

"哇，好香。"

墨燃含着鸡肉，眼里熏染着薄雾，笑道："真好吃。我家师弟真能干。"

其实这罐汤做得并不美味，太咸了，可为了哄小师弟高兴，墨燃还是很努力地啃着，很快就吃掉了大半的鸡肉，而楚晚宁自始至终没有去看他一眼，沉默地坐在旁边。

咕嘟咕嘟喝了一大口汤，汤比肉还咸，入口甚至有点儿苦，不过还能忍受，墨燃又捞起一条鸡腿，正准备塞到嘴里，忽然愣了一下："一只鸡有几条腿？"

自然没人搭理他。

墨燃自己答道："两条。"

然后他看看筷子夹着的鸡腿，又看看自己刚刚已经吃掉的一条鸡腿剩下的骨头。

"……"

这个迟钝的人总算抬起头来，愣怔地问楚晚宁："师弟，你……是不是……"后半句话他却没有勇气问出口了。

你是不是，一直在等我，没有吃晚饭？

这一罐汤，都是肉，是不是你在等我，等到汤都快干了，只剩肉，打起来之后只有那么可怜的一点点？而我还以为……

还以为是你吃过了……给我留了一些……还以为是你手艺不好，把好好的鸡汤，做成了炖鸡……

墨燃默默地放下了瓦罐。

可是他发现得太迟，罐子里已经不剩下几块肉了。

楚晚宁终于说话了。

声音依旧是平静好听的，带着些稚子的柔嫩与清朗。

"是你说要回来吃饭的，所以我才等着。"他慢慢道，无喜无悲，"如果你不吃了，至少请人带个信，不要让我一个人当傻子，可以吗？"

"师弟……"

楚晚宁依旧不去看他，侧着脸，墨燃瞧不见他的神情。

"你让人带个信给我，跟我说你去陪师……跟我说你去陪明净师兄了，很难吗？"

"……"

"你拿我的瓦罐，喝汤之前，絮絮叨叨说了那么多，多问我一句有没有吃过饭，很难吗？"

"……"

"你吃之前先看清楚这罐子里有几条鸡腿，很难吗？"最后一句不免有些好笑，听起来令人羞愧间仍会忍俊不禁。可是墨燃的梨窝尚未融开，便凝住了。

小师弟，在哭。

若是成年形态，他决计不会因为这般小事而掉泪，可是众人都不知道，摘心柳导致他形体变小，心智虽不会受到太大波及，但终究还是会有一定影响的。若是气弱体虚时，就更易接近稚子心性。

这一隐蔽性质极难察觉，因此王夫人和贪狼长老诊脉时均未发现。

"我也会饿，也会难受啊，我也是人啊……"纵使是孩童心性占了上风，楚晚宁仍是压抑着的，无声地低哑哽咽着，只是肩膀不住地颤抖，眼泪簌簌滚落，双目一片湿红。

那么多年，当玉衡长老都是隐忍着的，没人喜爱，没人陪伴，总是佯作不在意，疏冷清高地自敬畏的人群之中走过去。

可是只有心性染上些许孩童意念时，他才会说实话，才会崩溃，才会把堆积了那么久的沉郁说出口。

他不是不对旁人好，只是许多事都默默做着。

可是默默做着，没人看到、没人在意，时间久了，对他来说也是煎熬的啊。

墨燃看到小师弟的肩膀微微颤抖，心中难受，伸手去摸，可是还未碰到就被对方毫不留情地一巴掌打开了。

"师弟……"

"不要你碰我。"楚晚宁毕竟是要强的，不管是年长时还是年幼时，他狠狠抹了抹眼泪，倏忽站起来，"我去睡了，你便去陪你的师弟吧，给我滚远点儿。"

"……"

他一气之下，竟然连师昧其实比墨燃年岁更大都忘了。

墨燃张了张嘴，想说什么，但楚晚宁已甩手走人，很快就进另一间卧房，砰的一声关上了门。

可这凌霄阁，一个院落就只有两间卧房。

墨燃原本的打算是让师昧自己睡一间，自己和小师弟挤一间，可是小师弟那么生气，还落了锁，看来师弟的房间是去不了了。

师昧的床榻，他也不愿乱睡。更何况被楚晚宁一番指责，还把对方弄哭了，墨燃脑中一片混乱，只呆呆地坐在开满桃花的院子里，手中捧着楚晚宁一路给自己带来的瓦罐。良久之后，他叹了口气，抬手给了自己一个耳光，低声骂道："不是东西。"

于是这一晚，墨燃干脆以天为盖，以地为席，躺在落满桃花的地上，茫然地望着天穹。

小师弟……师昧……师尊……薛蒙……金成池下那个假勾陈、未曾露面的凶手……幻境里的楚洵父子……

许多模糊的影子滑过眼前，他隐约觉得有哪里不对，但那种感觉太微弱，甚至他自己还未曾注意，便一闪而逝了。

桃之夭夭，灼灼其华。

抬手接住一朵殇落的桃花，墨燃迎着月光细细看着那绯色的亡魂。

一瞬间仿佛又回到从前，自己躺入事先铸就的棺椁之中，那天也是满山的花叶凋零，芳落无声。

只不过落下的是海棠。

海棠……

为什么他明明，一直以来最在乎的是师昧，临死之时，却鬼使神差地，把自己葬在了海棠树下通天塔前——和楚晚宁最初见面的地方。

曾经自己做的很多事情，如今想来都心惊肉跳，复生后，他活得越久，就越无法理解自己当年为何会那样残暴行事。

屠城、强欺、弑师……还逼着楚晚宁做出那样的事情……

墨燃丢掉桃花，以手遮额，缓缓闭上了眼睛。

小师弟刚才说"我也会饿，也会难过，我也是人"，这句话一直萦绕在耳边，说话的人是小师弟，但有一瞬间，墨燃脑海中猛然映出另一个人的身影。

那是个身着雪色衣冠的男子。一转眼，白衣又变成了绯色凤袍曳地，像极了鬼司仪幻境中与他拜堂冥婚的模样。

"我也是人啊……"

也会难过，会痛的。

墨燃……

我也会痛的。

墨燃忽然觉得心脏传来一阵剧烈的窒闷，似乎有某个东西呼之欲出，额头渗出细密的冷汗。

他闭着眼睛，缓缓喘着气。

他喃喃着："对不起……"不知是在向谁道歉，是向小师弟，还是向那个绯色凤袍的故人……

卧房里，师昧坐了起来。

他没有燃灯,赤着晶莹剔透的双足悄然来到窗边,透过窗缝,远远看着外面躺倒在花瓣间,一只手还揽着瓦罐的墨燃,眸色暗淡,不知在想些什么。

第二天清晨,躺在花草间的墨燃皱皱鼻子,呼吸了一大口新鲜空气,伸了个懒腰准备起床,然而懒腰还没伸一半,陡听得一声尖叫划破了凌霄阁的阒静。

"啊!!!"

墨燃猛地睁眼,一骨碌起身,眼前的景象霎时令他骨血冰凉,目瞪口呆!

负责看守凌霄阁的十五个羽民精英,竟在一夜之间被绞杀殆尽,死法和十八一模一样,每人颈间都勒着一条红光璀璨的柳藤。

——见鬼!

那十五个人被悬挂在凌霄阁繁盛的桃花林中,红袖飘飞,长裙及地,身子随着吹过林间的风而微微打着摆,看上去就像十五朵风干的鲜花,端的是凄艳诡谲,阴森精美。

发出叫声的正是来送早餐的一位低阶羽民,她吓得瑟瑟发抖,手中竹篮早已掉在地上,里面的粥面点心洒了一地。

见墨燃站在院子里,那羽民抖得更厉害了,哆哆嗦嗦地背过手去,在身后掏着什么东西。

墨燃下意识地走上前道:"不是,你听我说……"

已经来不及了,那个羽民触响了自己腰背处文着的崩临咒符。崩临咒乃是羽民第一重要的传信方式,几乎一瞬间,桃花林四面八方的羽民都化出火红的翅膀自天空黑压压地降于此处。

而眼前的一切,令每一个人都惊呆了。

"阿姐!!"

"姐——"

死寂之后,羽民之中爆发出撕心裂肺的尖叫和哭喊声。这浩大的动静把桃花源的修士们也都陆续引来了,惊呼和质疑、愤怒与嘶号,很快便将整个凌霄阁团团围住。

"墨燃!事到如今你还有什么话说!"

"杀人凶手!丧心病狂!"

那些羽民怒发冲冠,尖厉地哭号啸叫着:"杀人偿命!杀了他!杀了他!"

墨燃当真是百口莫辩,他说道:"我若是凶手,既能杀遍他们,又为何还要留在这凌霄阁不走，等着你们来抓？"

一个头发火红的羽民涕泗纵横地唾骂道："呸！都、都已经这样了，你居然、你居然还有脸……"

亦有人怒道："你若不是凶手，为何那凶手杀了所有的守备，却独不杀你？"

"就是！"

"真是知人知面不知心啊！"

"凶手哪怕不是你，也绝对是与你有干系的人！不然他为何不杀你？！你说啊！"

"血债血偿！"

墨燃真是要气笑了。

曾经他杀人如麻，没几个敢跟他提什么"血债血偿"，如今人不是他杀的，他却反而被冤枉了个透，这世道啊，真是……他闭了闭眼睛，正欲说什么，突然间天边一道红色霞光飞掠而来。

羽民上仙飘然自云端落下，冷冷地环顾周围，面色十分难看。

"墨微雨。"

"上仙。"

羽民上仙盯着他看了一会儿，又走到其中一具尸首前，撩起尸体脖子处染着血珠的柳藤。

"你的武器呢？拿出来我看看。"

"……"

"你不愿吗？"

墨燃叹了口气，他的兵刃是见鬼，在这段时间的修行中，不知已有多少人见过，十八出事时更是有一大批人瞧见，这时候拿出来，把见鬼和那些死去羽民脖子上的柳条两相对比，无疑给他的罪状又添了一记重锤。但若是不拿出来，那就更显得他是做贼心虚了。

"嗖"的一声，一道烈红色的光芒出现在他掌中，见鬼从他骨血里化出形态，流淌着咝咝爆裂的红色华彩："上仙要看，那便看吧。"

本座就是文盲，不服憋着

众人盯着见鬼，再看那死去羽民脖子上的火红柳藤，不由得越发群情激愤。

"就是你！跟害死十八的时候一模一样！"

"你为何要下此狠手？"

"杀了他！"

羽民上仙似乎被这样那样的聒噪吵得十分头疼，抚着额角，冷声道："墨微雨，我最后问你一遍，人，到底是不是你杀的？"

"不是。"

"好。"羽民上仙点了点头，墨燃原本以为她要放过自己，正松口气，准备感谢她深明大义，岂料下一刻，她便神色淡淡地抬了一下手，冰冷道，"此人作恶多端还欲狡辩，抓起来。"

师昧从屋子里洗漱穿戴整齐，出来的时候，看到的就是墨燃被十多个高阶羽民拿法咒禁锢着，有人正往他手腕上缠捆仙索。

"你们这是做什么？！"

师昧颜色顿失，忙跑到墨燃跟前："出什么事了？"

没有人回答他，但桃林之中森森飘动着的尸首已经准确无声地告诉了他答案。师昧倒抽一口冷气，往后退了一步，正撞在墨燃胸膛上。

"阿燃……"

"不要着急，冷静一点。"墨燃盯着羽民上仙，压低声音对师昧说道，"去把伯父和璇玑长老请来。"

眼下这般情况，这些羽民未必还能保持理智，如果羽民不管不顾要活撕了他，以他现在的实力根本毫无胜算，必须尽快把薛正雍和璇玑拖过来救场。

师昧走了之后，墨燃孑然而立，目光沉沉地逐一扫过那一张张愤怒扭曲的脸孔。

"呸！"

突然一口唾沫星子从人群中飞喷出来，墨燃侧身避闪，但朝他吐口水的羽民离得很近，他仍是不可避免地被溅到了。

他缓缓回头，对上一双赤红双目。

"你害死这么多人，还想搬救兵？我现在就要了你的命！！"说着掌中骤然聚起一簇炎阳烈火，朝着墨燃直掷而去！

墨燃往后侧挪一步，那喷薄着热气的火焰烧过他的鬓角，砸在他身后的一株桃树上，瞬间将粗壮的树干齐腰焚断。

轰——

桃树倒了，花落满地如同风雪飞散。

墨燃看了看那棵倒下的树，又转头看向那个羽民："我再说一次，人并非我所杀，十日之后赤子丸炼成，你若要寻仇，那时候也不迟。"

"十日后？再等十日恐怕整个桃花源的人都要被你杀光了！"那人怒吼道，"你还我姐姐的命来！"说着他又朝墨燃扑将过去。

墨燃再一次避开他的攻击，目光却落向了在旁边袖手旁观的羽民上仙，对方并没有出手相助的意思。墨燃更是一口恶气在心里憋得慌，高声朝她吼道："喂！老鸟儿！你倒是管管你的人啊！"

"……"

墨燃见她依旧岿然不动，忍不住咒骂一声："在这节骨眼上装聋作哑，你是想看我被活活烧死吗？早知道你们这群臭鸟半点明辨是非的能力都没有，我就不来什么狗屁桃花源修行了！还要平白无故受这般委屈！"

上仙听了这番话，微微动容，只见得她抬起袖子，衣袂一挥，犹如彩练掠出，啪的一声又狠又准——却抽在了墨燃脸上。

羽民虽与凡人形貌相似，但思想上仍旧与人不同。

在修真界，莫说一族之主了，哪怕是个小小的武馆，其首脑也不会在一切尚未有确凿证据时妄下定论。但毕竟羽民的一半血统是兽，骨子里仍带着浓烈的兽性。

只见得那上仙一头黑发变得赤红，根根都像在散发着滚烫的热气，她美目圆睁，森然道："你师父是谁？竟教出如此不干不净的徒弟！且把嘴给我放干净了！"

她这一说，其他羽民纷纷引吭高鸣，一双双猩红色的眼睛充满杀气，朝着墨燃逼近。

嗖的一声，一支火焰凝成的橙色箭矢破空而出，直刺墨燃心窝。

墨燃不敢怠慢，抖开火光流窜的见鬼闪身格挡，但那箭矢其实只是障眼之术，在他偏身去阻时，一个痛失至亲的羽民横剑而出，剑光如水，朝着墨燃后背递去！

前有箭矢，后有长剑，原本他是决计逃不掉的。

墨燃知道这些半兽之人终是起了杀心，把心一横，脑中出现楚晚宁先前使用天问的招式，抬手扬腕——见鬼被甩上半空，再猛然掣紧，血红色的柳藤被舞出一道模糊虚影，以迅雷不及掩耳之势形成一股强大的气团，而藤条上的柳叶瞬息成了一把把锋锐的尖刀，将周遭空气与实物吸入、割裂。

楚晚宁的绝招之一——"风"！

以藤为风叶，以灵力吸纳身边万物，卷入风中，皆为齑粉，葬于风中，残骸难剩！

"啊！！！"那羽民发出一声尖叫，之前掷出的箭矢早已被见鬼绞成碎渣，她的长剑也因离墨燃太近而被猛然卷了进去。

"铮！"金属断裂的声音尖锐刺耳，未来得及反应，她自己也被吸至"风"的猩红色边沿。她嘶声道："放开我！疯子！你这个疯子！"

见自己族民受苦，羽民上仙勃然大怒，红衣招展，飘然而起。

她掌中笼起一枚极纯的嫣红色结晶，袍袖鼓动，灵力灌入其中，桃花源骤然风起云涌，草木倒伏。

一只虚无的火凤在她的感召之下隐隐现于其身后，她的双瞳红得像是要滴出血来，原本艳丽无双的面孔甚至有些扭曲。

"畜生。"她咝咝道，"还不住手？"

"你都把凤凰虚影召唤出来了，我现在停手是等死吗？"墨燃的脸在火凤庞大的阴影下被映得一暗一明，"你先停下我就停手！"

"你——"

羽民上仙缓缓上升至半空。

"没有——"

她一字一顿，血瞳死死地盯着墨燃。

"资格——

"与我——
"论要求!"
随着她话音落下,空气中爆裂出一声巨响,凤凰虚影清啼长鸣,盘旋着朝墨燃俯冲而去!
"砰!!"
又一声轰鸣,比刚才的更加可怖,仿佛一条苍龙结束了亘古以来的沉眠,自地心深处破石腾出。
一道金光与火凤猛烈相撞,掀起层层惊涛骇浪。实力微弱的普通羽民纷纷尖叫着被这暴风掀翻在地,有的直接口吐鲜血,被掀出数十丈远。
凌霄阁一时间飞沙走石,狂风乱作,屋舍植树瞬息被夷为平地!
待到尘烟散开,一个熟悉的修长背影出现在半空中,挡在墨燃身前。
"师、师尊……?!"
那人一袭白衣若飘雪,广袖在风中滚滚翻拂,闻声微微侧过清冷剔透的俊脸,一双凤眸扫过跪坐在地的墨燃。
楚晚宁嗓音沉凉,像是仲夏时古井里清澈的水。
"可有伤着?"
墨燃睁大眼睛,半天都反应不过来,只呆呆地张着嘴。
楚晚宁来回打量他,见他身上并无明显伤痕,便转头对羽民道:"你刚才,不是问他师父是谁吗?"
他降下自己骇人的强大灵力,缓缓自半空落于地面。
他甚至都懒得多说一个字,只冰冷极简地道:"死生之巅楚晚宁,请教阁下高招。"
"什、什么?"
楚晚宁蹙起眉,目如沉玉。
看来客气的话这些鸟人听不进,那正好,反正他的耐心已经所剩无几了。
"我说,他师父是我。"顿了顿,"你伤我徒弟,可得了我首肯?"
羽民上仙虽被尊为上仙,但只因其血统高贵,离真正的仙人差距尚远。这一击之下,凤凰虚影被楚晚宁击碎了不说,自己的胳膊也被天问划破了,她捂着伤口,指缝里不住渗出黏稠的黑色血水,面色十分难看。
"你、你区区一介凡人,竟敢如此放肆!还有,谁允许你私闯桃花源的?你是怎么进来的?!"她有些癫狂,"你这个不知天高地厚的——"

"唰！"

天问应召而出，径直抽在了她脸上，打得她顿时口角破裂，鲜血直流。

"不知天高地厚的什么？"楚晚宁冷笑，抚平方才挥柳藤时稍微凌乱的衣袖，而后单手揪着墨燃的领襟，把他提着站了起来，眼睛却始终没有离开羽民上仙半寸，"你倒说说，我是个不知天高地厚的什么？"

"你、你你竟敢这样做，你——"

"我为何不敢？"楚晚宁淡淡地看了她一眼，"我有何不敢的？"顿了顿，他拎过旁边的墨燃，"你听着，这个人是我的，我带走了。"

墨燃还没有从楚晚宁突然如天神般降临的惊骇中反应过来，神志就又被"这人是我的"击了个粉碎。

"师……师尊啊……"

"闭上你的狗嘴。"楚晚宁虽仍无甚表情，墨燃却可以清晰地看到他眼底正透着怒意，"成事不足败事有余，净给我添乱。"

说着楚晚宁一巴掌拍在他脑后，带着他腾空而起，一掠便在数十尺之外，待他回过神来，他和楚晚宁已经来到桃花源荒僻的城郊了。

"师尊！我师弟还在那边——"

楚晚宁瞥了他一眼，见他面色焦急，冷哼道："师弟？姓夏的那个？"

"对对对，他还在凌霄阁，我要去救他……"

楚晚宁抬了抬手，打断他："我早已施咒将他传至璇玑那里了，你不必担忧。"

听他这样说，墨燃才松了口气，抬起黑白分明的眼睛，望着楚晚宁："师尊你怎么……来了？"

楚晚宁原是被屋外的喧哗吵醒，见情况危急，便吞服了一粒贪狼给他的丹药，暂时得以恢复正身。但他此刻不便和墨燃解释，只冷淡道："我怎么不能来？"说罢抬起指尖，聚起一朵金色海棠。

"西楼帘苇繁花瘦，一夜春风到钱塘。"

睫羽低垂，楚晚宁朝着含苞待放的海棠轻轻吹了一下，刹那间花朵绽放，流光溢彩。楚晚宁细长冷白的指尖一弹，低声道："去探。"

海棠花立刻随风飘远，很快消失在了山林之间。

墨燃好奇道："师尊，这是什么法术？"

"扔花术。"

"啥？"

"扔花术。"楚晚宁神情肃穆,丝毫不像在开玩笑,"本来没名字,你问我,我才取的。"

墨燃:"……"

这人再懒,也不至于这样吧?

"你的事,尊主已与我说过。"楚晚宁看着海棠飘远的方向,声音一如既往地沉冷如溪石美玉,"此事应与当时金成池系出同一人手笔。这桃花源内,恐怕也早已布下了珍珑棋局。"

"怎么可能?"墨燃吃了一惊。

珍珑棋局乃是他复生前修习的登峰造极的法术,十八出事之后,墨燃自己就已经试着感知过是否有这种法咒的痕迹,因为这一禁术往往伴随着杀伐血腥,一旦发动,必然杀人,所以只要仔细探查莫名而生的强烈怨气,就能知道周遭是否有人摆出了珍珑棋局。如果那个神秘人真的再次使用了这门禁术,除非做到极致,不然墨燃没有理由会毫无察觉。

见楚晚宁略带怀疑的目光扫过来,墨燃忙解释道:"我是说……这桃花源内好歹都是半仙,怎么可能让人轻易在里面设下禁术而毫无所知?"

楚晚宁摇头道:"当时在金成池底,那个神秘人就操控了所有的上古灵兽,上古灵兽的战力虽不能与神兽相提并论,但跟散仙相比已是不遑多让。他既然当时就能控制金成池,现在就极有可能在桃花源故技重演。"

"这样……"

"嗯。"

墨燃抬起头,颇为羞涩地一笑,露出深深的酒窝:"师尊,不遑多让是啥意思?"

楚晚宁:"……"

本座又见到了那家伙

　　楚晚宁向来不是那种循循然善诱人的师父，墨燃也不是五六岁的开蒙稚子，问出这种耍宝问题，楚晚宁根本懒得搭理他，垂眸冷然不语。

　　楚晚宁抛出去的海棠花被施加了疾风咒，很快便将整个桃花源探查了一番，不消片刻，一张金色的符咒从天而降，落在他手中。

　　"始祖深渊？"

　　始祖深渊就是那个每日都会有怒枭窜出、修士赶着去拔毛的地方。羽民先前说，那深渊底下是无尽的赤焰真火，除了自古以来生活在深渊中的那些怒枭，无论谁失足掉落，都会被熔得连渣都不剩下。

　　楚晚宁在自己和墨燃身上施了一层结界，以隐匿踪迹，不让羽民觉察。

　　两人到了始祖深渊，见里面深不见底，透着诡谲红光，崖壁上密密麻麻地栖宿着成千上万的异鸟，此时这些鸟都在沉睡，一个个脑袋埋进翅膀里，远看就成了无数密集的小点。

　　按楚晚宁的意思，若是珍珑棋局就设在深渊内，那么羽民说的什么烈火，什么掉进去就会烧得连灰都不剩下，就应该全是编出来的。

　　"可怎么确定这下面的火不会把人烧死？"墨燃盯着底下蛰伏着的幽光，喃喃道，"怎么看怎么都像是真的。"

　　"先丢个东西下去。"

　　"那我去打只兔子。"

　　"不必。"楚晚宁起身飞掠，白衣招展间已远在旁边的桃林之中，不消片刻，他宛如九天谪仙般飘然落回原处，手中多了一枝桃花。

　　墨燃明白了，桃花自然是比兔子更加娇嫩，若是这桃花能承受住所谓"烈焰"，活人进去显然是毫无危险可言的。

楚晚宁指尖抚过桃枝，默念咒诀，只见灼灼夭桃瞬间被一层柔和的晶莹蓝光笼罩，他点了点深渊，低声道："去吧。"

桃花慢慢飘落，一尺、两尺、十尺、百尺……

花枝的影子是早已瞧不见了，但楚晚宁施的法咒可以让他感知桃花的情况，他合着双目，过了一会儿，睫毛簌簌重新张开眼眸。

"桃花无恙，可行。"

既然楚晚宁如此肯定，就没什么可说的了，墨燃立刻与他一同飞身掠至始祖深渊，两人身法都不差，十分顺利地就一路来到了底部。在看清大深渊底下的光景时，纵使心里早有准备，墨燃依旧感到一阵恶寒。

他知道深渊内的红光究竟是什么了。

只见得大深渊内部，密密实实地戳着几千个木架，每个木架上都吊着一个羽民。那些羽民浑身赤裸，鲜血淋漓。他们每个人嘴里都塞着一个散发着刺目红光的凌迟果，几千道红光汇聚在一起，从上面往下看，很容易相信这就是深渊底下的赤焰真火。

楚晚宁的脸色很不好看，他博闻广识，自然知道这种红色果实是修真界人人谈之色变的禁果，把它含在将死之人的口中，就可以将最后一口气延长三百六十五天。

也就是说，明明瞬间就可以解脱的人，却要经历极其漫长的死亡，原本一眨眼的心脏猝停，会变成无休无止的折磨，可谓凌迟。

墨燃盯着那丛林般层层叠叠的羽民活死人，喃喃道："……锁魂阵。"

以活物作为人柱，将怨气禁困其中，纵使珍珑棋局中困了成千上万的死魂灵，也半点气息都不会漏出去！

难怪他百般探查，却连一点点珍珑棋局的禁术怨气都觉察不到。

墨燃不禁越发栗然，他在想，上次在金成池的那个假勾陈，和桃花源的幕后黑手是同一个人吗？

从金成池的经历看来，假勾陈仅仅能使用珍珑棋局简单地操控水底精魅，应该只学了些皮毛而已。但这次桃花源外头遍布的假羽民，除了头脑蠢笨、情智不高，和本尊已毫无区别，甚至还能施展羽民法术，这禁术的水准堪称中上流，难道假勾陈竟然精进得如此迅猛？

楚晚宁来到锁魂阵的正中央，那里矗立一根晶石磨成的石柱。

石柱上面也绑缚着一个羽民，只不过这个羽民已经死了，她嘴里含着的凌迟果早已萎缩，身体也开始腐烂。不过从她身上披着的明黄色金丝绣凤袍，还有她眉心呈星芒状的咒印，可以看出来她的身份。

"这是……"

墨燃惊道："这是真正的羽民上仙？"

"不错。"楚晚宁望着那举目难尽的人柱阵，薄唇轻启，"这里被抓来做锁魂阵的羽民没有一千也有八百，若是羽民上仙还活着，又怎能忍受如此血海深仇？更何况方才我与外面的那个上仙交手，却觉得她实力不如彩蝶镇的鬼司仪。若我没有猜错……只怕桃花源的羽民早已被灭族，外面那些都是受了珍珑棋局掌控的鬼怪。"

果然如此！楚晚宁的想法和他不谋而合！墨燃大惊之下，反身就要回去。楚晚宁宽袖一挥，拦住了他。

"你去哪儿？"

"我要把这件事告诉伯父他们，如果是这样，那就太危险了。"

"莫要轻举妄动。"楚晚宁摇了摇头，"如今人在暗处，我在明处。桃花源内修士众多，我们并不知道背后的人究竟是谁，贸然行事只会让情况变得更棘手。"

"嘻嘻。好久不见，楚宗师还是那么谨慎呀。"

一声轻笑带着几丝俏皮，自半空中传来，却像惊雷一般炸响在始祖深渊。两人色变抬头，一个血肉模糊的羽民幼童晃荡着双腿，坐在崖壁探出的一根树枝上。见他们回头，这死去的孩童歪过脑袋，一双流着血泪的眼珠子骨碌转了几圈，嘴角露出了讪笑。

墨燃惊道："珍珑棋局！"

楚晚宁暗骂一声，阴沉道："又是一枚白子。"

"嘻嘻嘻，对呀，就是一枚白子嘛。"那羽民小孩拊掌瘆然道，"不然你们以为我会用真身守在这里吗？我又不傻。"

墨燃道："你果然就是金成池那个假勾陈！你这个疯子，到底想做什么？"

"嘻嘻，你算什么？区区一个筑基小修，也配质问我？叫你师父来问。"

"你！"

楚晚宁广袖轻挥，伸出纤长手指，摁住气得头顶冒烟儿的墨燃。抬起眼帘，他冷声问道："阁下所谋，究竟何为？"

那羽民晃荡着双腿，明明已是个死人了，却因为受到禁术操控，像是牵线木偶一样不住耍出各种花招。

"我谋的呀，其实也不是什么大事。"

楚晚宁声音更凉："那阁下为何几次三番要取我徒儿性命？"

"虽然不是什么大事，可凑巧要你小徒弟的灵核来完成呀。"孩童笑眯眯地说，"千怪万怪，怪他灵核奇佳，甚至比宗师你都要好得多。在金成池我就知道，他是绝妙的木灵精华，若非如此，恐怕我更中意的还是宗师你呢。"

他讲话油腻腻的，如此稚嫩的嗓音，言语间却又是成人腔调，不由得令墨燃大为恶心，墨燃怒道："我要倒了八辈子血霉被你抓住，就立刻自爆灵核，你想都别想碰我！"

"我也没想碰你呀。"小孩子还是那副气死人的甜蜜腔调，"我也是逼不得已才追着你跑。世间男子均爱美人，你师尊长得比你好看，我更乐意碰他。"

"你！！！"墨燃毛都要炸了，"就你个连面都不敢露，整天拿白子当傀儡的丑东西，你也配碰我师尊？"

但那小孩子白了他一眼，似乎压根儿懒得再搭理他，扭头又盯向楚晚宁："楚宗师，当初在金成池，我就劝宗师莫要再追查下去。但宗师偏偏不听，叫我好心痛呢。"

"既然我已知晓此事，哪怕阁下不再对墨燃下手，我亦会究查到底，绝不姑息。"

"扑哧，就知道你会这么说。"小孩沉默了一会儿，笑道，"怎么你们这些大宗师，都这么一根筋？好，既然楚宗师不听劝，那就走着瞧吧，我其实也想看看是你的天问厉害呢，还是我的禁术强悍。"

楚晚宁剑眉怒竖，阴沉道："阁下所图，当真非要滥杀无辜至此吗？"

"天下之人皆如淮南之枳。"

"何意？"

"酸呀。"小孩子咯咯地笑了起来，"酸死了，这些死鬼烂人，一个个酸得很，让我讨厌，恨不能捏扁了，统统踩烂。"

墨燃："……"

楚晚宁声音里满是杀气："阁下当真，无药可救。"

"宗师觉得我无药可救，我还觉得宗师无药可医呢。原本道义就不同，何必纠结于此？"小孩摇头晃脑道，"宗师就当是与我在下一盘棋，金成池那一局算你赢，桃花源这一局，宗师既已找到始祖深渊，见到了我这枚白子，我也是黔驴技穷，得不到你身边的小徒弟啦，自然还是算你赢。"

他顿了顿，眼睛倏忽眯了起来，明明是在笑，却挤出了更多血浆。

"不过，你可得护好他了，我倒想看看，宗师护得他一时，能不能护他一辈子。"

"……"

"至于这始祖深渊下的秘密，二位最好还是不要泄露。"小孩子说着，指尖不知何时拈出了一枚金红相间的羽翼。

墨燃愕然道："这是桃花源充当货币的金羽？"

"不错。"他微笑道，"此种金羽已散布在桃花源各处，若是二位保守秘密，自行离去，桃源中各位便可安然无恙。但若两位不乖，要把我的行迹公之于众，这些羽毛上附了羽民怨气，虽不能要了那些修士的命，但也能散掉他们大半修为。"

墨燃震怒道："你从一开始就设计好的？！"

"那不然呢？"孩童惊奇道，"难道你以为人人都像你一般愚蠢粗暴？"

墨燃："……"

真、真的气死他了！！他承认他做事是不太会绕弯子，也不懂那么多进退算计的道理，可被这小畜生这样堂而皇之地说出来，他就很想召出见鬼呼这畜生一脸，让对方见识一下什么叫真正的愚蠢粗暴。

"楚宗师，说与不说，你心里应该清楚得很。就算他们知道真相，届时修为大损，恐怕也不会感激楚宗师除魔卫道。"

楚晚宁冷冷道："你方才也偷听到了，我原就不打算现在惊扰他们。"

"现在？哈哈，看来宗师原是打算以后说出去的，不过，以后说也没有用啦。"小孩子笑嘻嘻道，"等这批修士一走，桃花源就将和金成池一样被我彻底毁灭。到时候死无对证，你看谁信你。"

楚晚宁目光冰凉："阁下如此行径，又有何颜面说墨燃粗暴愚昧？"

那孩童毫不在意楚晚宁的冷嘲，起身在原地转了几个圈，脚下忽然腾出一捧火焰，慢慢地把皮肉骨血焚烧掉。

"等你抓到我，再对我说这句话吧。楚宗师，我敬你是个君子，今日且最后提点你一句，莫要再插手，你要是不听呀，咱们……就总还是会再见的……"

"轰"的一声，火焰蓦然腾空爆裂。

那个充作傀儡的羽民小孩儿焚尽了，天空中掉落一枚晶莹剔透的白色棋子，在地上滚了两下，停住了。

许久死寂。

墨燃知道那幕后的神秘人所言不虚，但又实在不甘心，问道："师尊，真的就这么走吗？可有别的主意？"

"谨慎为上，先离开桃花源。"楚晚宁脸色也不好看，郁郁道，"既然那个人费尽心机做了锁魂阵，为的就是不让别人探查出他在操控珍珑棋局，便至少能说明他暂时不想把事情闹得尽人皆知。尊主那边我会传音于他，让他设法带薛蒙和师昧尽快离开，不要打草惊蛇，至于你……"

楚晚宁顿了顿，继续道："金成池和桃花源两次事件，他都是冲着你来的。此番他设计栽赃你，便是希望让你陷入孤立无援的境地。这件事你权且不用管，尊主是一派之主，由他出面调停再好不过。"

"那我能干什么？"墨燃说道，"总不能把事儿都推给别人，自己什么都不做吧？"

"你此时逞什么能？那个神秘人目的很明确，金成池的神木倒伏之后，他一直在寻找用来替代的精华灵体。你是木灵精华，最为合适，但若是一直得不到你，他也当会退而求其次，去寻其他替代的上品灵体。"楚晚宁顿了顿，说道，"要是被他找到了，只怕又是一场血雨腥风，须得阻止他。"

"话是这样说没错，可是师尊，精华灵体又不是这么容易就能找到的，他就算想要找替代者，也必须……"

墨燃说到这里，忽然顿住了，倏忽抬起头，一双丝缎般柔黑的眼眸瞪着楚晚宁，半响道："那个小畜生想要探得谁是精华灵体，就得前往每个门派探查，而修士不会无故释放自己的灵根，只有在挑选武器或是精炼石的时候，才会以灵根进行感知。所以验测灵体最简单的方式就是兜售武器和灵石。我们只需要多观察近日各大山门前的武器市集，就有可能发现那畜生的踪迹。"

说完这番话后，他见楚晚宁若有所思地盯着自己看，不由得又心虚起来。

"呃……我猜的。"

"你猜得不错。"楚晚宁慢悠悠地说道，过了一会儿，忽然觉得他知道的东西多了些，于是眯起眼睛问，"墨燃，你是不是有什么事瞒着我？"

"我、我能有什么瞒着师尊啊？"话虽这么说，墨燃却连背后的汗毛都竖起来了，只觉得楚晚宁那双琉璃般幽淡的眸子，似乎隔着自己那具复生的皮囊，锁住了里面蜷缩着的真实魂灵。

好在楚晚宁静了片刻，就没有再说什么了。

他淡淡地垂下了眼帘，沉声道："即日起，你与我一同去暗查各大门派。暂不回死生之巅。"

第五章 卿本深宫客

本座十分尴尬

楚晚宁和墨燃离开桃花源后,四处打探大小门派的集市何时开,赶了几天路,这天晚上,在一个小镇的客栈里落了脚。

自桃花源出来,好不容易才得了机会休息,墨燃早就回自己的房里去了。楚晚宁坐在桌前,拨亮了烛蕊,在明亮起来的暖黄色光晕里细细打量着手中的一只瓷瓶。

那白玉瓷瓶里,装着三十余颗金光粲然的丹丸。

所幸璇玑来的时候,把这瓶药带给了他,不然他还真的不知道该以何身份与墨燃相处。

"这是贪狼新炼的药,大概有三十颗。"当时在桃源山洞中,璇玑是这样对楚晚宁讲的,"他查阅典籍,改了些配料。一颗能支持你恢复七日正常体态,这瓶药够你用很久了,拿着吧。"

"替我谢过贪狼。"

"不用说谢。"璇玑摆手笑道,"我看贪狼自己脸上绷得严肃,心里指不定有多好奇你的症状。对了,他让我叮嘱你一句,这个丹药药性还不稳定,莫要大喜大悲,不然容易失效,可记好了。"

楚晚宁正出神地想着璇玑说过的话,忽听得客栈的门被咚咚叩响,立刻把瓷瓶收起来,熄灭了青瓷炉内燃着的熏香,这才缓缓道:"进来。"

墨燃刚洗完澡,披着件细葛浴袍,擦拭着一头黑玉般的长发进了楚晚宁的房间。

楚晚宁咳嗽一声,所幸脸上仍是淡淡的:"怎么了?"

"我那间房不好,我不喜欢。师尊,我今晚能凑合在你这里打个地铺吗?"

见墨燃言辞含糊,楚晚宁又不傻,自然觉出蹊跷,问道:"有什么不喜欢的?"

"反、反正就是……就是不好。"说着墨燃偷偷瞄了楚晚宁一眼,咕哝道,"隔音太差。"

楚晚宁素来秉性高洁惯了,皱着眉头居然不明白墨燃指的是什么。他径自披了外袍,赤着足来到墨燃的房间,墨燃没法阻拦,只得跟在他后面。

"虽是简陋了些,但也不至于无法安睡。"楚晚宁站在屋内看了一圈之后,如是责备道,"你怎的如此娇气了?"话音未落,忽听得一墙之隔的地方传来一阵猛烈的撞击声,似乎是什么重重地跌落在了地上。

墨燃实在没脸听,趁着事情尚未更糟,上前拉住楚晚宁的袖角央道:"师尊,咱们还是快些走吧。"

楚晚宁蹙起眉:"你这是怎么了?有何不妥吗?"

墨燃张了张嘴,然而还没等他整理好措辞,就听得隔壁又传来一阵调笑声,简直不堪入耳。

楚晚宁最初居然没有听懂,过了一会儿才反应过来,一双流丽美目蓦地睁大了,紧接着他的脸迅速由白转红,由红变青,最后铁青着脸骂了句:"不知廉耻!"他愤然甩袖而去。

"扑哧。"

墨燃没忍住,在他身后低低地笑出了声。所幸楚晚宁十分尴尬,连走路都是同手同脚的,没有听到墨燃的嘲笑。

待到回了房,他默默喝完一盏茶,这才勉强可以故作镇定,对墨燃点了点头:"如此污言秽语确实对修行不利,今晚你便留在我这里吧。"

"哦。"其实在桃花源陡然见到楚晚宁出现,而且对方丝毫不疑他,还百般护着他,墨燃便是惊喜的。此时安顿下来,他不由得心情大好,烛光下师尊那张素来清冷的脸似乎也显得可爱了许多。

墨燃弯起眼睛,盘腿坐在地上,支着下巴仰头望着楚晚宁。

"……你看什么?"

"好久没见到师尊了,想多看看。"少年脸上带着盈盈笑意,目光也是温亮的。

仔细瞧来,楚晚宁……长得真的好像夏师弟啊。

楚晚宁瞪他:"有工夫看我,不如去擦擦你的头发,湿漉漉的怎么睡觉?"

"毛巾忘在隔壁啦。"墨燃笑道,"师尊帮帮我?"

"……"

薛蒙以前受过一次伤，胳膊好些日子抬不起来，那段时日洗了头，都是师尊帮忙擦拭的，师尊擦头发总是很快，因为可以很好地控制灵力，把手中的巾帕给迅速焐热蒸干。

楚晚宁垂眸看了手脚俱全的墨燃一眼，冷哼道："没病没痛，我为何要帮你？"

但他还是招手让墨燃过来了。

夜间烛火正暖，映照着墨燃俊美无俦的年轻脸庞。

墨燃坐在床榻上，复生已近一年，正是少年蹿个子的时候，这几个月来，已经不知不觉地长高了很多，此时与楚晚宁的身高竟也相差无几。

这样的高度，让楚晚宁替他擦起头发来并不方便，于是墨燃双手向后撑着，矮了矮身子，楚晚宁则立在床边一脸不耐地揉搓着他的长发。

墨燃心满意足地打了个哈欠，眯起眼睛享受这难得的安宁。

窗外偶有三两声蛙鸣。

"师尊。"

"嗯。"

"你知不知道，我在羽民的幻境之内，回到了两百年前的临州，见到了一个叫作楚洵的人？"

楚晚宁擦拭的动作丝毫不停顿："我怎会知道？"

墨燃揉着鼻子笑了起来："他和你长得好像哦。"

"……天下容貌相似的人多了去了，有什么好奇怪的？"

"不是的。"墨燃认真道，"他跟你差不多是一个模子刻出来的，师尊，你说他会不会是你的先祖啊？"

楚晚宁淡淡道："也有可能。不过，这是两百多年前的事了，有谁说得准？"

"他还有个儿子。"墨燃自顾自道，"长得跟夏师弟也好像，我觉得这事儿太凑巧了，师尊，你说夏师弟会不会是你失散的亲戚？"

"我没有亲人。"

"都说了是失散的嘛……"墨燃嘀咕道，他靠楚晚宁很近，能闻到那令人安心的海棠花的淡淡幽香。

真好闻，无论是从前还是如今，楚晚宁身上的气息对他而言似乎总有安定心神的作用，曾经他在血雨腥风中归来，唯有待在楚晚宁身边，目及衣冠雪，嗅见颈间香，才能赚取那片刻人世喘息。

无论自己愿不愿意承认，他已对楚晚宁的气息上了瘾，戒也戒不掉。

他闭上了眼睛，在这样熟悉的宁静里，渐渐放空神识，有些不知今夕何夕。

曾经，空旷无人的巫山殿里，他杀了人回来，淋了浑身的雨，明明是那样罪孽深重，却反倒湿漉漉得像是无家可归的弃犬。

那时候他就坐下来，犹如弃犬祈求人的收养，求片刻垂怜，一遍一遍地让楚晚宁抚摸他的头发，只有这样才能勉强镇住他趋于疯狂的内心。

那些旧梦明明都已经隔着前尘，往事如烟了，可他合了眸子，又觉得好像就在昨天。

楚晚宁见这个一直在念叨的家伙不说话了，于是垂下眼帘，看到的是一张在昏黄烛火中沉静的脸。

虽然眉宇间仍有些青葱稚嫩，未脱孩子气，但五官已经长开，能看到那种轮廓分明的英俊之气，就像是云蒸霞蔚间模糊显露的花骨朵，带着年轻人要命的新鲜和朝气。

楚晚宁的手微微一顿，鬼使神差地，他轻轻唤了一声："墨燃。"

"嗯……"

出神的墨燃也含混地应了，似乎有些疲惫，把脸贴过来，和上辈子一样靠在了楚晚宁身上。

楚晚宁："……"

咚咚咚。

密集的心跳像是沙场上的战鼓，震得他有些头晕目眩。

楚晚宁抿了抿嘴唇，不知该如何是好，只得继续擦拭着墨燃的头发，把最后一点水汽蒸干。

就这样过了许久，他丢了毛巾，顺手再把墨燃额前的几缕碎发捋了捋，沉声说道："好了。去睡吧。"

墨燃睁开眼睛，黑得发紫的眸子有须臾的恍惚，而后才逐渐变得清明。

他终于回过神来，想起自己刚才居然习惯性地靠了楚晚宁，而楚晚宁竟也没有推开他，不由得猛吃一惊，呆愣愣睁大眼睛的样子，很像一只傻狗。

楚晚宁原本还有些不自在，见他这样，反而忍不住笑了。

墨燃见他居然在笑，虽然笑容浅淡，但确确实实是在笑的，不由得眼睛睁得更圆滚了。他坐直了身子，顶着稍显凌乱的头发，忽然很认真地说："师尊，你身上有一种香味，很好闻。"

"……"

顿了顿，他忽然皱起眉头，似乎在努力回想着什么，然后想到了，神情便有些愕然，喃喃道："好奇怪，夏司逆身上……怎么也有这个味道？"

楚晚宁的脸色倏地一变。

还没等墨燃反应过来，他就把毛巾摔在墨燃头上，直接把人拎着丢下了床，冷声道："我乏了，滚下去睡觉。"

墨燃冷不防被丢了个四脚朝天，躺在地板上愣了半天，才一骨碌坐起，揉着鼻子，也没生气，老实地起身打地铺去了。

本座的师尊做噩梦了

这天晚上，楚晚宁和墨燃共处一室，墨燃没心没肺，很快就躺在地上睡着了。楚晚宁却不免有些心绪飘忽，翻来覆去好久，才勉强睡了过去，合着眼帘，耳边好像有大风吹雪的呼啸声。

楚晚宁睁开眸子，发现自己正跪在雪地里。

梦？

可是为何会如此真实，好像他在某个时候亲身经历过一样？

这是隆冬时节，天空是铅灰色的，云层厚重，自远山含黛淌来，一路曳入大地肺腑。大雪积了尺许，足以没过脚踝，天寒地冻的，纵使他身上披着大氅，依然敌不过彻骨的寒意。

楚晚宁低头看着天青色的大氅，上面用银色丝线绣着精巧的卷草纹，他觉得这件大氅有些眼熟，但这种熟稔的感觉转瞬即逝，很快就捕捉不到了。

"⋯⋯"

不明白自己为何会做这样一个活受罪的梦，楚晚宁准备站起来，可是身体却不像属于自己的，他照旧纹丝不动地跪在地上，直到霜雪落满肩头，睫毛也凝了冰珠，依然没有起身的意思。

"楚宗师，日头暗了，今夜陛下是不会见您了，咱们还是回吧。"有个颤巍巍的苍老声音在身后响起。

梦里的自己并没有回头，脚步声自身后响起，有人嘎吱嘎吱踩着积雪，打了把伞在他左右。

楚晚宁听到自己说："多谢刘公。你年岁大了，自己先回水榭歇息吧，我还撑得住。"

"宗师⋯⋯"

那个苍老的声音还想再说什么，楚晚宁道："回吧。"

苍老的声音叹了口气，拖着沉重的步子，窸窸窣窣地行了几步，复又折了回来，替楚晚宁撑着伞。

"老奴陪着宗师。"

楚晚宁感到梦境中的自己微微合了眼睑，不再说话。

他不由得越发觉得奇怪，这当真是个十分荒诞的梦，自己和那个老者都说着令人听不懂的对话。

什么"陛下"，什么"刘公"的，不是他熟悉的修真界，倒像是深宫院闱。

他努力试图透过这具躯体，从垂下的眼帘里去看这个梦里的场景。这里瞧上去似乎像是死生之巅，但是又有些不同。

屋舍大致都还是老样子，只是添了许多奢靡的小物件。院落四周的回廊垂着雪青色绣星辰幔帐，系着瑞兽含珠八角香铃，风一吹叮当作响，细碎铃音似从鸿蒙幽幽淌来。

他面朝着正殿而跪，殿前立着一排侍卫，也是他从没见过的打扮，不知是哪个门派的人。

天色逐渐暗了，偏门鱼贯行出一列高髻宫女，她们素手纤纤，将殿庑下一左一右两盏青铜立灯点燃。那灯足有一人高，共九层，每层散开七七四十九朵细枝铜海棠，海棠芯蕊处灯火璀璨，烛光次第散落，犹如天上银河星子熠熠生辉，映得殿前一片辉煌。

点了灯，为首的大宫女瞥了楚晚宁一眼，阴阳怪气地冷笑道："这大晚上天寒地冻的，弄这么苦情给谁看？陛下和娘娘正享乐着，你就算跪到地老天荒，也没人同情你。"

何其放肆！

楚晚宁活到现在，哪有人敢这样与他说话，不由得盛怒，然而开了口，声音是自己的声音，却身不由己地说了另一番话。

"我此番前来，非是为搅他雅兴，实是有要事相谈，还请姑娘通禀。"

"你算什么人？我凭什么要替你通禀？"那大宫女鄙夷道，"陛下与娘娘正是情意浓时，谁敢打扰他们？你要见陛下，就一直跪着吧，明日陛下起来，没准还能有心看你一眼，哼。"

楚晚宁身后的老奴听不下去了，颤声道："知你家娘娘得宠，但你也不看看是在与谁言语？口下竟不留三分德吗？"

"我在与谁言语？这死生之巅，谁不知道陛下最厌烦的就是他？我和他说话，需得什么敬重！你这老东西也有胆子来教训我！"那大宫女美目圆睁，恼怒道："来人！"

"你要做什么？"苍苍老朽不由得上前两步，佝偻着挡在了楚晚宁跟前。

那宫女瞪了他一眼，娇声道："熄去外头两盆炭火。"

"是！"

立刻有人过来，将庭院内生着的炭盆浇熄了。

楚晚宁心想，这宫女虽然嘴上硬，但到底也不是个笨人。这天寒冰冻的，她根本无须直接与对方动手落人口实，只要灭了两盆炭火，这院子便和冰窟一样，再好的身子骨恐怕都承受不了半宿。

夜更深了，殿内华筵春暖，笙歌阵阵，舞乐丝竹不绝于耳。

楚晚宁依旧跪着，腿脚都已麻木了。

"宗师……回吧……"

老奴的声音都已带上了哭腔。

"回吧，您的身体要紧，您也是知道陛下的，要是您冻着了，恐怕也不会派医官来瞧上一瞧，您自己要珍重啊。"

楚晚宁轻声道："残躯一具，何足挂齿。若能阻他进兵昆仑踏雪宫，我死不足惜。"

"宗师！你、你这又是何苦……"

梦境中的楚晚宁已极虚弱，他咳嗽几声，目光却依旧清明："他有今日，皆我之过。我……喀喀。"

话未说完，又是一阵令人心惊肉跳的剧烈呛咳，楚晚宁以袖掩口，喉中腥甜一片，待他放下袖子，却见得满手鲜血，淋漓刺目。

"楚宗师！"

"我……"

楚晚宁还想再说什么，然而眼前一黑，再也支持不住，扑通倒在了漫天冰雪之中。

耳边混乱无止，像是突然间兵荒马乱，又像隔着层层幔帐、滔天海水，令他听不清周围的喧哗。

他只模糊地听到老奴在惊慌失措地喊叫，零星几句飘入耳中。

"陛下！陛下——求求您……

"楚宗师，楚宗师他快不行了，求您见他一面，老奴愿以死——"

四下里渐渐乱了套，脚步繁杂，灯火大亮。

鼓乐声和女子甜腻的歌声都骤然停了，似乎是殿门大开，一阵馥郁香风裹着室内的暖意冲了出来。楚晚宁感到有人抱起了他，将他带到温暖的殿堂内。一只大手摸上他的额头，只探了一下，便被刺着了般猛收回去。

紧接着，一个熟悉的低沉男音在危险地嘶嗥。

"为何不禀本座？"

无人回答。

那男子陡然暴怒，砰的一声似乎掀砸了一堆重物，他愤怒地吼着，蓄积着雷霆之威。

"你们是反了吗？他是红莲水榭的主人，是本座的师尊！他跪在这里，你们竟没有一个人来跟本座通禀？为什么不通禀？！"

扑通一声有人跪了下去，瑟瑟发抖，正是先前耀武扬威的那个大宫女。

"奴婢该死，奴婢见陛下与娘娘兴致正好，不敢打扰……"

那个男子来回疾步兜了几圈，火气却不消反增，黑色绲金边的袍子在地上如黑云般拂动，最后停将下来，嗓音已扭曲到了极致。

"他身子不好，怕冷。你不来报我，让他在雪地里等着，你还……你还熄灭了院中的炭火……"

他的声音因为太过愤怒而发着抖，最后他深吸一口气，喉间隆隆滚淌出一句话来。

那句话声音不响，但其中含着的杀意，令人遍体生寒。

"你是想让他死。"

那宫女吓得花容失色，以头砰砰抢地，磕得额前一片青紫，抖着嘴唇尖声道："不是的！不是的！奴婢怎敢有这样的心思！陛下！奴婢冤枉啊！"

"拖下去。着善恶台处极刑。"

"陛下！陛下——"

那尖厉的嗓音像是血色的指甲刮过耳郭，梦境在她凄厉的惨叫声中开始晃动、瓦解，周遭的景象犹如雪片般纷纷散落崩塌。

"本座花了多大的心思才把他从鬼门关外捞回来。除了本座，谁都不许伤他哪怕一根手指……"

喑哑的嗓音很沉冷，但就是因为极度沉冷，反生出些狰狞疯狂来。

楚晚宁感到那个人走近了，在自己跟前停下，一只手捏住了自己的下巴。

他睁开眼睛，试图去看清那个人的相貌，在那一片令人目眩的光影之中，瞧见一张模糊的面目，那人有着漆黑浓深的眉眼，鼻梁挺直，眼睛黑如墨缎，烛火中隐约透着丝缕幽紫。

"……墨燃？"

"师尊！"

声音骤然清晰起来。

楚晚宁倏忽睁开眼，见自己仍然躺在客栈的房间里，天色仍是暗的，一豆孤灯在烛台上颤动。

墨燃坐在榻边，一只手正覆在他额头，另一只手撑着床，正有些焦急地看着他。

"我怎么……"

一时间有些恍惚，方才那个梦太真实了，令他半晌回不过神来。

"你做噩梦了，一直在发抖。"墨燃替他拉着薄被，"我看你好像很冷的样子，害怕你是发烧了，还好没有。"

楚晚宁"嗯"了一声，扭头看着微敞的窗子，外头的天色仍是沉重的灰黑，夜仍深重。

"我做了个梦，梦里下着大雪。"

他喃喃地说了一句，便又不说了。

楚晚宁坐了起来，把脸埋到掌中，静了一会儿，叹了口气道："大约是累到了。"

"我去给师尊煮碗姜茶吧。"墨燃忧心忡忡地瞧着他苍白的脸，"师尊，你的脸色好差。"

"……"

见楚晚宁不吭声，墨燃叹了口气，也没多想，习惯性地拿自己的额头抵了抵他冰凉汗湿的前额。

"你要不说话，我就当你是愿意了。"

楚晚宁因这样突然的亲昵而微惊，下意识地往后靠了靠："……嗯。"

墨燃也是睡糊涂了，和从前一样顺手揉了一下他的头发，这才披了外套跑去楼下借用厨房，不一会儿，就端了个榉木托盘上来。

墨燃非是心如草木之人，楚晚宁赶来桃花源救他，还护他周全，无论他之前对这个人有多怨恨，此时此刻，总归是感激的。

托盘里摆着一壶热气腾腾的姜茶，还有个小罐子，里面是土家黑糖。他记得楚晚宁不爱吃呛口的东西，却喜好甜味。

除了姜茶之外，他还另外跟厨房要了个白面馒头。馒头切成薄片，浸过鲜奶在油锅里炸酥，撒上一层糖霜，就是一碟简单却味道不差的点心。

楚晚宁捧着姜茶慢慢喝着，脸上逐渐有了血色，白如瓷胎的指尖拣了块奶香馒头，打量了半晌问道："这是什么？"

"随手做的，还没起名字。"墨燃挠挠头，"师尊尝尝，甜的。"

楚晚宁不喜炸物，厌烦油腻，但听到"甜的"两个字，还是犹豫了一下，拿了一块凑近唇边，咬了一口。

"嗯……"

"好吃吗？"墨燃试探着问。

楚晚宁看了他一眼，没说话，然后又拿了一块就着姜茶慢慢吃着。

一壶茶、一碟点心很快见了底，梦魇也在这样的温暖中烟消云散，楚晚宁打了个哈欠，又躺回床上："睡了。"

"等一下。"墨燃忽然抬手，手指揩过楚晚宁的唇角，"点心渣。"

"……"

看着眼前这个青年笑得坦荡，楚晚宁禁不住有些耳根发烫，偏过脸"嗯"了一声，便不再理他了。

墨燃收了碗碟，去楼下归还，再上来时见楚晚宁面朝着墙睡着，也不知道有没有睡着。

他上前，轻手轻脚地放落了纱帘，忽听得楚晚宁说："夜里凉，别睡地上了。"

"那……"

楚晚宁垂着纤长的眼帘，很想让他留下来陪着自己，但是"睡旁边吧"纠结了半天也说不出口，耳朵尖却越发烫热。

心疼他不想让他睡地板，可是一张脸皮那么薄，明明知道即使开口了，对方也定然只会拒绝自己，到时候面子里子都输得彻底，楚晚宁仅是想象都觉得可悲。

还是当夏司逆的时候比较好，小孩子的模样，总归是可以任性些的。

——可是墨燃今日待他也是不错的，甚至记得他喝姜茶的时候喜爱搁足黑糖，那他可不可以认为，其实墨燃也多少是关心他的呢……

这样的念头让楚晚宁禁不住有些心口发烫，脑袋一昏，脱口而出："你上来睡吧。"

"那我去看看隔壁消停了没,消停了就回自己房间。"

几乎同时说出这句话,墨燃说完后才意识到楚晚宁说了什么,微微睁大眼睛。

"那再好不过。"

楚晚宁近乎不假思索地应允了,像是在着急掩盖之前的那句话。

"你回去吧。"

"师尊你……"

"我乏了,你走吧。"

"…那好吧,师尊早些休息。"

青年离开了,房门吱呀推开又合上。

楚晚宁在茫茫黑夜中睁开眼睛,心跳很快,掌心都是汗湿的,忍不住为自己刚才的失态而尴尬。

果真是独自一个人久了,别人一点点的照顾关心,都会让他以为那是不可多得的温情,就像傻子一样。

他懊恼地翻了个身,把脸埋到枕席间,陷入了深深的自我厌弃里,梦里的那个人似乎又清晰地浮现在眼前,一模一样的五官,只是较如今的墨燃似乎年岁更长,看着自己的时候神情乖戾偏执,瞳色深得令人无法观清。

"吱呀"一声,门又开了。

楚晚宁瞬间僵住,背脊绷得紧紧的,像是一张被拉扯到极致的角弓。

一个人走到床前,静默许久,楚晚宁感到那人在榻边坐下,归来时带着些衣料上独有的气息。

"师尊,你睡了吗?"

没有人搭理他。

墨燃便自顾自地说下去,声音很平和,像是话着家常:"隔壁还闹着呢。"他轻轻地笑了一声,俯身支着下巴,躺在了楚晚宁身边,目光掠过那人明显又僵硬了几分的背脊。

"师尊刚刚让我睡上来,还作数吗?"

"……"

"师尊总是不爱搭理人,要是不说话,我就当师尊是又愿意了。"

"……哼。"

听到床榻深处,那人发出一声不轻不响的冷哼,墨燃弯起眼眸,黑紫色的眼瞳里笑意盈盈。

如果说关心师昧是一种习惯，那么逗弄师尊便是他百般不腻的游戏。

对于楚晚宁的态度，墨燃自己从来都没有一个清晰的界定，只不过时不时看到这个人就会心尖发痒，想要露出虎牙，龇牙咧嘴地啃上去，弄他到忍不住哭或者忍不住笑——虽然这大多数时候只是墨燃一厢情愿的妄想。

但只要那张清寒若冰雪的脸庞，有那么丝毫情绪的变化，是因为自己而起的，墨燃就会感到格外地激动兴奋。

"师尊。"

"嗯。"

"没事，我就喊喊你。"

"……"

"师尊。"

"有事说，没事滚。"

"哈哈哈。"墨燃笑了起来，忽然想到了什么，半是玩笑、半是认真地问，"我刚刚在琢磨，觉得夏师弟和师尊实在太像，师尊，他是不是你儿子啊？"

"……"

楚晚宁大概也是一晚上心情起伏太大了，此时正气闷着，忽听得墨燃这样寻他开心，不由得有些恼怒。

"扑哧，我逗师尊玩呢，师尊不必——"

"对啊。"楚晚宁冷冷地应了，"他是我儿子。"

墨燃还笑眯眯的："哦，我就说嘛，原来是儿子呀——等等！儿子？！"

登时如遭雷击，墨燃猛地睁圆双眼，难以置信地张大了嘴。

"儿儿儿儿——儿子？"

"嗯。"楚晚宁干脆侧过身，转过来一本正经地看着墨燃，一张脸庞严肃凌厉，丝毫不像有假。

他今晚做的错事太多了，恐令人生疑。既然墨燃要开这个玩笑，他不如趁乱使个坏，反正决计不能让墨燃看出自己的真实想法。

这样想着，楚晚宁冷淡地拾回自己刚才掉落的尊严，森然道："夏司逆是我私生子，这件事连他自己也被蒙在鼓里，如今天知地知你知我知，若有第三个人知晓，看我不要了你的狗命。"

墨燃："……"

本座的师尊是戏精

如果不是对楚晚宁太过了解,看他讲话时一本正经的模样,墨燃觉得自己恐怕真的会相信他的一派胡言。

夏司逆是楚晚宁的儿子?

开什么玩笑?楚晚宁真当他傻吗?

不过师尊的面子总是不好拂的,于是接下来的日子,墨燃时不时地要配合着楚晚宁演戏,做出一副"天哪""竟是这样""想不到师尊竟是这样放荡不羁的男子"之类的样子。

不得不说,虽然不知道楚晚宁究竟想干什么,但这番体验墨燃觉得还算有些意思。

墨燃隔三岔五地就去逗他,日头里在茶馆打尖儿,墨燃就托着腮,睁着圆溜剔透的眼睛唤道:"师尊师尊。"

楚晚宁咽下一口阳羡茶,抬起眼帘淡淡地看他:"嗯?"

"你为什么不和夏师弟相认呀?"

楚晚宁道:"非是不认,缘分未到。"

"那什么时候才算缘分到了呢?"

"看他造化。"

墨燃看他高深莫测的模样,憋笑憋得肋骨都疼了,还得做出一副怜悯之态:"夏师弟真的是好可怜啊。"

又如并辔赶路时,墨燃抬手折一枝杨柳,一路上招猫逗狗、敲敲打打,闲着无聊了,便又唤楚晚宁。

"师尊师尊。"

"何事?"

"我悄悄问你个事儿啊。"墨燃笑眯眯地说,"师娘……是什么人呀?长得可美吗?"

楚晚宁呛了一下,随即用一声轻咳掩盖过去。

"尚可。"

"欸,只能到尚可吗?"墨燃惊讶道,"我还以为能让师尊青眼有加的,定然会是个倾国倾城的美人呢。"

"……"

墨燃按着辔头,将自己的黑马与楚晚宁的白马挨近了,贱兮兮地凑过去问:"师尊和师娘还有往来吗?"

"……什么往来?"楚晚宁阴冷地瞥了他一眼,上下嘴唇一碰,森然道,"你师娘已经死了。"

这才两句话就把自己媳妇儿弄死了?墨燃差点被口水呛到:"死、死了?怎么死的?"

楚晚宁面无表情:"难产。"

哈哈哈哈哈。

如果不是情况不允许,墨燃估计都要笑得从马背上栽倒在地了。

这般有趣的话题,墨燃自是不会轻易放过,第二天赶路前洗了一袋子新鲜饱满的樱桃,装在褡裢里给楚晚宁路上吃,忽悠他再跟自己聊两句。

"师尊,我能不能知道师娘是谁,叫什么名字?"

楚晚宁拿起一个浆糖樱桃,不动声色地吃了,而后清冷道:"逝者已矣,知道她名字又有何用?"

墨燃从善如流地演戏:"尊主教过孝悌之道,师娘纵使红颜薄命,当徒弟的也应铭记其姓氏,冬至清明,要行祭拜。"

楚晚宁继续吃着他的樱桃,淡淡道:"不必。你师娘不是这般俗人,不喜欢香火味。"

墨燃撇撇嘴,暗自翻了个大白眼,心道:明明是你自己一时编派不出师娘的身世,居然还有脸一本正经地说师娘飘然出尘不食人间烟火,脸上却仍笑眯眯的:"师娘如此脱俗,想必也是修仙之人吧?"

楚晚宁顿了顿,白似霜雪的指尖又拿了个樱桃,慢悠悠地嚼了,才道:"不错。"

墨燃眨巴着好奇的眼睛:"师娘是哪个门派的呢?"

楚晚宁估计了一下夏司逆的年龄，算来当时自己仍然身在沂州，便毫无波澜道："儒风门。"

"哦……"墨燃略微挑眉。这倒是给楚晚宁钻了个空子，儒风门一贯以男弟子为尊，女弟子虽然在武学教授上并无亏待，但从来没有抛头露面的机会，出门行事也绝不留下芳名。因此儒风门女修虽然也颇有本事，但江湖上也只知道"儒风女修"四字，却无人知晓她们各自的名号生平，因此由得楚晚宁胡编乱造，反正也无从核实。

不过墨燃又岂是轻易半途而废之人，他立刻重整精神，锲而不舍地问道："那师尊和师娘是什么时候认识的？又是怎么认识的？"

"这……"

楚晚宁一时编不出来，正犹豫着，目光触及墨燃晶亮粲然的眼睛，突然意识到自己根本没必要回答他的问题，立即抿了抿唇，广袖一甩，冷声道："为师的私事，你过问这么多做甚？"

说着楚晚宁扬鞭策马，一袭白衣绝尘而去，把墨燃远远抛在了后面。

两人在外头游荡十余日，一连跑了好几个小仙门，在市集的武器和灵石摊子附近一一寻查，却并未发觉任何蛛丝马迹。

这一日，楚晚宁照例以海棠花传信，与薛正雍互通消息后，便与墨燃一同出了客栈，去隶属孤月夜门下的市集察看情况。

孤月夜是天下第一大药宗，也是薛蒙生母王夫人的师门。

这座仙门建在一座名为"霖铃屿"的海岛上，但事实上霖铃屿并不是一座真正的岛，而是一只巨型玄武的背脊。那只玄武寿数有百万年，与孤月夜的始祖长老曾订下血契，驮着整座仙门遨游大海，以其独有仙气滋润岛上万木百花。

孤月夜的门徒素来神秘莫测，与世无争。门派本身与外界交流并不频繁，只在每月的初一、十五，玄武会驮着整个仙门靠近扬都口岸，这时候其他门派的人就会来到岛上采购药物，也会有商人向他们兜售武器灵石，以及一些海岛上日常买不到的商品。

不过，霖铃屿上最有名的并不是孤月夜，而是"轩辕阁"，轩辕阁隶属孤月夜，是修真界赫赫有名的一处商行。

这家商行每月开门两次，售卖的是孤月夜顶级的药物，以及各个卖家出手的稀世珍宝。虽说商品时常触及修真界禁忌，但并没有人会和孤月夜为敌，毕竟整个修真界有一大半的灵药产自这个门派，从某种角度来看，孤月夜的实力并不低于当今的第一大派儒风门。

"此处人多眼杂，你把斗篷穿上。"

来到霖铃屿的人越来越多，楚晚宁自己拉低了斗篷的帽兜，轻声提醒墨燃。

虽然轩辕阁为表尊敬，给各大门派在竞买场都设立了包厢雅座，但由于这里是销赃与进行灰色买卖的交易所，大多数情况下，修士不会以真面目示人，唯恐让人摸出些底细，或是平白惹上杀身之祸。

墨燃和楚晚宁进了轩辕阁，阁内分为三层，第一层的中心矗立着一座九瓣莲花白玉台，罩着九重坚不可摧的防护结界，这就是届时会展出货品的地方。

以白玉台为核心，朝东、南、西、北四个方位延展出红酸枝做成的数百张长椅，是最普通的席位。

第二层是隔间雅座，每一个隔间前都有扇金色楠木大窗，窗前落着一层纱帘，那帘子乃是银月纱织成的，从里头看外面一清二楚，从外面却看不到里头的场景，极好地保护了客人的隐私，只不过价格昂贵，每个时辰九千金。

楚晚宁不喜爱与人挤，拿着薛正雍寄来的金叶子，花得半点儿都不心疼。

轩辕阁侍奉客人的奴仆都是与阁主订了生死契的，不会走漏半点客人私事。但即使这样，楚晚宁仍不放心，要了位置最佳的隔间，让那仆人端了两壶雪地冷香、八鲜果八蜜饯、四糕点四糖果，然后就让人退下了。

隔间内只剩下他与墨燃两人，楚晚宁抬了抬手，落了斗篷，站到窗前看着下面攒动的人头。

"听尊主说，这次的轩辕会将挂售一样武器，名叫归来。"

"归来？"墨燃摇了摇头，"从没听说过。"

"是一把神武。"

墨燃吃了一惊："神武？但金成池不是已经——"

"我知道你的意思。但据说这把归来是在万神岭的一个无名墓里被人发现的，应是它的主人死去时没有子嗣可传，就让神武随了葬。"

"……原来是这样。"

但是神武只认赐名之主，当赐名之主死了，神武就会转认其子嗣。其他人就算拿到了神武，也难以发挥其力量的万分之一，在墨燃看来，这种武器买了也没有太大意义。

楚晚宁看出了墨燃的心思，便道："虽说神武不认主就不能发挥其真正实力,但不管怎样,力量仍是会比寻常武器强上数倍。这些人照样会趋之若鹜。"

墨燃心下了然:"我明白师尊的意思了,寻常人穷极一生都难得见到一把神武,既然说了这把归来是在无名墓里头发现的,且年代久远,那么大家多半会引出自己的灵力相试探,万一自己是原主的后代呢!试一下又不会怎样。"

"确是如此。"

墨燃思忖后道:"神武难得一见,偏偏这时候有一把无主的出来竞买。这怎么看都像那个假勾陈的路数,拿个高仿赝品骗得大家释放灵力,好让他知道在场众人有没有他在找的精华灵体。"

楚晚宁施施然在软椅上坐下,斟了一盏雪地冷香,慢慢喝完。他看着下面攒动的人头,低声道:"确是如此。无论这神武是真是假,是不是假勾陈设下的局,探一探总是没错的。"

他话音方落,忽听得楼下一阵喧哗。

楚晚宁和墨燃往下望去,俱是微怔——

只见轩辕阁金门大开,一片帽兜覆面的修士里,两排蓝衣飘飞,头束玉冠的少年磊落行来,为首的男子身形修长、英武俊俏,半点不对自己逛黑市的行径加以遮掩。

墨燃惊疑道:"叶忘昔?"

本座的前妻……来了

来者正是之前在桃花源与墨燃共住一院的谦谦君子叶忘昔。

他今日披着儒风门蓝底绣银丝的鹤氅，系着宝蓝色发带，腰间佩着瑞兽含珠银香囊，或许是因为卸了戎装，眉眼间虽英气仍在，但也添了几分秀雅之意。

轩辕阁的大总管迎将上来，垂眸低首道："叶仙君。"

叶忘昔点了点头，说道："我奉义父之命前来竞拍一样东西，劳烦总管引我上楼。"

"阁主已知仙君莅临，儒风门的包间早就备下了，这就带您上去。"

叶忘昔带着那十来个儒风门的弟子上楼去了，留下厅堂内一众遮头盖脸的人窃窃私语。

"儒风门的人今天也来了？"

"那个仙君是谁？以前怎的没有见过……"

墨燃一面心道，你们没见过他，自然是有没见过的理由的，一面也忍不住好奇，一路看着叶忘昔的背影消失在拐角处，这才对楚晚宁说道："师尊，你以前也在儒风门待过，认识这位叶仙君吗？"

"不认识。"楚晚宁微微皱起眉头，"但总觉得有些面善……"他顿了顿，闭上眼睛思索了一会儿，仍是摇了摇头，"想不起来了。"

墨燃挠头道："这位叶仙君之前在桃花源与我同宿一院，实力不差，眼下又代替儒风门来竞买东西，想来在门派内的地位也不低，师尊竟然不认识他？"

"儒风门共有七十二城，人员分散得厉害。我不爱走动，也懒得去过问门内的事，因此不识得他也不奇怪。"

两人正说着，第三层的儒风门包厢亮起了明黄色的烛光，想必是叶忘昔一行人已经进去落座了。这轩辕阁的最高一层是专门留给各大门派的，不过平日里极少会有使用到的时候，因此众人纷纷抬头去看，也觉得非常稀奇。

有了儒风门公开参与，大家对这场竞买会的期待顿时又高了好几度。一盏茶的光景之后，中央的白玉莲花台突然光芒大盛，轩辕阁穹顶上抛下一道流光溢彩的红绸缎，一个披着雪色鲛纱，看上去只有十一二岁的俏丽女娃赤着脚丫，拉着绸带从空中转落，轻轻巧巧地落在了冰凉的白玉莲台上。

"诸位仙君久等了，我是轩辕阁的二阁主。"那个俏丽的小女孩娇笑道，"承蒙众仙君看得起，自五湖四海来赴会。轩辕阁自当秉持惯例，以上佳珍品回馈诸位。"

墨燃耳力好，听到下面有人在议论着："轩辕阁的二阁主竟然是个乳臭未干的小丫头？"

"哎哟，兄弟你这可就真是没见识了。你知道这个'小丫头'多少岁啦？"

"十岁？十五岁？总不能有二十岁吧？"

"嘿，傻眼吧你，人家一百多岁了，你喊她太奶奶还差不多，还小丫头。"

"什么？！刘兄你是在逗我吧？这小东西怎么可能有一百岁！"

"这里是孤月夜，天下第一药宗，有什么是不可能的？不过是配个青春永驻的丹药而已。"

"哇——"

那个低声惊呼的人想必是第一次来，听了这番话后激动得伸长了脖子，手不住掂着自己随身的荷包，显然是迫不及待地想要知道轩辕阁都会拿出些什么灵药宝器来进行售卖。

二阁主也没有让大家失望，随着她打出一个响指，石莲中心裂开一道口子，一个花蕊状的小台子缓缓升起，上面搁着五个手掌大小的丝绒锦盒，每个盒子都大大方方地打开着，露出里面泛着珍珠光泽的药丸。

立刻有人笑着喊了一声："这不是痴情丸吗？有什么稀奇的？"

"就是，就算第一个拿出来卖的不是奇珍异宝，也不能用痴情丸凑数啊。"

二阁主听到下面的嚷嚷，也不气恼，反而笑眯眯地弯着双眼睛，朗声道："诸位真是好眼力，这确实是痴情丸不错。但众所周知，痴情丸虽难炼，却也不是什么十分稀罕的什物，我轩辕阁自然不可能拿寻常物品来消遣客人。"

她说着，拿起了其中一个锦盒托在掌中，咔嗒一声把盒子关了。

众人坐的距离虽有远近，但面前都备了灵镜，可以秋毫不差地看清宝物的细节，这时才注意到盒盖上的蛇形纹章。

"寒鳞圣手？！"有人倒抽一口冷气。

二阁主笑道："不错，这五盒痴情丸，每一盒都出自我派长老寒鳞圣手的丹炉内。寻常痴情丸虽可蛊惑人心，令服用者痴恋自己，但效用只能持续半年，且极易配制相应解药。但这五颗……"她纤嫩的指尖将锦盒托起，郑重其事道，"可管足足十年，且无药可解。"

"什么？"

"天哪，这怎么可能……"

"寒鳞圣手真是太可怕了……"

二阁主待下面的喧哗声稍稍平息，才又微笑道："为了将其与普通痴情丸区分，寒鳞圣手将这五颗丹药取名钟情丸，只消买下一颗，融入水中劝人饮下，十年之间，保准对方痴心待你，绝不动摇。"

有个女修在下面高声问道："这个吃了之后真的没有药可以解开吗？那万一十年不到，我就不喜欢他了，岂不是还要任他一直纠缠我？"

众人都哧哧笑了起来。二阁主也礼貌地笑了笑，说道："姑娘所言极是，因此轩辕阁在此提醒各位一句，钟情丸世间无药可解，除非十年期满，否则唯死可破。若不是苦苦痴恋而不可得，还是莫要给对方下药地好。"

介述毕，便开始竞买逐价了。墨燃看着下面此起彼伏喊价的人，大多是女修，不由得咋舌。

"真是太可怕了。"

"不错。如此赚来的感情，确实乏味。"

听到楚晚宁应声，墨燃回过头，看了他两眼，笑道："师尊你要当心，你这么好看，恐怕这里混了死生之巅的女修，买回去偷偷下在你喝的水里，要你钟情于她。但你是个有妇之夫，可不能再和别人好上了。"

"……"

此人出言笑话他，楚晚宁想要动怒，但生平第一次听墨燃说自己好看，又怒不起来了，便将嘴唇抿成一道冷淡的线，偏过脸懒得搭理。

"不过真给对方吃了这种药，肯定是喜欢对方喜欢惨了吧。"墨燃嘀咕着，看那五盒丹药很快都被买走，叹了口气，摇摇头，"真可怜。"

楚晚宁盯着雪白的墙壁看了一会儿，而后平静道："若是真的喜欢对方，又怎会忍心给他下这样的药？你还小，有些事，你不明白。"

我还小？

墨燃扭过头，笑得酒窝深深："我不明白，师尊就明白啦？那师尊是不是又打算和我聊聊师娘呢？"

"你给我滚。"

"哈哈哈哈哈哈。"

笑闹间，第二件物品被摆上了展台。

"貘香露。"二阁主脆生生地介绍道，"依旧出自寒鳞圣手的炉内，这是寒鳞最新酿成的药露。孤月夜一代弟子均已尝试过，十分好用。"

修士甲颇有文化："墨香露？"

修士乙有点饿了："馍香露？"

修士丙色眯眯的："摸香露？"

楚晚宁略一思忖，睫帘微颤，朝台上那五只瓷瓶瞧去："貘香露……食梦貘吗？"

二阁主没有刻意吊大家胃口的意思，见众人迷惑不解，便立刻笑着解释道："之所以叫貘香露，是因为药材中用了异兽食梦貘的爪尖血。只消一滴混入茶中饮下，便能持续七日，日日好梦。这对普通修士意义不大，但受心法、修为影响，有些仙君噩梦不断、难得安寝，时日久了极易走火入魔，因此这貘香露便是上上之选了。"

楚晚宁听了，忽然想到自己先前做的那个逼真的梦，虽不算是噩梦，但也确实令他隐约感到不安……

二阁主还在不遗余力地推介她的药："另外，这貘香露还有调理灵气、襄助修行的作用。"

楚晚宁依旧深思，不为所动。

"若是家中有孩童在修行，貘香露对他们也是极好的。寒鳞圣手思及应会有师长替童修购买，特意将这五瓶貘香露做成了五种口味：红瓶子是荔枝味，黄瓶子是橘子味，白瓶子是乳糖味，紫瓶子是葡萄味，黑瓶子是桑葚味。这些甜味极纯，滋味胜过寻常糖果百倍，且喝一次，味道可以在唇齿间留上一整天，十分美妙。"

话音刚落，二楼雅座落下一根银签。

二楼和三楼因为离得远，叫价不便，因此都是在银签上写了价格，再把签丢下去，那些银签覆着法咒，会准确地飘到阁主面前。

二阁主拈住了飘来的签，看了一眼："……"

与此同时，雅间里，楚晚宁随意地将用完的毛笔搁下，悠闲地喝了茶，墨燃在旁边瞧着，忍不住抽了抽嘴角。

楼下二阁主的声音响了起来："二楼天字号雅座，出价五十万金，有加价的吗？"

此言一出，四下哗然。

这貘香露好是好，但显然没有刚才的钟情丹受欢迎，五盒钟情丹一共卖了三十万金，而这五瓶貘香露要五十万金，这价格已是虚高了。

"应该是哪位小公子的爹娘给买的吧。"有人嘀咕道。

"肯定是买给富家小公子修行的。"

人群中有些饱受走火入魔之苦的修士狠了狠心："这五瓶打包，我出五十五万金。"

"貘香露，现在的价格是五十五万金，还有没——"

二阁主的话未说完，空中又悠悠地飘下一根银签，依旧是天字二楼雅座丢下来的。她看了一眼，不由得睁大了眼睛。

"抱歉诸位，我先前理解错了，在此更正一下，方才二楼那位客人说的是，一瓶他出五十万金，总共二百五十万金……"

这个价格除非傻子才会跟楚晚宁抢，看着侍从将五瓶貘香露送进来，墨燃觉得自己整个人都不太好了。

二百五十万金……

楚晚宁买了个甜点……

感觉到墨燃见鬼般的眼神，楚晚宁不动声色地问了句："怎么了？"

"啊哈哈，没什么，只是想不到师尊会喜欢这种东西。"

"小孩子玩意儿，我怎么会喜欢？"楚晚宁安然道，"买给夏司逆的。"

"……"

装。

墨燃眉心抽了抽，我看你能装到什么时候。

售卖的物品一件一件拿出来，后面的虽也是难得一见的灵药或是珍宝，但对于墨燃和楚晚宁而言都没有什么价值，两人便一面喝茶，一面等着神武"归来"的出现。

墨燃靠在窗边，黑色衣衫裹着他劲瘦腰肢，显得越发肩宽腿长，他看看下面热闹的情形，又抬头望了望楼上儒风门的包厢。

"对了师尊,桃花源的事情伯父是怎么摆平的?你还没跟我细说过。"

"也不算摆平。这件事不能闹大,恐会打草惊蛇。尊主知道真相却也不能声张,不过和羽民翻了脸,把师昧和薛蒙都带回了死生之巅。当时吵得厉害,几个门派的弟子都看在眼里,有的人觉得桃花源不靠谱,已经离开了。这位叶忘昔想必就是如此。"楚晚宁吃完一块丹桂花糕,又伸手去拿第二块,"尊主对外称你闯了祸,正在死生之巅闭门反思,这样多少可以掩盖一阵子你的行踪。"

墨燃挠了挠头:"听起来就很麻烦,真是辛苦伯父了……"

他正咕哝着,九重莲花台上的轩辕阁二阁主忽然以扩音术清了清嗓子,昆山玉碎般动听的声音瞬间传遍了每一寸罅隙。

"下一件卖品是一件极为难得的上佳珍品,可位列本阁三年竞卖图鉴的前十名。"

仅此一句,四下死寂。

过了半晌,就像烧热的油锅里泼入一勺清水,哗的一声就炸得沸反盈天。几乎所有人都目露精光,交头接耳。

在轩辕阁三年卖品中可以排到前十,这是怎样级别的宝贝?这样的东西别说是买了,对于很多人而言,有生之年能亲眼见一次都是莫大的幸运。买家们越来越激动,空气中的紧张似乎伸手可及。

下面的人在翘首企盼,包厢里的人也都掀起了眼帘,目光聚向莲台。

墨燃轻声道:"是神武归来?"

楚晚宁则没有说话。

随着石台中央再次裂开,轩辕阁二阁主清亮的嗓音四下回荡。

"请上这一件珍品,蝶骨美人席。"

"什么?"

墨燃一惊,手蓦地捏住了窗棂:"不是神武?!"

楚晚宁也没有料到会是这样,倏忽起身,来到墨燃身边,与他一同朝楼下望去,只见莲台中央缓缓升起一张石榻,榻上交叠着八根手腕粗的禁锢铁链,锁着个不断挣扎的活物。但那活物整个被毛毡盖着,一时间无人能看清下面到底是个什么东西。

可这丝毫不影响沸腾激动的气氛。

"蝶骨美人席",勿论品貌,本身就已名动天下。

传说鸿蒙时期,天地未分,魔族和人族共同生活在修真大陆上。当时有一支魔族叫作"蝶骨族",武力不高,但体内蕴含着极大灵气。直接生食蝶骨族的血肉,或者与他们交合,都可以助人修为大增,没有灵根的人可以瞬间筑基,有灵根的人甚至可以直接进阶宗师。正因如此,在魔族兵败之后,蝶骨族惨遭灭族,不是被抓去当交合之奴,就是直接被杀了吃肉喝血。

到了现今,世上早就没有真正的纯血蝶骨族了,但茫茫人海中,还是会存在流着蝶骨血统的后嗣。他们中大部分人的骨血毫无作用,与寻常修士并无不同。但是,仍有极少数人会出现返祖的情况,那些人的血肉虽没有鸿蒙时的先辈那样效力强劲,但仍然可以极大地提升修士禀赋。

这些人就被称为"蝶骨美人席",这个"席"有两个意思。

枕席,或是宴席,意思是可以把他们用于枕席间,或者活生生地吃掉,是前者还是后者,就看买家的癖好。

出现蝶骨族返祖现象的人,修真界并不会把他们当作"人"来看待。虽然他们与寻常人等无异,但是出于一己私欲,修真界把他们定义成了"商品"。因此售卖蝶骨美人席的行径虽然可怖,却没有触犯任何禁忌。

只是像楚晚宁这般清正的宗师,脸色就很难看了。

"这具蝶骨美人席并非孤月夜所得,乃是受委托售卖,因此轩辕阁将收取成交金价的三成作为佣金,请诸位仙君出价时计清数额,量力而行。"

二阁主说完之后,打了个清脆响指,覆盖在榻上的毛毡布应声滑落。

楼阁内,刹那鸦雀无声。

所有人都在凝神看着石榻上那具被铁链锁着的躯体,偌大的轩辕阁,连呼吸和心跳声都几乎可闻。

那是个身段秾纤得衷,肤若白雪的妙龄女子。她披散着丝缎般的长发,浑身赤裸,只包裹着一层透明绡纱,饱满莹润的身体微微颤抖着,像是凝冻的新雪、浸水的脂玉,在光线下散发着柔亮光泽。

八道铁链紧紧勒着她娇嫩的身躯,随着她的挣扎而当啷作响。纵使阅人无数的风流之人,也会毫不犹豫地承认,这个女子是天下不可多得的妙人。

"绝佳上品。正值豆蔻年华的雌性蝶骨美人席。"二阁主嫣然笑道,上前解开一道锁链,在那个女子反抗之前便疾如闪电般掐住了她的手腕,举到半空中,"寒鳞圣手点下的守宫砂,好叫诸位看清,她是个处子。"

那姑娘的口中勒着雪白的布条,发出呜呜的可怜声音,却一个字都说不出来,唯有大颗大颗的泪珠顺着眼角滚落,那金色的眼泪无疑昭示了她蝶骨族的返祖血统。

有人在抽着凉气，有人在吞咽着饥渴的口水，这样的气氛让轩辕阁有那么一瞬间不像是坐满了修士，而像是挤满了饥肠辘辘的狼群，口角流涎，贪婪地盯着猎物。

"啪"的一声，楚晚宁清冷的目光收回来，落到墨燃身上，但见墨燃脸色苍白，指甲陷入木棂，竟是生生地捏断了窗台一角。

"怎么了？"

"没……没什么。"墨燃深吸了口气，才勉强平静下来，朝楚晚宁摇了摇头，"觉得这样买卖活人……很恶心。"

他没有说实话，余光悄然又瞥回了那个蝶骨美人席身上。

这个女子，是他当初登峰称帝之后，迎娶的修真界第一美人——

宋秋桐！

本座的不归

与此同时，三楼儒风门包厢里，叶忘昔长身玉立，站在镂空阴刻桐花花纹的雕栏边，亦是眉头紧锁，嘴唇抿成薄薄一道。

"叶公子，徐长老让我们来买的是那把神武，您若是真的要逐价蝶骨美人席，恐怕到时候余钱不够……"

"无妨，我自己出就是。"

左右见叶忘昔执意如此，暗自互相看了看，便不再吭声了。

轩辕阁二阁主脆生生道："蝶骨美人席一千万金起，诸位仙君可加价竞买。"

"一千一百万金。"

"一千两百万金。"

一楼的喧哗一阵高过一阵，价钱迅速飙升。

"一千九百万金！"

"我出两千五百万金！"

瞬间拔高的六百万金，让不少修士望洋兴叹，摇头坐下。这时候二楼几个雅座的银签纷纷落至轩辕阁阁主面前，她迅敏地一一接了，依次夹在指缝间，犹如展开折扇一般，打开了那些写着价格的银签。

"目下最高。"二阁主阅后，清晰无比地说道，"玄字第一号雅座，出价三千五百万金。"

"三千五百万金？！"

众人齐齐抽了口凉气，回头去看二楼玄字号雅座，但见得那里灯火朦胧，银纱飘飞，却压根儿看不到里面坐着的是什么人。

"三千五百万金都够在仙岛上买座宫殿了啊。"

"谁出的价？这也太离谱了……"

"这么有钱,肯定是十大门派的人,不知道是哪一家。"

楚晚宁合着眼,听到这个报价,便问了墨燃一句:"你身上银钱可带够了?"

"没带够!"不承想会在这里猝然见到宋秋桐,墨燃极度震惊,听楚晚宁唤他,才猛地回神,警觉道,"师尊要干吗?"

"买她。"

墨燃瞪大眼睛,连连摆手:"不能买不能买,这女的就是个累赘,买了她我们把她安置到哪里?以后赶路还要多租一匹马,睡觉还要多订一间房,不要,不买。"

"谁说要与她一同赶路了?买了之后放她自由就是了。"楚晚宁睁开眼睛,神色淡然地一伸手,"拿钱。"

墨燃捂紧了钱袋:"没、没有!"

"回去我还你。"

"这是买神武的钱!"

"你不是有见鬼了吗?要神武做什么?拿钱!"

"……"

墨燃简直一个头两个大,这个宋秋桐,以前他第一次见到她的时候,她已拜在儒风门之下。当时墨燃屠城,瞧她模样颇有几分像师昧,心中一动就饶了她性命,后来见她乖巧和顺,性子也与师昧一般极其温顺,便最终封她为后。

然而这是墨燃做的最后悔的决定之一。

眼下楚晚宁这个面冷心慈的家伙,居然想买她,这让墨燃如何能够答应。这个女人别说四千万金了,就算四个铜板墨燃都不要。

不对!倒贴他四千万金他都不稀罕!

两人正僵持不下,忽见得三楼飘落一张签,却是金色的。

封顶签!

轩辕阁价目最高的签就是这种金签,上面不用写字,一张相当于五千万金,这种价格一旦报出,几乎再也不可能有人有实力去较劲,所以又称为"封顶签"。

众人一愣之下,纷纷哗然。

"儒风门!"

"儒风门出了封顶签!"

楚晚宁也不再去搭理死死捂着钱袋的墨燃,而是转头瞧向外面。从他这个角度恰好能看到三楼的第一间包厢,叶忘昔是个懒于掩饰的人,早就把轩辕阁用来确保客人私密的雪月纱束了起来,负手而立,站在雕栏边。

他神情肃正,英俊的脸庞上没有什么多余的表情。他看了下面喧闹的场景一眼,似乎是有些无奈,转身走进了包厢深处。

墨燃松了口气,对楚晚宁道:"师尊可以放心了,这位叶公子在桃花源和我同住,我对他多少有些了解,他为人仁善,蝶骨美人席被他买走,他是做不出什么丧尽天良的事的。"

三楼儒风门包厢内,叶忘昔坐到铺着金花银叶绣缎的桌边,斟了一杯香茶,待茶饮尽时,外头传来了叩门的声响。

叶忘昔嗓音温和端正:"请进。"

"叶仙君,蝶骨美人席给您带来了,请您视验。"

"有劳你了,下去吧。"

轩辕阁侍女退下了,屋子里一时阒静。蝶骨美人席手脚都被禁咒捆缚着,跪在地上,目露惊慌,瑟瑟发抖,一双桃花眼因为哭得凄惨,尾梢染着淡淡红晕,令人见之心动。

但叶忘昔看了她一眼,清正明透的眼底竟毫无杂念,抬手凌空便解了禁制。

"地上凉,姑娘受惊了,坐下喝杯热茶。"

那蝶骨美人席颤巍巍地,睁着双琉璃般晶莹的眉目,依旧蜷着身子,不敢说话,更不敢动。

叶忘昔叹了口气,让左右侍从拿了一件斗篷,过去递给了她。

"姑娘莫要担心,叶某赎下姑娘,并非为了修行。这件衣服你先穿上,有什么事起来再说。"

"你……你……"

叶忘昔见她还是不动,仰头怯怯的模样甚是可怜,于是苦笑着摇了摇头,单膝蹲下,与她平齐。

"我叫叶忘昔,敢问姑娘姓名?"

"我……我姓宋。"她犹豫地望了叶忘昔一眼,瞳水朦胧,甚是委屈,"小女宋秋桐,谢过叶公子……"

楼下,墨燃在暗自思忖着,当年自己见到宋秋桐的时候,她已是儒风门的弟子，想来她就是在这次轩辕阁竞买时被叶忘昔救下的。

蝶骨美人席不会被当作正常人对待，可一旦拜入某个仙家大派门下，成为派中弟子，那就另当别论了。

墨燃心中叹了口气，他对叶忘昔的了解不算太深，只知道此人十分清正，是当年全天下除了楚晚宁之外最厉害的人物。墨燃屠绝儒风七十二城的时候，与叶忘昔有过一次交手，那气势澎湃的剑术、浩气凌云的身姿，着实令人难忘。

浩浩荡荡七十二城，其中六十五座仙城墨燃拿得不费吹灰之力，那些名号冗长、威名远播的儒风城主在他眼里不过草芥耳。

唯有这叶忘昔，只有这叶忘昔，他守的那七座城，墨燃竟是久攻不下。哪怕最后城池破了，这人一身血污地跪在嶙峋尸骨中，也是目光清明，初心不改。

当时儒风门的南宫掌门都逃跑了，许许多多的人在磕头求饶，求墨燃放他们一条生路。

叶忘昔却长眉蹙锁，合着眼眸，神情冷戾。

墨燃还记得自己在杀他前，曾有心问了他一句："可降？"

"不降。"

墨燃笑了，坐在儒风门尊主的镏金龙凤交椅上，睫毛簌簌颤动，目光掠过黑压压的人群，撇去寻常弟子不说，六七个城主，十余个护法，都匍匐到尘埃里，瑟瑟发着抖。

铅灰色的天空中有寒鸦在哇呀盘桓，血红色的旌旗猎猎，墨燃抬了抬手，说："都杀了吧。"

叶忘昔在临死之时，曾说了一句话："煌煌儒风七十城，竟无一个是男儿。"

血光欺天。

墨燃怀中抱着新得的美人宋秋桐，那绝代佳人面如金纸，看着眼前的修罗地狱，软嫩的身子不住地打着寒战。

"乖，不怕，不怕。以后，你就跟着本座。"墨燃抚过她的头发，微笑道，"来，再跟我说一遍，你叫什么名字，原本在这儒风门是做什么的，方才听了一次，并未熟记。"

"小女……宋秋桐。"她惶然道，"原是……原是叶忘昔门下……侍女……"

叶忘昔门下侍女。当时她是这样回答墨燃的。

但宋秋桐作为一个蝶骨美人席，究竟是因何机缘拜入儒风门门下，又是怎么被叶忘昔收作侍女的，墨燃并不知道。直到今日，墨燃才恍然明白，原来最初竟是叶忘昔散了千金，才将她从虎视狼顾中救回。

可鲜有人知，叶忘昔最终败于墨燃刀下，有很大一部分缘由，竟是拜宋秋桐告密所赐。

思及这一节，墨燃不禁皱起眉头，对宋秋桐的厌憎更多了几分——自己当年大概是鬼迷了心窍，才会觉得这个女人性情温顺。

"本次竞买会的最后一件交易品，是一把无主神武。"二阁主娓娓道来，打断了墨燃的思绪，"这把神武亦非孤月夜所有，也是代为寄售的。"

每次竞买会的压轴珍宝，在大会开始前都会透露出些风声，因此比起刚刚听到"蝶骨美人席"的激烈反应，下面的修士虽然也跃跃欲试，却冷静了不少。

白玉莲花再次打开，石台托着一个日月山河纹银缎盒缓缓浮起。

那锦盒狭长，表面绣样十分精细，懂行的人一眼就能看出那上面的金线图腾乃是出自姑苏最有名的绣坊衔云阁。撇开里头的神武，仅是这个盒子就已价值百金。

"这把神武是在君山乱葬岗被发现的。其先代主人已殁，经我轩辕阁核证，神武并不曾认新主。"二阁主顿了顿，继续道，"众所周知，神武的器身上均有镌刻铭文。但这一把由于器主故去多年，武器上的文字已有磨损，唯一可辨的，乃一个'归'字。"

有人嘀咕道："说这么多，也不先把盒子打开。"

"哎哟算了吧，习惯就好，轩辕阁一贯的作风不就这样嘛。先废话几句，再给大家看货。"

"说得也是。"

墨燃听着觉得好笑，转头想跟楚晚宁讲几句话，转身却看到楚晚宁剑眉紧蹙，冷玉般的细长手指支着额角，脸色如霜雾般苍白。他吓了一跳，忙问："师尊，你怎么了？"

"突然间……觉得不舒服。"

"怎么会不舒服的？是不是又着凉了？"墨燃凑过去，摸了摸他的前额，"也不烫啊。"

楚晚宁摇头却不说话，神情怏怏的。

墨燃不知如何是好，只得道："我给你倒杯茶。"说着斟满了一盏热茶，想了想，又往里面倒了一点刚刚拍下的貘香露。

这寒鳞圣手所炼的药天下闻名，楚晚宁把混了貘香露的茶水喝完之后，果然好了一些，脸色总算没那么难看了。他抬起眼眸，复又去观看楼下。墨燃在旁边收拾茶具，又给他倒了第二杯。

"轩辕阁无法得知该神武之全称，但因其机缘巧合，重返世间，且它本身铭文里就有个'归'字，故而暂时拟了个名，称其为'归来'。"

终于有性急的人耐不住了，在下面喊道："阁主，说了这么多，你也吊足咱们的胃口啦，快把盒子打开，让我们看看这把神武的模样。"

轩辕阁二阁主微微一笑："仙君莫急。按修真界的规矩，神武原主死后，武器应按血缘亲疏，归其后嗣所有。'归来'是在乱葬岗被发现的，本阁无法得知它原主身份。不过盒身开启之后，诸位可释放灵力进行感知，若是有与神武交相辉映者，便是这武器原主的血亲。那么无须竞价，'归来'自当归其所有。"

"哈哈哈，天下哪有这么巧的事？"

场内的修士们大多笑了起来。

"是啊，这几乎是不可能的。"

"但是不试白不试嘛，碰碰运气也不错。"

二阁主笑盈盈地看过台下的人，脆声道："不错，试试总是好的。请诸位仙君凝神，这就开盖了。"

她打了个响指，左右立时上来两位孤月夜的弟子，都是十五六岁的妙龄少女，她们身形一飘飞上莲台，嫩葱般的纤纤玉手搭上日月锦盒，两人手中各有一把水晶玲珑钥匙，小心翼翼地插进盒上的锁孔中。

众人只听得"咔""咔"两声，锁扣应声而落。

墨燃看到这开锁的情形，莫名想到了在金成池自己获得见鬼的场景。当时明明说是"唯有生命中最重要，且情缘深结之人"才能打得开长相思，也不知道为何最后锦盒会开在楚晚宁手里。

周围的人凝神屏息，无数双掩藏在帽兜下的眼睛都盯着那细狭的盒子看。金丝绣线的盒盖缓缓打开，空气中紧张的气氛绷到了极致，犹如一张拉满的弓弦。数千人云集的阁内，静到连发丝落地的声音都能被听见。

所有人都在目不转睛地看着盒子里露出的那一段古拙锋芒，或是贪婪，或是好奇，或是欣赏……

只有墨燃，在看到盒内武器的瞬间，蓦地睁大了双眼，脸上血色在须臾褪得一干二净。

他已活了两辈子，拥有过两把神武，和十余位神武主人交过手。对于这次轩辕阁拿出来卖的东西，他原以为自己定然会毫无波澜。

可是他想错了。

"神武归来，"二阁主清脆的嗓音打破了寂静，"陌刀形态，长四尺，宽三寸，无鞘，通体深黑，日间亦无反光。"

墨燃的指尖都在微微发着抖，两个字含在唇间几乎要脱口而出。

"不归……"

不归……

碧野朱桥当年事，又复一年君不归①。

"墨燃，你得了神武，却又为何要让我封去它的灵识，不给它起个名字？"

"禀师尊，弟子没什么学问，这名字只能起一次。我怕起难听了，以后用得不顺心。"

"阿燃，你的这把陌刀，怎么还没把名字想好呀？总不能一直管它叫刀啊刀啊的。"

"没事，慢慢想嘛。这可是把神武，我要给它想个世间第一好听的称号，这才配得上它，哈哈哈。"

后来，师昧死了。

墨燃曾想让楚晚宁解开封印，给自己的神武起名"明净"。

但是那时，楚晚宁说自己因与鬼界抗衡，灵力有损，实在没有余力去松开刀刃上的禁咒，于是这件事不了了之。

再后来，墨燃与楚晚宁彻底决裂，墨燃不愿再去求他解封，于是那把染满了血腥的陌刀，那么多年一直无名无姓。但这已经不重要了，那时天下无人不知墨微雨，无人不晓他手中饱饮恨血的修罗刀。

到最后——楚晚宁也死了。

与他一同消散的，是锁在墨燃刀刃上十余年的禁名咒。

那天晚上墨燃喝了很多梨花白，有些醉了，抚摸着冰凉的刀身，已不知是快慰还是悲凉。他弹着刀刃，听着那里面的鼓角争鸣。海棠冷透，他躺在巫山殿的屋顶上，哈哈笑得酣畅淋漓，从痛快到癫狂。

---

① 修改化用于宋代秦观的《江城子·西城杨柳弄春柔》，因不是十分常见的诗句，为免误会，特此标注。

他也不记得那晚上自己有没有流眼泪，只是早上醒来的时候，那把无名了十余年的陌刀上，镌刻了两个清冷的字——不归。

君不归。

不再归。

可是这把曾经跟他百战成魔的武器，为何会出现在如今的世界，又为何会出现在轩辕阁的竞买会上？！

还未及墨燃多想，场内数千名修士便纷纷释放了自己的灵流，争先恐后地要与不归相互感知。

墨燃："……"

没用的，既然是不归，那么既然墨燃在此，除了他本人，世上绝不可能有第二个人使唤得动这把陌刀。

可它的出现，和一直躲在幕后的那个小畜生有关系吗？如果有关系，那个人此时把不归放出来，分明就是知道墨燃和楚晚宁在追查他的踪迹，那么他的目的就绝不是测试谁是精华灵体。

他究竟又想做什么？！

还有，这把不归是真的吗，还是和金成池的那些赝品一样，只是一个诱饵呢？

怀着这样的疑问，墨燃稍稍探出了一些灵流。

如果不归并非伪造，那么定然会和自己产生些许呼应，这个呼应不能太明显，否则恐会被人觉察，只要一点点就……

然而，他才刚刚释放出非常微弱的一丝灵力，就忽听得背后一声轻微闷哼。

"……师尊？！"

墨燃一回头，见楚晚宁眉心紧蹙，嘴唇发青，已然伏倒在了桌几边。他雪色衣衫铺落如烟，一张英挺俊美的脸庞更是比霜雪更苍白，睫帘落下，双眸紧闭，似乎是什么痼疾发作，竟在这当口昏了过去。

墨燃怎么也没料到居然会发生这样的事情，不由得大惊失色，蓦地收回了试探归来的灵力，跑回楚晚宁身边，抱起他来："师尊，你怎么了？！"

第六章 客聚异前尘

本座难以置信

　　霖铃屿的凝香客栈外，老板娘穿红戴绿，雪嫩的腕上珠钏叮咚，一束腰肢纤如杨柳，正倚在门堂外嗑着蛇胆炒瓜子儿。

　　轩辕阁每次拍卖，来她这儿住店的人总是最多的，因为她貌美聪明会来事儿，那双黑白分明的美目滴溜一转，就能猜到客人想要些什么。

　　此时日头正高，过了晌午，老板娘啐了一口瓜子皮，估摸着竞买会再过一个时辰就该结束了，霖铃屿住店价格高，一般修士并不会多留，今日房费赚不了太多。不过不妨事，仙君大侠们总是要吃了晚饭再走的，饭钱还能再捞一笔。

　　老板娘掸了掸裙摆上沾染的果皮屑，回头对店里的伙计喊了声："二福，把大堂的桌椅再擦一遍，再把老娘炒的蛇胆瓜子拿一筐出来，每桌都搁上一碟。咱们要准备晚上的生意啦。"

　　"好嘞掌柜的，这就去拿咯。"伙计颠颠地跑远了。

　　老板娘满意地笑了笑，她太阳也晒够了，瓜子也嗑完了，正欲回店去监工，忽看到道路尽头有一黑白迅影乘风而来，离得近了，才发现是个面容俊俏的黑衣仙君，怀中抱着个人，火烧火燎地冲进了她的客栈。

　　"住店，住店住店住店！"

　　"……"

　　大约是他来得突兀，举止又奇怪，店里头的小二被吓到了，张着嘴巴半天回不过神来。

　　墨燃怒道："住店！聋了吗？掌柜的呢？！"

　　"哎哟仙君。"一个年轻女子的声音在他身后响了起来，带着三分笑意、七分歉意，听起来让人发不起火，墨燃倏忽转身，对上老板娘那张八面玲珑的笑脸,"不好意思,怠慢您了。我这小二是新来的,您有事找我,我就是掌柜的。"

墨燃扬着漆黑的俊眉,急急道:"住店!"

老板娘迅速且不动声色地看了看他,见此人披着斗篷,想来是去参加轩辕会的仙君,但因行来时甚急,帽兜已落下,露出了一张犹带少年细腻的英俊脸庞,不过这不是最重要的,最重要的是他腕上还系着一只绣着玄武图腾的锦袋,正是轩辕阁卖出商品后赠给客人装东西的乾坤囊。

有钱。

老板娘眼中精光一闪。

非常有钱。

再一瞧他怀中抱着的人,由于外头罩着大氅,脸又是朝里面靠着的,并不能叫人看清相貌,不过老板娘眼神何其毒也,她迅速扫过那雪色绡纱做的衣袍,目光落在了自广袖袖口垂落的那只手上——匀长细瘦,肤若瓷胎,指端修尖,骨骼分明。

美人。

老板娘顿时了然于心。

"大福,开房。"老板娘反应迅速,旁的不多问,打了个响指利落吩咐,"要最舒服的那间日月上房。"

楚晚宁这病来势汹汹,毫无预兆。所幸这里是孤月夜的地界,良药圣手一抓一大把,墨燃请来大夫给楚晚宁号了脉。

那修为颇深的仙门大夫闭着眼睛,结着细茧的手指在楚晚宁腕上点着,半晌不吭声。

墨燃忍不住了:"大夫,我师尊他怎么样?"

"问题倒是不大,不过……"

最讨厌的就是这种说话九曲十八弯的人,墨燃瞪大眼睛:"不过怎样?"

"不过老夫觉得甚是奇怪,令师修为高强,世间罕有。方才细细诊来,他的灵核却十分脆弱,连刚刚筑基的小修士都比不过。"

如果将修为比作水,灵核就是载水的容器。

灵核是天生的,修为是后天慢慢蓄养的,所以先天灵核越强的人,修行起来就会越容易。不过,当修为到达一定境界,就会反哺灵核,所以通常而言这两者是相辅相成的。

像楚晚宁这样的大宗师,灵核必定十分强悍,因此普通医师诊脉时都不会去特别注意这一点。

墨燃闻之惊道:"这怎么可能?!"

"老夫也觉得不可能,因此反复诊了多次,但次次结果都是如此。"

"我师尊的灵核连个筑基的都比不过?这、这怎么可能?简直是笑话!大夫你再仔细看看,会不会是哪里弄错了?"

"老夫行医向来谨慎,话既出口,必然有十成把握,小仙君若是不信,寻别人来诊一诊他的灵核,结果也是一样的。"

墨燃呆住了。

那大夫道:"正是因为令师的灵核十分脆弱,方才应是受到了某种强大武器的感知,那武器属性应与他有些许呼应,但并非他所拥有,所以他受到了反噬,灵核无法承受,这才昏迷不醒。老夫给他开些汤药,服下之后多多休息,很快就无恙了。"

送走大夫,墨燃坐在楚晚宁床榻边,托着腮愣愣地半天回不过神来。

灵核脆弱?

这怎么可能呢……

可是刚刚那老头子根本不知道在轩辕会发生了什么事,却能准确地说出楚晚宁先前遇到过强大武器,也确实不像是在张口说瞎话。

另外还有"不归",方才在轩辕会上,墨燃只释放了一点点灵力,楚晚宁就突生异样,昏迷过去。因此他也来不及判断那把陌刀是否真就是自己曾经的神武。如果是的话,为何"不归"会和楚晚宁产生呼应,还会对楚晚宁进行反噬?

他一面杂乱无章地想着,一面怔怔地看着楚晚宁,不知过了多久,床榻上的人似乎又被噩梦所魇,蹙起了好看的眉头,睫毛也不住地簌簌颤着。

鬼使神差地,连自己也不知道是为什么,墨燃伸出手,轻轻抚过他的眉心:"师尊……"

"……"

"师尊……楚晚宁……活了两辈子,难道你身上,还有我不知晓的秘密吗?"

掌柜的很快把药在后厨熬好了,给墨燃端了上来。

尝了口,果然苦得厉害,是楚晚宁最讨厌的滋味,墨燃叹了口气,叫住正准备离开的女人。

"掌柜的，有糖果吗？"

"哎……小店的糖都是现熬的，今日的都已用完了。不过仙君若是想要，我这就着人去街上买。"

墨燃看了看那冒着热气的汤药，摇头道："那算了吧，时候久了药就冷了，喝下去没效用。多谢了。"

"啊，仙君不必客气，有什么事再叫我就是。"

掌柜说完就识趣地走人了，顺手带上房门。

把药端到床头放下，墨燃坐回榻边，一只手搭在膝头，另一只手去扶楚晚宁起身："师尊，吃药了。"

喂楚晚宁喝药也是前世熟门熟路的事情，墨燃抱起楚晚宁，让楚晚宁靠在他怀里，拿过药盏舀了一勺，凑在唇边吹凉了，而后慢慢递到楚晚宁口中。

算来这已经是他复生后第二次照顾楚晚宁了，也不知是怎么搞的，虽然讨厌这个人，可是看他生病，自己依然会如此紧张。

"苦……"

怀中的人虽然未醒，但也有感知，半梦半醒地皱着眉头，把脸转开不肯再喝。

此举墨燃简直是熟悉得不能再熟悉，举着勺子又把他扳回来，耐着性子哄道："还有一口，喝完就好了啊，来。"说着又递了一勺。

楚晚宁喝了一半咳出了一半，眉头却皱得更紧了。

"好苦……"

"甜的甜的，下一勺是甜的，来来来。"

"呃……"

"下一勺！保证！甜到你难以置信！本座命人找到的天下第一甜的糖汁儿！"哄着哄着都不知道自己是谁了，墨燃顺嘴把以前的词儿又拉出来遛了一圈，"很好吃的，不张嘴会后悔哟。"

就这样连哄带骗灌完了整一碗，最后一勺喂掉，墨燃松了口气，正准备起身收拾一下，忽然眼前白影一闪，未及反应，脸上便"啪"的一声结结实实挨了一记耳光。

"骗子，你滚！"

楚晚宁厉声说完这句话，头一偏，又睡熟过去了，留下平白无故挨了一巴掌的墨燃半张着嘴，半响才委屈巴巴地捂住脸颊，正欲发作，怀里的人闷哼一声，应是梦到了什么特别难受的事情，脸色越发难看。

墨燃见他这样，也实在是没啥脾气了，左右没有糖果，看到乾坤囊还搁在床头，心下一动，取了一瓶貘香露出来。他拍拍楚晚宁的脸颊，不轻不重，算是报复。

"一个人躺一会儿，我去兑点水，给你甜甜的香露喝。"

"……"

见楚晚宁安静，墨燃托着他，打算让他靠回枕上，谁料离得近了，却听到他低哑模糊地喘了口气，而后喃喃道："是……薄你……"

墨燃一愣："什么？"

楚晚宁双眸紧闭，扇子般的睫毛不住颤抖着，似乎忍受着极大的痛苦，血色一点一点褪得干净。他显然坠入了另一个更可怖、更狰狞的梦境里，微微摇着头，素来清贵冰冷的脸庞竟难得出现了一抹悲色。

"我……是我……"

有那么一瞬间，墨燃忽然觉得心跳失速，一种奇异的感觉涌上胸膛，好像某个秘密就在眼前，只差最后一层薄纱遮掩，他即刻就要参透。他不由得盯住楚晚宁，低声道："是你什么？"

"是我……薄……你……"

须臾间神识恍惚，不知是不是那烛火太暗淡，叫人看错，墨燃瞧见楚晚宁深密的睫毛里似有水光闪过。

"是我薄你。"

这四个字，出君之口，轻若雾霭，入他之耳，惊若炸雷。

墨燃猛地从床边弹起，整个人瞬间僵住！他瞳孔收缩，难以置信地死盯住榻上人那张清俊的脸庞，神色瞬息惊变，心中震撼如千军万马奔踏而过，手捏成拳，血液仿佛在一夕间沸为烈火，又在一夕间凝为玄冰。

"你说什么？你……"

震愕半晌，墨燃猛地掐住楚晚宁的喉咙，眸色暴虐，佯装的稚气天真荡然无存："楚晚宁，你方才说了什么？

"你再说一遍！你再给我说一遍！！"

是我薄你，死生不怨。

这是他一生中再也忘不掉的诅咒，是煎熬了他两辈子的梦魇。

多少次他闭上眼睛，耳边都是这带着叹息的四个字，说话的人却已不在人间。

可这句话分明是当时楚晚宁到死才说出口的,为何现在他会——为何他会——

莫非楚晚宁,也是复生的?!

本座想问你？

疯狂的念头令墨燃眼中一片血红。他浑身颤抖，失去理智，紧紧扼着楚晚宁的咽喉，低吼着不住地逼问对方。

只要楚晚宁说出下半句，只要再说出那句"死生不怨"，那就定然是……定然是……

"嗯！"

一声闷哼在他耳边响起，楚晚宁呼吸不能，脸涨得通红，挣扎终归于微弱。

墨燃愣了一瞬，赤红眸子睁得大大的，癫狂与清明都在里面闪烁。忽然间他反应过来，忙松了手，楚晚宁重重跌回榻上，颈脖五道勒痕狰狞可怖，渐渐唤回墨燃的神志。

他张了张嘴，想要唤一声"师尊"，但又唤不出口，想叫"楚晚宁"，也叫不出声，犹豫不决间，沙哑地漏出声："你……"

喉间像被火烧过一样干渴，墨燃艰难地咽下口水，稍微找回意识，昨日种种在眼前掠过，这辈子楚晚宁从来没有异样，绝不会是复生的。

那楚晚宁为何会在此刻就说出那句临死时的遗言，"是我薄你"？

这句话难道不是当初楚晚宁为了保住薛蒙，为了保住那些假仁假义的修士，迫不得已对他说的一句虚言吗？

他一直都不愿意相信楚晚宁会真的向他认错，会对自己说句软话。反正楚晚宁一定是在骗自己，一定不喜欢自己。反正这个师尊从来都看不起他，从来都没有真心对过他。

弑师，他一点都不后悔。

一点都不……

墨燃别过脸去，缓缓合上眼帘。

他片刻都不想再待在这里，楚晚宁是生是死，跟他有什么关系！

他转身欲走，欲走，却怎么也挪不开脚步。

"是我薄你。"

记忆里那张鲜血淋漓的冷俊容颜，最后看来，竟是有些温柔的。昆仑天池边，那个人在血泊中，缓缓抬起手，指尖点住了自己额头，那手指已经冰凉了，凤眸里却有些温度。但墨燃当时觉得，应该是自己看错了。

"死生不怨。"

楚晚宁轻声道，血泪顺着眼眶缓缓淌下。

"墨燃……"

榻上那人在梦中呢喃，轻声说出的两个字，却让被唤的人整个都震颤起来。待自己回神时，墨燃已站在床边，一只手撑着床壁，俯身紧盯着楚晚宁苍白的脸。

那淡薄带着水色的唇，微微开合着，又是一声入耳。

"墨燃……"

合眸，墨燃紧锁长眉，指尖卡进硬冷的花梨板，似乎在极力按捺着什么，最后却还是忍不住，沙哑道："楚晚宁，你是真心的吗？"

"你说的，都是真心的吗……"

胸口疼得好像快要爆裂，既然楚晚宁绝不会是复生的，那么现在说出这样的话，只会是因为从这个时候起就觉得自己待他不厚，心中愧疚。

楚晚宁是真心的吗？

楚晚宁乃是梦呓，自然是不会答他的，但墨燃仍旧痴心想等个答案。

"……"

闭着眼睛等了半晌，仍是毫无动静，墨燃暗叹一声，有些不甘地缓缓抬起睫帘，却猝不及防，对上一双烟雨朦胧的凤目——半睁半合，将寐将醒。

楚晚宁不知何时睁开了眼睛，但从他的神情就可以看出他其实意识并未清明，只是煎熬中暂时转醒，那双眼眸依旧空洞恍惚，里头似盛了千千岁岁。

晚夜玉衡平日里总是如雷霆般凌锐，鲜少有这般茫然的时候。

少去惯有的锋芒，躺在那里的人居然那么美，眼尾眉梢，染着些氤氲薄红，就那么不设防地看着他。

心脏剧烈颤了一下，墨燃觉得喉咙有些发紧，低声道："你……"

这般场景，墨燃思绪震颤，一时间似乎觉得自己仍在巫山殿，楚晚宁是他的阶下囚。

他便这样单手撑着床板，低头俯视着楚晚宁，隐忍着不曾逾矩。他束成马尾的长发顺着肩头垂下，千丝万缕，末梢落在对方枕边。

楚晚宁和衣躺着，长发散落，初时神情尚有麻木，过了一会儿，眼底渐渐映出了墨燃的倒影。楚晚宁微微怔了一下，而后似乎是梦魇未消，仍不知今夕何夕。他缓缓伸手，在半空停了片刻，终是触上了墨燃的眉心。

"是我薄你……"

他说这句话时，一如当年，难得温柔。

墨燃只觉得轰的一声，脑海里有什么东西，猛然坍塌了。

心潮翻涌，头脑发热，他好不容易唤回的神志土崩瓦解，刹那，往事如沧海覆浪，周遭的一切都仿佛霜雪消融，好像又在那软红千丈的巫山殿，龙凤红烛高照。

"楚晚宁……"他心驰神遥间，不由得沙哑地喃喃。

墨燃原以为复生后，自当与他断绝，却不料，竟因他一句话就……

忽然从楚晚宁衣襟里掉出来的某样东西扎到了墨燃。

"当啷！"

那东西扎了墨燃手指，掉在枕席上的金属又滚两下，停在原处不动了。

墨燃初时没管，但忽然间烈火纷扰的脑海中闪过一丝清明。

他一愣，猛地回头再去看那东西。

那是一个流光溢彩的金色兰蝶发扣，是他在桃花源的时候，攒了好几天羽毛买给夏司逆的。

当时他还亲手把发扣扣到了夏司逆的马尾束顶，哄那一脸不高兴的小师弟，说："小孩子就要用金色啊红色的，你看，多活泼。"

墨燃拿起那个发扣，只觉得像被兜头泼了盆冷水，整个人都惊呆了。

不是……这什么情况？

他送给夏司逆的东西，怎么会出现在楚晚宁怀里？！

难道说……

一个可怕的念头在墨燃脑中逐渐浮现，缓缓回过头，目光落到了楚晚宁身上，他已经昏沉过去了，墨燃盯着他的脸庞，心跳蓦地漏了几拍。

不可能，绝不可能。

他觉得自己定是疯了……

难道楚晚宁没骗他？

难道、难道……夏司逆——真的是楚晚宁的儿子？

这个猜想让墨燃不寒而栗，只觉得自己头发都要乍开了！

本座不知你为啥要背菜谱

等楚晚宁醒来的时候,就看到墨燃正托腮坐在桌边发呆,一豆灯花映在他漆黑的眼睛里,亮到有些空洞。

"……"

想坐起来,但没什么力气,楚晚宁只得作罢。

雪青色的回纹帐帘轻轻飘荡,他侧身无声地盯着墨燃,可那二傻子还在自我沉浸,丝毫没有发现自己师尊已经醒了。

这不怪他,任谁知道自己师尊居然早就和别的女人有了个儿子,受的刺激都不会小。

夏司逆真的是楚晚宁的私生子吗?这怎么可能……楚晚宁他如此清高挑剔,世上哪个女人能入他的眼?

更何况,如果私生子一事是真的,当年楚晚宁肯定也有这个孩子,可是他们相处那么多年,楚晚宁平日的言行举止,都跟"为人夫君"四个字完全不沾边。

可是这个金蝶发扣究竟是怎么回事啊?

墨燃苦恼地拿额头撞桌面,都快纠结疯了!

他本来就不聪明,最不擅长想这种七弯八拐的事情,越想头越大,最后干脆"呜"的一声抱住脑袋,彻底趴在桌上不动了。

"墨燃,做什么?"

一个昆山玉碎般幽沉好听的声音在屋中响起,带着几分沙哑。

倏的一下弹起来,墨燃愕然道:"师尊,你醒啦?"

"嗯。"楚晚宁轻咳数声,抬起眼皮看他,"这是在……霖铃屿的客栈?"

"是、是啊。"墨燃站起来,走到床边脸色涨红。

见他神思不属,楚晚宁道:"怎么了?"

"没什么没什么。"墨燃连连摆手,岔开话题,"是这样,师尊在轩辕阁突然昏过去,我就……咯,带你来了这里休息,又找郎中开了药,然后就……"

就听到你说梦话,想到往事。

但这些话哪里能说出口,墨燃的声音渐渐轻下去,目光难得慌乱,显得越发窘迫。

楚晚宁听到他找了郎中,又见他神情有异,心中咯噔一下,恐他已经知道自己中了毒、身体会变小的事情,不由得悄然捏紧了被缛,哑声问:"大夫说什么?"

"大夫说师尊受了那神武影响,所以才会支持不住。"墨燃犹豫一会儿,继续道,"师尊,你的灵核……"

"无妨,较常人更为脆弱罢了。"

墨燃一愣,原本还在想楚洵和楚晚宁胸口都有伤疤这码事儿,猜测两人之间有着某种联系,但听楚晚宁这样说,又觉得好像并非如此。他忍不住问:"怎么会这样?师尊这么厉害,灵核肯定不会是天生薄弱的,是从什么时候开始的?"

"很久了,自从多年前受过一次伤,就一直都这样。"楚晚宁漫不经心地摆摆手,他关心的并不是这个——"大夫还说了别的话吗?"

墨燃摇头道:"没别的了。"

烛光朦胧,楚晚宁深深看了他一眼,说道:"那你方才,拿头撞桌子做什么?"

墨燃憋了一会儿,横竖憋不住,干脆豁出去,从袖中掏出那枚金蝶发扣,摊在掌心里。

"我发现了这个。"

"……"

"在你身上。"

发扣明晃晃地闪着金光,楚晚宁的心却不断下沉,果然他还是知道了,到头来,还是藏不住,轻轻叹了口气。许久沉默,两人均未再说话。

最后,楚晚宁闭了闭眼睛,正欲诉出真相,却听得墨燃小声咕哝道:"师尊,夏师弟……真的是你儿子呀?"

楚晚宁:"……"

睁开眼,方才凝冻成冰的血液好像重新流淌起来,一时无言,楚晚宁只是沉默地凝视着床边一脸复杂的墨微雨,眼神逐渐凝成两个明明白白的字:"白痴"。

"对。"楚晚宁冷漠地抬手,不等墨燃反应就把金蝶发扣收走了,"不是早就跟你说过了吗,缘何又问一遍?"

墨燃捂脸道:"我只是……再确定一次……"

虽然楚晚宁几次三番承认了夏司逆是自己的血肉,但墨燃终究还是半信半疑,忍着强烈的不适感,暗自下了决心,等见到夏司逆,一定要好好盘问对方。不给他俩搞个滴血认亲,他是死都不会信的!

又缓了一会儿,楚晚宁体力渐渐恢复,能从榻上起身了。

"我的衣服……"

他抚过自己的衣襟,怔了一下,皱起眉头:"怎会如此乱?"

墨燃:"喀。"

唯恐他想起之前一些零星的片段,墨燃忙去扯开话头:"师尊,你饿了吧?这家店的菜式听说不错,文思豆腐做得尤其好吃,咱们下去尝尝鲜?我请客。"

楚晚宁冷冷乜了他一眼:"还不是我给你的钱?"虽这么说着,但还是宽袖一拂,推门下楼去了。

霖铃屿的菜式与扬都的相近,清鲜别致,口味颇甜,这倒是合了楚晚宁的心意。

这时候轩辕会已经结束,修士们大多已启程离开。他们要了个包厢,倒也不必刻意再披上斗篷隐瞒身份,落座之后,店小二给上了两杯碧螺春,呈了菜单便退下了。

"师尊先看吧。"

"你挑便是,江南一带的菜,我都还入得了口。"楚晚宁说着,拿起杯子浅浅饮了口茶。

然而茶水一碰到嘴唇,他就蓦地皱起眉头。

墨燃:"怎么了?烫到了?"

"……无妨。许是天气太干,口角有些皲裂。"

菜上齐需要一段时间,楚晚宁便和墨燃谈起了轩辕阁的事情,两人提前离场,均不知道最后神武花落谁家,不过这也不碍事,到时候出门打听一下就好了。

闲谈之间,桌上渐渐摆满了琳琅满目的扬都菜,楚晚宁觉得再问下去也不会有更多的信息,于是作罢,不再聊这个了。他目光扫过满桌的碗盏碟杯,顿了会儿,眼帘抬起几寸,视线落到对面那个笑得有些忐忑的青年脸上。

楚晚宁问:"以前来过江南吗?"

墨燃复生前自然是去瞧过那杏花烟雨的，但他可没忘记自己如今才十七岁，方进入死生之巅两年，于是立刻摇头："之前从没来过。"

楚晚宁垂了眼帘，神色平淡，嗓音清和，说道："但你点了一桌好菜。"

他这一说，墨燃才猛地反应过来，自己这一席佳肴，都是按着楚晚宁的喜好点的。墨燃原是想让他吃得好一些，恢复恢复体力，却忘了自己本不该对扬都菜如此了如指掌。

"我小时候在乐坊的后厨打杂，很多菜没有尝过，但多少听过。"

楚晚宁倒也没细究："吃饭吧。"

江南吃水，霖铃屿更是蒲筐包蟹、竹笼装虾、柳条穿鲤，因此榉木四出头方桌上，河海鲜货比比皆是——酥炸浇酱的梁溪脆鳝、酸甜脆嫩的松鼠鳜鱼、琵琶对虾、菊花海螺、拆烩鲢鱼头，香溢四座。

至于鲜蔬肉食，冷盘甜点，亦是做得精致细究，十分雅观——清炖蟹粉狮子头、水晶肴肉、鸡汁煮干丝、灌汤小笼包、文思豆腐，不胜枚举。

墨燃托着腮，看小二把最后一碟桂花糕摆上了桌，而后悄悄看了眼楚晚宁，心道：不知今日这么多菜，他会先吃哪一个？

墨燃想了想，暗自跟自己打赌：肯定是清炖蟹粉狮子头。

这是楚晚宁最喜爱的扬都菜，果不其然，待菜肴布好，他的筷子毫无悬念地首先往那边探了过去。

墨燃心中暗叹，这个人啊，总是那么好猜，吃饭做事，都是一成不……

咕咚——一个滚圆可爱的狮子头落到墨燃碗里。

……变？

墨燃愕然抬头，脸上逐渐有了些受宠若惊的神情："师、师尊。"

"我这几日身体抱恙，劳烦你照顾了。"

他没听错吧？墨燃越发骇然。

楚晚宁居然跟他说——劳烦你照顾？

这句话楚晚宁从前都没开尊口讲过！！

楚晚宁见对面那个青年的脸慢慢涨红，眉宇舒展，眼睛缓缓睁得滚圆，额头上一根头发翘着，颤巍巍地晃动。不由得有些无措，但面子还是要的，楚宗师又高冷地抿了口茶。

嘴唇好痛……

其实变成夏司逆陪在他身边的那些时日，楚晚宁已隐约有了些自责，中夜反思，也会觉得自己为人确实太过苛严，对墨燃更是不假辞色。从那时候起，他就告诉自己，等恢复正身，万不可再如此行事，多少要改一些。

璇玑来桃花源时，楚晚宁咳了半天，勉强开口向他询问该怎么让徒弟不那么畏惧自己。

璇玑愣了一下，而后说道："首先，你要适宜地对徒弟表达关爱。"

表达关爱……

楚晚宁想到墨燃或许从未吃过蟹粉狮子头，于是淡淡开口，娓娓道来："清炖蟹粉狮子头，以上等五花肉细细剁碎，和以虾籽、蟹肉、蟹黄，个个饱满滚圆。捏好肥瘦相间的狮子头，煨在清汤里，汤羹中浮着翠碧青菜，盛于红泥砂锅，色泽甚为好看。"

"……"

墨燃呆住了。

吃饭就吃饭，楚晚宁做什么背起了菜谱？

偏偏楚晚宁觉得自己这是耐心介绍，是对徒弟的一种关爱，于是一餐饭下来，墨燃把菜尝了个遍，还听了一堆听上去就像是从《江淮食记》上背下来的菜肴梗概。

若不是楚晚宁嗓音沉冷好听，恐怕墨燃早就要掀桌子走人了。

"哎，听说了吗？轩辕阁最后一件拍品，被沂州儒风门的人拍走啦！"

雅座之间以竹帘相隔，旁边那间说话的人嗓门响了些，毫无阻碍地被墨燃他们听了个清楚。

楚晚宁倏忽停止了"水晶肴肉"的介绍，与墨燃互看一眼，凝神侧耳。

一个粗犷的男子在说话："怎么没听说？是把神武吧？三亿万金的价格，当场付清。哎哟，真的是天价啊，我一辈子都没见过那么多钱。"

"瞧你那点出息，你难道不知，除了这把神武，儒风门还花了五千万金买了个蝶骨美人席呢！"

"天哪，蝶骨美人席不就是用来生吃或是双修的吗？此等为人不齿的行径，天下第一大派居然就这么堂而皇之地去做，这也太不像话了！"

"苏兄所言差矣，蝶骨美人席乃是合乎情理的修行方法，并非禁术。美人席虽长得与我等相似，但到底不是凡人。这就好像吃仙果来助精进，也没什么好诉病的。"

"哼，恕我不能苟同……"

另一个则轻笑道："买美人席的似乎是个儒风门深居简出的年轻弟子，叫叶什么昔的，长得听说还挺人模狗样，没想到竟是这种靠睡女人提高修为的人。我看儒风门也是日暮黄昏了。"

旁边有人嘿嘿笑道："这有什么？爱美之心人皆有之嘛。"

邻座的人围绕着伦理道义争论起来，不值得再听。

楚晚宁轻声重复："神武被儒风门买走了？"

"听上去是这样。"

楚晚宁不由得面露忧色："难办。此事若想追踪下去，必然得去儒风门一查究竟……"

他这一说，墨燃便想起来了，"啊"了一声，轻轻道："师尊原是儒风门的人。"

"嗯。"

"不想回去？"

提到回儒风门，楚晚宁神色厌倦，眉心一抽，说道："此一门虽为上修界名门大派，但我曾经……"

他话说一半，突然间大厅内传来一阵人马喧哗，有人高声喝道："老板娘，给你五百金，立即把场子清了，把这些客人都给我赶出去！今日我们小公子要包场！"

本座岂是一千五就能打发的

老板娘赔着笑的声音传来:"哎哟!道爷好阔气,出手就是五百金,可真叫奴家开心死了。但是小店开门做生意,是要讲个和气的,哪能赶别的客人走呢?您看这样好不好?里头最大的一间归雾阁雅间,是专门给像道爷这般阔绰的尊客留的。我引您过去瞧——"

还有个"瞧"字尚未出口,下面就响起板凳桌椅乱砸的声音。

"瞧什么瞧!我管你是归雾阁还是乌龟阁——你奶奶的,这名儿取得忒糟践。不要,给你一千金,赶他们走!"

"道爷不要给奴家出难题嘛,您一看呀,就是那明白事理的饱学之士。"老板娘毫不犹豫地睁眼说瞎话,脆生生地娇笑道,"左右都是客,您要不满意归雾阁,我也可以给您换另一间,地方小一些,但雅致漂亮,再免费送您一段琵琶歌舞,您看这样好吗?"

"不好!不好!一千五!让人滚!"那粗犷的声音怒吼道,"别磨磨叽叽的!一会儿我家公子来了可要生气!"

"哇——"千金对于旁人来说或许是多的,但对于当过人界帝君的墨燃而言,听着就着实好笑了。须知他当年随便打发给宋秋桐一些珍玩,那都是价值连城的。因此他咬着筷子,眼睛睁得圆滚滚地骨碌转,低声和楚晚宁笑道:"师尊师尊,你听这人,一千五就想赶我们走呢。"

楚晚宁看了他一眼,撩开雅间竹帘,朝楼下望去,只见饭堂大厅之中乌泱泱地挤满了一大群人,虽然他们穿着常服,看不出是哪个门派,但每人腰间都佩着一柄寒光凛冽的上品宝刀,人手牵着一只口角流涎的妖狼。宝刀的价值或许不好判断,但这妖狼是有价无市的,寻常修真小派能得一只都不容易,他们却每人都有一只,显然出身极其显赫。

原本在吃饭的宾客都惊恐交加地瞧着这些人，厅堂内一时鸦雀无声。

突然间，一道雪色白光飞进了客栈内，众人看清之后先是一愣，然后轰的一下全部往后缩，有胆小的还尖声叫了起来："有大妖、有大妖啊！"

跃进来的是一只足有三人高的雪白狼妖，眸色猩红如血，毛色光亮如绸，一对狼牙寒光熠熠，足有成年男子手臂那么长。

然而，这只凶兽庞大的身躯上，却有个眉目俊俏、眼神嚣张的青年跷着二郎腿悠闲坐卧。那青年猎甲凛冽，甲胄下是一件鲜红衣裳，袖口盘绣着严整的金线。他头戴兜鍪，一簇柔软红缨自银狮含日的冠顶垂落，膝上卧一张碧玉弓，应当就是他的武器。

那些耀武扬威的修士一见他，立刻单膝跪下，手抚于胸，齐声道："恭迎公子！"

"好了。"青年一脸不耐烦，挥了挥手，"要你们办点事情磨磨叽叽的，还恭迎，恭迎你们的狗头！"

"扑哧。"墨燃失笑，低声和楚晚宁道，"他说他们恭迎狗头，那他自己岂不是就成了狗头？"

"……"

青年坐卧在妖狼柔软的颈项间，神情乖戾："这破客栈的掌柜的呢？是谁？"

老板娘虽然害怕，但仍强自镇定地走上前，赔笑道："有辱仙君尊眼，这小店的掌柜正是奴家。"

"哦。"青年看了她一眼，"本公子要住店，但不习惯人多口杂。你跟他们说一下，损失的银两我补上。"

"可是仙君……"

"知道你为难，这个给你，替我挨桌道个歉。要实在不肯的，那就算了。"青年扔给了老板娘一个锦囊，打开来里面竟是一堆金灿灿的九转归元丸。这丸子在一句内可助修为大增，市面上一颗就要两千余金，老板娘接了，先是因对方的阔绰而色变，然后才悄悄松了口气。

没有修士会拒绝如此好物，这样请人走，总还是说得过去的。

老板娘挨个儿道歉送礼去了，青年打了个哈欠，颇有些嫌弃地低头蔑视那群跟班，说道："都是废物，还不是要我亲自来。"

左右互相看了一眼，连声道："……公子英明，公子威武。"

人很快就散了，除了楚晚宁和墨燃并不在意钱财和丹药，其他人都拿东西毫无怨言地离开客栈，到别家住去了。

老板娘说："公子，其他人都走了，但有两位客人说夜已深，他们中有一位身体抱恙，不想另寻他处，您看……"

"算了算了，不跟病秧子计较。"青年痛快地挥挥手，"别打扰我就好。"

病秧子楚晚宁："……"

老板娘立刻喜笑颜开，热情道："公子真是个善人。时候晚了，公子是要歇息还是先吃些东西？"

青年说："饿了。不休息，我要吃饭。"

"公子要吃饭，那小店肯定得拿最好的菜肴来款待，咱们厨子最擅长做蟹粉狮子头、水晶肴肉……"

"泄愤狮子头？"青年显然不是南方人，也不爱吃南方菜，听这菜名愣了一下，然后皱着眉头摆摆手，"不要，听不懂。什么乱七八糟的！"

原本以为他是个世家子弟，现在看来可能是个暴发富商。

老板娘："……那公子想用些什么？只要小店会的，都可以做。"

"好说。"青年指了指他那些跟班，"给他们每人切五斤牛肉，另外单独给我来十斤牛肉、一斤烧酒、两条羊腿，差不多就这些吧，太晚了不能吃太多，稍微垫一下肚子。"

墨燃："哇……"

他回头想和师尊嘲笑一下这个青年饭桶般的饭量，却见楚晚宁目不转睛地盯着那个青年，眼神中似有些令人捉摸不透的薄烟雾霭。

墨燃下意识地问道："师尊好像认识他？"

"嗯。"

他原本只是随口一问，没想到楚晚宁还真的认识，不由得惊道："什么？那、那他是？"

"儒风门掌门独子。"楚晚宁轻声道，"南宫驷。"

墨燃心道，难怪楚晚宁会认识，毕竟之前是沂州儒风门的客卿，掌门的儿子，他肯定是见过的。也难怪自己不认识，自己当年血洗儒风门的时候，这个南宫驷已经患病去世了。

他当时还道这掌门的儿子是个病恹恹的半残，没想到今日一见，竟然是这样一个活蹦乱跳身康体健的嚣张青年……怎么就病死了？突罹恶疾？

南宫驷在楼下吃得开心，不一会儿就风卷残云般把两条羊腿、十斤牛肉啃了个精光，又喝了好几碗酒，看得墨燃在楼上不住咋舌。

"师尊，儒风门不是最讲究儒雅吗？这少主是怎么回事？看起来比我们薛萌萌还不着调。"

楚晚宁把他凑过来的头摁回去，自己仍旧偏着脸，瞧着下面的景象："不可给你同门乱取诨名。"

嘿嘿笑了两声，正想说什么，却因楚晚宁指尖点着他的头，烟云般飘逸的袖子正落在他面上，布料轻盈，似绡非绡，似缎非缎，触感温凉似水，他不由得一时想到了什么，愣了一下。

这是昆仑踏雪宫产的"冰雾绫"。

昆仑踏雪宫是上修界众仙家里最为高冷避世的一个门派，凡其弟子，五岁左右入门，大约一年后即须进入昆仑圣地闭关修行，直到结出自身灵核后，才能出关。虽说灵核是自带的，修行不过为了将它召唤出来，但所需时间十分漫长，往往要十年到十五年，其间不得有无关人等入内。于是弟子的吃穿就成了麻烦事，吃的还好，因为昆仑圣地毗邻王母湖，踏雪宫弟子们每日吃食都可以自行入湖捕捞，可是衣服总不能自己织吧？

于是乎，"冰雾绫"应运而生。

用这种绫罗裁出的衣服，非但轻柔如烟，且本身附着避尘咒诀，灰尘沾染不上，除非溅到了血水一类的污渍，否则不需清洗。

但最妙的是"冰雾绫"会随着主人的身体形态改变而进行变化，这点对于踏雪宫弟子而言是不可或缺的。他们通常五岁入禁地，可能要到十五岁或二十岁才能出关，这期间漫长的岁月，从垂髫小儿到玉立青年，冰雾绫织就的衣服正好能与他们一同生长，免去了衣不合身的尴尬。

——可楚晚宁没事穿着这种料子做的衣服干什么？

墨燃眯起眼睛，脑海中忽然有一簇火花擦亮，他猛然觉得有哪里不对，似乎某个东西，自己从一开始就想错了，是什么呢……

"叨扰了，请问掌柜何在？"

中气十足但和蔼客气的青年嗓音蓦地打断了墨燃的思绪。

墨燃往下看去，竟是日间在轩辕阁出现的那群儒风门弟子，为首的鹤氅飘飘，手持佩剑，那剑柄掀开门帘，探了半个身子进来。

"这不是叶忘昔的跟班吗？"墨燃瞬间来了精神。

儒风门有七十二城，弟子之间通常不会认识。至于南宫驷，他单独坐在一个雅间里，背朝着门口，因此那群少年扫了一眼客栈里穿着常服的同门弟子，也没有认出张熟脸来。

叶忘昔对上南宫驷，这可有好戏看了。

"实在是对不住了，今晚小店被包了场子。"老板娘一边匆匆迎将过去，一边暗骂自己竟然忘了关门落锁，"几位仙君去别家看看吧，不好意思啊，真的不好意思。"

为首的少年面露难色："唉，怎会这样？别的店家我方才也去看了，乌泱泱的，都是人。我们这里带了位瘦弱姑娘，她已经许久不曾休息了，想着找个好些的住处让她睡一觉。掌柜的，烦劳您去问一下那位包场的大爷，能不能让出几间房来。"

"这……人家恐怕是不愿意的。"

少年施了一礼，彬彬有礼地恳求道："只消老板娘去问一问，他若不愿，那便算了。"

老板娘还未来得及说话，靠门那桌忽然有南宫驷的随从一拍桌子站了起来，怒气冲冲道："问什么问！出去、出去！别打扰我家公子吃饭！"

"就是！身上穿着儒风门的衣服，居然好意思带个姑娘睡觉，也不嫌给自己门派丢人！"

少年没料到他们竟如此误会，霎时脸涨得通红，愤然道："这位道友何故含血喷人？我儒风门堂堂正正，自然不会行这苟且之事，这姑娘乃是我家公子好心所救，岂容你这般胡言乱语？"

"你家公子？"南宫驷的随从瞟了一眼雅间，见少主仍旧漫不经心地喝着烧酒，似乎默认了自己赶人的行径，于是放宽了心，提声冷笑道，"世人皆知儒风门的公子就一位，你家那位又是谁啊？"

"在下儒风门叶忘昔。"一个温雅的嗓音自门帘外响起。

众少年纷纷回头："叶公子——"

叶忘昔着一身黑衣，英俊的面容在烛火中无端多出几分清秀，负手进了客栈，身后跟着个戴着面纱，露出双惴惴不安柔眸的女子，正是宋秋桐。

墨燃一瞧见她，顿时额头青筋暴跳两下。

冤家路窄，怎么又是她……

南宫驷的随从看到来的人竟是叶忘昔，纷纷一愣，随即就有几个沉不住气的，脸上露出了嫌恶之色。

这叶忘昔是儒风门第一长老的养子，隶属儒风门七十二城的"暗城"。顾名思义，暗城善育暗卫，儒风门掌门原本想将他教养成为下一任暗卫首领，但因叶忘昔根骨不适宜习暗卫心法，渐渐地也就转至主城，成了尊主的左膀右臂。

因为早年暗卫的身份，他行事低调，知道他名号的人极少。不过尊主倒是很器重他，这些年，派中甚至流传出叶忘昔是尊主私生子的风言风语来。或许是因为这些，正牌少主南宫驷素来与叶忘昔不睦。

少主不喜欢他，底下的随从又哪能对叶公子有什么好印象呢？

原本作为小辈，他们是万不能得罪叶公子的，但是这群人个个都是南宫驷的亲信，直接受命于南宫驷，因此气氛僵凝许久，还是有性子粗犷的人冷笑两声，开口了："叶公子还是请回吧，今日这客栈之中，恐怕腾不出给你的位置。"

"公子，既然他们说没有空处了，那、那我们再寻别处吧。"宋秋桐伸出纤纤玉指，拉住叶忘昔的衣摆，惶然道，"何况这里用度奢贵，我实在不敢叫公子再破费了……"

墨燃在楼上听到这两句话，翻了翻白眼，心道这家伙当真走哪儿都是这柔弱可怜的腔调，当初坑他，现在又来坑叶忘昔。

叶忘昔正要说话，忽然间，一道庞大的白影从里间蹿了出来，猛地袭至叶忘昔身后。

宋秋桐失声惊道："公子小心！！"

"嗷呜呜！呜呜呜！！"

随着嘹亮的啼嗥，一只通体雪白的妖狼发足狂奔，绕着叶忘昔就疯狂地转起了圈儿来。

在众人一片静默中，叶忘昔垂下眼眸，对那个足有三人高，此刻却在地上打滚的白毛妖狼诧异道："瑙白金？"

这只妖狼正是南宫驷的坐骑，因为瞳赤若玛瑙，毛白如飘雪，爪尖一抹金，故而得名瑙白金。

既然瑙白金在这里，南宫驷肯定也已大驾光临。叶忘昔抬手摸了摸瑙白金凑过来的白色的毛茸茸大脑门，四下环顾。

竹帘被一只手撩开，衣袖鲜红，沿口还缠着金丝包边。

半张透着不耐烦的脸庞露出来，南宫驷双手抱臂，闲闲地靠在雅间里，手里还拎着一壶烧酒，看了叶忘昔两眼，嗤笑道："有趣，怎么走哪儿都能碰到你？你跟我跟得这么紧，若是惹得别人说起咱俩的闲话，你让我的脸往哪里搁？"

本座的前妻不是省油的灯

叶忘昔被他说得明显一顿,但竟不动怒,隐忍片刻道:"你误会了。我并非想要跟着你,而是受尊主之命,来轩辕阁买一样东西回去。"

墨燃和楚晚宁听到此处,互相看了一眼。

——神武。

南宫驷晃着手中的红泥酒壶,面色更阴沉:"父亲要买东西,麻烦你做什么?难道我没手没脚,不会替他做吗?"

"……阿驷,我不是这个意思。"

"谁让你这么叫我了?"南宫驷眉宇压得极低,目光如电,"叶公子,你不要以为父亲瞎了眼亲近你,你就能在我面前肆无忌惮……你难道自己就不恶心吗?"

"我如此称呼你,是尊主的意思。你若反感,自行与他说就是了。"叶忘昔沉默几许,说道,"冲我发怒又有什么用?"

"你别拿父亲来压我!"

南宫驷吸了口气,稍稍按下自己的怒火,黑瞳两点亮色极寒,恰似银月高悬,狼烟弥漫。

"叶公子,"他似乎特别拖长了这三个字,"父亲让你叫我阿驷,恐是他对你在派中的地位会错了意,但你自己心里要有点自知之明。别给你三分颜色,你就开起了染坊,要知道,纵使你染得一身大红大紫,出身在这儿,你也无法与我比肩。"

叶忘昔君子如风的脸庞上似乎闪过一丝暗淡,篦子般浓密的睫毛垂了下来,静静道:"少主说得是,但叶某……也从未想过要与少主比肩。"

称谓上的切换让南宫驷稍微舒服了一些,他抬手咕咚咕咚喝了几口辛辣的烧酒，却是海量不醉，又盯着叶忘昔看了一会儿，从鼻子里哼了一声，摆摆手："谅你也是不敢的，你瞧瞧你现在这个样子，哪里能当……"

他忽然意识到这里人多口杂，自己差点说了不该说的话，倏地抿住嘴唇，不再言语了。

反观叶忘昔，纵是受了这般侮辱糟践，他依旧垂着眼帘，没人能看到他眼里究竟是愤怒还是屈辱，他只给了众人一张平和温柔的脸庞，三分英气，七分内敛。

气氛一时尴尬到极点。

南宫驷别扭地左右看了一会儿，视线落到叶忘昔身后的女人身上。似乎为了掩饰方才差点造成的失误，他咳了一声，下巴冲那女人扬了扬，问叶忘昔道："你救的？"

"嗯。"

"她原是哪里人？来路不明的别乱救。"

"没事，是从轩辕阁竞拍来的。"

南宫驷对轩辕阁的竞买并不在乎，也没费神去打听，但一听说宋秋桐竟然是竞拍来的，不由得吃了一惊，原本懒散敷衍的眼神忽然锐利起来，盯住了宋秋桐的脸，半响道："这东西是奴骨，还是蝶骨美人席？"

修真大陆只有两种人可以被公然贩卖，除了蝶骨美人席，还有一种就是奴骨。

奴骨是人族与妖诞下的子嗣，由于人们畏惧此类异族的妖性，一旦觉察，就会毁掉他们的真元，并在他们的琵琶骨打上奴隶咒印，让他们沦为仆从。

不过奴骨的售价都不高，也没什么稀奇的，一般就是给大门派端茶倒水，或是被富商权贵买回家玩弄。既然是轩辕阁卖的，应该不会是这种品级的东西。

果不其然，叶忘昔说："是蝶骨美人席。"

南宫驷变得饶有兴致起来，绕过叶忘昔，走到宋秋桐面前，看货品似的绕着她看了一圈儿，而后皱了皱眉头道："这东西怎么腿是瘸的？残品？"

"……她被捉到的时候受伤了，涂了药，还没好透。"叶忘昔顿了顿，"所以我们也走不远，想在这里住一晚。"

南宫驷不置可否，眯起眼睛，忽然凑到宋秋桐颈边猛地一嗅，动作很像是野性未驯的狼。宋秋桐被他登徒子般的举动吓得花容失色，在原处攥着衣襟，瑟瑟发抖。

"和普通人闻起来，也没什么不同嘛。"他揉了揉鼻子，打了个喷嚏，"还有股脂粉香……"

摆了摆手，南宫驷随口问道："多少钱？"

"五千万。"

"银？"

"金。"

南宫驷蓦地睁大眼睛："叶忘昔你个疯子！五千万金你知不知道够淬炼多少顶级磨石了？你给我买个女人回来？你当我儒风门的钱不是钱？"

"我没有花门派的钱两。"叶忘昔停顿片刻，接着道，"也不是给你买的。"

"你！"刚降下的火气又噌地上来了，南宫驷面目暴变，"你好得很！"他转头瞪着宋秋桐，越瞪越不顺眼，尤其遮着面目的那层轻纱，怎么看怎么不爽，当即命令道："你，脸上那个破布，摘下来！"

宋秋桐受了惊吓，紧紧攥住叶忘昔的袖子，往他身后又缩了一些，语气极其可怜："叶公子，我……我不想……"

叶忘昔身形修长，不及南宫驷结实高大，但微微扬头看着南宫驷的时候，却无畏惧："她既不愿意，少主就不要勉强她了。"

"啰啰唆唆，她是你救的，那就是欠了我儒风门一条命，必须听我的。摘下来！"

"她是我救的，从我救她的时候起，就还她自由了。"叶忘昔道，"还请少主，莫要强人所难。"

"叶忘昔！就你是个好东西！"南宫驷气得把门框捶得砰砰响，"你把我当什么了？今日我还就跟你杠上了，我说要她摘就要她摘，摘了面纱，就让你们住这儿，不摘就给我滚！"

叶忘昔微不可察地叹了口气，转头对宋秋桐道："我们走吧。"

这下被呛到的可不止南宫驷一个人了，叶忘昔身上带着神武，说什么也不能让叶忘昔就这么走掉，楚晚宁当即道："去把他拦下来。"

"好好好。"墨燃也正有此意，但"好"了半天，忽然一愣，"师尊，拦下来让他住哪儿？人家可是要住店休息的。"

"把我们的房间让一半给他。"

"呃……"墨燃不知为何，忽然神色变得有些尴尬，"这恐怕有些不妥。"

楚晚宁微微抬起眼皮："怎么了？"

"师尊有所不知，我俩最好别和他待在一间房，而且他也不会同意的，因为这叶忘昔吧，其实是个……"

正说到关键，墨燃忽听得下面南宫驷砰地踹翻了张桌子，杯盏碗碟噼啪落地，又猛地拽了张条凳，一脚架在上面，怒道："谁允许你说走就走的？我看你是反了天了！你给我滚回来！"

这下连南宫驷的亲随们都有些尴尬了。

这不是……少主你让人家赶紧滚的吗？

叶忘昔似乎对南宫驷的无理取闹早已习惯，打算佯装没听到他的咆哮，拍了拍宋秋桐的肩，示意她不要去理睬后面那个失心疯。

"叶忘昔！"

"……"

"叶忘昔！！"

"……"

"叶——忘——昔！！！"

叶忘昔额角青筋跳了两下，终于忍不住回头，岂料迎面就是一个酒壶甩了过来，瞳孔蓦地一缩，叶忘昔正欲闪避，忽然间眼前白影闪过。

"啊！"

一声娇弱的痛呼令在场所有人都吃了一惊，叶忘昔和南宫驷更是色变。

原来电光石火之间，竟是宋秋桐迎身挡在了叶忘昔身前，那沉甸甸的红泥酒壶狠狠砸中了她的额头，刹那间鲜血直流，她一双莹白玉手颤抖着抚过血迹，当即疼得落下泪来。

"别碰，我看看伤。"

"我没事，没有伤到公子就好……"

"你说话就说话，扔什么瓶子？"叶忘昔语气沉炽，责难地看了南宫驷一眼，随即与自己的侍从道："拿金疮药。"

"公子，带来的金疮药都用完了。"那侍从小声道，"要不我这就跑去外头再买些。"

南宫驷也没想到会有这一出，虽然强作淡定，但眼神里依然透出一丝愧歉。他板着脸支吾道："我、我这里有……阿兰，拿我的药囊来。"

叶忘昔却有些怒意，抿着嘴唇不去搭理他。

拿着小药瓶，在原处僵了半天，不见叶忘昔回头看自己一眼，南宫驷面子上过不去，干脆把药瓶粗暴地塞给宋秋桐："给你的，爱用不用。"

宋秋桐犹如惊慌失措的小鹿，先颤巍巍地朝着叶忘昔瞧去，见他未曾阻拦，只是沉默，这才息事宁人般收了金疮药，还对打伤自己的人低了低头，轻声道："多谢南宫公子。"

没料到这差点被自己开瓢儿的姑娘竟还会出言感谢，南宫驷一愣，然后才回神摆手，尴尬地咳道："没关系。"

是夜，叶忘昔一行人最终留宿于此。

一家客栈，数点烛火，明明灭灭，星辰纷乱。

墨燃托腮坐在窗边，有些心不在焉。复生已近两年，许多事情的进展与从前已大不相同，他看同样的人做不同的事，总有些微妙的感觉。

宋秋桐、叶忘昔、不归……

这些曾经再熟悉不过的人和物，都随着时光推移，再一次出现于他的生命里。只不过这一次他绝不会再娶宋秋桐为妻，至于叶忘昔，这个人很快就会名动天下，成为修真界仅次于楚晚宁的第二大高手。

还有不归。

想到这把伴过自己前生的陌刀，他心里就是一阵躁动。

"师尊啊。"

"何事？"

"你这个咒符都已经画半个时辰了，怎么还没画完？"

"就好了。"楚晚宁说着，借着一豆孤灯，仔细地拿蘸着朱砂的笔尖点了最后几笔，一条极其繁复的腾龙跃然纸上。

墨燃凑过去看。

"这是啥？"

"升龙结界。"楚晚宁道。

"做什么的？"

"可以洞察周围或大或小的所有法术痕迹。那个神秘人若要以神武测试灵根精华，必然要在武器上留印。这把武器的出现是巧合还是他的精心设计，立刻就能知道了。"

"哇，有这样的好东西，师尊为何不在轩辕阁用？"

"……我唤醒升龙结界，你看了就懂了。"

楚晚宁刺破自己指尖，在其中一片龙鳞上抹过，纸上的小黄龙霎时间金光流溢，眼珠和尾巴都开始灵活地摆动起来。

楚晚宁道："你是真龙？"

纸面上居然传出个尖声尖气的嗓门："对呀对呀，本座是真龙呀。"

"何以见得？"

"愚蠢凡人！怎的不信！"

"你要是能从纸上跳出来，我就认你是真龙。"

"这有何难！你给本座等着！嘿！"

金光闪过，一条巴掌大小的威武小龙蓦地跃出纸面，摇头摆尾，张牙舞爪，扬扬得意地绕着楚晚宁飞了一圈，咋咋呼呼地闹腾道："哈哈哈、哈哈哈，我是一条大真龙、大真龙，我有许多小秘密、小秘密。我有许多的秘密，就不告诉你，就不告诉你，就不告、诉、你！"

楚晚宁用那双清若冰湖的眼眸冷冷地扫了那"小泥鳅"一眼，覆手将它盖在桌上，面无表情地对墨燃说："懂了？"

"懂了……"

"放开我！你这愚蠢的凡人！你弄乱本座的须须了！"

楚晚宁抬起手，毫不客气地点了一下它的逆鳞，就是那片染了血色的鳞片："闭嘴，干活儿去。"

第七章 尘心将扬别

本座不想你再收徒

　　小龙来去如风,只一盏茶工夫,便嗖地从窗口蹿回来,嘴里大声嚷着:"查到啦、查到啦,这客栈里头有好多法术痕迹哪,哇哈哈哈……"

　　"小泥鳅,你喊这么大声,莫不是怕隔壁听不着你在说什么?"墨燃趴到桌边,伸出手指捋了捋小龙的身子,那龙尾巴刺溜一甩,拍在他手背上,但终究是纸做的,非但不痛,反倒有些痒。

　　"你这讨人厌的小白脸,别碰本座,本座尚未婚娶,平白让你摸了,以后怎么做龙?"

　　墨燃大笑道:"什么什么?你一条纸做的龙,还要婚娶?"

　　"哇!呸呸呸!你才是纸做的呢!狗东西!"

　　"怎么你也喊我狗东西?你该不会是姓薛吧?"

　　"本座姓薛?哼,小子愚昧,本座乃是开天辟地、空前绝后、赫赫威名的衔烛之龙,睁眼为日,闭眼为夜,吐气为夏,吸气为冬。行不改姓、坐不改名,烛九阴是也!"

　　"……听不懂。"

　　"哇呀呀呀!"小龙气得直打转,拿自己两指宽的脑袋去撞烛台,撞得灯影幢幢,红泪摇曳。墨燃忙去扶,偏生手一伸过去就被小龙啊呜咬住,可惜纸牙齿不痛不痒,烛九阴被墨燃拽着尾巴扔到一边,凌空啪地贴在了楚晚宁襟口,蔫头耷脑的。

　　"楚晚宁,"小龙软炆炆地抬起一根须须,有气无力地戳了戳楚晚宁的衣服,"那狗贼打我。"

　　楚晚宁懒得与它说废话,把它揪下来,随手拍在桌上:"外头都有些什么结界?"

"哼哼，你敢喊本座三声龙太子吗？你喊本座就——"

楚晚宁冷冷地盯着它："说。"

小龙受了埋汰，气得身躯鼓胀，龙须冲天，一双绿豆眼怒不可遏地瞪视着楚晚宁，那尊贵的龙嘴巴也半张着，呼呼往外粗喘，过了一会儿，竟哇地吐出一大口墨汁来。

楚晚宁眯起眼睛："你要再浪费笔墨，我就把你烧了。"说着就去提它尾巴，作势要把它拎到火上去，"让你成为真正的烛龙。"

"好好好！你厉害！你厉害！我说！我说还不成吗？真是的！"

小龙连"呸"数声，又吐出几点墨汁儿星子，并不小声地嘀咕道："凶得要死，难怪那么多年，每次见你，都没媳妇儿！"

"欸，"墨燃眨眨眼，偷着去看楚晚宁，不怀好意地坏笑道，"师尊不是说有师娘吗？"

楚晚宁并不睬他，剑眉一沉，对小龙怒喝道："就你话多，还不快写！"

"哼！臭男人！"

小龙扑通趴在早就已经铺好的宣纸上，用法力将墨汁凝于爪心，哼哼唧唧地在纸端画起了歪七扭八的狗爬符来。

难怪它不能直接口述都看到了哪些法咒，因为纸脑袋智力有限，无法只通过余痕就辨认出原本的咒诀究竟是什么，只得依葫芦画瓢儿把所见到的东西都涂抹出来。所幸楚晚宁能识会辨，低眸垂眼间，缓缓道出了每个法咒的名字。

小龙画了个残月。

楚晚宁："安神诀。此处有人失眠。"

小龙画了个七星阵。

"星御诀。此处有人设了戒哨防御。"

小龙画了个胭脂盒子。

"……焕颜诀。"

墨燃扑哧笑出声来，举手道："这个我清楚，小姑娘晚上美容养颜的小咒诀，是那个蝶骨美人席吧？"

楚晚宁不置评，似乎因为小龙连画几个都是那么无关痛痒的法咒痕迹而有些心焦，他细长的手指在木桌上叩了两下，蹙着眉道："画下一个。"

小龙又画了颗心脏。

墨燃奇道："这是什么？"

"清心诀。"楚晚宁烦躁道，"没用的，有人在打坐而已。下一个。"

小龙叽叽歪歪地又画了个狗头。

"驯兽诀……"楚晚宁抚着额头，"你，挑重要的画，这种敷脸的、逗狗的、哄人睡觉的，都别画了。下一个。"

小龙仰头吹胡子瞪眼道："你还真挑剔！"

"画！"

怕被扔到烛台上成为真正的"烛龙"，纸小龙只得气呼呼地又拿着俩小软爪子，在纸上涂抹开了，这回画了个十分复杂的图形，一看就让人觉得很玄妙高深。

"看起来是两个圈，然后又打了个叉，然后又一根竖条直贯而下，有点阴阳八卦的意思。"墨燃睁大眼睛，"师尊，这不会就是神秘人留在武器上的……"

"不是。"楚晚宁只瞥一眼，额角就有些抽疼，"换音术。"

"哦？做什么的？"

"有人天生对自己嗓音不满意，或者出于其他需要，想要改换自己的声音，换音术就可以办成，不是什么很难的法术。"楚晚宁顿了顿，说道，"不过换音术用久了对喉咙有损，往往再难恢复原来的嗓音……这个法术有些蹊跷，不知是谁在用。"

墨燃听了，却笑了："这样啊，那不奇怪。"

楚晚宁叹了口气，刚想说"下一个"，忽然一怔，似乎想到了什么，眼眸里雾起风动，忽然侧头去看墨燃。

"怎么不奇怪……你是不是知道什么？"

"我能知道什么呀？我只是觉得有人对自己声音不满意，这挺正常的，没准就是那个宋姑娘，或许她原本嗓音粗哑，特别难听，想变得悦耳一些呢？"

楚晚宁拂袖道："整日就知道胡思乱想。"他扭头又对小龙说："下一个。"

小龙又画了一颗心脏。

墨燃道："哎呀，师尊不是都说清心诀不用画了吗？"

"呸，小孩子家，你知道什么？"小龙怒气冲冲地瞪了他一眼，拿尾巴猛地一拍，在心脏上拍出了个墨印子，再碾了碾抹开，将整颗心涂黑。

"这是啥？黑心诀？"

楚晚宁似觉尴尬，沉默一会儿道："不是。应该是钟情诀。"

"那是什么？"

"跟轩辕会卖的那种钟情丸差不多。"楚晚宁道,"蛊惑人心智,让人对自己产生情爱之意,诸如此类。一般都是女子用的。"

墨燃猛地睁大眼睛:"不会吧?该不会是宋秋桐那边……"

"这种事情我怎么知道?"楚晚宁显得很愤愤,一甩广袖道,"别人感情的事情,管那么多做什么?他们要乱来,由得他们去。"

"可是楚晚宁啊,这个钟情诀你真的没有兴趣吗?"小龙甩着尾巴开心道,"我觉得这个法咒有意思,你要是愿意喊我三声龙太子,我就……"

楚晚宁垂下眼,杀气腾腾:"闭嘴,画下一个。"

"哼!你会后悔的!"

"你画不画?"

小龙却不画了,一骨碌坐下来,拿短小的爪子挠了挠自己的肚皮。

楚晚宁阴冷道:"怎么,莫不是没墨了?"

"蠢,没阵了。"小龙翻了个白眼,"都画这么多法咒了,你还嫌不够呀?没啦没啦,就这么多,除了这些,这客栈里头干干净净,其他什么法咒都没有。"

听它这么说,楚晚宁和墨燃神色都微变,墨燃道:"这就没了?"

"没了呀。"

楚晚宁道:"没有量测灵根的咒诀?"

"没有呀。"

师徒二人互看一眼,彼此脸上都有些难以置信的神色。须知道,若是那个神秘人想要借着轩辕会找出新的灵体精华,必然在神武上留下量测咒印,但现在看来,那神武干干净净,居然什么咒诀都没有附着——难道说他们从一开始就误会了,这把陌刀的出现,其实与神秘人半点关系都没有?

小龙见二人沉默,倏地又腾到半空,左右转圈,哼叽道:"喂,你们倒是理理本座啊,本座画东西很累的。有没有人给本座鼓个掌?"

许是楚晚宁心中正烦躁着,见它还这般吵嚷,干脆挥袖抬手,凌空召出一张黄符,小龙见状,惨叫一声,连声大喊:"我不要我不要我不要我不要!!"却眨眼间被灵符吸进去,成了纸面上的一幅画,楚晚宁指尖再点一下,画上的龙也慢慢消失了。

消失前它还冲着楚晚宁屈辱地直眨眼。

楚晚宁道:"有事再叫你。"

小龙痛哭流涕道:"有事钟无艳,无事夏迎春,楚晚宁、楚晚宁,你好生薄情……"

"滚回去吧你！"原本还好好跟它讲话的楚晚宁闻言，黑眉怒竖，啪的一声把符咒对折一掌拍扁，收回了袖间。

夜间，楚晚宁睡床，墨燃睡地，两人都心事重重，没有想到神武上竟然没有任何法咒，是神秘人掌握了他们所不知的量测灵根之法，还是那人根本就不急，不打算现在就找到所有灵力最盛的人？

"墨燃。"

黑夜里，楚晚宁唤他。

墨燃自然而然地应了一声："嗯？"

"我们明日先回死生之巅。"

墨燃倏忽睁开了眼。

"什么？"

"那人连轩辕会都可以错过，应该是另有他法可寻，这样查下去恐不会有结果。我们先回死生之巅，我让尊主发密信给另外九大门派，让他们先彻查自己门下有没有灵体精华，若是有，便先行保护起来，总好过守株待兔。"

"这怎么行？万一那个神秘人，就是十大门派的某个掌门呢？"

"可能性甚小。即使是也没有关系，他早就知道我们在追查他，不差这一桩事。"

"那师尊如何能叫那些掌门都听伯父的话？"墨燃茫然道，"难不成，师尊要把所有事情都告诉他们？"

"这倒不用，且他们未必会信。"楚晚宁淡淡道，"我自有他法。"

墨燃好奇道："什么方法？"

"收徒。"

"什么！"

"我自会与尊主说，让他告诉另外九大门派，鬼界结界常有缺漏，为害四方。死生之巅玉衡将收至多五名弟子，传授上清结界、弑杀结界等法术。"楚晚宁静静道，"那些门派多次邀我去当幕卿，为的就是这些结界之术。我若放话出去愿意相教，不怕他们不来。我只收上等灵体为徒，那些掌门为了挑选人才，必然就得乖乖测试门下所有弟子的根骨，我们的目的就达到了。"

墨燃却不答应，黑暗里，脸都青了："你、你要再收徒？"

"随缘。"

楚晚宁翻了个身,似乎终于有些困倦,声音低了下去。

"我让他们找到之后先把名字报上来,然后再让他们自行修习普通结界术,过个三年,要是他们之中真有人能坚持,那收就收吧……"

黑暗里,听到榻上那人渐渐迷糊的言语,墨燃只觉得当胸踹翻了个醋坛子,酸得他心都疼了。

又收徒?当年你只收了三个,挑剔得很,这辈子你怎么不挑了?怎么可以说收就收呢!

墨燃几次想跟他说说话,到了唇边,却又变得缄默。

楚晚宁浑然不知墨燃醋海翻波,终于睡着了。

夜里很凉,墨燃披衣起身,低低唤了他两三声,见他没有反应,便悄然推门出了卧房。

客栈的走道里一片静谧,只有些许红绸灯笼安然亮着微光,倒映在木地板上,现出一轮轮涟漪般的橘黄色倒影。

楚晚宁虽然已经验完了神武,但墨燃,还没有验过他的不归。

要知道神武若距主人在百尺之内,施个法术就能召回自己身边。当时在轩辕阁墨燃没有来得及感知出这究竟是不是他曾经的武器,此时又哪能错过这个机会?

指尖浮上一层血红之光,缓缓落睫,墨燃低声道:"不归,召来!"

几许凝顿,忽地响起一声沉闷刀鸣在远处,那声音极轻,但又直震耳鼓,像重锤擂过他的心脏。

墨燃猛地睁开眼睛:"不归!"

是不归,那把陌刀在铮鸣、在泣血,低沉的喝吼像隔着重重血浪、滚滚红尘,朝他奔来。他简直能听到不归在哀哭,在嘶哑地喊叫,它被困住了,被某种墨燃并不知晓的东西所禁锢。

它能感觉到主人在呼唤它,却不能应召而来,有什么东西缺失了,把他与它的联系生生斩断。

可是他们曾有契约,曾一同见过高处河山锦绣好,也曾一起等过死,送走巫山殿最后一缕余温。

人与神武藕断丝连,血肉被某种力量撕开,筋脉却还连在一起。

墨燃双目湿红,喃喃道:"不归……"

是你。

你为何不能归来？

是谁阻了你？

是……

"吱呀。"

轻轻的推扉声，却在这令人无法喘息的黑暗中，犹如惊雷炸响。

本座遇到第二个复生者

墨燃蓦地抬头，循声望去。

一个披着及地黑锦绣金纹斗篷的人出现在了尽头。他身形高大挺拔，浑身都被布料遮盖，就连面部都蒙着黑纱，只露一双在黑夜里并不能看得太清晰的眼睛。

那个人的手里握着一把刀，修狭的刀身，通体沉黑，锐不可当——不归。

"谁？"

"我是谁，并不重要。"那个人冷冷地说，嗓音很古怪，像是刻意扭曲过的，"你只消明白我知道你。"

墨燃一凛，但仍故作镇定。

"我不过就是死生之巅的一个弟子，你知道我做什么？有意思吗？"

"死生之巅的弟子？呵，不错，但是，你莫非忘了，你也是踏仙君，是人界帝君，是杀师证道的厉鬼，黄泉路上逃回来的亡魂？"

他每说一个字，墨燃浑身的血液就更冰一寸，整个人都像坠入冰窟。

踏仙君——屠遍儒风七十二城。

人界帝君——娶了世上最美的女人，杀师灭亲，登顶人极。

那人冷然道："你是，墨微雨。"

墨微雨——十恶不赦，万死不能超生。

墨微雨，合该在死生之巅被碎尸万段，挖心抠目，死无全尸！

"你是谁？！"

墨燃的双目一片赤红，脸上稚子之气荡然无存，剩下的唯有恶鬼般的狠戾凶煞，与走道尽头的那个人对峙着，像是下一刻就要锁住对方的喉咙，把那些他再也不想听到的称呼，统统撕碎在喉管里！

那个人抬了抬裹着黑纱的手，冗长的走道，霎时凝起层层冰晶，将他们俩所在的空间全然隔开。

"你如今，召唤不了这把刀了吧。"那个人缓缓走来，停在他面前十余步的地方，"人界帝君……或许现在叫你墨燃会比较好？真是可笑，你可曾好好看过现在的自己？

"一颗心不再冷硬如铁，跟在楚晚宁身边，倒真对他有几分好来。

"复生、复生，曾经说要保护的人，他在哪儿？"

墨燃脸色遽变："师昧？！你对师昧做了什么？！"

那人不答，只是冷笑："知道为何你无法召回不归吗？"他的指尖缓缓抚摩过那沉黑的刀身，"只因，你魂灵将变，恨意，将散……你死前，悔那一生，不能保你明净师兄无恙，曾愿若有来世……定不负他。"

那双凌厉骇然的眼眸倏忽抬起："墨燃，你做到了吗？！"

"我——"

"鬼界结界将破，当年之事，便要重蹈覆辙，你还要再看他身死魂灭，再跪着求楚晚宁慈悲心肠？你是在辜负这一世重来的机会，你不配再碰不归。"

"不用你说！"墨燃怒道，"我与师昧的事，轮不到他人插手！你既知我是复生之躯，你又是谁？假勾陈，还是哪个与我一样死而复生的老鬼？！"

"呵……"那人轻笑，"死而复生的老鬼……对，我是死而复生的老鬼，不然你以为，如今这世上，得上天眷顾复生之人，就只有你一个吗？"

是谁？

墨燃脑中疯狂地过着一张张模糊不清的面目，是曾经死在他复生前的那些人——薛正雍、王夫人、楚晚宁、宋秋桐、叶忘昔……

还是那些逼上巫山殿，为他送葬的人——薛蒙、梅含雪、十大门派的魁首……

是谁……是谁？！

谁知晓了他的秘密，扼住了他的七寸？这些隔着一场生死的魑魅魍魉，是谁踏过黄泉追来，又要把他往绝路上逼？是谁？！

转念只在片刻间，忽地眼前身影一动，那个男人衣帛飘飞，竟已移至他身前。此人复生之后，实力竟依然如此强悍，墨燃顿时心惊。

不归的刀刃已抵在他的胸口，稍一用力就能刺破血肉，损去心脉。

"墨微雨，原以为你有多重情义，但或许是你明净师兄福薄，你重活一世，依旧没把他放在眼里。"

墨燃咬牙道："胡言乱语。"

"我胡言乱语？"那人森然冷笑，一只手抵上墨燃的咽喉，慢慢滑下，落到胸口，"你这心里头，可留了多少位置给他？你那一点点怀念，恐怕早就消磨光了，还有剩的吗？"

墨燃怒道："我心里有谁，我难道不比你清楚？啰里啰唆那么多话，何不摘了面纱与我一看！"

"想看我，倒也不急。"那人的嗓音如烟似雾，目光也很缥缈，似乎带着些不把人放在眼里的讥嘲，"等你这辈子要死的时候，我就给你瞧。"

"你才要死了呢，你——"

话未说完，忽然感到足下一阵冰寒刺骨，墨燃低头一看，那人的冰刺不知何时已攀上了他的身体。

冰咒，冰刺……水属性……

是谁？当年有谁会施这样的法术……

遇过的敌手太多，急着想要回忆的时候脑中就是一片凌乱。

薛蒙，火。

楚晚宁，金、木。

叶忘昔，土。

薛正雍，土。

到底是谁？他怎么想不起来谁有这样强大的力量去操控寒冰？

"你说得不错，我也是要死的。不过，墨微雨，那必定是很久很久之后的事情了。"

冰凌迅速冻上了墨燃全身。

这个人的实力太可怕了，墨燃稍微放出灵力与冰对抗，就感到一股蛮横的巨大力量猛朝他扑杀而来。

眼前这个人，实力甚至不在楚晚宁之下！！

水属性的。

谁？！

电光石火之间，眼前似乎闪过一张模糊的脸，但他还未及想清，喉管就被那人扼住。

黑纱覆盖的手指尖摩挲着他的咽喉，那人眼底阴沉沉的，没有光亮。

"我的寿数，就不劳陛下操心了。"他慢悠悠道，"还是先让我，替你唤回些生而为人的情谊，免得你不做正事，坏我大计。"

"嗯——"

扑哧一声，不归悲鸣着划破了前主人的血肉。

"伤口不深，只取你的血，结个印。"

那人果真只在他伤口处抹了些鲜血，而后点在了他的眉心上，喃喃而念。

墨燃只觉得头颅一阵剧痛，破口大骂道："你上辈子是被我剁馅儿了还是被我杀了祖宗十八代？你姥姥的，你到底要做什么？！"

"嘘，别动。善心咒而已。"

"我管你是善心咒还是恶心咒，你能别恶心我了吗？滚开！！"

"墨燃啊，"那人一边慢慢地在他眉心画着符，一边轻声叹道，"你怎么忍心让我滚开？"顿了顿，他复喃喃念咒，"心不若水，意不能止，心门……洞开。"

墨燃胸口骤然绞痛！

"你……"

冰咒蓦地解除，墨燃踉跄不稳，青白着脸，缓缓跪在地面。

"你还不谢谢我？"那个黑衣人垂下眼帘，神情漠然，睥睨了他一会儿，淡淡道，"我将你心中情感尽数扩大。所爱所憎，便更分明，如此一来，你总能看清自己的内心了吧？若是这样你还不知为护师昧而竭尽所能、万死不辞，那你……便当真毫无用途，不过是个弃子而已！"

原来这善心咒，是让心中的爱恨更为强烈，越发鲜明吗？

这个人为何要如此费心，保住师昧性命……

水属性……

这是他意识离去前，脑海中闪过的最后几缕纷乱思绪。

扑通一声，墨燃跌在了地上，落下两帘浓黑睫羽。那黑衣人兀自冰冷地看了他一会儿，然后才缓缓俯身，先是探了探墨燃的脉象，沉吟片刻，才又抬手，掌心凝出一团蓝色辉光。

"皆忘。"

黑衣人低声吐出这两个字，蓝光更盛，墨燃紧锁的眉心慢慢松开了。

待他醒来，只会记得自己出门召唤了神武，而神武不来。其余事情，一概都不会想起，他不会知道世上还有另一个复生之人。

而善心咒的效用，虽然只能维持数日，但能很好地给迷茫中的人们指明心路。

"感情加深，只怕你醒来后，就会发现自己越发在意他，甚至恨不得把心挖出来给他了。"黑衣人凉凉地说道。

"回见了，踏仙帝君。"

一夜风波过去，诸事定，第二日清晨，墨燃睁开眼，发现自己仍躺在楚晚宁床边。他侧过头，客房的窗子似乎半夜被风吹开了，正半开半掩着，随着晨风轻轻开合，拍在木棂上发出吱呀的响声。

屋子里很静，墨燃没有往床上看，但知道楚晚宁应该尚未睡醒。

半桄轩窗外，是蟹青色的天空，旭日尚未破云高照，清晨往往是苍白而缺乏血色的，阳光未曾给它太多的温情，早起的人不多，它也懒于打扮，懒得为自己憔悴的倦容加热。

吹进来的风里，有一点点青草与露水的腥气。

墨燃就这么躺了一会儿，让意识回笼，然后坐起身子，肩膀却传来一阵疼。

奇怪，衣服何时破了个口子？底下透出些干涸的血色。

他呆了半晌。

昨晚他不是出门去探不归的吗？只记得不归并无反应，应该是把赝品，再后来，好像就……

呵，他记不清了。

他左右看看，暗褐色的地板上突出了一枚粗钉，许是那钉子划到的，自己睡得这么沉吗？居然毫无知觉。

他披衣起身，看向床榻。

楚晚宁依旧高卧，虽然早已习惯了他高高在上，享受着好位置，自己只能拣他剩下的，比如床尾、地板，苟且将就一晚，但墨燃今天莫名十分火大，瞪着那人的侧影，有些牙痒痒。

"凭什么总是我睡地板你睡床？尊师没错，但不还有爱幼一说？"

墨燃很是不悦。

想到地板上还有一枚突出来的钉子，把自己平白无故地划伤了，他就更加不忿。

再说时辰尚早，他也不想再委屈自己窝地上了，干脆也往床上一躺，闭眼睡个回笼觉。

两个人，一个朝左，一个朝右，宽大的床，倒也不会碰到对方。

曾经相伴入梦，如今划界而眠。

就是曾经那样亲密的两个人，如今却躺在了一张大床的两端，如此睡去。

本座与你当年事

等墨燃再次醒来时,已是天光大盛,日头很高了。

墨燃翻了个身,眨眨眼,看到楚晚宁竟还在睡。

或许是喝了貘香露的原因,又或许是因为最近身子不太好,总是多梦不安,都到这个时辰了,他居然还梦得沉,背对着墨燃,一头墨色长发散落,流淌于枕席之间,好一盏夜晚的颜色。

墨燃:"……"

既然师尊不起床,当徒弟的就更加没必要奋发图强了,床铺很舒服,不如高卧。

但卧着又无趣,墨燃便玩起了楚晚宁的头发。

师尊的发间总有些淡淡的花香,柔软如烟,绵密如雾,是墨燃最喜欢抚摩的事物之一,手指在那雾霭薄流中穿过,绸缎般细腻的触感,绕在指间泛起抓心挠肝的酥痒。

墨色的回纹床帘随着窗口漏进的风,微微摆动,他捧起楚晚宁的一缕长发,细细嗅之。

这温软的长发,将过往时光,慢慢从前世搭了过来。

虽说复生后,他就尽量少去回忆从前跟楚晚宁那些烂账,但不知为何,今天早上就是忍不住旧思悠长。

他眼神微暗,兀自沉溺于当年在巫山殿与楚晚宁的种种纠葛。

那个时候……自己杀戮不止,整日都在作践着别人的性命里感到扭曲的快意。可有时午夜梦回,恍惚间梦到些久远故人的笑靥,他又会蓦地惊醒,背心冷汗涔涔,怎么也静不下来。

他是不畏鬼神的人。

只是或许他的杀孽实在太重了，饶是踏仙帝君，也会有被黑暗压得无法喘息的时候。夜里草木窸窣，惊风阵阵，他睁着眼睛聆听着，知晓是死在他手下的怨灵在山间游荡，幽幽怨怨地拍打他的窗。

他不畏他们。

他甚至不无暴怒地想，你们为何不冲进来索我的命？为何终夜徘徊期期艾艾？为何阴魂不散没个干脆？！懦夫！

死了和活着一样是一群懦夫！

惹得他心烦……他心烦……

他的心脏像是塞满了死者的怨戾，杀的人越多，他就越疯狂、越扭曲、越不得安。

那些五内俱焚的夜晚……最后他都是怎么度过的呢？

他阴郁地思索着。

——他想起来了。

他会疯狂而固执地要求楚晚宁陪着他、顺着他，按他想要的一切来服侍他，近乎变态地渴望着。

他觉得自己其实也不想这样依赖楚晚宁。他是踏仙帝君，而彼时的楚晚宁不过是个阶下之囚、手下败将。这样偏执地索求和痴缠，实在是扫了他帝君的颜面。更何况他总是觉得楚晚宁令人生厌，无情无义，是个冰雪似的人。

他应当远离楚晚宁才对。

可他心口的沸火太盛了，楚晚宁那清冷的模样，是唯一能治他煎熬的良药。

于是，在那一个个阒静的夜晚，他就是这样逼迫着楚晚宁守在他的床边，他的手紧紧捏着楚晚宁苍白的腕，闭着眼，低沉地说："你就在这里。留在这里，不许走。

"楚晚宁，你是本座的师尊。除了本座身边，你哪儿也不准去。

"你哪儿也去不了……"

那空荡荡的巫山殿是一副庞硕的棺椁，他要楚晚宁用血肉余温给他殉葬，陪他这个恶鬼一起在里面疯魔，受罪，不得解脱。

因为只有从楚晚宁身上，他才能汲取到最后一点慰藉。

无论有多厌弃这个人，那时候也只有楚晚宁，能够长伴君侧，让灵魂早已血肉模糊的踏仙帝君感到原来自己还弥留在这物是人非的世间。

原来自己也曾活过……有过青春年少，有过一片赤诚，有过师兄、师尊、伯父伯母……来过人间。

他不是天生的鬼。

思绪幽沉,直到楚晚宁一个翻身,才把他从腥甜的回忆里惊起,往事如鸦雀散,只留心脏怦怦。

指间的长发已溜走,但那人侧身睡了过来,一张面容近在咫尺,墨燃甚至瞧得清那根根纤长的睫毛。

还是和当年一样啊……他想。

平心而论,楚晚宁并不是那种阴柔相貌,他五官英挺,有着刀劈斧削般的轮廓,其实较寻常人更有男子气概。

他盯着楚晚宁的脸,目光一寸寸移动,落到那色泽浅淡,因为熟睡而微微张开些许的嘴唇上。

这个清晨,楚晚宁睡着的样子,令墨燃无法克制地想到了那些只他二人相伴的日子,他忍不住思念起那种能够宽慰他的气息,浅淡的西府海棠香味,带着些春寒料峭般的冷。

他情不自禁地想要闻到更多,便不由自主地靠近。

墨燃喉结耸动,感到无尽的干渴,近一点,再近一点……

忽然,脑海中闪过一丝清明,墨燃猛地僵住,脸色煞白。

他在干什么?!

蓦地坐起来,墨燃死死凝视着床上的那个男人——楚晚宁、楚晚宁,再习惯楚晚宁靠近他,那也都是过去的事了!那都是从前走投无路、迫不得已之下寻求的安慰,自己现在这是做什么?疯了?

如今师昧还好好活着,他什么人也没有杀害,他只是墨微雨而已,又不是踏仙帝君!他根本不需要从楚晚宁身上得到什么可怜的慰藉,合该离这刻薄冷血的魔头越远越好!

自己怎么还怀念上了?

难道自己装孙子久了,还真的就假戏真做,原谅了他,对他生出了不该有的情意和依恋了吗?

猛然被这个念头恶心到了,墨燃面色青白、神思不属。

最后他深吸了口气,把脸埋在掌心里狠狠揉搓,暗骂一声,逃也似的披衣离去。

四

本座的成语解释没毛病

等楚晚宁终于一觉睡醒,已是晌午时分。

貘香露倒真是个好东西,昨晚一夜好眠,再无梦魇搅扰,他打了个哈欠,缓缓坐起身来。

"墨燃?"

一向比他更爱赖床的徒弟竟然不在昨晚睡的位置,楚晚宁微怔,如是唤道。

没人搭理。

他起身整顿衣冠,一边束起雾霭般的长发,一边往厢房的隔间走。描绘着云雁山峦的苏绣屏风后头蒸腾起薄薄水汽,似乎有人在后面沐浴。

"……墨燃。"

楚晚宁立在外面,又唤了一次。

还是没反应。

楚晚宁不禁起疑,叩了叩屏风木沿,多次无果后,皱着眉头转到了屏风后面。

这是房里头专门用来泡澡洗漱的地方,中间放着好大一个樟木澡桶。楚晚宁瞥了一眼,里头水是热的、满的,还撒着店家早已摆好的中药花草,但唯独不见泡澡的人。

可楚晚宁左右再瞧,墨燃那家伙的衣服倒是脱了好好地叠在木架上。

他该不会是洗了澡,没穿衣服就跑出去了吧?

楚晚宁的额角抽了抽,把这可怕的念头摁下去,抿了薄唇,脸色有些难看。

他正转身欲走,忽听得身后"咕嘟咕嘟"两声。

他回头,只见得花瓣草药覆盖的大木桶里,冒起了好几个泡泡。

——里头有人?

此念方出，楚晚宁就听到"哗"的一声，一个赤裸的青年像是蛟龙出水一样，从桶里蹿出来，惊得楚晚宁退后两步。

青年方才似乎是在水下憋气，因此没有听到外面楚晚宁在叫他，憋不住了才站起来，露出上半个身子，猛甩着头发上的水珠儿，像上岸的犬，水花全溅在了楚晚宁衣上。

"墨燃！"

"啊！"甩着脑袋的人一愣，蓦地把眼睛睁得圆溜，显是没有想到一出来就会看到他，吃惊极了，"师尊！"

"你……"

视线扫过青年矫健的身姿，逐渐长开的肩背已经显得很宽阔，线条流利紧实，极富年轻张力，水珠顺着他胸膛结实的肌肉一丛丛汇聚成流，缓缓淌下，阳光里泛着令人目眩的光泽。

他像是那些漂亮极了的鲛人，一半浮在水上，头发和眼睛都是湿漉漉的，发间甚至还沾了几片花瓣。

墨燃一抹脸上的水珠，笑着朝楚晚宁那边移去，双手交叠搭在桶边，肩胛骨豹子般舒张着，仰头粲然看他。

楚晚宁一时感到头晕脸烫，下意识地道："你在做什么？"

"洗澡啊。"

"早上？"

"嘿嘿。"其实他一开始是为了冲个凉，后来却也觉得衣服都脱了，不如再好好洗个澡。洗着洗着开心了，他就潜进了水底练屏息之法，岂料让楚晚宁撞了个正着。

"傻笑什么？"楚晚宁皱起眉头，语气渐冷，以图掩盖自己的脑热，"起早了也不知道叫醒我，自己在这里乱七八糟地瞎折腾，衣服东扔一件西丢一件，成何体——"

"师尊。你……这里有水。"

他哗啦一下抬手，向楚晚宁的侧脸揩去。

"统。"

墨燃笑了，他忘了自己的手本就是湿的，给楚晚宁擦脸，只会越擦越湿。

楚晚宁僵立原地，周遭的空气尽是凉凉的，面容绷得很紧，唇也微抿着，唯有睫毛间或一颤。

这感觉就像明明在训猎犬，却被那狡黠的狗崽子抬起脑袋拱了拱，讨好似的。

"……穿好衣服，滚出来。我们要准备回死生之巅了。"

最终楚晚宁冷着脸丢下这么句话，甩袖而去，只是墨燃没瞧见的地方，他的耳朵尖红了。

就像他没有瞧见的地方，也有一双湿润的、复杂的、却依旧犹带渴望的眼睛无法自制地看着他离开，直到在转角消失不见。

墨燃脸上笑吟吟的可爱消失了，转而是一种恼恨。

他愤懑地拍了一下水，掬起一把狠狠搓脸。

"你穿衣服怎么穿了这么久？"

窗边，楚晚宁回过脸来，他衣袂飘飘，细碎的发丝吹过玉色脸颊，略有不耐地责备道。

墨燃咳嗽几声，打着哈哈："我用法术蒸干头发，用、用得不利索，慢了些。师尊勿怪。"

难得见他讲话如此规矩，楚晚宁有些意外地又看了他一眼，才道："既梳洗好了，就去收拾东西，我们一会儿租只仙舟回去，我不想御剑，马也骑厌了。走水路，乐得清静。"

"哦，好啊。"墨燃不敢多看他，又掩饰性地咳嗽几声。

楚晚宁皱眉道："你喉咙怎么了？"

"……没什么。"

转身去整行李，两人又在店里买了些干粮小食，便到码头租船上路了。

仙舟走长江，至行不通的地方，便起了木翼，以法术为托，遨游高天，行得虽不算快，但胜在舒适僻静。

八日后，两人抵达死生之巅，仙舟在山门前停了下来。

墨燃撩开竹帘，让楚晚宁先自舱里出来，而后才跟在他后面。此时明月高悬，正是深夜，玉衡长老曾于函信中令薛正雍不必派人相迎，故而两人拾级而上，到了正门入口，才遇到四位守门弟子。

"玉衡长老！"

"墨公子！"

那四名弟子见了他们，不知何故脸上竟闪过一丝惶然，未及二人反应，这几人就扑通跪了下来，仰头急禀道："长老、公子，眼下派中正有人来找二位寻仇呢！尊主派了飞鸽传书让二位暂避，看样子这胖鸽子还是飞得慢，竟没有送到！长老、公子，你们快去无常镇躲一下风头吧，可千万别进去！"

楚晚宁眯起眼睛，问道："何事惊慌至此？"

"是上修界的人，说长老欲修邪功，要把您带去天音阁问审啊！"

"天音阁？"墨燃惊道，"那不是十大门派一同组建的牢狱，专门审十恶不赦之徒的吗？"

"是啊！他们冲、冲着彩蝶镇那件事来的！"其中一个女弟子惶然道，"长老还记得吗？就是您被杖责的那一次！"

"那顶多算是滥用仙术、累及凡人，师尊都已经受过罚了，怎的突然翻起了旧账，居然还要惊动天音阁？"墨燃皱着眉头，"还有，邪功是怎么回事？"

"具体的我们也不太清楚，但听来的人说，彩蝶镇的镇民在一夕之间竟死光了，杀人的是个半仙半鬼的东西，好像受了某人的指使。那鬼仙法力高深，寻常散修绝不可能驱使得了她，所以上修界的那些人怀疑……怀疑这事是玉衡长老所为！"

楚晚宁："……"

"扑哧。"墨燃笑了，"我还当是什么，这种误会，说清楚就好了，何必躲呢？"他转头朝楚晚宁笑吟吟道："师尊，你瞧他们这脑子，你除个小怪吧，说你和后辈争风头。你斩个大妖，又怀疑你练邪功，养着鬼仙去伤人。那咱们干脆啥都别干了，学他们专心在家打坐修仙最好。"

楚晚宁却没有笑，神色难看，沉默了一会儿，问道："彩蝶镇的人，都死了？"

"据说是这样的，无一活口。"

楚晚宁闭了闭眼睛。

那女弟子见他神色有异，不安道："长老？"

"此事虽非我所为，却或许因我除魔不彻底所致。于我有责，岂可回避！"楚晚宁缓缓睁开眼眸："墨燃，随我进去。"

丹心殿内，十二座缠枝青铜灯分列两旁，每一座均有十尺高，九层铜枝舒展开来，自上而下，由短及长，统共三百五十六盏烛火，将死生之巅的大殿照得灯火通明，如同白昼。

殿堂上，薛正雍戎装肃立，豹头环眼，像一尊铁筑的雕像，正盯着下面的人。

"李庄主，我最后与你说一遍。玉衡长老此刻并不在派中，且薛某可以项上人头担保，彩蝶镇一事，绝非他刻意为之。你莫再信口雌……那个……"

王夫人在旁边掩着衣袖，轻声提点道："黄。"

"喀，你莫再信口雌那个黄！"薛正雍一挥手，气势凛然道。

王夫人："……"

除了死生之巅的值守弟子，殿堂之内还站了三十余人，几乎都身着碧色锦袍，臂挽拂尘，头戴天蚕进贤冠，正是上修界这些年来的新起之秀"碧潭庄"的门徒。为首的男子五十来岁，两撇胡须状若鲇鱼，在风中飘摆着，不是碧潭庄庄主李无心又是谁？

李无心捻着长须，冷笑道："薛掌门，我敬贵派亦属正道，因此才与你讲理。彩蝶镇是在贵派玉衡长老携其弟子除妖后，生此惊变。除了他们三人，陈员外一家并不曾和任何修仙之人有所往来，人证物证皆在，你是认也得认，不认也得认。"

侍立在父亲身旁的薛蒙忍不住了，破口大骂道："你们什么东西！还有脸说？下修界的事情你们几时管过了？平日里一个个袖手旁观，只管自己升天，出了事就栽我师尊身上，哪来的道理！"

"薛公子，"李无心并不动怒，而是颇有深意地看了他一眼，微笑道，"曾听闻公子贤名在外，人称凤凰之雏，今日一见，呵呵，竟是如此涵养，倒真让老夫开眼了。"

"你！"

李无心悠悠地掀过眼皮，转而瞧向薛正雍："薛掌门，我上修界法度森严，一旦插手此事，必将彻查到底。你若执意不肯交出玉衡、墨燃等人，老夫便只好去请天下第一大派儒风门，前来主持公道！"

薛正雍脾气素烈，听他这么说，颇为不齿："嚯！知道你碧潭山庄与儒风门交好，但就算今日南宫柳他本人站在我面前，我还是那句话——不交人，此事与玉衡无关。"

薛蒙亦道："李庄主请回。走好不送。"

"瞧见了吧？都瞧见了吧！他们就是如此蛮不讲理、藏污纳垢！"人群中忽然爆出一个男子颤抖的声音，"当初那个姓墨的，偷了我朋友东西，我们客客气气上山来寻个说法，他们也是这样粗暴地轰了我们走！李庄主，您都瞧见了吧？若是由着死生之巅继续为非作歹，下修界可就完了！"

他话音刚落，就听到门厅处传来轻轻的笑声。

众人回头，只见光影暗处，一位蓝衣轻铠的青年靠着朱漆雕门，正神情慵懒地瞧着殿内场景。

青年长得极俊，皮肤在这样的烛火下依然紧绷细腻，像是会发光。

"常公子呀，我什么时候偷了你朋友的东西？"那青年笑得温柔可爱，"你倒跟我说说，那位容三儿……不，或许是容九，我记不清了。总之那位妙人儿，究竟是你的什么人？你做人好不坦诚，他恐怕是要伤心的。"

在那边哭诉的不是别人，正是早前说要跟死生之巅没完的益州富商常氏。

常公子猛地回头，循声瞧见墨燃竟出现了，先是神色一变，随即目中精光一闪，再而惨然号道："墨微雨，你这畜生，九儿与我乃是杵臼之交，与我清清白白，如今九儿受你们这群妖人毒害，惨遭横死，你——竟还血口喷人，诬陷他！"

"什么？"墨燃一凛，眼睛微微睁大，"容九死了？"

常公子愤然，双目含泪："九儿的爹娘亦是彩蝶镇的人，前些日回乡探亲，遭此变故。若不是九儿去了，我又怎会知晓你与你师尊行的这些恶事？我也不会前去求李庄主讨个公道！"

但墨燃对容九毫无好感，惊讶过后随即不耐地摆了摆手："杵臼之交是什么？你是杵，这个九儿是臼？以杵捣臼，你们哪里清白了？"

"墨、墨燃！"常公子没料到他竟这样说话，惊怒道，"你、你这大字不识的流氓！你、你——"

"咯……"王夫人脸上也挂不住了。

倒是薛正雍眨巴着眼睛没吭声，杵臼杵臼，一听就不是什么好词儿，他觉得侄子说得很有道理，没毛病呀。

夜幕里忽然传来一声叹息，那声音如昆山玉碎、冰湖始解，说不出地低沉动听，而后一只骨骼匀长，线条极美的手……毫不客气地扇在了墨燃脸上。

"污言秽语，杵臼之交说的是公沙穆、吴祐不论贫贵的交情。"楚晚宁黑着脸出现在门口，没好气儿道，"就会给我丢人现眼，杵在门口作甚？还不滚进去！"

"师尊！"

"师尊！"

薛蒙和师昧冷不防见到他，俱是又惊又喜，前来相迎。

薛正雍则睁大眼睛，又是着恼又是无奈："玉衡，你怎的突然就回来了？"

"我若不归，你打算一人撑到几时？"楚晚宁款步迈入巫山殿，一张容姿俊逸的面容在点点烛火中更显得如仙人般清雅无俦。他在大殿金座前站定，同薛正雍点了点头，而后翩然转身，宽袖轻拂。

"死生之巅楚晚宁，忝居玉衡长老之席，闻诸位有事相询，却之不恭。"对上李无心大惊大愕的目光，楚晚宁凤目如烟，一瞥而过，淡淡道。

"请教高见。"

本座的师尊是大神

大殿上，此人华衣若雪，负手而立，绡纱如云，广袖及地，神情看似端庄慎重，然而眼仁微抬，睫帘微垂，客气中透着三分鄙薄、三分傲慢。

李无心没想到玉衡长老竟然是他，刹那间悚然色变："楚、楚……"

楚晚宁安然道："李庄主，别来无恙。"

"怎的是你！"方才还巧舌如簧的李无心半天说不出完整的话来，面如枯蜡，"你从儒风门离开后就音信全无，我们还道你是去四海云游，谁知你竟、你竟然明珠暗投！"

楚晚宁哧的一声笑了，眼神挺冷的："承蒙你看得起，觉得我是明珠。"

"……"

"好了，闲话也不必多聊，先说正事。听闻你觉得我为练邪术，杀害彩蝶镇五百户居民。此事实非我所为，但李庄主既然迢迢而来，必然已生误会。我尚有要事在身，天音阁就不陪庄主去了，庄主有什么要问的，就在这里问吧。"

说罢他也懒得站着，一挥衣袖，自行落座于长老席上。巫山殿给每位长老都设有专席，楚晚宁的席位在薛正雍左侧，铺着细篾湘竹席，垂着半卷竹帘，比起旁边禄存长老花里胡哨插满新鲜花朵的席位，实在太过寡淡。

这些年楚晚宁虽未刻意隐姓埋名，不过也确实行迹低调，因此碧潭庄的小辈们虽有耳闻，却并不知道他到底有多厉害。但李无心不一样，他混迹江湖多年，对晚夜玉衡的赫赫威名又岂会不知？

他的拳头在衣袖里捏紧，余光不由得扫向常公子。

要不是自己收了常家万贯钱两，又何苦来揽这个苦差事。原以为死生之巅的玉衡长老不过就是个籍籍无名的修士，谁知道竟会是久不露面的楚晚宁！

如果知道是他，给再多好处李无心都不会来蹚这潭浑水，眼下进退两难，骑虎难下，又该如何是好……

李无心面上不变，心中却叫苦不迭。

偏偏手下一个亲传弟子不明事理，还以为是这玉衡长老蛮横不讲理，因此师父一时不知该如何应对，竟自作聪明地出头道："楚长老，你日前可曾去过彩蝶镇伏魔降妖？"

楚晚宁掀起眼帘，看了他一眼："不错。"

"那么，那个鬼新娘，也是你镇的邪？"

"你说的是罗纤纤？"

"我……"那少年失语，他只知彩蝶镇暴走的邪魅是一个鬼新娘，却并不知道更多，因此楚晚宁稍作反问，他竟答不上来，只面红耳赤道，"总之是个女鬼就是了！你问这么多做什么？很年轻，十五六岁的样子，冤死的新嫁娘一个镇子里能有多少？"

楚晚宁冷笑："彩蝶镇以冥婚为俗，鬼新娘没有一百个也有五十个，我倒还真不知你说的是哪位。"

"你——"

"什么你啊我啊的？没规矩。逆徒还不退下！"

呵斥完强自出头的弟子，李无心换了一副和颜悦色的面孔，对楚晚宁道："楚宗师，我这徒弟第一次出山，不通晓规矩，你别见怪。他说的鬼新娘确实就是那罗纤纤。"

楚晚宁微微皱起眉头："罗纤纤的冤魂暴走了？"

"是啊。"李无心嗟叹道，"那女鬼失了神志，杀尽陈家满门不说，后又在镇内大肆屠戮。我率弟子前去镇压的时候，彩蝶镇几乎已经没有活人了。"

楚晚宁喃喃道："怎会如此……"

"我听闻曾经涉及此事的，乃是死生之巅的玉衡长老，事出蹊跷，因此才寻上门来。另外，在彩蝶镇，我还得到两样东西。楚宗师，还望你仔细看看，是否与你有关。"

他说着，从袖中取出一块染血的黄绸绢帛，欲递给楚晚宁。

岂料薛蒙一步拦在面前，没好气道："给我！"

"这……"

"我师尊有洁癖，外人碰过的东西他不爱碰！"

薛蒙说得倒也实在夸张，其实楚晚宁不过是不愿碰厌恶之人沾染过的东西，倒也真没什么洁癖。不过楚晚宁本就看李无心不顺眼，因此也由得薛蒙胡闹，并不多言，只垂眸喝了一口师昧奉上的热茶。

李无心憋着口恶气，但也没办法，只得冷笑着把黄绸绢帛交给薛蒙。

烛火下，众目睽睽。

楚晚宁抖开黄绸绢帛，只扫了一眼，脸色就变了。

"送度咒……"

"正是如此。楚宗师，据我所查，罗纤纤的冤魂曾由你暂时封印，在你走前，你把一份送度咒交给了陈家的独女，让他们一家每日抄诵，往复十年，是也不是？"

"不错。"

"那这份送度咒，正是楚宗师的字迹，对也不对？"

"……确实如此。"

"可是楚宗师，您这一份送度咒，每章结尾多了个咒印符文，那是什么意思，您不会不懂吧！"李无心的声音陡然高亢起来。

"万涛回浪纹，是反咒啊！陈家的人每抄完一次送度咒，都会画个反咒符号，硬生生将度人之咒，变成害人之咒，催得封印破除，罗纤纤厉鬼狂暴！陈家满门无人懂道，除了亲手将这绢帛交给他们的玉衡长老，老夫实在想不到第二个人能教他们画出这样厉害的符咒！"

"老匹夫休要含血喷人！"薛蒙勃然大怒，"我师尊若要杀他们，何须绕这么大个弯子！什么正咒反咒的，笔迹不能模仿吗？你怀疑是我师尊画的，我还怀疑是你这龟儿子半路偷着画在上面，用来诬陷人的呢！"

李无心皮笑肉不笑道："薛蒙公子，长辈说话，你这小辈插什么嘴？"

薛正雍开口了："李庄主，你单凭一块绢帛就说此事系玉衡所为，未免偏颇。小儿说得没错，字迹是可以模仿的，万一有谁想栽赃玉衡，照着他的符文画几遍，也就很像了。"

"那就要问问，楚宗师何处有如此宿敌，花了这么大心思，要来害他？"

一旁沉默许久的墨燃，此时忽然笑了两声。

李无心看向他，想到他刚刚那番以杵捣臼的粗鄙言论，不由得皱了皱眉头："你又笑什么？"

"我笑你们讨论半天，却忘了一件事呀。"

薛正雍奇道："什么事？燃儿你想到了什么？"

"我虽然读书不多，但恰巧对万涛回浪有一些了解，刚好会画。"墨燃笑道，"喏，你们看，这个是不是？"

说着，他指尖凝上一抹泛着红光的灵力，闲闲地靠着柱子，凌空细细抹开，不一会儿，一个精妙绝伦的万涛回浪咒赫然映在半空中，烟花一般好看。

薛蒙惊道："狗东西，厉害啊，什么时候学的？"

墨燃笑道："师尊的书谱上就有，觉得好玩，记下来了。"说着随意点了点那鲜红的符咒，让它缓缓升上高空，凌驾于众人头顶，红色的回纹迷离闪烁，流溢着点点碎光。

"怎么样？不如你们去比较一下，看看我画的这个符咒，和绢帛上的是不是笔势、结构都一模一样。"

死生之巅的弟子最不怕热闹，见楚晚宁面无表情地将绢帛扔在桌前，显是默认了墨燃的做法，便立刻呼啦凑过去，围成圈仔细比照。

碧潭庄的那些人一开始还绷着，后来也忍不住好奇，或是抱着挑刺儿的心态，也围过去看。

那么多人瞧了半天，最后得出个结论。

墨燃画的，和绢帛上的分毫不差，几乎出自一人之手。

方才那个李无心的蠢徒又开口了，他指着墨燃，大惊失色道："好啊！好啊！不打自招啦！看来人是你杀的吧！"

墨燃："……"

楚晚宁忽然淡淡道："这位小兄弟，怎么称呼？"

"嗯？你问我？"那蠢徒一愣，旋即昂首挺胸，不无自傲道，"无心座下亲传第十三弟子，甄淙明。"

墨燃："扑哧。"

楚晚宁倒是对"真聪明"反应寡淡，毕竟他自己也有个名字叫"吓死你"，只冷漠道："长辈说话的时候，小辈要学会闭嘴。"

这一句显是在嘲讽先前李无心对墨燃的批评，李无心听了，脸涨成猪肝色，十分懊恼但也无计可施，只得顾左右而言他，"哼"了一声道："楚宗师的弟子当真是英雄出少年，好能耐，这符咒竟绘得和宗师分毫无差。"

"李庄主，岂止是我？你要是会画这个符咒，肯定也和我师尊画的一个样子。"

李无心瞪着墨燃："你这是什么意思？！"

墨燃笑道："万涛回浪，笔法繁复，力道深浅，墨色浓淡，都不能有半点相差。因此无论是谁画的，都会和始创者毫无区别，这和笔迹其实一点关系都没有。要是画得稍微有一点点不同，这个反咒都是不会生效的。"

"一派胡言！"被一个后生这样当众提点，李无心不禁恼羞成怒，胡须吹得四下飞，"世上哪个符咒要求会如此刁钻！老夫虽未曾习过此术，但也知道这是无稽之谈，你这小子莫要造谣！"

"他没有造谣。"

李无心此时已有些沉不住气了，怒道："楚晚宁，口说无凭！你怎么能知道？你怎么会知道？一道符咒的特性弱点，往往只有始创者才最为清楚，你难道敢说自己是万涛回浪的始创者吗？！"

楚晚宁掀起眼皮，无甚表情地望向他，又喝了一口茶，这才缓缓道："怎么不敢？我现在就说给你听。"

李无心满脸疑惑。

"万涛回浪咒，是我创的。"

李无心："……"

本座再赴彩蝶镇

此言一出，满座皆惊。

尤其是碧潭庄那些弟子，俱是如遭雷砸，神情大变！

须知在修真界，三流术士死记法咒，二流术士参悟法咒，一流术士改造法咒。

但还有一种人，和这一、二、三流都不沾边儿。他们往往遥不可及，不需死记，早已参悟，不满足于改造，而是掌握了最后一步——创生。

他们或擅长炼制独门仙丹，或擅长制造绝世兵甲，或能画出前无古人的灵咒图谱，凡此种种，是谓宗师。

这些宗师，对于仙门小修而言，往往是活在卷轴的那一笔落款里，或是活在珍宝灵器的一个纹章上。碧潭庄那些年轻弟子哪里想得到他们不知天高地厚想要抓去天音阁问罪的人，竟是这样天神般凌厉的人物。

李无心额头已布满冷汗，但身为一庄之主，硬撑也要撑下去。他勉强挤出个笑容，稻壳皮般蜡黄的脸上泛起一层油光。

"没想到竟这么巧，这万涛回浪咒竟是宗师所创，那老夫真是……呵呵，真是误会楚宗师了。不过，在彩蝶镇与罗纤纤的冤魂交手时，老夫拿到了另一件东西，这个东西，就不知与楚宗师有没有关系了。"

楚晚宁皱眉道："什么东西？"

李无心挥了挥手，"真聪明"立刻就捧了个锦盒过来。

"是一件武器。"

楚晚宁没说话，望着那个锦盒，过了一会儿，忽然道："是一段柳藤吗？"

这回莫说其他人，就连墨燃都睁大了眼睛，难以置信。

李无心颤声道："你、你怎么清楚——难道真是你，不对……这到底是怎回事！？"

一道金光于楚晚宁掌中亮起，寸寸蔓延，盘绕在地面，随着光芒柔和下来，一段枝叶舒展的柳条现于众人面前。

楚晚宁倒是波澜不惊，他此时已确信彩蝶镇一事和"金成池""桃花源"一样，出自一人之手，因此道："李庄主，盒子里的，是这武器没错吧？"

"正、正是。"李无心几乎哑然。

锦盒打开了，里面果然是一束一模一样的柳藤。

楚晚宁眯起眼睛。

在桃花源的时候，那把杀死了羽民、栽赃墨燃的"见鬼"就让他心生怀疑，如今看来果然没错。

"李庄主，这柳藤，可容我一观吗？"

李无心想了想，暗自琢磨着今日情况不妙，还是不要再得罪楚晚宁为好，于是道："楚宗师客气，我本就是来问个状况的，你愿意细看，老夫高兴还来不及，又哪有拦着的道理？"

旁边常公子一听，不乐意了，他不惜重金请了碧潭庄来给自己撑腰，找场子，眼见情况不妙，这老东西这是要倒戈的节奏啊，于是连连给李无心使眼色，怒瞪李无心。

李无心哪里还愿意搭理，倒是墨燃在旁边看得清楚，打趣道："常公子，你是眼睛不舒服吗？老挤什么啊？"

那边，楚晚宁接过锦盒里的柳藤，细细打量。

果不其然，那柳藤与"天问""见鬼"虽形貌相同，但气息极弱，与认了主人的神武不同，显然是个"死物"。

"摘心柳……"

薛蒙耳朵尖，听到这三个字，一愣："什么？"

"这段柳藤，还有在桃花源杀死羽民的那一段，都是从摘心柳上折落的。"楚晚宁道。

"啊！"师昧惊呼一声，"竟是这样？"

"当初在金成池，老龙死之前说过，假勾陈的某个法术需要以强大的木灵作为维系。想必是金成池覆灭前，他留下了数段神柳。神木倒伏后虽然灵力减弱，但也可以强撑一段时日。"

楚晚宁细长的手指抚过那些金光灿灿的叶片。

"而像这种灵力损耗殆尽的，他也不曾浪费，能陷害的就拿来陷害，能交给手下傀儡做武器的，就拿去做武器。"

他说着，手里忽然生出一簇火，将那与"天问"像极了的柳藤探去点了，火苗立刻烧了起来，映在众人或是惊惧、或是茫然的眼中。

"此物并非我的武器。"楚晚宁烧了一点枝梢，就把火掐灭了，将柳藤一扔，淡淡道，"天问灵力充沛，莫说寻常火咒，即便是三昧真火，也烧它不得。"

李无心张了张嘴，又闭上了，过了一会儿不甘心，复又张开。

"桃花源的事，老夫也略有耳闻，听说死生之巅的墨公子误杀了羽民仙君……"

"哎，我可没杀过。"墨燃连连摆手。

薛正雍脸上不悦，态度更是坚决："此事我已与众仙门解释，非我侄儿所为。李庄主，你若再提，休怪我不客气。"

墨燃见他这样，也不知触及了什么心头事，忽地一愣，一贯笑盈盈的眼眸中似有什么幽深的东西流过去了。他喃喃道："伯父……"

楚晚宁道："桃花源一事，原有阴谋误会。但当时情形，我也无从替我徒儿辩白。但今日诸位找上门来，要问个究竟。我倒也愿意将事情始末告与碧潭庄诸君。"

灯影幢幢，楚晚宁将金成池、桃花源的事情删繁就简地说了一遍。等他讲完，碧潭庄的弟子们已是目瞪口呆，李无心更是汗湿重衫，支吾半晌，才涩然道："楚宗师的意思是，如今世上有一人，已近乎掌握了三大禁术之一的'珍珑棋局'？"

"不错。"

"这怎么可能！那可是禁术！连、连天下第一大派的儒风门，他们的掌门都不可能得到禁术卷轴——"

楚晚宁道："我此言字句非虚，但信与不信，由诸君自行分明。"

"不可能。"李无心脸色苍白，颤抖着嘴唇大笑起来，好像只要把这当成一个笑话，就能够说服自己一样，"要是有人真的能精通珍珑棋局，天下岂不是要乱套？上下修界的一切，岂不都要改写？"

作为曾经的踏仙帝君，墨燃有些不乐意了："那家伙只是'会'，又不是'精通'。要是他真的精通了，如今这世道还能这么太平？"

李无心长须一抖，待要说什么，忽然门口一道剑光闪过，一个浑身是血的碧潭庄弟子从御剑上滚落，哇地吐了一大口猩红的血，然后才抬起布满泪痕的脸，朝李无心喊道："庄主，不好了、不好了。您设在彩蝶镇上方的结界破了！凶灵涌出，师兄们以、以血肉筑界，暂得以保镇内厉鬼不往外逃，但……我碧潭庄三十名守界师兄已全部身死，我苟活下来，前来报信……"

他喘了几口气，忽地失声号啕。

"庄主！快引信通报上修界所有门派！那镇子里的所有死人都受了操控，是禁术，是禁术啊！"

"什么？！"

李无心踉跄着后退，撞到了墙柱上，整个人就像刚从棺材里倒出来的尸体一样苍白枯槁。

"光靠我们撑不住的……"那弟子脸上被泪水冲出道道血污，涕泗横流，"庄主！"

他忽然看到薛正雍，又朝薛正雍连连磕头。

"薛掌门，求你们也一同去吧！我师兄们……我……对不住……"他语无伦次地说了一会儿，忽然闭上眼睛，仰天恸然。

"他们都……都死了！！"

大殿内一时死寂，旋即哗然。

薛正雍临危不乱，立刻着王夫人去送信通知上修界的其余八大门派，另点薛蒙去集结各个长老。

"楚晚宁？"

"此事刻不容缓，我先过去。"

"可你不会御剑术……"

未等楚晚宁回答，墨燃抢了过来，他也着实很想会会那个"掌握"了珍珑棋局的家伙。

"伯父不必担心，我控剑与师尊同往。"

楚晚宁看了他一眼，没说话，算是默许。

两人一同步出殿外，师昧脸色苍白地在原地杵了一会儿，忽然回神道："我、我也……"

但跑出巫山殿，楚晚宁他们已经御剑行远了。恰巧薛正雍这时又叫他回来，不要一个人乱跑，师昧只得又反身去寻薛蒙，等着和薛蒙他们第二批走。

再观那碧潭庄，李无心养尊处优久了，何曾突遇如此大事，但老头子颇要面子，缓了一口气，也立刻吩咐人照顾那名送信弟子，又传音本派其余长老，也点兵点将，准备再赴彩蝶镇大干一场，挽回威严。

一行人浩浩荡荡走出死生之巅，如百余道飒沓流星，自死生之巅飞赴彩蝶镇。李无心立于剑首，行于云端，忍不住用余光悄悄去打量这个下修界第一大派的弟子们。

他怎么也料不到，自己有一天挥师而战，竟会是与这帮他最瞧不上的"乌合之众"为伍，一时间心情有点复杂。

但剑行千里，只在转瞬，当前方重云破开，一道血红色邪光冲天飞起时，李无心便再也无心去计较什么上修界下修界的事了——

天空中，一方足有整个彩蝶镇那么大的红色光阵在不断地闪耀，巨阵被光束划分成整齐的棋盘格子。在棋盘上，一个个死去的镇民的虚影犹如木雕泥塑，凌空而立，五百户人家，上千居民，望过去就和一片茂盛的人肉丛林一般。

李无心失声道："这、这真的是……珍珑棋局！"

薛正雍脸色也极为难看，对李无心道："李庄主，我带人去东南方，劳烦你去西北方，其他八大门派的人还没来，彩蝶镇得先靠咱们撑一阵子。"

李无心也实在无心和他计较这个"咱们"了，点头道："好、好。"

薛正雍朝他抱拳，御剑率众从天而降，纷纷落于彩蝶镇的东南方，碧潭庄守镇弟子用血肉结出的防护结界此时已危在旦夕，气场极弱，透过半透明的结界障壁，可以看到里面暴动的鬼怪。

"楚晚宁！"

看到一个白衣飘飞的男子和一个蓝银轻铠的青年正立在前方，薛正雍大声喊道："怎么了？这个结界不能补吗？"

楚晚宁已来多时了，天下第一结界宗师在此，但这个阵法依旧是破损之态，让薛正雍万分不解。

岂料楚晚宁并不理他，薛正雍正欲再唤，墨燃却忽地回过头来，朝他比了个手势。

"嘘，伯父不要出声。过来。"

薛正雍过去了："怎么说？"

"不要扰他。"

墨燃指了指楚晚宁。

他虽站着，却闭目合十，嘴唇苍白，毫无血色。

薛正雍一惊，拿手指一探他的颈侧，悚然道："离魂术？"

"对，里头都是鬼怪，几千个，但瞧不见罗纤纤，应该是在最里面。事情尚未查清，他不知道那个背后的人这次又想做什么，因此想亲自去找罗纤纤盘问。"

"都成鬼怪了，还问什么啊！"薛正雍气得直拍大腿，"加固结界要紧啊！"

"千万不能！"墨燃厉声道，"师尊以离魂术暂时让魂魄分离出来，进到其中，就是因为里面全是鬼怪，这样才不会打草惊蛇。若是此时加固，会害死师尊的！"

"什么？！"薛正雍忙道，"侄儿你在这儿守着，我去与李无心说！"

墨燃点了点头，又道："若是师尊回魂了，我便即刻以蓝色法咒在空中点燃，届时东、南、西、北四方一同封补。但若我没有点燃，伯父就万万不可让他们修补结界，否则万鬼吞噬，师尊在其中只有魂魄，绝无可能自保。"

"知道了知道了！"薛正雍话音还未落，人已掠出丈外。

墨燃抬起眼眸，看向那行将坍塌的结界。

"时间差不多了，师尊，你也应该找到罗纤纤了吧。"

他转过脸，竟因担忧而自然而然地握住了楚晚宁冰凉的手，自己却浑不觉察。他凝视着楚晚宁，轻声道："就快了……"

这时，师昧与薛蒙等人降于周围，立于人群之中，谁料刚一抬头，就望见了结界前双手交扣的两人。师昧先是一愣，旋即面色逐渐苍白，继而咬紧嘴唇，缓缓将头扭了过去。

第八章　别兮长阶尽

本座的师尊谁敢动

　　楚晚宁的生魂，此时正在结界内穿行，所过之处尽是鬼影幢幢，魍魉游荡。但蹊跷的是那些模糊的身躯，每一个人的胸腔都是空的。

　　楚晚宁心知有异，但悬罩在彩蝶镇四周的防御之界越来越薄弱，他不能多作停留，只迅速往陈家宅邸掠去，到了陈宅外，但见东、南、西、北四个方位，各架着一个半人高的鼎。四个鼎，每一个都在往外飘散着越来越浓的烟雾。但那烟雾并非纯白，而分别为红、蓝、褐、金四种颜色。

　　鼎下生火，浆液沸腾，他近前一看，吃了一惊——人心！

　　那四个鼎炉，每一个都塞得满满当当，正是镇上亡人遗失的心脏！

　　"聚沙成塔……"

　　楚晚宁喃喃。

　　他忽然明白为何自己与墨燃追查多日，却并不见那神秘人继续追寻精华灵体——那丧心病狂的家伙，竟使得出这一招！

　　所谓聚沙成塔，就如眼前景象，上百成千个心脏在一起，虽不如精华灵体那般厉害，但因枉死之人怨戾冲天，短时间内也能激出非同小可的力量。

　　可为什么偏偏是彩蝶镇？

　　为何偏偏是罗纤纤……

　　楚晚宁迈进桌倒椅伏的陈家门院，厅堂里，陈员外和陈老夫人已双双自缢，他们的心也不见了。

　　他在大厅中逡巡一圈，不见罗纤纤的身影，再往里，进了祠院，看到陈家的祖宗牌位前挨个儿供着几只碗，碗里内容可怖，腥臭冲天。

　　楚晚宁仔细一瞧，心下骇然，紧接着又是一阵恶心，正欲离去，忽然间听到头顶传来一阵清脆的笑声，蓦地抬眸，白纸灯笼飘飞，熄灭的烛火依次亮起。

- 244

罗纤纤坐在梁上，赤着一双莹白如玉的小脚，穿着大红喜服，正一边晃荡，一边歪头瞧向楚晚宁。

"哎呀，发现我啦。"

她娇笑起来，虽然是记忆中的长相，但眉飞色舞间，与当时楚晚宁见到的那个羞涩腼腆的亡魂浑然不同。她嚣张，火焰一般炽热，眼睛还是圆滚滚的，却闪着妖异的血光。

罗纤纤，魔化了。

天问审鬼，唯有一次机会。楚晚宁之前来彩蝶镇伏魔时，已经用天问审过她，此法不能再行第二次。唯一办法，就是将她魂内魔性压制住，唤回她的本心，再作盘问。

楚晚宁道："罗纤纤，你何至于此？"袖中却已暗结阵法，蓄势待发。

"哼。"娇小玲珑的姑娘脆生道，"我高兴，要你管！"

楚晚宁摇了摇头，眉头蹙得更深，眉心间皱起一道痕，像是刻上去的。

"那碗里的，是陈伯寰的胞弟？"

"哦，你说他啊。"罗纤纤满不在乎道，"左边那一列的才是，右边那一列，是老娘用姓姚的那个小贱人剁的。"

"……"

"谁要她好死不死，不看上别人，偏偏仗着自己是县令千金，要和老娘抢丈夫？就该被剁成烂泥！"

罗纤纤此时已全然失志，脾性与生前迥然相异，更认不出眼前这位是曾替自己鸣冤昭雪的"阎罗哥哥"。

楚晚宁听闻陈姚氏也遭分尸，心下更冷，沉声问："那……陈家小妹……"

"她待我好，我不薄她。"

罗纤纤说着，笑了起来，嘴唇娇嫩艳丽，像染过血。

她抚着自己的肚子，粲然道："所以她在这里。"

"我把她吃进去啦。这样小妹与我在一起，就不会受人欺负了。"

"……你当真是疯了。"

话音未落，手中焰电光起，金色的锋芒刹那间照得满室长明，楚晚宁飞身而起，在罗纤纤的惊叫声中将一道咒法拍于她额前。

罗纤纤暴喝！

兵贵神速，楚晚宁身手凌厉，只在片刻间就画下十道金光熠熠的锁链，将罗纤纤捆缚。

他纤长冷白的手指尖，点着她的眉心，眼中精光闪动，犹如炽电，面目阴郁肃冷，沉似雷云，水色薄唇轻启，默念法咒。

罗纤纤双目暴突，口角流涎，一张原本很是秀美的脸在诵念中变得狰狞扭曲："住口，放开我！我血债血偿，又有何错！"

楚晚宁不加理睬，一双清冷眸子垂落，指尖光芒更甚。

"啊！"罗纤纤歇斯底里地哀号起来，"放开我！放开我！！我的头好疼！我受不了了！！！"

她凄声惨叫着，忽然喊声停住，眼底血光弥漫，嘴角幽幽弯起，两声诡谲的轻笑抖落。

"你是希望我这么喊的吧，这位仙君？"

楚晚宁凤目倏忽睁大，几乎在收手须臾，长身掠出丈外，白影迅疾，堪堪避开罗纤纤击来的一道碎魂掌，飘然立于游廊之下，白帛翻飞之间，罗纤纤缓缓直起身子，佯装的苦痛尽数消失，她竟丝毫未受楚晚宁方才净化咒的影响，灵力反而较先前更甚！

"就凭区区净化之咒，也想伤我？"

罗纤纤冷笑。

"老娘吞噬了这镇上千条活人之气，炼化凡人之身只在最后一夕。到时候我便可以将陈郎自地府救回来，我们双宿双飞，远离红尘。我怎可能功亏一篑，毁在你这道士手里？！"

她本性泯灭，心中唯一执念，便是和陈伯寰永世不分离。

楚晚宁心下一动，沉声问道："是谁与你说，这样就可以炼化凡人之身的？"

"与你何干！"

楚晚宁冷然道："此人一派胡言，你原身已灰飞烟灭，再要重修凡胎，必须再入轮回，哪有什么吸取上千条活人之气就能复生的道理？他骗你屠尽镇上所有人，只为凑齐心脏，好聚成灵力，去做自己要做的事情。"

罗纤纤蓦地瞪大眼睛："不可能！他不会骗我！"

"'他'是谁？"

"他……他是……"几许沉凝，罗纤纤尖声长嘶，抱着头大喊，"我不知道！我不知道！我要肉身！我要活！我不要死！他没有骗我……他没有骗我……是你骗我……对，是你！！！"

红帛凛冽，女鬼啸叫着伸出利爪，朝楚晚宁扑面袭来！

与此同时，天空中忽然传来一道不祥的雷鸣，楚晚宁避过罗纤纤的攻击，抬眼一瞥，但见御守结界已被彩蝶镇的冲天煞气撕开了一道细长裂口，外面修士们的灵气涌进来，引得四野八方的鬼怪们吼声震天。

结界要破了。

来不及了！

若再不能将罗纤纤的神识唤回，楚晚宁便只能选择诛杀其于此。

那么所有线索就都断了……

御守结界外，李无心望着半空中那一道骇人的裂口，朝薛正雍厉声喝道："还不补吗？补啊！此界若破，上千死尸蜂拥而出，你我拦得住吗？"

"再等等！"薛正雍的脸色也不好看，额头上渗出豆大的汗珠，"千万别补，玉衡还在里面。再等等。"

李无心暗骂一声，见那结界已如破了道口子的鸡卵，心脏怦怦直跳，便怒道："若是待会儿结界损毁，必然是一场恶斗，血流漂杵，我看你如何与整个修真界交代！"言毕他扭头朝弟子大声责问："引信发了吗？其余八派何时到？"

那负责传信的弟子急得满头大汗："八大门派均说此事重大，需先禀奏各自掌门。掌门长老商议公决后，才可前来平乱。"

李无心顿时脸黑如锅底："儒风门呢？南宫仙长一向魄力惊人，怎的也会如此婆婆妈妈？"

"这……"那弟子正不知如何应答，忽见得传音灵符闪动，读过之后大喜过望，连声道，"儒风门来了！儒风门方才传信，说即刻便派弟子前来镇邪！"

果不其然，未及一盏茶的工夫，天际忽然一层青云滚滚而来，离近了，哪里是什么云团，而是黑压压的上千人，个个着青蓝鹤氅，整齐划一，如破空雁阵，御剑前来。

为首两人，正是南宫驷与叶忘昔。

南宫驷骑着他的妖狼瑚白金，臂挽玉弓，背挎箭囊，威风凛凛，少年人的嚣张轻狂尽数写在脸上。

叶忘昔则依旧着一袭黑衣，裹着一件绣着儒风门仙鹤图腾的披肩，眉目七分英俊，三分秀丽。

"这什么情况？！"

南宫驷一看到那破破烂烂的御守结界就快炸开了，像蹿着火花的视线在人群中逡巡一圈，直接略过下修界死生之巅那群人，落到了唯一还配和他对话的碧潭庄庄主身上。

"李无心！这结界都裂成这样了，你们傻站着，不知道补吗？！"

李无心虽然年纪远比南宫驷大，但人家是天下第一大派掌门的独子，竟被训得老脸涨红，却硬憋着，憋出个笑脸来。

"南宫少主，你有所不知，不补结界，乃是薛掌门的意思……"

一句话，他把烫手山芋丢给了薛正雍。

"死生之巅？"

南宫驷看了薛正雍一眼，哼了一声，也不知是冷笑还是别的意思。

而后他挥了挥手，对自己的亲随道："去把这破锅补了，啰里啰唆的，还以为多大点事儿。"

叶忘昔想要拦他："少主——"

南宫驷却根本不拿正眼瞧他，更奇怪的是，宋秋桐也来了。但她今日没有站在叶忘昔身边，而是侍立于南宫驷身旁，依旧是白纱遮面，低眸敛气，极乖顺的模样。

儒风门的弟子行事毫不拖泥带水，且只听自己门派首领的吩咐，尤其是南宫驷那匹野马养出来的亲随，一行人根本不听劝阻解释，齐刷刷地上前就开始布阵结印。

"住手！"

薛正雍方才打断四五个人的招式，一回头，却见另一个弟子已经结了个修补之印，一道蓝光朝着结界裂缝处打去。

薛正雍陡然失色，喊道："玉衡！！"

砰的一声，火光四溅。

千钧一发之际，忽然有一道血红雷霆劈落，硬生生将那修补之印截杀在裂缝前！

众人抬头，只见一个青年持着柳藤御剑立于空中，正守着结界的位置。那青年眉眼原本生得很是灿烂和气，像生来带着暖意，然而此时目光凌厉，眼神如炬，手中擎着的柳藤更是血光流溢，每一片叶子都溅着火星。

墨燃眉峰压得极低，于空中森然道："我说了，谁都不准动这个结界。你们这些新来的是聋子吗？听不懂人话？！"

他虽厌憎楚晚宁，但那怎么说都是他们两个人的私怨。

无论前世还是今生，除了他自己，谁要动楚晚宁一根头发，墨燃都会先要了那个人的狗命。

他说过，他讨厌的人，只能他来杀，他来毁，他来欺负。

他盛怒之下，不免透出几分上辈子的暴戾，气场又哪是平时那个嘻嘻哈哈、招猫逗狗的纨绔？

莫说儒风门的人，便是连薛正雍、薛蒙，甚至是师昧，看着这样的墨燃，一时都愣住了。

本座再见天裂

南宫驷面色不悦，目光沉炽，像翻滚着铁水。

他的视线逡巡而过，在墨燃烈红色的神武上停驻片刻，旋即移开。

"这是谁？"

叶忘昔道："他是死生之巅的公子，姓墨。"

"墨？"南宫驷皱了皱眉头，"几年前刚捡回来的那个？"

"嗯。"

南宫驷瞥了叶忘昔一眼："你认识他？"

"桃花源曾同住一院。"

南宫驷冷笑一声，也不知是什么意思。只是叶忘昔见他这般反应，清俊脸庞苍白了几分，睫毛垂落，而后抿唇不语。

"既然他要再等，那买他个面子好了。"南宫驷说道，"小小年纪就是神武之主，我倒想看看他有什么能耐。"

墨燃却没空理会儒风门，回过身去，衣袂在风中猎猎翻抖。结界已经破了，剩下的时间不会太多——

楚晚宁，你还没好吗？

唰！罗纤纤的指爪钩破了纱帘，白帛飘飞，素色缎子被震成千片落雪。

楚晚宁只觉一阵极为熟稔的气息袭近，蓦然反应过来，睁大了双眼："天问？！"

不。

不是天问。

他与她交手，她身上有种似极了天问的灵力。

陈家大宅内帐如薄霭，楚晚宁与罗纤纤交手十余招，心中谜团逐渐云开雾散，陡然间想通一节，醍醐灌顶。

"摘心柳……"

罗纤纤早已死了，火化成灰，当时就只能依靠着陈老夫人的肉体作祟，没理由现在反而能化出原貌。

那个神秘人，是拿了一段摘心柳的枯藤，给她暂塑了个居舍，用以还魂。

外头蒸腾的烟雾——金、水、火、土，都在等着罗纤纤这个"木"，摘心柳之身。

那人究竟要做什么？

难道他费尽心机，只为让罗纤纤能重得肉体，杀去鬼界与陈伯寰双宿双飞吗？谁能为了她做到这个地步？

她的亲人早就都死了。

亲人……

亲人！！

楚晚宁心中一动，血液激涌。他忽然想到了自己当时见到罗纤纤时，她与自己说过的一段话——

她有一个哥哥，很多年前，便走失了……

是他吗？

"挡我者，不可活！"

罗纤纤的灵力远不及楚晚宁，但以实对虚，终究一时难分高下。

眨眼间，她鲜红的指爪又直朝着他的心腔刺来，恐魂魄受损，楚晚宁蓦地闪避开，反手在她额角一点。

"没用的，你试多少遍都一样！净化咒伤不到我！"她狞笑着，仰天长啸，引召四面八方的彩蝶镇鬼怪。

"尔等何不听我号令！咸集于此，饮血屠戮！"

可怕的号鸣声骤然响起，彩蝶镇杂乱无章，胡乱暴动的鬼怪听到她的召唤，纷纷朝着陈宅涌来。

鬼怪如潮水，此起彼伏，嘶吼如惊涛，淬于风中。这令人遍体生寒的吼喝声，便如那沙场呐喊，刹那间传遍百里，无论结界内外，皆能听清。

界外，众仙士尽是悚然。

界内，楚晚宁孤身应战。

他孤单一人，身影伶仃，着一袭白衣立于罗纤纤对面。她在纵情长笑，眼底尽是疯狂与凶煞。他君子如竹，闻百鬼行来而不色变，只是眉宇压得很低，眸间似笼一层阴霾。

"罗纤纤，你还记得你曾经对我说过的一些话吗？"

"嗯？"她似乎没有想到他会这样问，不由得微愣。

楚晚宁在她出神间，已是白衣招展，掠上了陈宅庭院之顶，一双纤尘不染的丝履落在檀黑瓦沿。

"你曾说过，你并不想害人。"

余音落，四野风飒。

楚晚宁举目望去，黑压压的鬼怪自八方涌来。他微微蹙起眉，忽然间广袖一招，阴风吹着衣摆猎猎翻飞。

他两手之间，蓦地亮起一笼金色辉光。

"得罪了。"

忽然间，万道柳藤拔地起！！

彩蝶镇血水横流、死尸遍布的地面，瞬时裂开千万道口子，一根又一根粗壮的柳树破土而出！它们无不流溢着耀目金光，犹如成千上万的锁链，将疾奔的鬼怪一一扼住！

楚晚宁双目合实，长发在溪石寒雪般的面容前被吹得纷乱。

他低沉道："天问，万人棺。"蓦然抬眼，目如焰电。

那排排金色垂柳，忽然光明大炽，无数茂密的枝叶丛丛生出，将那些犹在咆哮挣扎的鬼怪困于其中。紧接着，每一棵柳树都裂开了一道缝隙，随着裂缝洞开，树木将鬼怪统统裹挟其中，猛然封印。

万人棺。

最大的一株垂柳，自陈家宅院中心拔起，似利箭逐风，追着不断闪躲的罗纤纤而去。

但那罗纤纤得的是摘心柳做的身子，摘心柳、天问、见鬼，乃是出自一体，都是勾陈上宫自神界带入凡间的树种，一时间天问化出的万人棺竟追不上罗纤纤那娇小迅敏的身影。

她艳红的绣金凤袍在风中翻滚如浪，巨柳随之越拔越高，刺破结界，直冲霄汉。

结界外的人被这裂空之木惊得哑然，有灵力弱的，已经支持不住，被宗师级强悍的气息震得双膝发软，扑通跪地。

随着天问之灵化出的柳树越长越高，几可上接皓月，楚晚宁的灵力已释放到前所未有的地步，彩蝶镇周围的修士有的已眼瞳流血，哪怕是南宫驷，以他的修为，竟也难以呼吸，胸闷心慌。

南宫驷咬着牙："死生之巅，竟有这样的人物！玉衡长老？"

李无心在旁边定着心气，他毕竟是一庄之主，尚且能撑，说道："南宫公子，这个人，是楚晚宁啊！"

"什么？！"

南宫驷在如此强压下，陡然惊骇，竟"哇"地吐出一口血来。

"是楚……宗师？"

"少主，莫要再多言。"

见他受伤，叶忘昔抬起手，点了南宫驷两个穴位，又输与他些许灵力。岂料南宫驷并不领情，猛地挣开他，狠狠一抹唇上的血，道："你别碰我。"

"……"

"叶公子，还是我来吧。"宋秋桐是蝶骨美人席，所受影响不大，她盈盈上前，一双眸子娇怯地望了望叶忘昔，小声自荐道。

叶忘昔却不似与她初见时那般友善，竟然没有去理睬她。

宋秋桐在他这里碰了钉子，又转头水眸汪汪地去看南宫驷，南宫驷对她的态度虽比初时好了不少，但也道："不需你帮忙。我只是多年未见故人，一时吃惊，没那么虚弱，你要有闲暇，照顾别人去。"

这边宋秋桐与儒风双公子的事情，墨燃却是没有注意到。

他已落回楚晚宁的躯壳旁边，仰头见楚晚宁的生魂与罗纤纤斗得正酣，再看那被几千株柳树暂封的鬼怪，不由得心惊肉跳。

须知这样的法术，即使是正常状况下，用起来也是极耗灵气的，何况楚晚宁尚在灵魂出窍！

这个人的实力，究竟是多深不可测……

未及想完，他忽听得一阵裂空惊呼。

摘心柳的枯藤终是敌不过天问，罗纤纤在高空孤月之下被柳藤缚住，繁茂的枝叶很快将她吞噬到无法看见，参天巨木将她包裹到裂开的树洞里，然后那直插云霄的古柳才慢慢地降下，最终与寻常古木齐平。

此时结界已尽数碎裂，然而天问化成的万人棺锁着那些鬼怪，因此一时间并无危恙。

薛正雍不敢松懈，指挥死生之巅其余人等分别镇守于每棵柳木前，以防万一。而其他人则随大流直奔陈宅大院。墨燃因情况紧急，也没有多想，打横抱起了楚晚宁冰凉的身体，也朝那边过去。

众人赶到时，锁住罗纤纤的那株古柳已变成了实实在在的一口棺材，她躺在其中，面目时而狰狞、时而悲切，眼神时而凶狠、时而哀伤。

她口中不断变换着两种嗓音，一种是疯狂的，直喊着："为何阻我？为何阻我！你们都该去死！都该死！！"

一种又是柔弱无助的："阎罗哥哥，是你吗……来的人是你吗？求你……救救我……我不想伤人……求求你……"

那两种嗓音往复交替，良久后，棺内一片死寂。

到此时，楚晚宁的灵力损耗已近极限，不能支撑，但竟靠着心念，最后往棺内女子的眉心一点。

"汝乃何人？"

女鬼怪合着的眼眸缓缓睁开了，里头依旧一片猩红。

李无心失声道："不好！！"

他正欲欺身上前取了卿卿性命，却被楚晚宁凌空一点，一道雷霆落下，阻了他的路。

"楚晚宁，你！"

楚晚宁不理他，盯着棺中缓缓坐起的那个娇弱少女。

她张开血红眼眸，然而里面没有半分杀气，反倒茫然慌张，她低声道："妾身，罗纤纤。"

楚晚宁听到她的回答，终于松了口气，睫毛垂落，身影散去。

过了一会儿，墨燃怀里的男人轻轻动弹了一下，墨燃忙把他放下，让他靠在廊柱旁，单膝跪地，与他平齐，说道："师尊，你回来了？"

楚晚宁的凤目有瞬间失神，过了一会儿，才慢慢聚起焦点。

他看了墨燃一眼，灵力耗得多了，他又是灵核单薄的人，因此显得有些虚弱，脸色并不比先前好多少，还是那么苍白。

"嗯……"楚晚宁应了，原地靠了一会儿，这才慢慢地扶着廊柱起身。

他缓步走到罗纤纤面前，低眸望着她。

罗纤纤微微张大了小嘴，愣怔地看着他："阎罗哥哥……我怎么会在这里？发、发生了什么？"

"旁的且不多说。"楚晚宁虽有些虚弱，但目光炯然锐利，单刀直入地问，

"告诉我，给你做了这个身体的人是谁！此事事关重大，你可还记得？"

"我……"

楚晚宁等待着，指甲因为紧张，而近乎掐断在石柱上。

"不是很清楚，但有些印象……"罗纤纤喃喃道，"是个男子，他……他……"

一边的薛蒙也着急："再想想！"

罗纤纤费力地回忆着："我当时混混沌沌，实在没有看清他的脸，但是我听到他的声音，有点北方的腔调……好像是……好像是……"

"啊！"她忽然惊呼，面露恐惧之色，"我想起来了！是他！是他！橘子！偷橘子！"

"什么橘子偷橘子？乱七八糟的……"薛蒙嘀咕道。

但楚晚宁当即明白了——她说的是她小时候遇到的那个砍掉了橘子树的疯子！

沂州有男儿，二十心已死。

是谁……

沂州，难不成会是儒风门？

是……

然而此时，天空中忽然响起一声惊雷，笼在彩蝶镇上方的珍珑棋局忽然红光大盛。

薛正雍道："不好！"立刻高喝道，"看紧了身边的万人棺！！恐是那个布棋局的人已经发觉，要有动静了！！！"

彩蝶镇霎时飞沙走石，烟尘四起。

众修士严阵以待，以背相抵，长剑当胸。

楚晚宁眸色一暗，对罗纤纤道："起来！你体内有那人留下的一枚白子，莫要再受制于他，我替你驱出，白子落后，你马上离开，绝不可再于凡间久留！"说着掌心凝光，朝罗纤纤心口凌空拍去，然而灵力过处，竟并未感到珍珑棋局的白子之力。

楚晚宁蓦地一凛，忽然一阵寒意涌上心头。电光石火间，他几乎是下意识地觉察到危险，朝罗纤纤道："快走！"

来不及了。

"啊！！！！"

众人只听得一声尖锐惨叫，天空的珍珑棋局阵心，一道血光击落，以雷霆之势劈在了罗纤纤柳藤做成的躯体上。

"轰！"

火光欺天！

"罗纤纤！"

少女的身影在火海中很快变得扭曲，一缕香魂升上天空，与焦臭的浓烟混在一起。

魂与烟缠绕，烟与魂凝合。

原本罗纤纤站着的位置，忽然冲天而起一道碧色光阵——

"木灵精华？！"

楚晚宁脸上血色刹那间褪干净，目光狠极凶极，他想错了——他想错了！！想必罗纤纤生前必是个木灵气极高的人，那个幕后推手根本不是在以金、火、水、土供养木属性的摘心柳，而是在等着怨气聚合成惊雷，劈于罗纤纤身上，让她成为暂活摘心柳的源泉！

金、水、火、土、木，五灵俱全。

他要做什么，眼下都可以做了……

楚晚宁仰头看着天空，每个人都看着上方，木叶萧瑟，一时间平静得可怕。

而后，忽然之间——大地震颤！！

几乎和墨燃他们曾经在桃花源幻境中看到的临州古城一样，彩蝶镇的上方，撕开了一道巨大的紫黑色裂口，里面像是裹挟着无数血雨腥风、死病怨痛，犹如一道恶魔之眼，缓缓睁开。

李无心指着那个裂口，颤声大喊："无间地狱——无间地狱的结界——破、破了！"

"彩蝶镇上方的天穹已裂，鬼界之门开了！！"

本座前世之劫

阴、阳两界的薄膜早已不如上古时期稳固，小破小漏是常有的事，并不会引起修士们莫大的惊慌。

然而此时，一道血瞳横贯高空，刹那间天地色变，飞沙走石，竟是百年一遇的浩大天裂！

在场诸人，除了墨燃，谁都没有真正亲身经历过这样的无妄灾劫。因此无论是苍髯皓首的李无心，还是百经沙场的薛正雍，无论是上修界的儒风门，还是下修界的死生之巅，上千人俱是骇然无措，不知该如何应对。

而墨燃更是如遭雷殛，一股浓重的血腥气似乎从他前世扑来，磨牙吮血，杀人如麻——

就是这场天裂！

前世，师昧就是死在这场天裂之中，他那时与楚晚宁共补结界，却因灵力不支，被蜂拥而出的万鬼反噬，自高天坠落……

可那分明是三年后才该发生的事情！墨燃是那么清楚地记得那个雪夜，除夕方过，空气中犹弥漫着淡淡的硝烟味，雪地上尚有细碎的爆竹残红。前一夜他才与大家一同守了岁，饮了屠苏酒。

墨燃喝得微有醉意，抬起眼眸，融融暖烛下，师昧的眼眸似泛着盈盈春水，无论从哪个角度瞧去，都是极美的。

死生之巅好热闹，觥筹交错，笑语欢声。

他那时候想，这样真是好极了。

华筵散去，众弟子相携归家。他与师昧一同打孟婆堂回去，满地霜雪流淌月华，他见师昧有些冷，于是脱了外袍，不由分说披在对方肩上。

"阿燃。"

"嗯。"

"你今日喝得有些多啦。"

"哈哈，有吗？"墨燃笑着，笑了没两声，忽然就笑不出来了。

师昧微凉的双手温柔地捧了他的脸，于是滚烫的脸颊变得更热，墨燃睁大眼睛。

师昧微笑着，对他说："怎么没有？你看你，三杯热酒入喉，脸都红了。"

"是、是热的吧。"

墨燃笨拙地挠头，脸上却烧得越发厉害，墨黑温润的眸，溢着惊喜与感激。

二人在寝居前别过，师昧披衣离去时，曾逆着那满地潋滟雪光，侧过脸朝他又笑一下。

"阿燃。"

他本来都欲走了，闻言像个陀螺似的，仓仓皇皇、急急忙忙转过了身，唯恐错过什么。

"在，我在！"

"谢谢你的衣裳。"

"没什么！反正我热！"

"还有啊，"师昧目光越发温柔起来，近乎可以让长冬过去的那种暖，"阿燃，其实我……"

砰的一声，远处有烟花炸了一朵，墨燃没听清他说什么，或许其实师昧当时并没有再说下去。

待周遭寂静下来的时候，师昧已经推开了自己寝居的门扉。

墨燃急了，忙要喊住他："等等，你刚刚说什么？"

对方却难得捉弄他，眨了眨眼："好话只讲一遍。"

"师昧——"

但那人，依旧不遂墨燃心愿，只留了半张露在暖帘下的清丽容颜。

"不早了，我去睡了。明早醒来，我若还是想与你说——"

他顿了顿，柔软的睫毛含羞草般垂落。

"我就再告诉你……"

岂料，天裂与黎明接踵而至，墨燃终究还是没有等到师昧的那句话，他一生中最柔软的旧梦，被染成了猩红色。

多少次午夜梦回，他都记得师昧半卷暖帘后微笑的脸，那么好看，那么温柔。

他在痛苦的余生里，一次又一次继续做那悠长的梦。

梦里师昧对他说了当日未说的话，他笑着醒过来，很开心，甚至开心到忘了师昧死了，忘了往事匆匆不可回头。

他就那么开心地笑着，想着从今往后，要给师昧做一些什么吃的好，这般重要的事情，是值得好好苦恼一番的。

可他总是，笑着笑着，泪水就滚滚淌落。

他把脸埋到掌心里。

那一年除夕雪夜，散在风中的话，他终究是再也不得而知了。

万里重云破，无间地狱开，无数恶鬼邪煞自裂缝中奔涌而出，犹如千军万马略地攻城，周遭的惨叫把墨燃猛然从回忆中惊起。

他几乎疯了一般，在混沌湍急、章法全失的人群中焦急地喊，凄惶地寻——

"师昧！"

"师昧！师明净！"

"你在哪里？你在哪里？"

我不知道为什么三年后的天裂会骤然提前。

我不知道现在的我还能不能保护好你。

但是我不能看你再受伤，不能看你再死去……

求求你活下去……

是我不好，是我没有立刻强大到足以庇护你，是我太笨，没有把一切想得周全，你在哪里……

"阿燃……"

兵刃交叠中，忽有个模糊的声音遥遥传来。

"师昧！！"

墨燃看到他了，在薛蒙身边，正以水灵为屏，阻着扑杀而来的恶鬼亡魂。墨燃几乎是不管不顾地朝他奔了过去，辛酸哽咽，眼眶尽红。

"狗东西你，你快过来搭把手！"薛蒙以一当十，但那一拨拨鬼怪犹如流水般无止境，他额头渐渐渗出细汗，银牙几乎被咬碎，"快来！"

何须他再言，墨燃纵身掠起，红光闪过，见鬼应召而至。

手起藤落，面前一排鬼怪被神武抽得魂魄尽散，刹那间碎为齑粉。墨燃扭头朝师昧喊道："你别走远，过来我身后！"

"我想去帮师尊……"

"别过去！"墨燃闻言，几近悚然！他绝不能让师昧再在这场混战中与楚晚宁靠近。

前世的画面在不断地和眼前场景融会交叠——当年，也是同样一句话。

"我想去帮师尊……"

"好，你快过去，师尊那边会安全些，别离开他，让他护好你。"

多么荒谬……

让他护好你。

楚晚宁、楚晚宁，墨燃算尽了一切，却忘了那人是楚晚宁啊！无情无义，冷血至极，满心满脑子的天下苍生，自己徒弟死了却都不管！

"别去他那里！他自己能应付！"

两世的场景重叠让他头皮发麻，墨燃双目赤红，朝师昧怒喝道："哪儿都别走，留下！"

"可是刚刚师尊法力损耗那么大……"

"死不了！管你自己！"

他说着，眉目怒竖，朝着滚滚袭来的鬼怪又是狠狠一鞭抽去，刹那间血肉横飞，脑花四溅。

灵力虽远不如前世，但一招一式尽是纯熟的，这百战之躯，曾与叶忘昔、楚晚宁这般高手交锋，纵使鬼怪百万，竟也无惧。

天空中的裂痕越来越大。

无间地狱里沉浮了百年的鬼怪便如狂沙暴雨般泄入人间，更混入那些趁着阴气大盛，挣脱了柳藤束缚的彩蝶镇僵尸，场面越来越疯狂，越来越可怖，仿佛滚油里倾了水，锅镬里沸反盈天，好不热闹，又像是蝗虫扑向了谷子地，死生之巅的人因往日小打小闹不少，尚能应对，但儒风门和碧潭庄彻底遭了殃，多少修士惨呼哀号。

楚晚宁离得远，墨燃暂且看不到他的状况。

墨燃倒是无意中在滚滚人海里看到了叶忘昔和南宫驷，那两人虽不对盘，打起架来招式却像得惊人，只见得叶忘昔弃了长剑，手中蓝光起，召出一把长弓，南宫驷亦是臂挽弯月，两人相互看了一眼，错肩而过，各自奔赴两边，朝着尸群最密处搭箭撑弓，拉满弦。

嗖！

二人几乎同时放箭，白羽裂空，声如雁鸣，箭矢淬灵，四下散着风刃，所过之处，邪灵纷纷被撕裂绞杀……

南宫驷面露得意之色，反手去背后箭囊抽箭——

岂料却摸了个空。

"没了？"

"这里。"

未等他恼火，叶忘昔已丢了一束白羽箭给他。

"你总不愿多带一些。"

"……哼！"

南宫驷嗤笑了一声，但情况危急，他也没心思与叶忘昔摆谱，接了箭，两人又沉浸入了各自的厮斗中去。

转眼间半个时辰已过，鬼怪击退的多，但从鬼界涌来的更多。

李无心一剑斩杀十余个鬼怪，扭头朝薛正雍喊道："再这样不行，招架不住的，让人补结界啊！"

薛正雍看了一眼彩蝶镇远处，四个方向分别有四面金色光阵。

他喘了口气怒道："说得轻松，这个结界你能补吗？你这里还剩会补结界的人吗？"

"我——"李无心黑着脸道，"结界一术，非我派所长。"

"那你就闭嘴！你当有几个玉衡？楚晚宁在守着四个阵脚，不然这些死鬼冲出重围，很快就会杀遍整个蜀中，修仙的都支撑不了，不修仙的岂不马上就完了？"

"蜀中完了总比修真界大乱要好，你再不让人过来补天裂，恐怕这事情就再难收场！"

薛正雍闻言大怒，铁扇一甩，罡风斩向厉鬼时，也似是无意地擦破了李无心的脸颊："就你们上修界金贵，下修界天生就该为你们死吗？"

"你不要胡说八道！我说的是弃卒保车！这天裂要是发生在我碧潭庄，我也一样会牺牲全门，保天下太平！"

"好大的口气，李庄主真是站着说话不腰痛。"薛正雍虎目圆睁，怒极反笑，"鬼界入口在我蜀中，千世万世都不会移到你碧潭庄去，看来死生之巅是可灭门千万次，来保一个天下太平了！李庄主，你可真会说。"

两人边打边争，胶着不下时，忽见一道雪色光辉自西方天际拂掠而来。

未来得及看清来的是敌是友，众人就听得云端传来急风骤雨般细密紧凑的错杂琴音，阵阵铮鸣，弦弦掩映，犹如天降大雨，又似万箭穿林，明明未见兵刃，却觉刀光剑影无所不在，铁骑长嘶烽火连城。

"昆仑踏雪宫！"

薛正雍倏忽抬头，望着那滚滚而来的一片雪色，离得近了，果见是一群御剑而来，身穿着雪雾绡衣，身边飘卷着桃花花瓣的仙君。他们无论男女，长相都极为柔美，出于心法原因，容貌也尽数停留在二十出头的模样。

踏雪宫的人或立或坐，半数人怀里抱着琵琶，半数人膝前横着古琴，那嘈嘈切切、泠泠清清的乐声便如此自天穹流下，令满地鬼怪都不由得发出痛苦哀鸣，却又如被天罗地网所笼，不可脱身。

为首一男子，浅金发色，碧玉双眸，五官极深刻。他穿着雪色绡衣，衬着一水滴额坠，衣领里探出一纤细脖颈，宛如瓷瓶里探出的芳菲。由于昆仑雪冷，他素衣之外还披着一件狐裘，更显沉静雍容。

此人怀中也抱着一把玲珑剔透的琵琶，蹙着眉头，修尖长指捻拢琴弦，灼灼桃花在他琴声中绕他而舞。

"四海皇风被，千年德水清，戎衣更不著，今日高功成。"

琴声微缓，他垂眸看到薛正雍等人，正欲稍作言语，忽听得远处一个人怒喝道："梅含雪！怎么是你这狗东西！"

喊话的人正是薛蒙。他一边怒喝着，一边掠身到梅含雪御剑之下，仰头骂道："昆仑踏雪宫怎的派了你这么个不靠谱的玩意儿来帮忙？"

叶忘昔闻声回头，见了那飞花飘雪的抚琴男子，面上亦有薄怒。

"……是他？"

南宫驷："什么？这个你也认识？"

"算不上认识。"叶忘昔见了梅含雪也不高兴，不过薛蒙是冲上去骂人，他是转头就走，只丢下一句话来，"打过一架而已。"

南宫驷有了些兴趣："哦，他身手如何？"

"呵。"叶忘昔冷笑一声，"他打架全靠女人，你说如何？"

南宫驷："……"

本座今生之恨

无怪叶忘昔鄙夷,这梅含雪正是当时在桃花源那位引得无数女修争风吃醋的"大师兄"。

本以为来的是个厉害的,谁知道却是个靠皮相吃饭的小白脸,南宫驷顿时又没了兴致,掉头杀敌去了。

梅含雪看了一眼薛蒙,目光里透着些无奈,却也没有理会他,而是低眉信手,拨动数次琴弦,踏雪宫百名修士听了琴声,四下散开——

"琴部,奏瑶光曲;琵琶部,行破阵舞。"

随着他令下,那些抚琴弄弦的人瞬时改了手下乐章,无数湍急的金石之声在半空汇集,响彻行云。

一时间鬼怪迷迷瞪瞪,竟都停下厮杀,在原处伸长了脖子,茫然顾盼着。

李无心见此情形,想起昆仑踏雪宫的人不但善乐,也颇懂结界修补之道,心下大喜,仰头喊道:"梅贤侄,你可会补这天裂?"

梅含雪也不在意他这声"梅贤侄"唤得恶心,只答道:"无间地狱的天漏,非我之力能够补全。"

"啊,这……"李无心的脸色白了白,终是拂袖长叹,"唉!"

"含雪,彩蝶镇四面结界,你可镇守得住?"

说话的人是薛正雍,因死生之巅与踏雪宫素来交好,梅含雪见了熟悉的长辈,先是抱着琵琶行了一礼,而后道:"可以一试。"

"太好了!"薛正雍击节道,"你去守着四方结界,别让鬼祟涌到外面去。再把玉衡唤回来——"

"玉衡长老?"

"啊,瞧我这记性,都忘了你从没见过玉衡。但没关系,你过去就知道了,就是那个正守着结界的人。"

"好。"梅含雪颇为沉稳，剑势一偏，飒沓如流星，往彩蝶镇边缘飞去。

南宫驷一搭三箭，朝三个方向射杀出去，弓弦嗡鸣间，见梅含雪翩若惊鸿，踏雪宫诸人以琴音乱敌，不由得吃惊，对叶忘昔道："此人实力如此了得，怎么被你说成了靠女人打架的小白脸？"

"……"

叶忘昔也颇为不解，但这时鬼怪行动正缓，是扼杀良机，因此他也不去多想，只对南宫驷说"大约当时对招，他未用尽全力"，而后便专心斩敌，不再多话。

十大门派，此时四大已至，应对天裂便不再那么狼狈不堪，但仍是十分吃力。

地上鬼怪虽因踏雪宫的琴声而凝滞，但鬼界血眼中有更多的凶煞嘶吼着涌出。踏雪宫诸人皆立于半空中，且奏乐时不能分出手来自护，因此那些妖邪纷纷冲向了云层四方的琵琶阵和古琴阵。

踏雪宫诸人不得不分出一部分，另换御阵之乐弹奏，于是退敌驱魔的曲声霎时弱了不少，地面上的凶灵顿时又如急蚁般涌动而起。

更可怕的是，随着鬼界之门开得越来越大，一些戴着镣铐的高阶鬼怪，也因吸取了大量人界元阳，居然挣开了禁锢，轰然涌入凡间。

这些鬼怪与先前不同，尸身与怨灵合一，更为凶暴，灵力更高，寻常修士根本无法单独阻拦，更有落单的弟子被他们一掌掀翻，白骨森森的指爪猛地插入活人胸肺——

霎时间纷乱一片！

薛正雍喝道："结阵抱团，不要乱跑，不要落单！"

但还是有惊慌失措的人一边哭喊着，一边四下逃窜……

南宫驷正开弓拉弦战得酣畅，忽有一鬼怪猛地缠住了他的腰身，利爪朝他当胸直刺。

叶忘昔离得远了，回头时一向沉静的脸庞，霎时变得苍白——

"阿驷！！"

"公子！"

危急关头，宋秋桐持了佩剑掠来，猛地扎进那鬼怪的臂膊。但她先前连人都没有杀过，何况是这样狰狞的鬼怪，一剑刺下就骇得松了手，长剑当啷一声落在地上。

鬼怪狂怒之下猛地朝她挥出一击，南宫驷收弓换剑，格挡在她身前，朝她喊道："你躲远点，快走。"

宋秋桐泪光莹莹，说道："秋桐之命是儒风门救的，此时又怎能离开……"

南宫驷不善应对女人，但见她身姿柔弱，目光坚毅，心中一动，却不由得暗骂一声："叶忘昔！"

"叶忘昔！你给我滚过来！把她给我护好了！"

叶忘昔浴血而来，英俊的脸庞上尽是污渍，他一把抓住宋秋桐的胳膊，严厉道："找秦师兄去，不可乱跑。"

"我不走，我还是能帮上忙的。"她哀求道，"少主，我想留在你们身边。"

"叶忘昔你护着她！"

叶忘昔的脸色霎时变得很难看，他如此君子之姿的人，鲜少会有如此愤怒形于色的样子："南宫驷。"齿间每个字都是颤抖的、破碎的，"我看你是昏了头。"

说罢他再不理睬他们二人，自己持剑掠起，远匿在了滚滚鬼怪中。

高阶鬼怪越来越多，混在人群中，犹如尖刀划破鱼腹，剥去鱼鳞，黏腻闪光的鳞甲染着幽红血丝，浮浮沉沉。

每个人都自顾不暇，鬼怪包围着活人，想要把他们每个都拆吞入腹，拖入无间地狱。墨燃、薛蒙、师昧三个人以背相抵，抵挡四方，圈子却越发窄小，唰的一声，薛蒙斩断了一个鬼怪的胳膊。

进攻的鬼怪见这人强横，便绕过去，都扑往师昧那边，师昧双手结印，但因气力渐弱，水光之阵时暗时明……

眼见着再难抵御住，墨燃将心一横，道："师昧，你开个守阵，薛蒙躲进去。"

"什么？"薛蒙一听大怒，"你要我做缩头王八？"

"听我的躲进去！都什么时候了还较劲？这么多鬼怪我们杀得过来吗？"

师昧道："阿燃你要做什么？"

"别多问，按我说的去做。"墨燃放缓语气，"没事的。"

包围圈渐渐缩小，墨燃催促道："快点，再迟就来不及了。"

师昧只得改变手势另结法印，周围生出一道蓝色的御守光阵，将自己和薛蒙笼在其中。墨燃见他阵成，忽地抽出袖箭，一抹手掌，洒血于阵，留下自身灵力。而后他目光沉炽，低喝一声："还不干活儿？！"

见鬼闻声，光焰大盛，每一片柳叶都被血红的灵气裹挟着，犹如坠在藤上的尖刀，整段柳藤忽然延出丈长，墨燃闭上眼睛，脑海中是楚晚宁几次使出杀招的模样,再睁眼时,眸中映着无数魑魅魍魉狰狞的嘴脸。

他持着见鬼凌空一击,火星迸裂,四下飞溅。

墨燃扬起手,衣摆猎猎。

那一瞬间,他的身影似乎与脑海中楚晚宁的身影重叠,两个人的动作近乎贴合,毫无二致。

"风。"

摧枯拉朽!云急天低!

在墨燃身后的两个人,只看到一方巨大的猩红色光阵犹如地狱红莲灼灼盛放,强风过地,犹如千万片无影之刀,见鬼在墨燃手中被舞成虚影,所过之处飞沙扬砾,无数鬼怪被这裂岸惊涛的气流席卷裹入,瞬间化为齑粉!

楚晚宁的天问群杀之"风"——墨燃竟已学得九分相似……

狂风渐止,周遭茫茫一片,鬼怪退散,片甲不留。

回过头,薛蒙和师昧脸上尽是惊愕之色,墨燃来不及高兴,只觉得自己平日里学得还远不够好,若能即刻恢复当年修为,这区区鬼界裂口,又哪会让他们这般捉襟见肘。

"看那边!"

忽然远处有人这样喊了一声。

众人齐齐抬头,但见天空中好几个方向,各有衣着不同、灵气不一的几个御剑之阵袭来。

无间地狱的天裂终于惊动了上修界的所有门派,随着那一柄柄光剑落地,或是霖铃屿诸人灵秀清丽,或是无悲寺大师宝相庄严……凡此种种,应接不暇。

十大门派的人,终于到齐了。

更强大的鬼怪还在不断出世,蝗潮般无休无止,但随着修士的陡然增多,场面渐渐不再失控。

与此同时,梅含雪与楚晚宁的灵力交替终于完成,东、南、西、北四个方向的结界,从金色变成了蓝色。

边缘交由梅含雪镇守,楚晚宁御风而行,飘然掠至激战的核心。

他仰头看了一眼已经全然张开的天穹裂口,那后面隐隐有着某种巨大的、悚然的邪佞之力。

楚晚宁几乎可以感受到那种力量的疯狂……再不把结界封上,只怕无间地狱里镇压的某种巨邪之灵就要挣脱钳制,来到人间!

楚晚宁忍不住想，难道那个幕后之人，费尽千辛万苦，是想把炼狱里的某个巨大鬼怪放来红尘里？

可他图什么呢？

"师尊！"

师昧焦急地喊他。

楚晚宁听到声音，侧过脸来。

今生前世的景象在墨燃眼前重合了。

"师尊！"

那时师昧也这样喊他。

楚晚宁听到声音，侧过脸来。

雪地里师昧喘着气，满身血污，目光却很坚定："师尊要去补这个天裂？"

"嗯。"

"可是这……这不是一般的天裂，这是无间地狱的裂口，师尊你一人怎能抵挡？"

"……"

"我来助师尊一臂之力。我好歹在桃花源习过御守之术，不会拖师尊后腿……"

经年前两人决定了生死的对话仿佛就在耳边。

墨燃心惊肉跳，头皮都快麻了。他将师昧拽至身后，猛地塞给薛蒙，大声道："薛子明你看着他！看好他！"

薛蒙睁大眼睛："狗东西你要去哪里？"

"我……"

大风起兮，四野腥甜，天空中没有落雪，一切终是和前世不一样的。

墨燃的目光落到了茫然无措的师昧身上，心中一阵酸涩、一阵宽慰。

这个结界，单靠楚晚宁一人之力绝无可能补上。

但是除了他们几位徒弟，又无人熟知楚晚宁的灵气心法能与他配合到天衣无缝，所以这一劫，必须有一个人走。

朔风正怒，万里肃杀。

墨燃忽地把心一横，揽过师昧，第一次这样直接地把他抱到怀里，停顿须臾，复又猛然推开。

师昧。

这次死的人，恐怕是我了。

"我去助师尊封印结界。"墨燃铿锵,语气里有着不容置喙的决绝。他眯起眼睛,又深深地望了师昧一眼。

"师昧,其实我……"

可是事到临头,方开口时,厉鬼恶兽的嗥叫又掩盖了他的声音,那种熔岩般滚滚翻涌的冲动在这凝顿中渐冷,到最后止息。

"阿燃,你想说什么?"

墨燃眼前忽然又掠过了前世的倒影,那半卷暖帘下,是师昧温柔微笑的脸。

好残忍。

他记了一辈子,从生到死,碧落黄泉。

墨燃的眼眶微微有些红了,却笑起来。

"没什么,好话不讲第二遍。"

师昧:"你……"

"我去帮师尊的忙,回来之后……如果仍旧想要跟你说——"他梨窝深深,目光缱绻,"我就再告诉你……"

言罢,他转身朝着楚晚宁掠去。

师昧不会死了,至少不会死在他面前。

墨燃忽觉得天高地广,眼前那白衣飘飞的身影,便是这一世复生的终点了吧。

他的师尊,素来胸怀天下。

师昧死时,为了完成最后的补缺,为了肃清那些横行的魑魅魍魉,楚晚宁选择了狠心离去。

这一次同修结界的人换作是自己,楚晚宁如此鄙薄自己,讨厌自己,更不会放着自己北斗仙尊的清誉不要,来顾一个无足轻重的小人物的死活。

"师尊。"

他在楚晚宁面前站定,手中见鬼光起。

"此界难补,我来帮你。"

情况危急,楚晚宁看了他一眼,不置可否,即是默认。

楚晚宁飞身跃上天穹,立于陈府檐头,墨燃跟着跃了上去。

楚晚宁道:"结阵,观照。"

墨燃依他之意,与他同时抬手,两人一左一右,指端凝上观照结界的咒印,缓缓抬起。

"阵开!"

两人的灵力随着这一声低喝蓦地自体内汹涌而出,他们分别稳住阵脚,携手砥砺,以滚滚修为凝成一个不断扩大的金红色结界。

那结界触到刚刚涌出的鬼怪,鬼怪犹如被烈火烧炙,惨叫着退回鬼界之眼中。那结界越来越清晰,光阵越来越刺目,楚晚宁和墨燃脚下各自生出两座灵咒凝成的蟠龙高台,将二人往天穹最上拖去。

鬼眼在金红光阵的逼迫下缓缓合拢,却似不甘,里头怨灵更甚。

每合拢一寸,里头汹涌而出的煞气就更浓烈一分,当两人距离结界裂口不过几里时,那里面的妖风邪气到了近乎实化的地步。

墨燃渐渐觉得肩上似有千钧重量,胸口更好像压着千钧巨石,喘息不得。

而那边,楚晚宁的灵力平稳而强悍,源源不断地输出着,一寸,再一寸。

天地间的邪风已汇集一处,化作尖刀利刃,凌迟着他的每一寸皮肉骨血。

"师尊……"

意识渐渐模糊间,他又好像看到了当年的场景。

师昧与楚晚宁携手修阵,阴阳两界关闭只在须臾,那些无法还阳的鬼怪见师昧那边的力量薄弱,便统统汇在一处,朝着师昧扑杀而去。

"嚓!"只是瞬间,它们便将竭尽全力维系着结界平衡的师昧刺穿!

重演一般,几乎什么都没有变。

只是这一次,万鬼诛心的人,却换作了墨燃。

天裂处,黑色的邪煞穿破重云,在瞬间贯穿了墨燃的胸腔,墨燃只觉得眼前一抹猩红,回过神来,明白那是自己胸口喷涌而出的热血。

他在这样窒闷的气流中,艰难地侧过脸来,但见楚晚宁衣冠若雪,神情肃冷,竟是半分余光都不曾分给自己。

墨燃胸中忽涌无数怨怼,终是恨深。

他自蟠龙高台上坠落,唇角渗出血水,胸口凄红烈焰。

掉下去其实是很快的,可是他觉得那么漫长,就好像溺死的人渐渐沉入海底,再听不到人间喁喁私声。

楚晚宁,没有抬手相护,没有阻拦,甚至,都没有分心去瞧他一眼。

在他坠落时,红色灵力陡然缺失,楚晚宁一如前世,选择了用尽法术,将墨燃未曾补全的结界,以一人之力——轰然封合!

但留在人间的鬼怪失了鬼界阴气的滋补,本能地感到焦躁,越发狂暴,怒起修士们相敌，剿杀血肉之躯只在眨眼之间，多少门派的阵列须臾溃不成军。

楚晚宁自空中落下。墨燃坠落时，底下的蟠龙柱结了层光阵将他护住，使他摔在地上并未粉身碎骨，但整个胸腔都被邪煞穿透，血流满地，与师昧当年并无不同。

楚晚宁一击抽退朝着墨燃涌来的鬼怪，反手落下一道结界，将墨燃护在其中。

"师尊……"

身后的人似是这样轻微地喃喃。

"你要走吗……"

墨燃咳着血，脸上却是笑着的。

"你又要走吗？"

流淌着金色辉煌的结界外，那个人的身影依旧背对他而立，他张了张嘴，喉间却猛地涌上一大口腥甜。

"楚晚宁，你是木头做的人吗？你不会难过，没有私心的，对不对……

"楚晚宁……

"楚晚宁……"

他感到眼前越来越模糊，一番激战下来他早已浑身上下都是伤，额头不知哪里划破了，血水流下来，流到眼眶里，随着他仰天肆意的长笑，近乎疯狂的大笑里，血泪滚滚而落。

他哽咽道："楚晚宁，你回头啊！你看我一眼……你还要走吗……"

你再看我一眼啊。

我就要死了。

当年，你好歹，还最后瞧了师昧一眼。

你……是不是真的……一点都不喜欢我？一点都看不上我？

不然你为什么连最后一眼都不看我？你为什么，再也不肯回头？

"师尊……"

血泪满眶，在墨燃最后的印象里，是金色结界外，那个人白衣孑然，孤身远去的背影。

他去镇邪了。

原来，在他心里，世上任何一个人……都比墨微雨，更重要。

本座……

"墨燃,墨燃。"似乎有人在唤他。

模糊地睁开眼,昏沉沉的视野里倒映出一个雪白的影子,他依稀觉得这个人很像楚晚宁,可又不敢相信,只觉得那人双手叠在他胸口,不断地往他鲜血横流处输送灵力。

好暖……

是谁?

他努力地眨着眸子,试图张看那太过模糊的身影。

"墨燃……"

"师、师尊?"

他咽着喉中瘀血,喃喃而问。

有温热的水珠滴在他的脸颊,渐渐地,他瞧清了,眼前的人有一双如江南杏花的凤目,脸色是苍白的,还沾着血迹。墨燃怔怔地望着他,从来没有在楚晚宁脸上看到过这样的神情。

他的师尊一向是寡淡的,可眼前的人,在哭。

墨燃伸出手,想去触摸,想知道这究竟是真的,还是将死之人出现的幻觉。可是指尖离了那人的脸颊数寸,他又停住。

有的时候恨一个人,是一种习惯,如果骤然间不该恨了,他就会变得很茫然。

他不敢碰上去,怕是真的,也怕是假的。

他看到楚晚宁身后尽是尸山血海,不知是身处鏖战过后的彩蝶镇,还是身处地狱。他知道自己作恶多端,死有余辜,命没了之后当坠无间地狱,万世不得超生。

可楚晚宁……

他是个善人。

他怎会来陪自己，永困阿鼻？

"还有最后一点。"楚晚宁的声音像是自深海传来，那么朦胧，"你不能睡过去，否则……"

他看到楚晚宁的嘴角有血水渗出，金色的光芒越来越盛，忽然间眼前的人被光晕所笼，竟变成了孩童模样。

"否则，我玉衡座下，就再没你这个徒弟。"

"夏师弟！"

亲眼看着楚晚宁变成了夏司逆，墨燃极惊之下，伤口骤然剧痛，不及多想，再次昏迷过去。

"墨燃。"

那温柔得近乎叹息的声音，不知是前世的幻觉，还是留在他耳边的呢喃。

"对不起啊，是师父的错……"

又是这句话！又是这句话！

楚晚宁，我不要你认错，我要你——

怎样？

忽然顿住，墨燃竟也不知道自己作何想——不要他认错，那要他怎么样呢？

猛然睁开眼睛，剧烈地喘着气，墨燃汗湿重衫，举目望去，见到整洁干净的一间屋子，未有过多装饰。

他已经躺在死生之巅的寝屋里了。

他竟还活着……

他难以置信地环顾四周，抬起略显冰凉的手，摸了摸心口受伤的地方。那里裹着厚实的绷带，血色透过纱布洇染而出，碰上去有些疼，但纱布底下，那颗心脏依然怦怦跳动着，那么有力，涌动着劫后余生的狂喜。

他还活着。

他还活着！

血流在年轻的躯体内疯狂地奔涌，震得他魂灵觳觫，指尖颤抖。

忽然间听到暖帘卷起的声音，墨燃坐在榻上猛地抬头，正对上掀帘进来的一个美人，或是外头有些凉，他披着件白色的裘袍，乌黑的头发垂着，微微掀起柔亮的眼来，自染三分薄红，胜却多少胭脂俗色。

师昧没料到墨燃已经醒了，惊了一下，而后才道："阿燃？你、你……"

"师昧！师昧！"

墨燃一连喊了他好几声，眼睛很亮，黑曜石般发着光。他跃下床，也顾不得伤口疼痛，龇牙咧嘴地抽了两下嘴角，扑过去把师明净抱了个满怀，喜不自胜地一迭声道："太好了！你没死！我也没死！过去了，都过去了！"

这场天裂是他前世的大劫，魑魅魍魉从天而降，带走了师昧，也将墨燃推向了罪恶深渊。

他复生之后惴惴不安的就是这场纷乱，恐会重蹈覆辙，到最后再一次孑然一人，踩着至亲至爱的嶙峋白骨，独自走向空空荡荡的巫山殿。

但是上苍未曾薄他，在他站出来甘愿为师昧赴死的时候，一切都改变了。

他不会再孤单一人，不会再众叛亲离，不会被逼夜奔梁山沦为天涯孤客，从今往后，恶诅破除——

他真正地摆脱了前世的梦魇，他真正地复生了。

墨燃抱着师昧，抱了好久才分开，眼睛里烟花流溢，那么明亮，像是缀着两帘闪烁星河。

师昧仍愣愣地在原处站着，直到墨燃拢着他的肩膀，低眸笑看着他，看了很久，他才逐渐回过神来，额头探去，竟是主动抵住了墨燃的下巴。

"阿燃。"

"嗯嗯。"

师昧再抬脸时，带着浅浅笑痕，眼眶却有些湿了。

"幸好你还活着。"

墨燃笑着搓了一把他的头，拉住他的手，说道："傻瓜，我怎么会有事？我……"

他欲再多言，忽而外面又有一个人蓦地掀了帘子，大步进来。

"薛蒙？"

薛蒙倒真是个小心眼，大约是彩蝶镇驱魔时被抢了风头，脸色不免阴郁，嘴唇也抿得紧紧的，见墨燃醒了，也只是停顿须臾，而后扭头对师昧道："他什么时候醒的？"

师昧犹豫片刻才开口，语气里有些担忧："刚刚。"

"……嗯。"薛蒙应了一声，依旧不愿去看墨燃。

墨燃心道小孩子就是小孩子，被下了风头就跟被抢了糖果似的，半天没有一张好脸。

不过他心情正好，也不愿跟薛蒙计较，便笑道："看样子我昏睡好久了吧，是谁把我带回来的？"

"还能有谁？"薛蒙甩袖负手，脸色极差，"还不是师尊。"

"啊。"

闻言墨燃倒是一愣，昏迷时些许零碎不清的片段又自眼前闪过，只不过醒来之后乍惊乍喜，那时看到的东西就越发不确定是真是假。

他沉思道："师尊……夏师弟……"

听他这样说，薛蒙身子微不可察地震了一下，而后生硬道："你瞧见了？"

"什么？"

"夏师弟就是师尊。"

墨燃原本只是猜测，此时骤然惊闻，不禁失色："什么？！"

薛蒙猛地转头，神情似有古怪，像是在极力按捺着什么："怎么？我以为你已经知道了。"

墨燃惊叫道："我怎么可能知道！我只是昏迷时……模糊地好像看到他们俩的人影交叠在一起……我……"

想到夏司逆与自己在桃花源的种种陪伴，两人同榻而眠，又想起在霖铃屿时楚晚宁衣襟里掉出的金色发扣、海棠手帕、会随着身形改换大小的衣裳、抱在夏司逆手里的瓦罐汤。

夏司逆仰着头喊他师兄，而他则摸着夏司逆的脑袋，笑着说以后我们就是兄弟，师兄疼你。

桩桩件件都像青烟般聚散在眼前，一会儿是楚晚宁太过寡淡的脸，一会儿又是夏司逆抿唇不语的模样。

他曾当着夏司逆的面说楚晚宁不好，不喜欢楚晚宁。

他也曾耐心地替夏司逆梳着长发，发质那么柔软，流在指间像墨一样。

仔细想来，他们确实是如此相像……

墨燃只觉得头都要炸了，原地转了几圈，喃喃道："师尊是夏师弟……师尊是夏师弟……师尊是……"

他猛地停下来，近乎抓狂地道："开什么玩笑！师尊怎么可能是夏师弟啊！！"

"阿燃……"

墨燃哭笑不得道："他、他们虽然有很多地方很像，但……但总归是不一样的。夏师弟那么好的人，怎么就——"

"你什么意思?"

薛蒙忽地打断墨燃的话头,一双锐目盯住了对方的脸。

"夏师弟那么好的人?怎么,那么好的人就不会是师尊吗?"

墨燃道:"我自然不是说师尊不好。只是夏师弟待我素来真诚,我都已拿他当亲弟弟来看了,你忽然间跟我说他是师尊,你让我怎么能接受……"

薛蒙怒道:"夏师弟真诚,师尊就假了?"

听出他声音里风雨欲来的味道,师昧忙去拉他的衣袖。

"少主,你想想伯父交代过的话!阿燃他刚醒,还……"

薛蒙却倏地甩开师昧的手,褐色的眼珠子依旧死死盯着墨燃的脸庞,脖颈的青筋甚至因为气愤而微微耸动着,宛如一条咝咝吐芯随时准备啮噬猎物、吐出剧毒的蛇。

"墨微雨,你今天给我把话说清楚了,师尊怎么就不能是夏司逆了?他怎么就配不上真诚俩字了?嗯?你告诉我,他在你心里怎么就假了?!"

墨燃被薛蒙一股脑儿的逼问弄得有些厌烦,薛蒙天怒人怨的模样,他也不是第一次见了,当年他当了踏仙帝君,后来每次见到薛蒙,薛蒙都是这么个吃了枪药般的模样。

他不由得也有些恼,蹙着眉道:"我和他的事情,你管这么多做什么?"

"你和他的事情?"薛蒙道,"你心里有他吗?"

墨燃都气笑了:"你有病吧薛子明?闲着没事你发什么疯?走了师昧,我们去丹心殿找伯父和师尊问清楚。"说着他拉过师昧,与薛蒙错身而过,欲往外走。

薛蒙原地站了一会儿,似乎在竭力压抑着什么。可临到墨燃出门,他依旧没有忍住,回头怒吼了一句:"墨微雨,你心里有他这个师尊吗?!"

"……"

墨燃被他吼得没来由地一阵心烦意乱。他顿住脚步,原本舒展明朗的眉宇,渐渐压得沉炽。

师昧捏了捏他的掌心,不安地低声道:"别理他,他这些日子脾气不好。我们走吧。"

"……嗯。"

可手才触上暖帘,还未掀开,薛蒙的声音就响了起来,窒闷的,燥热又滚烫,像是从火焰里蹿出来。

"墨微雨,你真不是个东西。"

"沙"的一声，帘子放落。

墨燃闭了闭眼睛，而后睁开。

"阿燃……"

师昧欲拉住他，却被他轻轻挡开了。

他侧过脸，转过身，两个青年正是一般年纪，但身量上已是墨燃高出了不少，这人阴鸷冰冷的样子，着实是很骇人的。

墨燃忽然笑了，黑眼睛却沉沉的，毫无笑意。

他说："好一个不是东西。

"薛子明，平日里我不曾轻视师尊，天裂时也不曾袖手旁观。无间地狱破漏，以他一人之力不可修补，我便自请去帮他，我问你，作为他的徒弟，我做错了什么？"

"……"

"我与他实力悬殊，修补结界终不能支撑，自蟠龙柱上坠落，他却连看都不曾看我一眼，任我死活不管。我再问你，换作是你，你不心寒吗？"

"墨燃……"

两世心结，说到痛处，墨燃英俊的五官不免有些森然扭曲。他一字一顿道："我自以为已仁至义尽，于他无愧。不知你又有何颜面站在我面前，说我不是东西……薛蒙，你以为我从来没有在乎过他？你错了，我在乎过的。"

"可是这个人是石头做的。"墨燃低声道，每一个字都像砍刀砍在心头，鲜血淋漓，"薛蒙，你给我听着，我不管他在世人眼里是多好的道长，是多厉害的宗师，是晚夜玉衡北斗仙尊，这些都不重要。

"重要的是，天裂漏时，我性命难保，求他回头，他却连哪怕一眼，都没有分给我。"

明明是那么寒凉，那么愤怒的事情，可是他说出来，竟能算是平静的，只是眼眶有些红了。

"还有，薛蒙，我能告诉你，不管当时从蟠龙柱上掉下去的是谁，就算不是我，是你，或者是师昧，他都不会救。"

因为我亲眼见过。

在漫天大雪里，他转了身，留自己的徒弟尸骨冷透。

"没什么比他北斗仙尊的好声名更宝贵了。"墨燃冷笑道，不知是不是光线昏暗，他的笑容少许有些凄凉。

"命大的活下来，命薄的，死。"

墨燃最后一个字尚未收音，眼前忽然光影攒动，劲风袭来。

屋子里狭窄，墨燃虽已觉察，但因师昧在自己身后，此时闪开恐会伤及无辜，便站在原处，硬生生地挡了他这一击。

薛蒙猎豹般扑了过来，猛地抓住了墨燃的衣襟，只听"啪"的一声脆响，薛蒙已狠狠一巴掌扇在了他脸上。

墨燃平白挨了打，也是怒火中烧，反手扼住那暴起的青年，几乎将银牙咬碎："薛子明！你做什么？！"

薛蒙不答，只怒嗥道："墨微雨，你这个畜生！"

他浑不讲理，也不知吃错了什么药，根本没有神志可言，与墨燃在这空寂小屋里抵死缠斗，犹如两只困兽，恨不得撕碎对方一身的皮毛，将骨头和血都嚼拆入腹。一豆孤灯涩然摇曳，将他们狂怒的侧影打在石壁上，像演着野兽撕搏茹毛饮血的皮影戏，像恶鬼图腾。

忽然间，墨燃听到薛蒙的一声哽咽。

不算太响，他觉得自己大概是听错了。

可他刚这么想完，就有几滴泪水落在了他的手背上。

薛蒙忽然放开墨燃，猛地把他往后面一推，就这样抱住膝盖蜷坐在地，不能自已地号啕大哭起来。

墨燃脸颊犹带红肿，却被他这一出整蒙了，心想自己也没有下杀招，不至于弄得他这么痛，再说也是堂弟先出手的啊，怎么突然间……

未及想完，他就听到薛蒙泣不成声地悲号着，嘶吼着。

"你怎么可以说他不救你！你怎么可以说他不救你！"

薛蒙泪水颗颗滚落，再难将息。

一边师昧见薛蒙终究难以暂瞒此事，不由得发出一声叹息，终是垂眸不语。

薛蒙哽咽道："你这样说，他在地下听到了该有多难过……"

这句话来得太突兀，墨燃一时没有反应过来，只愣愣地说："什么？"

薛蒙只是痛哭，他的毒牙刺进了墨燃的脖颈，但也扎伤了他自己。

他哭得那么伤心，期期艾艾、支离破碎，不住抹着自己的脸、自己的眼睛，眼神时而凶狠、时而悲恸。

他蹲在地上不起来，脸埋进臂弯里很久很久。

墨燃渐渐感到一股麻木自足底涌上，逐渐冷遍了全身。

他感到自己嘴唇在动，听到自己在问。

"薛蒙，你说什么……"

薛蒙哭了很久，或许并不是那么久，只是墨燃觉得自己等那个惊雷般的回答，等了太久。

"师尊……"薛蒙最后凝噎道，"他不在了。"

墨燃一时竟是无言，浑身发凉，只茫然听着，似乎不懂他的意思。

不在了？

什么不在了？

不在了是去哪里了？

谁不在了……谁不在了？！

谁不在了？！！

薛蒙缓缓抬起头来，眼底似有恨，有嘲讽，有最深的痛恶。

"你知道他那时候为什么没有回头吗？"

"……"

"我爹说，补完天裂他已灵力衰竭，你以为鬼界的煞气只打在了你一个人身上？观照结界是双生的！你受了多大的损伤，他也受了一样的！只是他撑住了，也不与人说。"

墨燃只觉得脑中"嗡"的一声，难道前世他不救师昧，也是……

墨燃不敢再想下去，指尖都在微微发着抖。

"不可能……他明明那么自若……"

"他几时在人前不自若过？"薛蒙说着说着，眼眶又红，眼泪又落，"他下来之后，早就气力衰竭，给你打下了防御咒符后，他离开你，不看你，你以为是因为什么？"

薛蒙字句泣血。

"师尊是知道自己撑不了太久。他灵气很高，一旦露出破绽就会引来很多恶鬼……墨燃、墨燃……你以为他走，是不要你吗……"

墨燃："……"

"他走是为了不连累你啊！墨微雨！他怕拖累你！"

"无间地狱关合后尸群暴走，十大门派血战至黄昏，死伤无数，谁顾得上你？我爹都是带着受了重伤的璇玑长老回了死生之巅，才发现你不见了的。"薛蒙喘息了一会儿，哽咽道，"墨微雨，你是他带回来的……是他服了恢复身形的药，然后拖着你，从尸山血海中爬出来，是他浑身是伤，还把最后的灵力都给了你……"

"不可能……"

"是他带你回家，那时候你还没有醒，他灵力透损，已与凡人无异，不能再用法术，也传不了音，只能背着你，一步一步爬上死生之巅的台阶……"

"不……"

"三千多级长阶……他一个……一个灵力散尽的人……"

墨燃闭上眼睛。

他看到粼粼月色下，尚活着的楚晚宁背着奄奄一息的自己，在漫长无尽头的阶上缓缓爬行，浑身血污，白衣斑驳。

那个人，曾是那样高不可攀，纤尘不染。

北斗仙尊，晚夜玉衡。

墨燃喉头哽咽，颤声道："不可能……怎么……做得到……"

"是啊。"薛蒙讲到此处，也怔住了，红着眼眶。

"我看到他的时候，觉得自己是疯了，见到的是幻觉。因为我也在想……"他近乎是喟叹的，"怎么……做得到……"

"不可能的……"墨燃忽地发出一声呜咽，抱住自己的头，无助地喃喃，"不可能的……"

"长阶血未尽，那是他带你回家的路。"薛蒙因恨极，而残忍至极，"你去看啊，墨燃，你去看！"

"不可能！！！"

极度的骇然与无措让墨燃陡然暴怒，他猛地拽住了薛蒙，把人从地上拽起来，抵到墙上，面目狰狞。

"不可能，绝无可能！他怎会救我？他从来不喜爱我，从来看不起我！"

"……"

薛蒙没有说话，静了须臾，忽然惨然笑了。

"墨微雨，不是他看不起你。"

流动的烛火中，薛蒙湿润的眼睫毛抬起，恨恨地看着他。

"是我看不起你。"

墨燃："……"

"我看不起你，璇玑长老看不起你，贪狼长老看不起你……你算什么东西？"薛蒙几乎咬碎了把这些话朝墨燃脸上啐去，"贱种。"

"你！"

薛蒙忽地笑了，仰头看着黑沉沉的屋顶："墨燃，这死生之巅，要说有个最看得起你的人，就是他了，但你就这样报答他的。"

他笑着笑着，忽然闭上眼睛，又是泪水滚落。

这次是轻声的哽咽。

"墨燃，你的夏师弟，我的师尊，死了。"

墨燃是真的被世上最恶毒的蛇咬中了，他被烫着、被惊着一般猛地松了手，后退两步，像是第一次听懂了这个句子。

他浑身上下都发起抖来。

薛蒙忽然唤他："哥。"

墨燃往后退，但是背脊撞上了冰冷的墙，端的是无路可逃。

薛蒙最后终于不再哭了，只是语调，像死去一般平静无波。

"哥，我们再也没有师尊了。"

第九章 尽错蜀悲歌

师尊，求你，理理我

死生之巅有一座峰峦，名字有些好笑，叫"啊啊啊"。

关于这个名字的由来，门派中有着许多种说法，最寻常的一种，说是因为这座峰峦奇陡，常有人不慎摔落，所以取名"啊啊啊"。

但墨燃知道并不是这样。

这座峰峦高耸入云，猿猱愁度，山巅终年积雪，极为寒冷。死生之巅若是有人死了，棺椁都会停在此处，等待发丧。

墨燃上辈子只来过这里一次。

那一次，和如今的情形差不了太多，也是在无间地狱裂开后，一场血战带走了无数性命，师昧亦丧生其中。他不愿接受这个现实，于是跪在师昧的棺椁边，看着冰棺内那人如生的脸，一跪就是好多天……

"之所以叫'啊啊啊'，是因为那一年，你爹去了。"前世，薛正雍陪在他身边，在寒冷的霜天殿里，这样对他说道。

"我就只有一个兄长，死生之巅是我们两人携手创下的，但是你爹……他与你像，是个极任性的人。清福享了没几天，他大约是待腻了，在一次与邪祟的交锋中失了手，就走了。"

霜天殿太冷了，薛正雍带了一壶烧酒，自己闷了一口，又把羊皮酒囊递给墨燃。

"给你喝一点，但别跟你伯母说。"

墨燃没有去接，也没有动。

薛正雍叹了口气："这个峰，叫啊啊啊，是因为那段日子，我也难受极了，心都像被挖了出来，整个人就在山上守着你爹，想到伤心处，忍不住大声地哭。我哭起来难听，总是啊啊啊地号，所以才有的这个名字。"

他看了墨燃一眼，拍了拍对方的肩膀。

"伯父没读过几天书，但也知道人生如朝露，一眨眼就没影了。你就当明净是先行了一步，下辈子再当兄弟。"

墨燃缓缓闭上眼睛。

薛正雍道："节哀顺变什么的都是空话，你要难过，就哭出来，要是不想走，就在这里多陪陪他。但是饭要吃，水要喝，一会儿去孟婆堂吃些东西再回来。那之后你要跪，我不拦你。"

霜天殿寂冷无声，偌大的寒室内，白绸轻轻飘摆，像一双温柔的手拂过额前。

墨燃缓缓睁开眼睛，依旧是记忆里的那种冰棺，昆仑玄雪铸成，棺身晶莹剔透，萦绕着丝缕寒气。

只是躺在里面的人，换作了楚晚宁。

墨燃说什么都没有想到，这辈子，在这场天裂里，死的人会是楚晚宁。

他觉得有些猝不及防，甚至反应不过来。

面对这个人冰冷的遗体，他居然没有太多的情绪波动，没有仇人死去的喜悦，也没有师尊仙逝的悲伤。

墨燃几乎是有些疑惑地，垂眸瞧了楚晚宁良久，那个人的脸庞比平日更薄凉，如今当真是覆着一层寒霜了，连紧合的睫毛都凝着冰，嘴唇是青白的，皮肤近乎透明，能看到淡青色的血管，像是白瓷上细碎的胎裂。

走的人，怎么会是他呢？

墨燃抬手，去摸了摸楚晚宁的脸颊，触手很凉，一路往下，咽喉、脖颈，毫无脉动——再到手。

墨燃握住他的手，指节已经有些僵硬了，但是感觉很粗糙。

墨燃觉得奇怪，楚晚宁虽然指腹有细小的茧，但手心总是柔和细腻的，他忍不住细细去看，瞧见的却是皲裂破碎的伤疤，虽然已被擦拭过了，创口却再也不会愈合，皮肉仍翻开着。

他想起薛蒙说的话。

"他灵力透损，已与凡人无异，不能再用法术，也传不了音，只能背着你，一步一步爬上死生之巅的台阶……"

支撑不住了，站不起来了，匍匐在地，跪着，拖着，直到十指磨破，满手是血——也要带他回家。

墨燃怔怔地喃喃："是你背我回来的吗？"

"……"

"楚晚宁，是你吗……"

"……"

"你若是自己不点头，我是不会信的。"墨燃对棺椁里的人说，面目竟是平静的，好像笃信眼前人真的会醒来，"楚晚宁，你点个头。点头了，我就信你，我不恨你了……你点个头，好不好？"

可楚晚宁还是那样躺着，神情寡淡，眉宇冰冷，似乎墨燃恨不恨他，他根本不在乎，他自己求了个问心无愧，留得别人在世上惴惴不安。

这个人，活着或死了，都叫人恼，远胜叫人疼。

墨燃忽地嗤笑："也是。"他说，"你何时听过我的话。"

他望着楚晚宁，忽然觉得很荒唐。

一直以来，他都因为楚晚宁瞧不上自己而生恨，因为楚晚宁当年未救师昧而恨深。

兜兜转转，这种恨绵延了十余年，却忽有一日，有人告诉他——

"楚晚宁当时转身离开，是不想拖累你。"

忽有人告诉他——

"观照结界是双生的，你受了多重的伤，他也一样。"

他灵流耗竭，他无力自保，他……

好，当真是好极了。楚晚宁做什么都是对的，那他呢——被蒙在鼓里，像个傻子一样什么都不知道，像个丑角一样被耍得团团转，龇牙咧嘴、掏心掏肺恨了这么久。

算什么？！

误会这种东西，若是短暂的，那就好像伤口愈合时粘上的一团污脏，及时被发现，清洗掉再重新涂抹膏药，是再好不过的。

但若是一场误会，持续了十年、二十年，困在网里的人在这误会里投入了漫长的恨，投入了漫长的在乎，投入了漫长的羁绊甚至是命。

这些情感都已经结痂，长成了新的皮肉，和躯体完全糅合在一起。

忽然有人说："不是这样的，一切都错了。"

那他此时该怎么办才好呢？当年的污脏都已经随着岁月，长在了皮下，生在了血里。

那可是要把完好的皮肉撕开，才能冰释前嫌。

一年的误会是误会。

十年的误会，是冤孽。

而从生到死，一辈子的误会，那是命。

他们命里缘薄。

霜天殿的厚重石门缓缓开了。

一如前世，薛正雍提着装满了烧酒的羊皮酒袋，步履沉重地踱至墨燃身边，席地而坐，与他比肩。

"听人说你在这里，伯父来陪你。"

薛正雍一双豹目亦是通红的，显示不久前刚哭过。

"我也来陪陪他。"

墨燃没有说话，薛正雍就拧开酒壶，咕咚咕咚喝了好几口，而后才猛地停将下来，狠抹了一把脸，强作欢笑道："以前我喝酒，玉衡看见了总是不高兴，现在……唉，罢了，不说了、不说了。我岁数不算大，送走的故人却一个接一个。燃儿，你知道这是什么感受吗？"

"……"

墨燃垂落眼帘。

前世，薛正雍也问过他这个问题。

那时候，他眼中只有师昧凋零的血肉，而其他人的死活又算什么呢？他不懂，也不想懂。

但如今，他又怎会不明白？！

复生前茕茕孑立，偌大的巫山殿唯剩他一人。

有一天，他自浅寐中惊醒，梦到了旧时求学玉衡门下的情形，醒来后有意回自己当年的寝居看看，可推门进去，那狭小的弟子房已是荒僻许久，四壁蒙尘。

他看到一只小熏炉打翻在地，却并不知是谁打翻的，又是在什么时候打翻的。他把熏炉拾起，下意识地想放回它原来的位置。

可是岁月湍急，他握着小炉，忽然愣住。

"这个炉子，原来是放在哪里的呢？"

他不记得了。

鹰隼般的目光掠过跟在他身后的仆侍，可那些人都长着一张张模糊不清的面孔，他甚至分不清谁叫张三、谁叫李四。

而他们，自然也不知道帝君少年时的那个香炉，究竟摆在房间的哪个位置。

"这个炉子，原来是放在哪里的？"

他不记得，而能记得住这般往事的人，都已死的死、散的散。

墨燃又怎会不明白薛正雍此时的感受。

"有时候忽然想到年少时的一句笑话，不自觉地说出口，却发觉能明白这句笑话的人，一个都没有了。"

薛正雍又喝一口酒，低头笑。

"你爹啊，以前那些同袍啊……你师尊啊……"

他眸光流淌，问："燃儿，你知道这座峰峦为什么叫啊啊啊吗？"

墨燃明白他要说什么，但眼下正心烦意乱，并不愿意再听薛正雍讲起亡父之事，因此开口："知道。伯父在这里哭过。"

"啊……"薛正雍一愣，缓缓地眨了眨眼，尾梢有一道深痕，"是你伯母告诉你的？"

"嗯。"

薛正雍擦擦眼泪，深吸一口气："好、好，那你知道，而伯父想跟你说的是，难受的话，你就哭好了，没关系。男儿有泪为君弹，不丢人。"

墨燃却不曾流泪，或许是因为蹚过两世，心硬如铁，比起师昧故去时的撕心裂肺，眼下的自己是那样平静，平静到他甚至为自己的麻木而感到心惊肉跳，他不知道自己竟薄凉至此。

饮完酒，枯坐一会儿，薛正雍起身，不知是因为跪久了腿有些麻，还是喝多了略显蹒跚。

他宽大的手拍在墨燃肩上："天裂虽补了，但幕后的人是谁还没揪出来。或许这事儿就这么过去了，或许很快就有第二场大战。燃儿，差不多就下山去吃些东西吧，莫要饿坏了身子。"

他说罢，转身行远去。

此时正值夜晚，霜天殿外一轮残月高悬，薛正雍踏着终年不化的积雪，提半壶浊酒，破锣般的粗哑嗓音起了个调，唱的是蜀中一曲短歌。

"我拜故人半为鬼[①]，唯今醉里可相欢。总角藏酿桂树下，对饮面朽鬓已斑。

[①] 化用于杜甫《赠卫八处士》"访旧半为鬼"，因不是十分常见的诗句，为免误会，特此标注。

天光梦碎众行远，弃我老身浊泪含。愿增余寿与周公，放君抱酒去又还。"

终是和前世不一样，死去的不是师昧，是楚晚宁，因此薛正雍会有更多的感慨。

墨燃背对着霜天殿洞开的大门，听着那沙哑的悠长呼喝，男儿铿锵，却道凄凉。曲声像是兀鹰渐渐行远，最终被风雪吞没。

天地浩然，月高人渺，什么都被冲刷得很淡很淡，唯剩一句，往复回寰。

"弃我老身浊泪含……弃我老身浊泪含……"

不知过了多久，墨燃才缓步下了霜天殿。

伯父说得没错，天裂虽补，事情却未必就此停息。楚晚宁已经不在了，若再有一次鏖战，当剩他自行抗御。

他来到孟婆堂，时辰已迟，除了煮消夜的老妪，其他什么人都没有。

墨燃要了一碗小面，找了个靠角落的位置慢慢吃起来。面是麻辣的，吃进胃里很暖，他在狼吞虎咽间抬头，氤氲四散的热气里，孟婆堂灯火昏暗，影像模糊。

恍惚想起上辈子师昧死后，他远比现在任性，三天三夜不肯离去，亦未曾进食。

后来终于被劝得离开霜天殿，去吃些东西，他却在厨房里瞧见楚晚宁忙碌的背影。那个人手脚笨拙地在擀着面皮，和着馅料，几案上搁着面粉和清水，还有整整齐齐码好的几排抄手。

"哐当"。

几案上的东西被一扫而下，那暴虐的声音隔着滚滚前尘传来，令如今的墨燃举箸难投，食不下咽。

他那时候觉得楚晚宁是在嘲讽他，是不怀好意地要刺痛他。

但是此刻想来，也许楚晚宁那时，真的只是想代已经死去的师昧，再为他煮一碗抄手而已。

"你算什么东西？你也配用他用过的东西？也配做他做过的菜？师昧死了，你满意了吗？是不是非得把你所有的徒弟都逼死逼疯，你才甘心？楚晚宁！这世上再也没人能做出那一碗抄手了，你再模仿，也像不了他！"

字字锥心。

他不愿再想，他吃着他的面。

可是又怎由得他呢？回忆不会轻饶了他。

他比任何时候都更清楚地回想起楚晚宁的脸，无喜无悲，他比任何时候都更清楚地回想起那时候的每一个细节。

他想起手指尖上的一丝轻颤，脸颊边的一点面粉屑。

他想起饱满雪白的抄手滚了满地。

他想起楚晚宁垂下眼帘，俯身慢慢将那些不能再吃的食物捡起来，再亲手倒掉。

亲手倒掉。

豌杂小面还剩大半碗，墨燃却再也吃不下了。他把面碗推开，逃也似的离开了这个会把他逼疯的地方。他在死生之巅夺路狂奔，像要把这十余年的误会都甩在身后，像要追回这荒唐的滚滚岁月，追上当年那个独自离开孟婆堂的男人，追上，说一句——"对不起，是我恨错了你"。

墨燃在黑夜里毫无章法地跑着、跑着……可哪里都有楚晚宁破碎的身影。善恶台，教他识字，练剑。奈何桥，为他举伞，同行。青天殿，受尽杖责，独自行远。

他在夜里越来越凄惶，越来越无助。

骤然间，跑至一开朗处，他忽觉云开雾霁，明月高悬。

他喘息着停下脚步。

通天塔……

他前世死去的地方，他与楚晚宁第一次相遇的地方。

他心如擂鼓，眼里兵荒马乱，被潮水般的往事追得招架不能，躲闪不得，最后逼至这里。

月白风清处，与君初见时。

墨燃终不再跑了，他知道自己再也没有可能逃出生天，这辈子，都注定是要欠楚晚宁。

他缓缓走上台阶，走到那株兀自风流的海棠花树下，伸出手，抚过干枯的树疖，那里硬邦邦的，像心头的茧。

此时距楚晚宁身死，已过了近三天。

墨燃仰头，忽看到花树温柔，依稀如旧。直到这时候，才陡然涌起一阵无尽悲伤，他将额头贴在树干上，终于失声痛哭，泪如雨下。

"师尊、师尊……"他哽咽着喃喃，口中反复的，是初见楚晚宁时的那句话，"你理理我，好不好……你理理我……"

可是物是人非，通天塔前，唯剩下他一个人，谁都没有理他，谁都不会再来。

复生之后的墨燃虽是少年身形，然壳子里载着的却是三十二岁踏仙君的魂灵，他看过了太多生死，尝遍了人间酸甜，是以复生以来，他心中的喜怒哀乐表露得并不那么真挚鲜明，总像是有一层假面覆着。

可这一刻，他脸上忽然流露出这样的迷茫与痛楚，赤裸的、稚嫩的、纯粹的、青涩的。

只有在这一刻，他才真正像个失去了师尊的平凡少年，像一个被抛弃了的孩子，像一只失去了家，再也找不回归途的孤犬。

他说，你理理我。

你理理我……

但，回应他的，终究只有那婆娑枝叶，繁茂花影。

当年海棠之下眉眼英挺的人，却是再不会，也再不能抬起头，去看他，哪怕是最后一眼。

师尊的第三把武器

这天晚上,墨燃是倚着海棠树睡着的。

死生之巅有许多地方,都有楚晚宁生活过的痕迹,若要凭吊,去红莲水榭再好不过,他却唯有靠着这棵花树,心才不那么疼,才能感知到一点点人间的气息。

曾经他以为,拜楚晚宁为师,是自己莫大的不幸,这一拜,从一开始就是错的。

可是到了今天他才明白,不幸的人不是他墨微雨,而是站在繁花荼蘼里,低头兀自沉思的楚晚宁。

"仙君、仙君,你理理我。"

他依稀记得自己与师尊说的第一句话,好像是这样子的,或许有些许字句偏差,时间太久了,他记得不再那样清楚。

但他能清晰地回想起楚晚宁抬起睫毛时,那一张茫然和微愕的脸庞,眉眼间,瞧上去很温柔。

如今墨燃躺在花树下,心想,如果时光能够倒回到择师的那一天,自己无论如何都不该再缠着楚晚宁,让他收自己为徒。

因为那瞬间的抬眸,要送上的代价,是之后无穷无尽的纠葛,是楚晚宁的性命。

两辈子了——楚晚宁都毁在自己手里。

两辈子了……

他喉头颤动,哽咽着闭上眼睛,在万蚁噬心的痛楚里,过了很久很久,才浅浅睡去。

然后,复生以来他从不敢轻易触碰的那段回忆,在睡梦中挣开枷锁,举着刀子,挖去了他的心。

那时的自己已经登顶人极,楚晚宁也早已被废了灵核,软禁深宫不得自由。

可接连遭受了几次暗杀,最后一次暗杀甚至是薛蒙和梅含雪二人联手的,墨燃虽因法力强悍,没有命殒当场,但也受了重伤,在宫闱里养了一月有余,这才恢复了精力。

蜀中多雨,那段时日,更是淅淅沥沥终日不停。

墨燃披着厚重的锦袍,玉色五指捏着袍襟,站在廊庑下看着外头天色晦暗,脸上的神情有些痛快又有些癫狂。他不吭声,但谁都能感到他身上扭曲的人性,他明明长了一张极英俊的脸,但他眼底的光往往是阴沉暴虐的,没有半点温情。

他在高位上坐得越久,这种阴沉就越明显。

身后传来脚步声,他没有回头,只说:"来了?"

"你要去灭昆仑踏雪宫?"楚晚宁的声音在大殿内幽幽响起。

墨燃说:"是又如何。"

"……你忘了你答应过我什么?你说过不会再去伤及薛蒙性命。"

墨燃心平气和道:"师尊前来,也不问问我伤势如何,站在这里吹着风冷不冷,就只关心我杀谁不杀谁吗?"

"墨微雨,我来是为告诉你,莫要再做令自己后悔的事。"

"嚄,后悔?该后悔的人是师尊你吧,当年我屠儒风门,你与我生死一战,灵核粉碎,如今我要屠踏雪宫,你已与凡人无异,连和我对决的能力都不再有,你后不后悔自己当年的多管闲事?"

墨燃说完,侧过脸,回头看,嘴角带着一丝残忍的笑意,眼底闪动着精光:"楚晚宁,你如今废人一个,还能拿什么来阻止我?"

或许是因为真的一无所有了,楚晚宁良久都说不出话来。

轰然一声,惊雷炸响,大雨滂沱,顺着屋瓦房梁漏下。

楚晚宁最终闭了闭眼,再睁开时,轻声说了一句话:"别去。"

黑袍翻飞,墨燃转过身来。

他的身后是铅灰色的天,是凄风楚雨,他看着殿内的楚晚宁,然后说:"为什么不去?我给过薛蒙机会,那一年你为了他甘愿受我折磨,我信守了承诺,留他性命——如今是他要杀我,你倒说说,我凭什么不去?"

"……"

"怎么?说不出话来了?"墨燃冷笑一声,"训斥我啊,辱骂我啊,楚晚宁,你不是很有能耐吗？我知道，薛蒙是你的心头肉，是你最得意的门徒，你觉得他是赤子之心，我就是他鞋底的一块烂泥。"

"够了。"楚晚宁脸色苍白，眉心紧蹙，似在极力按捺着什么。

"不够！怎么够？"墨燃见状，心中残忍的快意愈胜，暴怒、狂喜、仇恨、嫉妒，诸般激烈的情感如同烈火烹油，煎熬着他的内心。

他眼睛极亮，透着精光，他来回踱步。

"没有第二次机会了，楚晚宁，他没有第二次机会了。我要杀了他，把他的皮剥下踩在脚下，拿他的头骨载酒喝！我要掏去他的肝肠，剁碎了他的血肉去炖汤！你拦不住我！楚晚宁，你拦不住我！"

他眼睛被熏红，越说越痛快，几乎是丧心病狂。

楚晚宁忽然伸出一只手揪住他的衣襟，一巴掌扇在了他脸上。

"疯够了吗！"

楚晚宁的脸离得那么近，他看到对方的睫毛在颤抖，眼底有泪光。

"墨燃……你醒醒吧，你醒醒……"

"我醒着！"脸颊火辣辣的疼痛却令他越发痴狂，他瞪着楚晚宁的面容，忽然怒焰滔天，"我醒着呢！睡的人是你！难道你是瞎吗？"

他一把推开对方，扯开自己的衣襟，露出下面洇着血色的纱布。

"你是瞎吗楚晚宁！"他怒吼着，戳着自己的胸襟，又觉得不够，竟发了狠一把将那纱布撕扯下来，掀起一片模糊血肉……

"这是谁做的？你的好徒弟！薛蒙！他的龙城再偏一点我就死了！你告诉我，我凭什么放过他！"

"在你眼里只有他的命是命，我的就不是，对不对？！"恨生之下，墨燃猛地抓起楚晚宁的手，往自己鲜血淋漓的伤口上贴，"你不是要阻止我吗？好，我给你机会，把我的心掏出来啊！楚晚宁，你有本事把我的心脏掏出来啊！！"

楚晚宁的指尖在颤抖，那么冰，那么冷。

墨燃盯着他，狂怒、暴戾、脖颈的青筋都在不住地颤抖。

墨燃嘶哑道："你掏啊。"

外面大雨瓢泼，敲在瓦上檐间，忐忐忑忑、如痴如狂。

死寂。

谁都没有动静。

不知过了多久，墨燃终于松开了楚晚宁的手，低低地喘着气，沉声道："薛子明和梅含雪的性命，我要定了。"

"……"

"你恨我吧，师尊。"墨燃说道，"反正我这辈子也就这样了，我们这辈子，也就这样了。我们都回不了头，那就黑灯瞎火地走下去吧。黄泉路上，我多拖些故人做伴。"

那天，楚晚宁看着他远去的黑色背影，最后说了一句话。

他说："墨燃，若是你毁去踏雪宫，杀了薛蒙，我便也会死在你跟前，我没什么可以跟你交换的了，但至少可以选择死。"

墨燃听了，顿了顿，然后侧过英俊的脸，在昏沉风雨里，展颜一笑。

"有本座在，你死不了。"

"……"

"你鲜血流尽我都能把你从阎罗殿里捞回来，你这辈子就算再恶心我，也得和我一起活下去。"墨燃的癫狂释放之后，脸上渐渐恢复了平素沉冷杀伐的从容，他说，"我的好师尊，你就乖乖待在死生之巅，待我捉了薛蒙回来，我让他好好看看，他日夜牵挂的天神，如今是什么模样。好歹同门一场，我总该让他死得清清楚楚、明明白白。"

可是，墨燃怎么也没有想到，楚宗师终究还是楚宗师。

一个月后，墨燃兑现了自己说过的豪言，他傲立于昆仑山巅，天池湖前。梅含雪和薛蒙已被他擒住，束之于冰柱上，而后以珍珑棋局控去踏雪宫千人神志，让他们在梅、薛二人眼前自相屠戮残杀。

洁白巍峨的雪山霎时染作霞红，血染红了天池，浸透了山峦。

墨燃好整以暇地坐在踏雪宫的宫门前，一边吃着仆从递上的葡萄，一边笑吟吟地看着眼前景象。

他问目光近乎失焦的薛蒙："萌萌，好不好看？"

薛蒙没有什么反应，好像已丧失了听觉。

墨燃对此很满意，便笑得越发亲昵，他又问："堂哥给你瞧的表演，你喜不喜欢？"

"……你放过踏雪宫。"

忽然听得这样微弱的呢喃，墨燃眨眨眼，问道："什么？！"

"你放过踏雪宫。"薛蒙一向灼灼的双目再也没有了光亮，"放过他们，放过梅含雪……那次暗杀，要你命的人是我，你杀了我吧，别牵连他人。"

墨燃失笑："你在与我谈条件吗？"

"不是。"薛蒙空洞地睁着双目，他说，"我是在求你。"

天之骄子说，"我是在求你"。

心中的恶魔被猛地取悦了，墨燃眼中发着光彩，似是产生了兴趣，他捏住薛蒙的下巴，迫使对方仰头看着自己，正欲说些什么，忽见得天边亮起一丛碧色光华。

"怎么回事？"

他带来的随扈还没来得及作答，就瞧见崔嵬雪峰上方，一个华光四溢的法阵绵延数千里，将整个昆仑山笼罩其中。

法阵上方，楚晚宁白衣如雪，衣袂飘飞，立于云端。

他面前悬着一张形状奇异的古琴，通体乌黑，琴尾上扬翻卷，散开繁茂枝叶，上头海棠泣露，光华流散，楚晚宁的第三把神武——"九歌"。

三

师尊的最后一句话

墨燃悚然。

他此生只见过楚晚宁的九歌一次，便是生死对决那一回，楚晚宁召唤出了古琴九歌，琴声裂帛破空，纤音入云。

被珍珑棋局操控的活人精怪，异兽飞禽，便在九歌琴声中被召回神识，一曲长歌，大乱了墨燃百万棋子雄兵。

可召唤神武需要调动灵核，需要消耗大量灵力。

楚晚宁连他惯用的天问都已经无法唤回了，又怎么能突然召唤出比天问还要强悍的九歌呢？

天池之上的那一场恶战，声势并不亚于当年的师徒殊死对决。

但墨燃记不太清那么多细节了，这场血战后，他的身边，终于不再剩一个可以说话的人。

其实，墨燃前世直到身死，也没有明白为何楚晚宁可以用自己的魂魄之力召唤出九歌。

这是任何神武与主人都不会有的牵绊，但是楚晚宁做到了。

那一天，墨燃所制的珍珑棋子在琴声中纷纷碎裂成灰，九歌之力比他多年前初次见过的更为纯粹强悍，强悍到令他甚至怀疑楚晚宁的灵核根本没有破碎，那么多年，都是楚晚宁在装，在忍辱负重，要一雪前耻。

他后来甚至会忍不住想，如果真的是这样就好了。如果楚晚宁真的是装的，那么或许事情还不会走到那最后一步。

那该多好。

九歌摧毁了墨燃的禁术，让沦丧在互相厮杀中的修士们猛然惊醒，甚至击碎了禁锢着薛蒙和梅含雪的法咒冰柱。

墨燃掠至云端，衣袍猎猎，眼中震怒与喜悦并生，他想看看楚晚宁到底还有多少令人惊骇的招式不曾使出。

他踩在结界上端，走近了，站在楚晚宁跟前。

他看到那双苍白修长的手缓了下来，抚过九歌琴弦，琴声停了。

楚晚宁抬起头，脸色白得像是阳光映照下的冰雪。

他说："墨燃，你过来。"

鬼使神差地，墨燃就朝他走过去。

楚晚宁指端轻动，几缕碧色华光朝着墨燃翻飞而去，涌到他心口，墨燃猝然吃惊，原以为楚晚宁要杀自己。

但那光华不痛不痒，在他胸前萦绕着，缓缓渗入皮肤肌理，竟是说不出地温暖。

"薛蒙伤你的那一剑，我替你疗了。"楚晚宁轻轻叹了口气，"放过他吧，墨燃，若是他也不在了，你以后想找个人说说往事，还能找谁呢……"

墨燃还未及反应过来他这句话是什么意思，脚底强悍的结界便陡然消失了，与之一同不见的还有楚晚宁召唤出的古琴九歌。

他立即抬手唤来陌刀不归，这才在云端立住，只是楚晚宁却如一片落叶般飘落凋零，好像方才那一曲，已耗尽了他生平所剩的最后力气。

"晚宁！"

墨燃蓦然色变，御剑长掠而下，在那人将要坠入冰冷的天池之前，将他抢在了怀里。

"楚晚宁！你——你……"

楚晚宁闭着眼眸，口鼻、双目、耳朵里不住有鲜血淌出。

尊严于他而言极为重要，哪怕被囚于巫山殿，他也依旧是脊梁不弯的，极少会让自己显出难堪模样，但是眼下他七窍流血，素来清正修雅的容姿显得那样狼狈，那样失态。

楚晚宁咽下一口血沫，嘶哑道："你说……死生不由我……但你看，墨燃……你终究还是小瞧了你师尊，我若是决心要走，你便是拦……也是拦不住的……"

"师尊……师尊……"墨燃看着他，只觉一阵寒意涌上心间，头皮发麻，竟是无措地如此喊道。

楚晚宁笑了起来，神情竟似有些痛快："原本一直苟活着，是怀有一丝不甘，总想着、想着要再陪你几年，好叫你……不要再犯下更多罪……但如今……如今……"

墨燃发着抖，捧着怀里的人，忽然觉得很害怕。

害怕。

这种情绪十多年都不属于他，如今陡然袭来，摧枯拉朽，几乎挖了他的心。

"如今却知道，唯有我死，或许才能换你……不再为恶……"

他说到这里，似乎是痛极。强行召出九歌，让他的身体根本无法负荷，脏腑又有哪处碎裂了，大口的血涌出来，墨燃抱着他落在了天池边，神色疯狂隐痛，不断地往他胸口送着灵力。

可是那雄浑的力道到了楚晚宁身上，却如泥牛入海，一去不回。

墨燃是真的慌神了，踏仙君搂着怀里的人，死死地搂着，一次次地失败，却又一次次地尝试着把灵流分给他。

"没用的……墨燃，我以性命最后召来九歌，生死已定，若你……心中尚存一丝清明……就请你……放过……"

放过谁？

薛蒙，梅含雪？

昆仑踏雪宫，还是整个修真界？

可以、可以……他可以放过他们！只要楚晚宁活下去，只要这个自己恨极了的人，不要就这样死去。

楚晚宁颤抖着抬起手，冰冷的指尖，似是怜悯，又似是亲昵，在墨燃的额前，轻轻地点了一点。

他说："就请你……放过……放过你自己……"

墨燃脸上的狰狞，便在这瞬息间凝冻住了。

放过谁……

他在死前，记挂着的是谁？

放过……你自己……

他是这样说的吗？

踏仙君抱着他，似乎是有些茫然，又有些快慰，似乎是剧痛，又好像心满意足。

"放过我自己？你的遗愿，是让我放过我自己？"

墨燃喃喃着，眼睛里布满了血丝，他忽然大笑起来，那笑声犹如狂动的烈火，穿透了云霄，烧去了所有的理智与神识。

"哈哈哈——哈哈哈哈——放过我自己？楚晚宁，你比我疯！你好天真哪——哈哈哈哈哈——"

整个昆仑山巅都回荡着他喑哑的惨笑，扭曲的、面目全非的、不寒而栗的。

楚晚宁在墨燃疯狂的笑声中，咽下血沫，他如果还有力气，神情当是极痛苦的，可是他连皱眉的力道都不再有，唯有一双凤目……那双曾经或是锋利、或是决绝、或是严厉、或是温和的凤目，载着满池悲凉，纯澈如天池雪，朦胧如瓦上霜。

楚晚宁的眸子渐渐失焦，渐渐涣散，那双曾经精华璀璨、明锐如电的眼睛，渐渐地，什么也瞧不真切。

他最后轻声地对墨燃说："你别笑了，你这样，我心里难受得很……"

"……"

"墨燃，这一生，无论后来怎样……最初都是我没有教好你，是我说你质劣难琢……是我薄你，死生不怨……"楚晚宁那张苍白的脸上，一点血色都不再有，他的嘴唇都是青白的，他努力仰起脸，去看墨燃的面庞。他睁着眸子，他想要流泪，可是眼眶里缓缓溢出来的，是血，顺着脸颊，淌下去。

楚晚宁哭了，说："但你……便真的那么恨我……到最后……连片刻安宁，都不愿给我吗……

"墨燃……墨燃……别再这样了，你醒醒，回头吧……你回头吧……

"你醒醒……"

他让墨燃醒一醒，他自己，却茫然地睁着眼眸，如此睡去了。

墨燃不相信，也不愿意相信，楚晚宁就这样死去了。

一代宗师，高山仰止，自己的师尊，自己恨极了的人，就这样死去了，躺在他怀里，在鲜血浸染的天山天池边，一点一点地，冷成了霜雪，凝成了寒冰。

楚晚宁脸上都是血，墨燃低头看了一会儿，抬起袖子，胡乱地要擦干净。

但是血流得太多了，他越擦，那张原本清冷洁净的脸庞就越污脏。墨燃抿着嘴唇发了狠，用力擦拭着，却得到了一张血迹斑驳的面容，五官都不再能看得太真切。

他终于不笑了。

他合上眼帘，轻声说："这次是你赢了，楚晚宁。我阻不了你死。"

顿了顿，他又睁开眸子，那里头看似深黑沉冷，却烧着大深渊的火光。

他说："但是，你也太小看了我。你不想活了，我拦不住，但我若要你不死，你也同样拦不住我。"

墨燃没有宣布楚晚宁的生死，把人带回了死生之巅。

彼时他已有了通天的法术，可以保尸身永远不枯不朽——他就把楚晚宁的躯体存置于红莲水榭，他逼楚晚宁这样"活着"。

要他承认他杀了世上最后一个挂念着他的人，太难了。

只要楚晚宁的肉身一日不成灰烬，只要他还能每天瞧见楚晚宁的样子——他就可以觉得楚晚宁没有死。

他那疯狂的恨也好，扭曲的爱也罢，就都还有一个可以宣泄的地方，可以寄托的地方。

踏仙君，终于彻头彻尾地疯魔了。

楚晚宁走后，他每天都会前往红莲水榭看楚晚宁的尸首，最初一段日子，他眼眶闪着恶毒的光泽，在那尸体前，不住地唾骂，他说："楚晚宁，你活该。

"你度尽天下人却唯独不度我，你伪善。

"你算什么师父？我当初瞎了眼才拜了你为师！混账！"

再后来，他每天都会不厌其烦地问："怎么睡这么久？什么时候醒？

"薛蒙我已经放过了，你也差不多可以了，给我起来。"

每次说这种话时，他身边的仆从都会觉得他是失去理智了，疯了。

他的妻子宋秋桐也觉得他是疯了。她很害怕，所以趁着一次难得的欢好过后，在他枕边对他说："阿燃，人死不能复生，我知道你难过，但你……"

"谁难过？"

"……"

宋秋桐是个极会察言观色的人，这些年在墨燃身边更是小心翼翼、如履薄冰，见他脸色不善，立刻住嘴，垂眸道："是妾身言错。"

"别啊。"墨燃这次却没有轻易放过她，他眯起了眼睛，"你把话都吐出来了，吞下去做什么？你告诉我，谁难过？"

"陛下……"

墨燃的黑眸子里积压着雷霆，他忽然坐起身，一把掐住宋秋桐纤细的脖子，把方才还在与自己缠绵的女人单手拎起，甩下床榻。

他面色大变，好一张狠辣的豺狼虎豹似的脸。

"什么人死不能复生？谁死了？谁又要复生？"墨燃一个字一个字地咬着，那么狠，那么用力，"没有人死，没有人要活，更没有人难过！"

宋秋桐嘴唇颤抖，想要挣扎，可她才刚说出"红莲水榭"这半截话语，墨燃便双目赤红，暴怒而起。

"红莲水榭只有一个昏睡的楚晚宁，你想说什么？你想提醒本座些什么？孽畜！"

宋秋桐见他盛怒失去束缚，心中栗然，不知再这样下去墨燃会做出什么疯狂之举，便下赌注一般豁了出去，拔高声音道："陛下，红莲水榭里躺着的终是故去之人，你终日沉湎于此，妾身……妾身怎能不忧心？"

她说得巧妙，为了不让墨燃怪罪，最后还将自己的一腔私欲，说作是对墨燃的关切。

墨燃盯着她，呼吸渐渐稳下来，似乎多少听了些进去，不再朝她怒喝。

他缓了一会儿，说："倒让你挂怀了。"

宋秋桐松了口气，道："妾身为求陛下安康，自是可以不顾生死。陛下重恩情，但也不应当如此意志消沉。"

"那你说本座又当如何？"

"妾身多言，都是为了陛下好。依妾身看来，着日将楚……楚宗师落葬了吧……他人已不在了，躯壳这样空留着，只会叫陛下观之更痛。"

"还有呢？你言之未尽，不如今日都说出来。"

宋秋桐见他神色渐缓，心中稍宽。

她放下半卷眼帘，微微侧过头，她知道自己这个模样与师明净最像。

她笃信师明净是墨微雨的软肋，虽然她并不明白为什么自己精细地修饰模仿着师明净的容貌细节，却总挑不起墨燃的兴趣。

这个阴晴不定的男人虽喜爱自己陪着，但成亲以来，她极苦闷，或是喝醉，他才可能碰自己。

别说是她，整个死生之巅都清楚那个多年前死去的人，才是踏仙帝君最在乎的人。

楚晚宁算什么？

宋秋桐想，虽说楚晚宁用性命换来了死后墨微雨的坐立难安、日夜缅怀，但她明白这不过是一时的愧疚，一时的不习惯。

她自信凭着像极了那个人的一张脸，红莲水榭里那个活死人，就不会是自己的对手。

但墨燃不能再这样痴狂下去，如今天下纷乱、兵戈四起，她恐跟错了主。

若是墨燃大势去了，她如今不再青春年少，大约再也找不到可以攀附的通天树木。因此她是真心实意地希望墨燃重新振作精神，别再这般疯魔。

所以她想了想，权衡利弊，还是鼓起了勇气，说道："楚宗师走后，也再无人配得上红莲水榭了。"

墨燃道："不错。你接着说。"

"妾身想，既然如此，陛下去到水榭里，只会触景生情，不如……"

"不如？"墨燃眯起眼睛。

"不如将红莲水榭就此封去了吧。一榭只住一主，也算是佳话了。"

师尊,世间的最后一捧火

墨燃没有说话,良久后,粲然笑了。

"好一个一榭只住一主。好一个一段佳话。"

他施施然赤着脚趾修匀的双足,踩在冰冷的石面,脚背青筋隐绰,停在宋秋桐面前。

然后墨燃抬起一只脚,用足尖,点起宋秋桐的下巴,令她仰头看着自己。

"这些话,你在心里头,憋了很久吧?"

他望着她惊慌失措的脸,笑眯眯地道:"宋皇后,过去有许多事情,我都还没好好问过你呢,既然你今日对我说了些掏心窝子的体己话,那我们不如坦白到底,来,我跟你聊聊。

"就从最近的事情聊起吧。去踏雪宫的那天,我明明是把楚晚宁锁在寝宫里的,你告诉我,他怎么会出现在昆仑山?是谁给他解的禁让他来找的我?"

宋秋桐身子猛然一颤,说:"我不知道!"

她太急着辩解,甚至忘了说妾身,而是用了"我"。

墨燃便笑了,说:"好,这件事你不知道,那我就问你下一件。那年我敕封你为后,让你协理死生之巅,后来我有事前往阴山,走的时候,楚晚宁因为不听话,正被我关押在水牢之中反省……"

他提起这件事情,宋秋桐的脸色禁不住青白起来,嘴唇也忍不住打起了哆嗦。

"你借由探查监牢,去看望他,却被他一通鄙薄……"

"是、是。"宋秋桐忙着道,"可是陛下……阿燃,这件事我当年都跟你说过呀,楚宗师他让我滚出天牢,且言语间多有侮辱,他不但骂我,还连着陛下一起责骂,我当时是气不过……我……"

"本座知道。"墨燃微微笑了，"你当时是气不过，但楚晚宁乃是犯了重罪之人，未经本座允许，又不能妄加惩戒，于是你小施责罚，命人生生拔去了他的十片指甲，并在他每个指尖，都钉了荆棘刺。"

宋秋桐满眼惊惶，争辩道："陛下您当时回来，是夸我做得好的！"

墨燃微笑："哦……是吗？"

"您……您说言语不干不净之人，就当如此对待，您那时候还跟妾身说，说罚得轻了些，若是他下回再出言不逊，大可……大可断了他的十指……"她越说声音越轻，最后望着墨燃瘆人的笑颜，颓然软倒在了地上，眼中噙着泪花，"阿燃……"

墨燃轻轻叹了口气，笑道："秋桐，日子过去太久了，本座当年说了些什么，没说些什么，都忘了。"

女人明明从方才就已猜到了墨燃的心思，但听到这句话时，身子依然剧烈地抖了一下。

"本座这几天总是做梦，梦到那天，本座自阴山回来，进了水牢里，看到他双手溃烂，尽是血污……"墨燃慢吞吞地说着，到最后，声音蓦地拧紧，眼中亮着寒光，"本座，并不高兴。"

宋秋桐无措道："陛下、陛下……不，阿燃……你听我说……你冷静一些听我说……"

"本座并不高兴。"

墨燃却好像什么都没有听到，面无表情地垂下脸，冷淡地看着在地上蜷成一团的女人。

"你哄哄我，好不好？"

他霜雪般的神色，配上这样骄矜的央求，纵使宋秋桐伴君伴虎这么多年，也不禁浑身直起鸡皮疙瘩，连头皮都是麻的。她嗅到了狂风骤雨的气息，抬起深褐色的眸子，做小伏低地仰视着他，爬过去，伏在他的脚边。

"好，阿燃说什么都好，阿燃想要我做什么才会开心？我一定好好地……好好地……"

墨燃俯身，掐住她的下巴，抬起了她的脸。

他笑了，很是可爱天真，就好像他第一次在儒风门瞧见她的时候，甜丝丝地露出两池深酒窝，拉着她的衣袖央道："小师妹，你叫什么名字？哎呀，你不要怕，我不伤你，你跟我说说话，好吗？"

她不寒而栗。

时隔多年，他几乎用了同样的神情、同样的语调，说的却是另一番话。

他甜蜜而温柔地说："秋桐，本座知道你是真心的，为了哄本座高兴，什么都愿意做……"

他的指尖摩挲过她柔软的唇瓣。

墨燃睫毛轻颤，不动声色地望着那两瓣花朵般的嘴唇，终于还是说："那你，就去黄泉路上，先等一等本座。"

"……"

他不无和缓地问："好吗？"

宋秋桐的眼泪刹那间溢出眼眶，不是因为悲伤，而是因为恐惧。她早知道墨燃现在提起当年她凌虐楚晚宁的事情，她绝不会有什么好下场，可她最多也只能想到杖刑，想到贬黜，她用尽了全部的勇气，都想不到墨燃居然会……

他竟然会……他竟然忍心！

他……他……

疯子。

疯了……疯了……

墨燃仰头低沉地笑了起来，笑得越来越放肆，越来越嚣张，他笑着一脚踢开寝宫的门扉，笑着大步走到殿外。

他履履风流，踩碎万千人的性命，如今轮到她。

疯了……疯了！

墨微雨疯了！

宋秋桐跪跌在冰冷的金砖寒石上，地狱的火光已经烧了起来，她张着嘴，仰着头，挣扎着去张看殿外洒进的天光。

破晓来临，天光是血红色的，染得她满眼红丝。

她听到墨燃遥遥喝了一声，随意地，就像吩咐今日晚膳该用什么一样。

"来人，把皇后拖出去。"

"陛下——"外面是随扈宫人们惊慌失措的反应，"陛下，这……"

"丢到鼎炉里，油煎活烹了吧。"

宋秋桐忽然什么都听不到了，整个人犹如沉入大海汪洋，什么都听不到了。

"活烹了，活烹了热闹，活烹了痛快，哈哈……哈哈哈……"

他越走越远，唯有笑声和喝声像是兀鹰，盘绕在死生之巅，弥久不散。

朝阳将他的影子拖曳得很长，孤零零的一道痕迹，泅在地上，他缓缓地走着，慢慢地走着，一开始好像身边站着两个少年裘马的虚影，还有一个高大挺拔的白衣男人。

后来，那两个虚影不见了，只剩下那一袭白衣陪着他。

再往后走，那个白衣男人也消失在了金色的晨曦里。

旭日是纯澈圣洁的，带走了同样纯澈圣洁的人，只留他一个人在地狱，在血海里，在魑魅魍魉中沉沦。

只剩他一个人，他越走越寂寞，越走越清冷。

走到最后，他忽然觉得自己好像已经死了，他已经死了⋯⋯

他越走越疯魔。

墨燃记得，自己自尽前的最后一年，有时候对着铜镜看，都会认不出那里面映照的是怎样一个怪物。

他甚至记得自己将死前的那个晚上，他倚坐在红莲水榭的竹亭里，旁边只陪着一个老奴。

他就问那个老奴，懒洋洋地开口："刘公，你跟本座说说，本座原本是个怎样的人。"

还没等对方答话，他就望着池水里的倒影，自顾自道："本座年少时，似乎是不曾束过这样的发辫的，这样的冕旒，更是碰也没有碰过，你说对不对？"

刘公就叹着气回答："陛下说得不错，这冕旒和发辫，都是您登基之后，宋娘娘给您思索的。"

"哦，你说宋秋桐啊。"墨燃嗤笑，仰头喝了口梨花白，"原来我当初竟还听过她的指使吗？"

或许是时日无多了，简在帝心，不怕墨燃稍不如意就要了自己的项上人头，那垂垂老者说的也净是实话。

刘公垂眸笼袖道："是，陛下初登帝位时，宋娘娘极受恩宠，有一段时光里，娘娘说什么，陛下就照着做什么，这些⋯⋯陛下都忘了吗？"

"忘？"墨燃笑道，"没有忘，怎么会忘呢⋯⋯"

怎么会忘呢？

墨燃阴恻恻笑着，忽然摘下了髻上冕旒，看也不看，丢入池水之中，惊起一片锦鲤踊跃，照得湖中的人影越发歪扭狰狞。

他在这片狰狞里，拆了发辫，披散下如墨的头发，斜侧在湖边，任由粼粼水光将他脸庞映得阴晴不定。

"好啦，发冠丢了，发髻也散了，老刘，你再帮我想想，还差些什么，本座才能回到登基前的模样？"

"这……"

"是发带吧？"墨燃看着倒影，说道，"死生之巅弟子最普通的那种蓝色发带，宫里还有吗？"

"有的，陛下登基第一年，脱下死生之巅的弟子服时，曾交代老奴放好。若是陛下想要，老奴这就帮您去拿过来。"

"好极了，你去吧，除了发带，其他的也一并取来。"

刘公去而复返，手里捧着一叠陈旧的衣物，墨燃便坐起身，指尖触上棉麻的质感，忽悠悠的往事翻上来，像是枯叶一般落在一颗千疮百孔的心上。他一时兴起，随意拎起一件外袍，想要披在身上。

可是少年时的衣衫，已经太小了，任凭他怎样摆弄，都再也穿不回身上。

他陡然暴怒。

"为何穿不上？为何回不去？！"

他犹如困兽在笼中兜着圈子，脸上神色疯狂，眼中精光骇人。

"这是本座的衣衫！这是本座的衣衫吗？！你可曾拿错！若是本座的衣衫，为何会穿不上？！！为何会穿不上——！！"

老奴已见惯了主人疯魔的模样。

老奴曾经也觉得墨燃这样很可怕，但是今日没来由地，觉得这个男人很可怜。

他哪里是在找衣服，分明是在找那个再也回不来的自己。

"陛下。"老人幽幽叹息着，"放下吧，您已不再是昨日少年了。"

墨燃原本正在发着滔天的怒火，闻言恶狠狠地回头，盯着老人枯木般的脸庞，却像被噎住了，什么都说不出来，只是眼尾发红，不住地喘着气，很久后才说："不再是？"

"不再是。"

"……回不去了？"

"回不去了。"

那个三十二岁的男人脸上，便第一次浮现出一种孩提时才会有的茫然无措，他闭上眼睛，喉结颤动，垂头立在旁边的老奴原以为他睁开眼时会暴戾地露出白齿獠牙，撕碎眼前的一切。

墨燃再睁开眸子时，眼眶却有些湿润了，或许是这样的湿润，扑灭了他心头的烈火。

墨燃开口，嗓音是沙哑疲惫的："好……好……回不去了……回不去了……"

他无限倦怠地放下了衣袍，在石桌边坐下，把脸埋进掌心。

过了很久，他才说："那就绑条发带吧。"

"陛下……你这又是何必……"

"本座命已该绝，死的时候，不想太孤独。"墨燃说这句话的时候，依然没有放下手掌，没人瞧得见他脸上的神情，"想换身行头，觉得还有故人陪着。"

刘公叹息道："那是假的。"

"假的也好。"

墨燃说道。

"假的，也比没有要好。"

长发束起，一绕再绕，然后他从那堆旧衣物里，捏起一枚边缘褪色的发扣，他想如少年时般扣在发侧，可是看着水中的倒影，他手上的动作又停了下来。

是左边，还是右边？

太久没有用这枚发扣了，记忆变得那样模糊，墨燃闭了闭眼，说："老刘，你知道我当年的头发，是怎么梳的吗？"

"回陛下，老奴是您登基之后第二年，才来宫里头侍奉的，老奴不知。"

墨燃说："可我想不起来了，我想有个人告诉我。"

"……"

"你说，哪里有这么一个人，可以告诉我？"墨燃喃喃，"谁可以告诉我，我当初……是什么模样？"

老刘长叹了一口气，却说不出任何人的名字来。墨燃其实心里也知道这个老人是没有答案可以给他的，他就疑惑地拿着那枚黑色的发扣，左边，右边，最终扣在了左边。

"好像是这样。"墨燃说，"我去问问他。"

他就走到了水榭深处，来到了红莲池边，楚晚宁的尸骸躺在那里，和睡着了也没有什么区别。

墨燃席地而坐，托着腮，说："师尊。"

风送荷香，墨燃看着满池酡红沉醉里，那个闭目的男人，忽然觉得有很多话想对他说，却又不知道该说什么。

对于楚晚宁，他似乎总有一腔饱满的情感，但那情感太杂糅了，里头酸甜苦辣那么多，他尝不出来自己对这个人是恨多一点，还是别的感情多一点，他实在不知道该待这个人怎么样。

他曾经告诉自己，留楚晚宁在身边，只是为了发泄仇恨，可是后来楚晚宁死了，自己却留下了这具尸身，坟冢都已立好，却不舍得埋葬。

其实留着这冰冷的、不会动、不会说话的尸体，又有什么用呢？

他大约自己也不清楚。

经历得太多，最初那一点点干净的东西，已经彻底被淹没了。

楚晚宁活着的时候，他两人极少有心平气和待在一起的日子。

如今楚晚宁死了，死人与活人之间，倒生出些残忍的温和来，墨燃常来看望他，拎着一壶梨花白，只是看着，话也不多。

此刻，义军围山，他知自己寿祚将尽，而楚晚宁的尸身，是物是人非的死生之巅，唯一常伴他左右的旧人。

墨燃忽然很想跟这具冰冷的尸身好好聊聊天，反正楚晚宁已是尸身一具，反抗不了，责骂不了，不管自己说什么，他都得乖乖地听着。

可是墨燃动了动嘴皮，却喉头哽咽。

到了最后，他也只说出一句——

"师尊，你理理我。"

第十章 歌罢死生阔

师尊的师尊

"你理理我。"

这是他们在通天塔初见时,墨燃说的第一句话。

那时候,楚晚宁闭着眼,墨燃唤他,他掀起了睫毛帘子。

这也是他们在红莲水榭别离时,墨燃说的最后一句话。

那时候,楚晚宁闭着眼,墨燃唤他,他却再也没有抬头。

一句话,从通天塔飘零了半生,飘到荷花池边,终于尘埃落定。

这些年的恨也好,爱也罢,就都散去了,就都冷透了。

墨燃喝完最后一坛梨花白,走下了死生之巅的南峰,走到了自己的末日余晖里。第二日,义军攻上巫山殿,却发现为祸天下十年之久的踏仙君自裁身亡,享年三十二岁。

到如今,两辈子过去了。

墨燃睁开眼睛。

他在通天塔前的花树下睡了一宿,醒来时,整个人尚是茫然无措的,不知今夕何夕。

他只是下意识地喃喃着:"师尊……你理理我……"

然后他才想起来,这一生,楚晚宁,也已不在了。

前世他过惯了苦日子,楚晚宁是陪他走到最后的人,这辈子他不想再当个恶人,可是楚晚宁也看不到了。

大概是上苍也于心不忍,或许冥冥中自有天定,前世楚晚宁早已恶心透了他,所以这辈子,做了第一个离开的人。

墨燃用胳膊遮住眼睛,忍着喉头细碎的哽咽。

他听到远处传来薛正雍焦急的声音,伯父在找他,伯父在喊:"燃儿——你在哪里？燃儿！"

师昧也在唤着他："阿燃，你在哪里……你快出来吧……"

"燃儿，你回来陪陪玉衡！你不要做什么傻事啊，燃儿！"

"陪陪玉衡。"

陪陪他……

墨燃于是从地上爬起来，踉跄着，跌跌撞撞地循声而去。

他不能垮掉，他不能垮掉——他还有许多事情没有做，幕后黑手尚未揪出，且不说天裂之变随时可能重演，便说遭此劫难，死生之巅损失惨重，百废待兴……薛蒙已经痛得失去了神志，痛得再也爬不起来，他不能垮掉。

他便忍着，按捺着。

他告诉自己，不痛了，不痛了。

楚晚宁的死，他经历过不止一次，不痛了。

不痛……

可是怎么可能不痛！

三千多级长阶，楚晚宁背着他匍匐着爬回来，怎么可能不痛……

楚晚宁耗尽最后一点灵力，把全身的灵流都给了他，怎么可能不痛……

明明自己也受了一样的伤，为了不拖累徒弟，却做出一副断情绝意的模样，自行离去……怎么可能不痛……

还有前世，楚晚宁受的伤其实与师昧无异，只是不说而已，他不说，墨燃也就不会知道。

他依然对着楚晚宁怒吼，对着楚晚宁发泄无尽的恨意，把楚晚宁伤病未愈时辛苦为他包的抄手统统打翻在地。

楚晚宁在他面前矮下了身，低下了头，去一个一个地拾起来，全部丢掉。

怎么……可能……不痛……

怎么可能不痛啊！！

他挖了楚晚宁的心！怎么可能不痛啊！！怎么可能……

墨燃走不下去了，他在原处忍了很久，平复了很久，浑身都在颤抖，浑身都在战栗。

好痛。

他把脸埋进掌心，咬紧了嘴唇，把哭声和着淋漓鲜血一并吞下去。

过了很长很长时间，他才把自己的心绪勉强抚平。

他仰起头，眼通红，然后深吸一口气，缓缓地，走下了无尽长阶。

他不能垮掉。

"伯父。"

"燃儿，你到哪里去了？你可要急死我了，你要是有了什么三长两短，我以后九泉之下，还有什么颜面去见玉衡？"

"是我不好。"墨燃道，"我没事了，让伯父挂心了。"

薛正雍摇摇头，不知该说些什么，只是拍着墨燃的肩膀，半响之后道："不怪你，不怪你，你比蒙儿强很多了……唉……"

墨燃沙哑地问："薛蒙呢？"

"病了，高烧不退，刚刚喝了药睡下，幸好睡了，他醒着就哭，怎么劝都劝不住。"薛正雍显得很疲惫，"无间地狱天裂一事，在修真界掀起轩然大波。上修界也开始派人纠察事情始末，但幕后之人处理得极为干净，彩蝶镇在血战中几乎已被夷为平地，竟是半点线索也不得知。"

听到这个消息，墨燃却不觉得有什么好奇怪的，那个人的本事显然已经在众人的预料之外，甚至在他的意料之外。

能要了楚晚宁性命的人，做事情又岂会轻易落下把柄？

"上修界，他们打算怎么办？"

薛正雍道："为了这件事，他们决定各派代表，于灵山之巅商谈。我明日就要启程……但是蒙儿这般模样，我实在放心不下……"

他说得不错，彩蝶镇一事，就连天下第一大宗师楚晚宁都命殒其中，上修界就算再是冷漠，也不可能坐视不管了。

"布下阵法打开结界的人究竟是谁？"

"他缘何要这么做？"

"此人下一步动静又该是什么？"

这三个诘问犹如兀鹫般盘绕在每个人心里，谁都想知道答案，但调查了半天，仍旧一筹莫展，没办法，他们只能携起手来。

墨燃道："伯父放心去吧，派中诸事，我会帮着伯母一并打理。"

"那就好，那就好……唉……苦了你们了。"

薛正雍走了，而薛蒙整日魂不守舍，积压的宗卷委托就全都落在了墨燃肩上。

墨燃全身心地沉浸到案牍之中，不敢有片刻倦怠，因为只要他停下来去想，停下来稍作休息，那强烈的苦痛与后悔就会把他拖下深渊，拷问着他残破不堪的灵魂。他恨不能日夜俯首卷前，借以摆脱内心无休无止的愧疚与折磨。

无间地狱裂开时，凡间阴气大盛，许多蛰伏许久的妖邪借此东风重出江湖，为害四方。这些日子，向死生之巅求援的委托函简直堆成了小山。墨燃忙碌其中，废寝忘食，往往是黎明时就赶往丹心殿，到了深夜才回去休息。

不过即使这样，他还是会在汪洋书海中，冷不防地，被楚晚宁留下的碎片扎中。

"……青僵兴风作浪，凤陵村八十二户老弱，不胜其扰。幸有贵派长老所制机甲'夜游神'，可暂御邪祟，然终非长久之策，还请……"

烛泪缓缓滑落，灯芯爆出一串花火。

待墨燃回过神，才惊觉自己竟已对着这一张书函发了良久的呆，手指摩挲着"夜游神"三个字，想起的是红莲水榭里楚晚宁扎着马尾，咬着锉刀，专注地给机甲人上桐油的模样。

墨燃长叹一口气，指尖点上额头，轻轻揉过，忽听得有人敲门。

"师昧？"

披着素淡白衣的秀美青年走了进来，把端在手中的托盘在墨燃案卷旁放下，卷袖拨亮了蜡烛，而后温声道："阿燃，忙一天了，吃些东西吧。"

"……也好。"

墨燃苦笑着，把卷宗放下，捏了捏隐隐抽痛的眉心。

"我炖了一碗参鸡汤，炒了几碟小菜。"师昧将菜布好，隔着碗试了试温度，"还好，都还暖着。"

两人吃着饭，师昧见他额角一缕碎发散落，衬得一张英俊脸庞颇有几分憔悴，便伸出手来，替他捋好。

"阿燃。"

"嗯？"

"那天……你是有什么话想对我说？"

墨燃心里头乱得很，一时没有反应过来，看了他一眼问道："哪天？"

师昧抿了抿唇，垂下眸道："就是天裂那天。"

"……"

"你说你去帮……帮师尊补天裂，有一句话，如果等你回来，还想跟我说，就……"声音渐渐轻下去，头也低下去。

墨燃久久凝视他，却半晌说不出话来。

"对不住啊。"良久沉寂后，墨燃轻声道，"我心里难受，我想……如今不是谈这些的时候，所以那件事，我以后再告诉你，好吗？"

师昧蓦地抬起脸来，一双秀美眸子里满是愕然。

墨燃苦笑一声，伸出手，犹豫片刻，揉了揉师昧的头发："我这个人总是很笨，这些天又有那么多事情要处理，我……我都不知道自己什么时候能静下来把所有事情都捋清楚。我怕我太草率。"

饶是烛火温暖，也遮不住师昧面色渐渐苍白。

"草率？"顿了顿，他忽地笑起来，"阿燃，那时生死离别，性命攸关，我原以为你要说的，是深思熟虑透了的事情。"

"是。"墨燃蹙起眉头，"那件事我在心里揣了很久，从来都没有改变过，可……"

"可？"

"……可不是现在。"手在袖间捏成拳，墨燃说。

"不是现在，师昧。你不知道，那是件很重要的事，我不想在这样难受仓促的情形下告诉你，我……"

"少主！"

忽然有一位下属冒冒失失地闯进来，却见到在丹心殿处理门派事务的人是墨燃，又忙低头行礼道："啊，墨公子。"

遭此打断，师昧脸上的薄红也褪了，甩齐衣袖，前倾的身子又坐回去，整个人变得淡淡的，显得很素净。

墨燃没注意到他情绪的变化，抬起眼帘："什么事？"

"山门外有贵客来访，特、特来禀奏。"

"贵客？"墨燃说，"十大门派有头有脸的人物眼下都在灵山，哪里来的什么贵客？"

那弟子似是畏惧、似是激动，说不出话来，过了半晌才涨红着脸说："是、是无悲寺的怀罪大师！！"

"什么？！"

纵是踏仙帝君，墨燃也不由得蓦地站起，师昧也惊到了。

"怀罪大师？"

无怪墨燃如此震愕，这个怀罪大师，根本是个形如传说的人。

这个人，早已修成正果，理当飞升。当天界大门向他敞开时，他却立地双手合十，说自己看不破滚滚红尘，放不下一生执念，洗不清早年罪恶。最终天光消失，莲华凋敝，怀罪大师袈裟破旧，芒杖轻点，飘然而去，终是未曾成仙。

在他拒绝飞升之后，便去无悲寺闭关冥思，转眼人间已过百年。

百年后，只闻其名，不见其人，江湖上见过他的前辈，已然屈指可数。

墨燃曾经将人间闹了个天翻地覆，却也和怀罪大师无缘见一面。因为怀罪真的已经太老太老了，在墨燃登顶人极的前一年，他已于一场春雨中圆寂，无人知他享年仙寿。

岂料墨燃复生之后，怀罪大师竟会深夜造访。

一时间，脑中闪过无数念头，虽不知他究竟要来做什么，但一时间，墨燃却想起那些关于怀罪大师的传闻。

怀罪……怀罪！

他怎么就忘了怀罪大师！

前世师昧丧命时，他因学识浅薄，竟不知道还有这样一位通天彻地的前辈，登基之后，听下面的人禀报，才知道三大禁术之一的"复生"之术，世上是有人练成的。

那个人便是怀罪。

他急着去无悲寺请人前来，想要替师昧回魂，派去的人返回时，却告诉他，大师已经圆寂了，他错失了让师昧复生的最后机会。

可此刻这个传说中的人物还活着！还活着！！

他怎么就忘了！怎么就能忘？

墨燃心头大颤，整个人都发起抖来，蓦地起身，眼中光焰亮起，急道："快请大师进来！"

那前来禀奏的弟子还没来得及答应，墨燃又道："不，还是我去外头迎他。"未走两步，却忽见得外头黄影一闪。

烛未动，火未动，半点风未起。

没有任何人看清，甚至眼力如墨燃，也没有瞧见他是怎么进来的，一个头戴斗笠、袈裟半旧的僧人已悄然立于丹心殿内。

他形影如雷电，停的位置正好在墨燃跟前，距离近得有些突兀。

"深夜叨扰，不劳墨施主移步。"

一道低沉和缓的声音自竹笠檐口缓缓传出，墨燃和师昧听了，俱是一惊。

这声音，哪里像个百岁老人该有的？

不及思索，便见得那僧人除了青笠，大殿灯火中，只见得那是位三十余岁的男子，生得形相清癯，丰姿隽爽，双目灼灼，锐利却不逼人，而是平和清朗的，仿佛江海凝光。

"你是……"

僧人双手合十，低低行了一礼："阿弥陀佛，贫僧怀罪。"

谁都没有预料到，怀罪大师最起码一百岁的人了，瞧上去居然比薛正雍还要年轻，一时四下哑然。

墨燃于修行一道，却并不笨。他想到怀罪本就是放弃了飞升，自愿留在凡间的人。除了最后的脱胎度劫，本就已与神仙无异，墨燃因此心下稍缓，目光却更无法自怀罪身上移开。

怀罪不欲惊扰更多人，于是只有他们三个在丹心殿坐了。墨燃亲自给大师奉了热茶，怀罪接过，低低谢了，却不喝，只将茶水搁在紫檀小几上，而后缓然抬头。

他虽十分温和客气，却并不绕弯，单刀直入道："墨施主，请恕贫僧冒昧，但贫僧今日前来，是为了一个故人。"

墨燃心跳猛地快了起来，觉得阵阵发晕，指节猛地捏住了案角，力道那么大，几乎要将桌几捏碎。

他紧盯着怀罪大师的脸，前世的种种言语再次雪片般袭来——

"据说世上唯有一人曾成功使出过三大禁术中的复生之术，但传闻终究是传闻，也不知是真是假……"

"那怀罪大师人在何处？就算付出再多代价我也要救师昧回来！"

"陛下有所不知，怀罪……已在多年前圆寂了。他一生未有任何著述，关于复生，只留下一句'逆天换命，凶险至极'，除此之外，片语未存……"

那些零碎的言语湍急地刮过耳郭。

"怀罪大师深谙轮回。"

"传闻中他可与鬼界互通有无，若他尚在人间，明净师兄或许还有救，只可惜，唉……"

"怀罪大师法力通天，阴阳之事，皆不出其左右。"

墨燃深吸一口气，惊觉自己嗓音居然有些颤抖。

"故人……故人……"

他喃喃着，目光逐着怀罪大师的一双清澈眸眼。

墨燃声音轻如蚊吟，背上甚至沁出细密的汗，他低声问："谁为故人？"

僧人缓缓立起，昏暗的烛火中，他脚下竟然没有影子。

单薄的黄袍袖角垂落，衣裳半旧，却也不见褶皱，飘在风里像是虚影。这大师当真是叫人看不透路数的。

墨燃简直能听到自己的心跳声，不由得跟着怀罪站了起来，两人对面相看着。

"大师。"若是此刻能有一面明镜高悬，他便可瞧见自己眉眼间竟不自觉地生起一丝奢望，又因这奢望，再起一缕哀求，"谁……为故人……"

是他吗？

是他吗？

怀罪忽地垂下睫毛，叹息着双手合十："小徒楚晚宁，七日前殁。今夜是他头七之夜，贫僧不忍白发人送黑发人，特来死生之巅，求墨施主怜悯，还老僧一个徒儿。"

师尊，我来寻你了

竟是……如此……

徒儿……

墨燃怎么都没有想到，眼前这个人鬼难分的高僧竟会是楚晚宁的授业恩师，一时间什么话都说不出来。

反倒是师昧反应快，立时行了庄严大礼，肃然道："不承想大师竟与先师有此渊源。晚辈见过怀罪师祖。"

怀罪大师却说："师祖不必称，楚晚宁早已被贫僧逐出师门。"

"啊！"师昧微微睁大眼眸，更是吃惊，"这……"他生性谨慎，虽感诧异，但见怀罪大师神情间有淡淡怅然，便知人家不想多提，于是没有再追问下去。

但墨燃的心思不在此处，他心如油烹，急着道："大师，你方才说你是为了师尊前来，那你……你可是有法子，让师尊回来？！"

"阿燃……"

"你是不是有法子让他回来！你莫要诳我！你是不是……是不是……"他心血激荡，加之连日疲乏，一时间头晕目眩，半句话哽在喉头，竟是再也说不出来，眼眶却已红了。

怀罪大师叹了口气："墨施主珍重自己要紧，是，老僧确是为此而来。"

墨燃的脸色本已苍白如纸，闻言忽地泛上一层血色，他直勾勾地看着怀罪大师，嘴唇青白，抖动了片刻，才道："你……你可……当真……"

"老僧深夜造访，总不会是为了捉弄两位施主。"

墨燃还想再说什么，喉结攒动，却唯有沙哑哽咽。

静默良久，怀罪大师才道："此一术法，逆转天命，极为困难，若非老僧实在欠了楚宗师良多，也不会贸然行之。造访死生之巅，也是我这些天思量许多才做的抉择。"

"逆转天命……"墨燃喃喃着，把这四个字在唇齿间咀嚼，然后惨然道，"逆转天命……像我这般恶人，都有逆转天命的机会，他那样的好人，又怎么可以没有？"

他此时已近癫狂，竟说出了自己一直在隐瞒的事，所幸言辞模糊，而他少年时确也顽劣，做过许多错事，所以其他人倒也没有往别的地方去想。

师昧道："师祖，既然是禁术，想必施展起来十分困难，也……未必就能成功……对吗？"

"不错。"怀罪道，"此一术，所涉之人不仅是施术者和死者，还必须有个人，去找全死者魂魄。复生途中处处是难，稍有不慎，就会万劫不复，魂飞魄散。"

师昧："……"

"因此老僧来此地，旁人也不需叨扰，只问楚宗师的三位弟子，若是你们不愿为他赴汤蹈火，受此风险，那么纵使老僧开启复生法门，楚晚宁，亦是回不来的。"

其实怀罪还没有讲这番话前，墨燃就已经猜得八九不离十。

三大禁术之所以为禁术，总需要祭上一些寻常法术所不需要的东西，冒一些寻常法术所不需冒的险。

他心中早有明断，前世他为了师昧可以不要自己的性命；这辈子为了报楚晚宁的恩情，他亦不会犹豫。

墨燃是有心的，只不过上辈子，他从来不肯把心分出来给楚晚宁一点点。

烛火下，他看着怀罪大师的脸，说道："大师不必再问薛蒙了，师尊本就因我而死，此事不必累及他人，若施术有任何险阻，墨燃愿一力承受。"

"阿燃……"师昧喃喃，而后扭头问怀罪："师祖言重，不知所谓劫难，会是怎样的？"

怀罪道："虽说墨施主愿一力承担，不过这法术的第一步，是越多人愿意献身，就越容易成功。还是等薛施主来了，老僧再与你们讲个清楚吧，老僧在上山的时候，已经着人去请他了。"

他顿了顿，又对师昧笑了一下。

"另外，切记莫要再称老僧为师祖了，方才就已说过，老僧已不再忝居楚宗师师尊之位。"

墨燃此刻总算稍稍冷静下来，便问："大师当年……为何要逐我师尊出门？"

师昧无奈道："阿燃……"

"无妨，非是不可言说之事。"怀罪叹息，"贫僧年少时，曾受恩人照拂。然而恩人命短，于一次大劫中为护他人性命而魂飞魄散。百年过去，贫僧每思及此，依旧惴惴不安。因此我门下素有戒律，其中最重要的一条，便是弟子须潜心修行，未得正果前，断不可妄涉红尘中事，插手凡俗，以免殃及自身性命。"

墨燃涩然思忖半晌，说道："师尊做不到的。"

"是啊。"怀罪苦笑，"我那小徒，和我的恩公一个性子。他于寺院中长至年少，涉世未深且天资极高，本可安然修至飞升。只是弱冠那年，他去山下采集矿石，正巧撞见了避难的流民……"

师昧叹气道："若是这样，师尊定不会袖手旁观。"

怀罪点了点头："非但没有旁观，还在安顿了那流民之后，擅自离山，去下修界查看。"

"……"

那时候死生之巅才刚刚开山，下修界远比此刻乱，楚晚宁能看到什么自是不必多说。

"回来后，他告诉我，想要暂且结束清修，去红尘中扶伤救死。"

师昧问："那您答应了吗？"

"没有。"

"……"

"他那时只有十五岁，秉性纯然，性子又烈，极容易让人骗了去。我又怎会答应他擅自出山？更何况他修为虽高，体质却弱，世间险恶重重，高手如云，贫僧身为他的师父，实是放心不下。"

墨燃道："可他最后还是没有听你的话。"

"不错，他听了之后，与我大吵一架。说是凡世疾苦就在眼前，师尊何以终日高坐，闭目升天。"

"啊！"师昧吃了一惊。

这话就算是其他人对怀罪来讲，也是极为刻薄的，何况楚晚宁当初是他的关门弟子，简直就是大逆不道。

怀罪神情淡淡的，眉目间却有些凄凉："贫僧当年心境亦非空非静，一怒之下，便对小徒说道，你尚不能度己，又怎能度人？"

"那师尊又是怎么说的？"师昧问道。

"不知度人，何以度己。"

此言一出，大殿骤静。

因为这八个字，并非出自怀罪之口，而是墨燃轻声道出的。听他突然说出楚晚宁当年说过的句子，怀罪大师目光灼灼，默然地望着面前的这个青年，半晌才长叹一声。

"他还是这么教你们？他……唉，他当真是……分毫未改，九死不悔。"

怀罪心下复杂，墨燃却也不比他宁静多少。

须知他曾一直对楚晚宁说的这八个字嗤之以鼻，觉得是假道义，大空话。可眼下再说出口，他觉心如火焚，饱受煎熬。

良久后，怀罪空幽的嗓音才重新在丹心殿内响起。

"说来惭愧，当日，我也是被气到了，就对他说，若他固执己见，踏出寺门，我便与他师徒缘尽，恩断义绝。"他顿了顿，似乎被那段过往鲠住了咽喉，想细讲，又不想细讲，几番犹豫后，还是摇了摇头。

"如今你们也清楚了，楚晚宁最后断义离师。多年过去，我与他所谋不同，虽共处这滚滚红尘中，却是再也不曾相见。"

师昧道："这也不是师……这也不是大师的过错。"

怀罪道："孰对孰错，是也非也，本就不是轻易能叫人参透的事情。但楚晚宁与我师徒一场，贫僧闻他于前夕血战中身死，想起当年事，竟日夜不能寐，所以才会想要来这里，尽我所能，一试运气，看能不能救回宗师一命——"

"咣当。"朱漆雕门被猛力推开。

薛蒙立在外头，不知是何时来的，但显然已把最重要的几句话听了个彻底。他原本只听说怀罪大师来了，并不知道这老和尚要来干什么，因此也只怏怏地抱着一缸中药，边喝边慢慢地走过来。

此时，他听见了怀罪的话，手中捧着的器皿已砸了个粉碎，热汤汁溅了满身。

凤凰儿却也不觉得烫，失声道："救回来？救回来？师尊还能——还能回来吗？！"

他踉跄着奔进屋内，一把拽住怀罪。

"秃驴，你说什么？你可是在开玩笑？"

师昧忙道："少主，他是……"

"不对……是我失态，是我失态。"薛蒙虽不知眼前人便是楚晚宁的恩师，但想到此人是来救师尊性命的，便慌忙松了手，"大师，只要您能让师尊回来，往后如有所需，薛蒙赴汤蹈火，万死不辞。只求您……只求您不要诳我。"

怀罪道："薛施主不必如此，贫僧深夜造访，便是专程为你师尊而来。"

他侧过脸，瞧了瞧窗外月色："时辰差不多了。既然三位小施主都已来齐，那就由贫僧，与你们细说一遍复生之法，还有难行之处吧。"

师昧道："恳请大师言明。"

薛蒙却急着道："还有什么好讲的！救人啊！先救人啊！"

怀罪道："薛施主性急，但须知道，若是其中出了差池，非但施主要丧命，恐怕楚晚宁的魂灵也要溢散，到时候轮回都进不去，你可忍心？"

"我……"薛蒙霎时涨红了脸，捏紧了衣袖，半晌才慢慢松开，说道，"好，我听大师说就是了……"

怀罪便从储物囊中拿出了三盏素白绸灯，那绸灯缠着金丝细线，中央以十三彩丝绣出繁复咒纹，深深浅浅一波三折，像是蜘蛛的网，要捕住谁离去的魂。

"这是引魂灯。"怀罪大师把三个绸袋分给三个青年，"拿好这个，贫僧接下来的话，诸位都要记清了。"

墨燃将灯笼接了，捧在手里。

"人有三魂七魄，三魂分别为地魂、识魂、人魂。死后三魂碧落黄泉，各自离分。这个你们都清楚，但是人死后，每个魂魄去往哪里，我猜你们并不知晓。"

师昧道："还请大师言明。"

"地魂、人魂入地府，识魂残留尸身内。人死后第七日，其实能到阳间和识魂重聚的，也只有人魂而已。人魂回来，往往是有心愿未了，待它心愿了却，就会和尸身内残留的识魂合二为一，再归地府，重聚魂胎，等待转世。许多人一知半解，寻求复生之法，但最后招回的只有半缕残魂，自然很快就会消散。"

前世师昧死后，墨燃也曾试过招魂，然而确如怀罪所言，白幡月影里只有那人薄薄的影子，顷刻便又化作点点流萤。

墨燃喃喃道："竟是这样……"

怀罪道："楚晚宁的识魂，还在他的尸身里，诸位施主不必管，重要的是找到他的人魂，以及地魂。"

薛蒙忙问："怎么找？"

怀罪道："用这引魂灯。这盏灯只能由灵力点亮，你们注入各自灵流后，拿着它走遍死生之巅。若是楚晚宁并不抗拒三位施主，这引魂灯的火光就能照出他的人魂。"

墨燃闻言，不由得心中一凉："那，要是师尊并不想见我们呢？"

"这便是第一难处，也是越多人愿意找他，便越容易成功的缘由。须知若是他无心恋世，去意已决，"怀罪说道，"那么引魂灯也就照不出他的身影。所以复生之术若要施展，要天时、地利、人和，缺一不可。若是去找他的人，亡者都不眷恋，自身不愿重归红尘，谁也强求不得。"

墨燃不禁握紧了手中的引魂灯。

薛蒙急道："师尊最是心疼我们，又怎会不愿回来？大师，用这引魂灯找到师尊人魂后，又当如何去做？"

"找到人魂之后，便需你们去个地方。"

"哪里？"薛蒙问。

"地府。"怀罪答。

三个人谁都没有想到竟然真的要去地府，不由得都是一惊。

师昧轻轻"啊"了一声，微舒美目，低声问道："这……活人怎么可以入地狱？"

"这个我自有办法，施主不必担忧。"

怀罪不疾不徐地朝他望了一眼，继续说道："但是你们三人，无论谁先找到了楚晚宁的人魂，都必当殷切期盼他返回阳间，愿为其上穷碧落，下溯黄泉。若是心中意念不坚定，半路楚晚宁的魂魄就会散去，再也不能聚拢。"

师昧："这……"

薛蒙道："师尊于我恩深义重，即便要我去无间地狱寻他，我也没什么可说的。"

"……师尊因我身死。"墨燃抬起眼眸，亦道，"我欠他良多，也没什么可说的。"

怀罪道："好。那么你们便记清楚，楚晚宁的人魂被第一个人寻到后，其他人即便前往，也无法再瞧见他的身影。而那个寻到他的人，得在天明前确保引魂灯不灭，且一直照着他的魂魄。"

薛蒙道："这有何难？"

"难。"怀罪说，"三魂分离后，每个魂魄往往会缺失一部分东西。可能是听觉，可能是心智，可能是记忆……总之若是运气不佳，你们见到的师尊并不会那么轻易听你们的话，得想法子哄他。"

薛蒙："……"

墨燃心中一紧，甚是不安："要哄他？可万一……说错了什么话呢？是人的时候都很难猜他心意，何况成了鬼？"

他原本是真心实意地担忧，可薛蒙与他不睦久了，竟以为墨燃是在嘲笑楚晚宁，因此对他怒目而视，继而转头道："哄有什么难的？反正记清楚，不让师尊离开引魂灯周围就是了。"

师昧问道："那黎明之后呢？"

"黎明之后，楚晚宁的人魂会飘入引魂灯内。届时贫僧会备好竹筏，在桥边等待二位。这里地处鬼界入口，奈何桥下滔滔河水正好连着黄泉，竹筏会载着那个找来了残魂的人，前往鬼界。"

薛蒙："坐竹筏去鬼界？"

师昧问："只能一个人去吗？其他人都不能再帮忙？"

"不能，所以谁找到了楚晚宁的人魂，谁就要孤身入鬼界寻他的地魂。若是那人半途而废，或者临阵退缩，楚晚宁的人魂就会被引魂灯吞噬，再也无法投胎转世。"

薛蒙吃了一惊，几乎是立刻扭头对墨燃说："你别去了，我信不过你！"

墨燃缄默不语，只是由他质疑着，并不去争执。

师昧见状去劝道："少主，阿燃并不是那种临阵脱逃的人，你……"

"不是又怎样？！"薛蒙厉声道，"他已经害死了师尊一次，我凭什么相信他不会害死师尊第二次？他就是个瘟神！"

师昧轻声道："大师还在这里，你怎么能这么说？"

"我怎么就不能说了？难道不是吗？多少次师尊受伤都是因为他！每次有他在，准没有好事情。"薛蒙这样一说，眼眶又红了，嘴唇哆嗦着，发着抖，忽然就有些失控，伸手去拽墨燃手里的引魂灯，"把灯给我，别再给师尊寻晦气。"

"……"

"给我！"

薛蒙骂着，墨燃不还嘴，他生平第一次觉得薛蒙说得对。

鬼司仪面前也好，金成池池底也好，哪一次楚晚宁不是因为他而受的伤？楚晚宁的身上有多少疤痕，是为他留下的？

瘟神。

呵……

对，真对。

即便如此,即便知道自己愧对师尊,即便知道自己不配再去央求师尊由黄泉归来,他还是不愿放下手中的引魂灯,就那么固执地、死死地抓着那苍白的灯,由着薛蒙唾骂自己,撕扯自己,手背被抓出了血痕,依旧低着头,动也不动。

到最后,薛蒙喘着粗气,终于松开了他,双目赤红地说:"墨微雨,你还要害他到什么时候……"

墨燃没有去看他,只是低着头,看着那空空的灯,沉默着。

沉默到别人都以为他不会再作答的时候,他忽然轻声说了一句:"我想带他回家。"

他的声音太低了,被愧疚和羞赧压得那么低沉,那么卑微。

以至于薛蒙一开始都没有听清,过了一会儿,才猛地意识到墨燃说了什么。他"呵"的一声就冷笑开了。

"你带他回家?"

墨燃闭上眼睛。

薛蒙啐了出来,每一个字都像在齿间撕得粉碎:"你怎么有脸?"

"少主——"

"别拉着我,松手!"薛蒙猛地把袖子从师昧手中抽出,眼中闪着悲伤与愤恨,他死死盯着墨燃,嘶哑道,"你怎么配?"

墨燃的手似乎微微颤抖了一下,他的睫毛帘子垂得更低。

那一瞬间,墨燃忽然生出一种微妙的错觉,好像楚晚宁还活着,楚晚宁下一刻就会说:"薛蒙,别再胡闹。"

原来,他一直都在替自己遮风挡雨,是自己受之泰然,竟以为那是理所应当的。

墨燃不知道该说什么,只捧着那引魂灯,像抓着最后的稻草。

他低着头,重复着说:"我想带他回家。"

"你是不是只会说这句话啊你!我看你——"

"好了,薛施主。"

怀罪大师终于看不下去了,叹了口气,说道:"墨施主有心,你便让他去做吧。若真有恙,再算不迟,如今一切尚无定数,薛施主又何必咄咄逼人?"

薛蒙郁沉着脸,想说什么,最后还是看在怀罪的面子上,忍住了。

他忍了须臾,又落下一句:"若是师尊有恙,我定杀了你去祭他。"

怀罪叹息道:"两位施主的恩怨,日后再算吧,时辰也不多了,找到人魂要紧。"

墨燃道:"还请大师施法。"

"引魂灯上的法咒已经施好了。"怀罪见墨燃着手就要灌入灵流亮起魂灯,抬手阻止了他,"施主且慢。"

薛蒙急道:"还有什么事?"

"贫僧想再说一遍,如果有人找到了楚晚宁的人魂,那人就无路可退了,必须前往地府。贫僧虽会在那人身上打下护咒,但活人入死人之地,终究凶险至极,稍有不慎,只怕会难以生还。"怀罪大师意味深长地依次望过三人面孔。

"所谓险恶,并不是一句空谈。找到楚晚宁在地府的地魂,或许不难,但是,难的是孤身前往地狱,面临未知。运气若好,地魂很快就会找到,运气若是不好,出了意外,就会……"

"会死?"师昧问。

"死是轻的,恐怕到时候楚晚宁也好,施主也好,都会灰飞烟灭,再无投胎转世之际遇。所以,若是三位施主犹豫不决,还是将这魂灯归还于我。这世上本就没有谁是定然要为谁付出至死的,惜命也不是什么丢人的事。此刻后悔,还来得及。"

"我不悔。"薛蒙最是年轻气盛,更兼一腔热血,当即道,"谁悔谁是孙子。"说罢恶狠狠地去瞪墨燃。

但他终究是不懂墨燃的,他的这位堂哥,和他根本不一样。或许是因为打小受过折辱,墨燃的爱恨都被磨成了极尖锐的指爪,若有人伤他,他就将那人掏肠挖肚,可若有人待他好,哪怕只是一点点的恩情,他也绝不会忘。

墨燃瞥了眼薛蒙,复又望向怀罪:"我亦不悔。"

怀罪点了点头,接下去说道:"那好,到了鬼界之后,尽快找到他遗落的地魂。当人魂和地魂在灯中融为一体后,引魂灯会点亮返回之路。再接下来的事,交予老僧便好。"

他说起来好像还算容易,但听的人都知道这一串事情,每一环节都极易生变,极为险恶。尤其是到了地府后,若是寻不到楚晚宁的地魂,或者因为魂魄缺了心智或是记忆,不肯乖乖融为一体,那么只怕下去寻他的人都要赔在里面。

因此,在三人点亮引魂灯前,怀罪最后缓言沉声问了他们一遍。

"灯一亮,就再也不可回头了。此事并非儿戏,贫僧再问一次,诸位施主,可有悔意?"

三人俱答:"无悔。"

"好……好……"怀罪慢慢地揉开一道笑意,半是苦涩、半是欣慰,"楚晚宁,你啊,你比我这个师尊当得好……"

他默念咒诀,引魂灯忽幽幽地闪烁两下,亮了起来,只见薛蒙和墨燃手里的灯笼,几乎同时蹿出两道赤焰火舌,将那白绸灯笼浸为红色。再过片刻,师昧手中的灯烛也微弱地亮起,水性的灵流点亮的光芒是蓝色的。

"去吧。"怀罪道,"成功与否,归来与否,都在今夜可见了,若今夜不成……那……唉……"

墨燃想到楚晚宁生前待自己的种种好,心中隐隐作痛,竟是不忍听怀罪再说下去,只道:"大师不必多言,我便是跪着,爬着,肝脑涂地,也要把师尊带回人间。"

只要,他还愿意。

只要……他还愿意与我回来。

三道光辉分别出了丹心殿,很快就各自被浩瀚无际的黑夜吞没,消失不见了。

师尊的抄手

一盏风灯幽幽地在死生之巅游荡，寻觅着那归来的半缕孤魂。

引魂灯亮后，活人便再也瞧不见墨燃，他好像也成了半个鬼，踏遍青石小阶，行遍廊庑楼台，张看着。

红莲水榭，霜天殿，三生台……

哪里都走遍了，他却都瞧不见师尊的身影。

墨燃忍不住想，会不会是师尊生前已是万般疲惫，死后便再也不愿见他？

这个念头令他如坠冰窟，他脚下越急，衣摆掠过荒草，冷不防窥见奈何桥头立着一人，清清冷冷、凄凄楚楚，霎时掌心冒汗，心如擂鼓，急着向那人跑去。

"师尊——"

回头的却是个并不识得的魂魄，大约也是在那场天裂中丧生的弟子，偏过脸，尽是鲜血，呆滞迷茫地望着墨燃。

"……对不起，认错了。"墨燃嗫嚅，匆匆走过他身边。那亡魂丢失了神志，只僵硬地瞧着墨燃打他眼前经过，并未有任何举动，尸白的躯壳凝在原地，像是遗留在世上的蚕蜕。

墨燃不禁心头更紧。

若是师尊的人魂也像他一样，变成行尸走肉，又当如何？就算自己找到他，又能守他到天亮吗？

墨燃心中金戈铁马仓皇踏过，脚下步子越来越快，抬起眼，忽觉自己竟不知在何时，已经走到了孟婆堂门口。

墨燃心下思忖，师尊平日对饮食并无执念，想来他回魂之后，也不会特意来这庖厨之地一趟。

他正欲转身离开，却听得孟婆堂内传来一声轻轻叹息。

那声音很轻，却犹如一道惊雷炸响在墨燃颅内。

他几乎是踉跄着破门而入，颤抖地提起手中的引魂灯。那引魂灯之光如同初生旭日，温暖熹微，照出一个白衣翩跹的侧影。

关节死白，指甲几乎没入掌心，墨燃喃喃："师尊……"

楚晚宁的半缕魂魄，孤孤单单地立在偌大的厨房里，身影是淡了些，好像年久失色的墨痕，但那是他的模样没错。

他身上穿着死去时的雾绡白裳，衣角染着大团血渍，极为凄艳，于是更衬得皮肤苍白至极，烟雾般的颜色，似乎只消一阵卷地风，他的魂魄就将消散不见。

墨燃掌着灯，看着眼前的镜花水月——

想走得快些，生怕迟了，他就走了。

想走得慢些，又怕急了，梦就碎了。

万念交织，眼眶却不由得微微发红，多少愧疚涌上心头，墨燃只觉得自己欠了他，在他附近站定，端的是无地自容。

灯笼轻轻摆晃着。

墨燃离近了，瞧见他忙忙碌碌，似乎有些焦急，又是那么笨拙。

楚晚宁在做什么？

他来到楚晚宁身后，原想帮那可怜的亡魂一把，可在瞧见眼前一幕的时候，却如遭雷殛，待巨大的惊骇消散后，一阵剧痛猛地张开鲜血淋漓的口，狠狠咬住了他的脖颈。

墨燃蓦地退后两步，缓缓摇头，却说不出半个字来。

此刻，便是拿锥子扎入胸膛，把心脏生生攫出，连着血管碎肉一起，也不会更疼了。

他看到，楚晚宁的一双手，那双因为拖着自己生生爬过三千多级台阶而早已皮开肉绽、鲜血模糊的手，正慢慢地在案上摩挲着。

案上，有面粉、调料、肉馅。

旁边一口锅内煮着水，水早已沸腾了，楚晚宁这个笨蛋不知道将火调得弱一些，氤氲的水汽把周遭一切都浸得很模糊……

或许并不是蒸汽模糊了看客的眼，而是墨燃自己的眼眶湿润了。

楚晚宁的那一缕人魂，在慢慢捏着抄手皮，他原有一双极灵巧的手，神兵利器自他细长指下走，万丈结界自他双掌之间起。

可如今那双手残破不堪，微微发着抖，在小心翼翼地包着一个又一个滚圆的抄手。

墨燃猛地抬起胳膊，奋力擦过通红的双目，却仍是说不出一句话来。

楚晚宁背对着他，似乎终于想起锅内的水煮了太久，怕是再不管，就要干了，于是又寻着锅去。

他摩挲着。

是，他摩挲着。

墨燃终于在能将他溺死的痛楚中回过神来，快步行去，绕到师尊身边。

他瞧清了。

三魂分离后，各自都会缺失一些东西，或是记忆，或是神志，或是血肉骨头。

而这缕自阴间返回的人魂，失的是一部分感知。

归来的楚晚宁，双目模糊，听力似乎也不那么好，碰掉了东西，甚至分辨不出落在了哪里。纵使这样，他依旧那样努力地去做这一碗普普通通，再寻常不过的抄手。仿佛这是他生前最喜欢做的事，他能在这模糊的水汽中，得到片刻温柔。

墨燃看着，只觉得心疼欲裂，只觉得天旋地转，一时间竟是思考不得，只僵立原地，瞧着面前一切。

"哐当。"

双目已近眇的魂魄，因为实在看不清楚，不慎打落了孟婆堂的盐罐。

楚晚宁似是被惊了一下，默默收回手来，沾染斑驳血迹的脸庞流露出那样不安的神色。

"你要拿什么……"

一道沙哑的嗓音在他身侧响起，近乎是哽咽的，愧疚至极，肝肠寸断。

"我帮你，好不好？"

楚晚宁微微讶然，但或许因为魂魄不全，心绪也不会太动荡，很快复归宁静。

墨燃却每吐一字，都近乎艰难，近乎哀求。

"师尊，让我帮帮你，好不好……"

水在锅里翻沸，厨房里的死物是温暖的、热闹的，活人却是凄惶的、沉寂的。

过了很久，墨燃终于听到楚晚宁熟悉的声音，昆山玉碎般，低缓沉稳。

"你来了？"

"……是。"

"来了就好,你在旁边稍等一会儿,待抄手下锅煮好了,给墨燃端了去。"

"……"

墨燃一怔,并不明白楚晚宁在说些什么,但见得楚晚宁摩挲着将一个个雪玉饱满的龙抄手放进锅里,面目在水汽中退去了凌厉,显得格外柔和,而后道:"昨日我罚得他那么重,该恨我了。听薛蒙说他一直都不肯吃东西,你送过去给他的时候,就不要说是我做的了。他要知道,怕不会愿意吃。"

墨燃脑海中一片混乱,似有什么蛰伏了半生的隐秘,即将蠢蠢欲动,破土而出。

"师尊……"

楚晚宁苦笑道:"我怕是对他太苛严了些。不过他这般想做什么就做什么的性子,总是要改的……罢了,不说了,你帮我寻个碗来,要厚实些的,外头风寒,端过去不要冷了。"

将破土,将破土。

仿佛听到脑海中轻微的破碎声,某段回忆终于用它尖锐的齿爪啄破了壳儿,尖叫着厉鬼般向墨燃扑杀而来!

霎时间,天昏地暗。

抄手。

师昧。

师尊。

那是他第一次吃到师昧做的抄手啊,那一天,他因误折了王夫人栽种的名花而被楚晚宁责罚,天问将他打得皮开肉绽,亦是心如死灰。

他躺在床上不肯起来,只想着自己摘花本是想要赠予师尊,却遭此毫不容情的鞭笞,他觉得自己先前是瞎了眼,是猪油蒙了心,才会觉得楚晚宁温柔,觉得楚晚宁在乎他。

也就是那一天,师昧端着一碗热气腾腾的红油抄手,翩然来到他房中,柔和的嗓音,温暖的语调,还有烫心暖肺的龙抄手,让他对师尊的失望,尽数化成了对师昧的好感。

可谁知……

可谁知!

那一缕亡魂伫立在他身边，每个死者的人魂归来时都是不一样的。有的如罗纤纤，是为去看一眼死后所不知的事；有的又如方才奈何桥边的人，无牵无挂，只是木愣愣地再往生前活过的地方走一遭。

楚晚宁这一缕人魂，失了双目，亦辨不清身边人的嗓音，甚至不知今夕何夕。

他重返凡间，大约是生前觉得一件事做得不好，做错了，觉得遗憾。

他想要弥补。

于是，楚晚宁最后做了一个与生前不再相同的决定，将抄手盛出来，装在碗盏里，碧绿葱丝，奶色汤汁，红油浇头。

他把碗递给"师昧"，却忽地在最后停住。

"我终是待他，太不近人情了。"楚晚宁喃喃着。

几许沉默。

"罢了。不要你去送了。我亲自去瞧瞧他，再与他道声歉。"

墨燃呆呆地看着，脸色已和魂魄一样苍白。

原以为是师尊太冷，冷如寒铁，令自己的心冻成了冰，可谁曾料师尊竟是对自己好的……

他在尘世间放不下的遗憾，竟是自己。

——再与他道声歉。

冰化了，成了水，成了汪洋。

墨燃缓缓抬手，将脸埋入掌中，肩膀微颤。

心硬如铁？心硬如铁？

不是的……

墨燃喉头哽咽，复而恸泣，他跪下来，跪在那个看不到自己的残魂跟前，引魂灯搁在脚边，他断断续续、期期艾艾，声嘶力竭、几欲泣血，终于再也忍不住失声号啕。

他跪在楚晚宁跟前。

不是的……

他俯进尘埃里，他捉住楚晚宁染血的衣摆。

君非心如冷铁，我亦难为顽石。只是前尘算错，误君良多……只是……

"师尊、师尊……"他悲恸着，蜷缩着，"是我对不住你。求求你……求求你跟我回去……

"师尊……求你跟我回去,我错了,是我不好。我不怪你,我不恨你,是我不对,总惹你生气,你以后再是打我骂我,我也绝不还手。师尊,只要你回来,我什么都听你的……敬你、疼你、待你好……"

可是楚晚宁的衣摆那样缥缈,捏在手里像随时会碎掉。

墨燃恨不能将自己的胸腔剖开,将自己的心脏换给他,只要能再听到他的心跳。墨燃恨不能将血液流尽,奔淌至他的血脉里,只要能再瞧见他脸上有颜色。

墨燃恨不能做尽一切,去弥补自己所犯下的过错。

"师尊。"他终是泣不成声。

"我们从头来过,好不好……"

通天塔前,海棠树下。

温柔如白猫儿的宗师抬起头,凤眼微微睁大,枝头蝉鸣三两声,面前的少年在笑。

"仙君仙君,我看了你好久,你都不理理我。"

转眼二十年,两辈子,都过去了,端的是厚颜无耻、狼子野心,他也要把这句话说出来——

师尊,我们从头来过。

好不好?

求你,你理理我,好不好……

师尊的人魂

灯花粲然,照一双人。

此刻不是在孟婆堂了,楚晚宁已至墨燃寝居。他瞧不清路,墨燃便拉着他的手,带他走。

楚晚宁二魂已失,不知今夕何夕,也不知道与自己十指交扣的人究竟是谁,迷迷糊糊地由对方领着,墨燃带他进了屋,擦了擦脸上的泪水,关上了房门。

楚晚宁将那一碗抄手放下,摸索着,来到床头,轻声问道:"墨燃还睡着?"

"……"

楚晚宁见没有反应,便就当墨燃确实还在睡着。他叹了口气,似乎有些怅然。

墨燃于心不忍,又怕他复要离去,便坐到床边,说道:"师尊,我醒了。"

听到他唤自己,楚晚宁眉头微微一动,而后"嗯"了一声,便有些犹豫,没有再说话。

墨燃知他脸皮薄,若是觉得师昧在场,大约说不到两句又是要走的,于是拾起桌上的一枚发扣,凌空打在房门上,做出师昧掩门离去的动静,而后道:"师尊怎么来了?是谁带你来的?"

果不其然,半魂之下的楚晚宁比平日里好骗得多,他愣怔片刻,说道:"师明净带我来的,他走了?"

"走了。"

"嗯……"

沉寂一会儿,楚晚宁终于说:"你背上的伤……"

"背上的伤,不怪师尊。"墨燃轻声道,"是我擅折珍草,师尊理应罚我。"

没有想到他竟会这么说,楚晚宁微微一怔,而后两扇细软睫帘簌簌轻颤,叹了口气："还疼吗？"

"不疼了。"

楚晚宁抬手，冰凉的指尖摸索着，触上墨燃的脸，半响："对不起，你不要记恨师尊。"

当年，他绝无可能说出这样的软话，可是身死之后，亡魂在阴曹地府飘飘荡荡，回首往事，只觉得其余皆无憾恨，唯独对徒弟太过不近人情。因此，再得一次旧景重现的机会，这曾经碍着脸皮怎么也说不出口的话，他便这样自然而然地倾诉出来。

墨燃觉得心口像是被温暖的泉水淌过，那些复生以来残存的仇恨、经年的旧伤、弥留的不甘，原本就已碎成齑粉，此刻更在这一声诚挚至极的道歉中被冲刷殆尽，再无丝毫剩余。

引魂灯火中，他凝望着师尊的脸，血污像是瞧不见了，苍白面目也好像又有了生气。他似乎又隔着那一去不复返的时间，看到了人生中初见楚晚宁时的那张柔和容颜。

墨燃情不自禁地抬手，温暖的手覆住他冰冷的手。

"我不恨你。"他说，"师尊，你待我好。我不恨你。"

楚晚宁出神须臾，忽而笑了。

即使是死去的人，即使脸上有着斑驳污脏，他笑起来仍是如冰泉始解，满室盈春，他眼睛闭着，却似有珠玑璀璨，在睫毛间熠熠生辉。那是个放下了死后夙愿、灿烂至极的笑容，骄而不纵，艳而不妖，像是最繁茂稳重的那一株海棠开了花，枝头树梢，庄严又慎重地戴上千万朵温柔薄色，璀璨芳菲，星子般披满叶间。

墨燃不由得看呆了……

这是他两次人生里，第一次瞧见楚晚宁这样放松明快的神情。墨燃笨笨地，忽而想到"笑靥如花"，又觉得不合适，再想到"一笑百媚生"，觉得更荒唐。

到最后，他绞尽脑汁也想不出半个字句来形容瞧见的这一瞬美景。

他只知道重复感叹着，好看。

那么好看的人，他以前怎么就……从来没发现呢？

福至心灵般，墨燃忽而轻声道："师尊，有件事我想跟你说。"

"嗯？"

"王夫人的那朵海棠，我原不知如此贵重，那天摘下来，是想送给你的。"

楚晚宁似乎有些惊讶。墨燃声音轻下来，有些赧然，甚至有些孤立无援地重复："是……是给你的。"

"你给我折花做什么？"

墨燃的脸不由得红了："我、我、我也不知道，就、就是觉得挺好看的。我……"他没再说下去，只是心中隐隐觉得诧异，原来，自己竟然还记得那么久之前，为楚晚宁摘花时的心情。

失去了其余两魂的楚晚宁当真好温柔，就像猫儿失了指甲，只剩下驯顺细软的白肚皮，浑圆饱满的雪爪印。

他摸了摸墨燃的头，笑道："真傻。"

"……嗯。"墨燃眼眶蓦地热了，仰头望着他，吸了吸鼻子，"真傻。"

"下次别再犯了。"

"下次不再犯了。"

墨燃想了想，回忆起自己前世自暴自弃后，四处为非作歹，欺男霸女，把楚晚宁气得不轻，到最后师尊心灰意冷，丢给他那句让他曾恨了一生的判词"品性劣，质难琢"，心中更是百感交集。墨燃说道："师尊，我答应你，以后不会再叫你失望，要做好的，不做坏的。"

他读书不多，做不出太多铿锵有力的承诺来，只觉得胸口一阵热血翻涌，年幼时曾经质朴单纯的那片灵魂，似乎终于自沉睡中苏醒。

"师尊，徒儿愚钝，竟时至今日，才知你待我好。"

他目光灼灼，自床上爬起，跪在楚晚宁跟前，深深叩首。

再抬起时，青年眉宇肃穆，庄重至极。

"从今往后，墨燃不再叫你丢人了。"

师徒二人促膝长谈，但多半是墨燃在说话，他存心要心疼一个人的时候，其实是很可爱的。楚晚宁静静地听着，时不时摇头微笑，不觉间窗外渐渐泛起鱼腹白，好像浓重的徽州墨被稀释。

长夜将央。

怀罪大师立在石桥边，湍急流淌的河水溅湿了他僧衣的衣摆，但他浑然不觉，只岑寂地等着。

一轮旭日缓缓东升，万丈光芒穿林透叶，照在奔流不息的黄泉水上。刹那间，河流成了金色，浪花点点犹如蛟龙身上的细鳞，翻波处光华潋滟，流光溢彩。

他此时已处于虚无之境，唯有寻到了楚晚宁残魂的人，才能看到他的身影。师昧和薛蒙都已来过，却并未瞧见河边的老僧。他看似不急，但手中拨动念珠的速度越来越快，越来越急。

"哗——"

骤然间，盘绕了无数轮的念珠散了，星月菩提如雨而坠，噼里啪啦散了满地。

怀罪蓦地睁眼，抿唇，失色。

如此不祥之兆——他双手摩挲着佛珠的断线，瞧着河里的珠子溅到岸上，岸上的珠子滚入河中……他良久出神，脸色渐渐苍白。

"大师！"

忽然有人这样唤着他。

"大师！！"

雀跃地，热烈地。

怀罪立刻循声望去，只见墨燃提着一盏金光和红光交汇的引魂灯，飞一般地自远处奔来。

晨曦本耀眼，可这个青年的眸子比初阳更亮，水晶般粲然生辉。他跑到怀罪面前，脸颊微红，微微喘着气，抑制不住兴奋。

"找到了。"墨燃拂开额边碎发，把载着楚晚宁人魂的灯笼紧紧揣在怀里，"他没有不愿意见我，他在……在这里。"说着指了指怀中的灯，又似有些不舍得，犹豫片刻，想把灯递给怀罪，但手伸出没几寸，又收了回来。

怀罪微不可察地松了口气，上下打量了他一番，好笑道："既然是你找到他的，你抱着就好，不用给我。"

墨燃便很小心地继续抱着了。

怀罪拾起树边靠着的芒杖，朝河水里轻轻一点，一叶通体碧绿、翘头处系着白线的竹筏凭空出现在岸边。

"事不宜迟，请施主上船吧。"

死生之巅的泉水通着鬼界，这是众人皆知的事情，不过因为有结界相阻，并不是说顺着河流就能成功去到地府的。

怀罪大师的竹筏施了符咒，令其可通阴阳，因此船行千里，墨燃孤身一人坐在上面，不出半日，就来到一道瀑布前。

黄泉瀑布。

这瀑布上临寰宇，下接九幽，竟是无边无际，浩浩渺渺。一卷珠帘飞流直下，水雾飞溅，渺如薄烟。

墨燃还没细看，那竹筏就载着他直挺挺地朝那史前巨兽般庞大的水帘俯冲而去。未及他反应，刹那间强大的水柱像无数把尖刀似要将活人的血肉撕裂、击穿！

"师尊！"

危难之际，墨燃却只挂心怀中的引魂灯，将引魂灯紧紧护在怀里，任由涡流急旋，天昏地暗，也不曾松开……

不知过了多久，那震耳欲聋的瀑流声倏地消失了。

凌迟般的急雨也忽然收势。

墨燃缓缓睁开眼睛，看那引魂灯安然无恙，这才松了口气，抬头一看，却被眼前景象震得无言。

那横贯阴阳两界的瀑布不见了，一叶竹筏漂泊在浩瀚无垠的宁静湖泊上，那湖泊是深蓝色的，流淌着点点星光，无数微弱的精魂犹如鱼群，在其中游弋穿梭。两岸芦苇丛生，萦绕着朦胧光华的芦花四下飘荡。

左右两端，苇叶深处，有一男一女的幽歌梦一般飘来，似是哀愁，又似安详。

"我身今在雷渊里，旧躯辗转即为尘。世上何人悲歌彻，忘川蒿里不可闻。乞儿王孙皆作土，归去来时总一人。青冢林间，赤蚁煌煌，荒骨塬上，兀鹫茫茫……唯魂来归……唯魂来归……"

黄泉碧水东流去，身前种种不得追。

墨燃在竹筏上又漂了很久，忽然间，一座高耸入黑天的牌楼出现在沉重夜色里。

离得近了，他看到那牌楼硕大无朋，恢宏壮阔，细小处却是鬼斧神工，飞金走彩。它犹如一只披满蜜蜡的串珠，金石玉片的恶兽，辉煌璀璨却阴狠诡谲，蹲伺在黑夜里。

再近了，瞧见角楼狰狞，如獠牙穿日，兽首威严，似俯听世冤。

再近了，楚晚宁的残魂似乎感到不安，灯里金色的光辉时明时暗，微微摇曳着。

"没事。"墨燃感觉到他的不安，抱着灯，嘴唇贴近了纸面，小声安慰着，把自己的灵力送入更多去陪着他。

"师尊，不要怕，有我呢。"

灯花轻颤，过了片刻，归于宁静。

墨燃垂下浓浓的睫毛，往灯里瞧了一眼，忍不住笑了，伸出手，摸了摸灯缘，而后抱得更紧了。

黑魆魆的暗夜里，"鬼门关"三个大字遒劲有力，鲜亮刺目。

竹筏靠岸了，墨燃踩在了连泥土都泛着血腥味的黄泉路上。

他往前走，周围的人越来越多，男的女的，老的幼的，还有出生不久就死去的尸婴，在哀哀啼哭着，他们都飘往地府深处去。

无论生前是帝王将相，富贵荣华，还是布衣黔首，一贫如洗；无论带着多少盘缠陪葬——到了这时，到了这处，这条路，都只有自己硬着头皮独自走完。

墨燃跟着熙熙攘攘的魂流，来到鬼界入口。

那里坐着一个人，手里摇着把蒲扇，看样子像是个死于乱箭之下的士兵，身上还插着箭。如今到了地府，大概是为了好看些，他就在那些箭上挂了些四处搜罗来的小装饰，什么驼铃啊，犀角啊，各朝铜板啊，只要蒲扇一挥，浑身的挂饰都会叮咚作响，让他活似个滑稽的人形器乐。

这守门士兵正一边有节奏地摇着扇子，一边懒洋洋地对新至此地的苦主们进行盘问。

"叫什么名字？"

"孙二五。"

"怎么死的？"

"俺、俺是老死的。"

守门兵就拿个大戳，漫不经心地在鬼界的照身帖上盖个印"老死"，递给孙二五："牌子不要丢掉，丢掉了要去十七殿补办，走了，下一个。"

孙二五很紧张，大概每个刚死的人，饶是生前多英勇、多百事通，都会紧张。"那俺、俺是不是要去受审啊？俺是个好人啊，生前连鸡都没杀过，俺就想下辈子能投个好胎，至少有钱娶上一房媳妇儿……"

老头子叨叨叨个没完，惴惴不安。

守门兵听得耳朵起茧子，摆手道："审判？没到日子呢，咱们这儿的苦主那么多，排队投胎都得等个十年八年，没轮到你的时候你就在鬼界待着吧，这儿的日子过习惯了，也和上头的日子差不了太多。等轮到你了，你再去跟判官老爷讲你生前杀没杀过鸡，娶没娶过媳妇儿。下一个。"

孙二五惊呆了，磕磕巴巴地，一口乡音："十年八年？"

墨燃排在不远处也听得很吃惊："什么？要待上这么久才能受审投胎？"

"当然，不过要是罪大恶极，或者不太对劲的兄弟，那就是另外一回事啦。"守门兵听见了，不怀好意地笑了笑。他一笑，挂在身上的小零碎们又丁零当啷地响了起来，好不热闹。"进十八层炼狱的，从来不需要久候。"

墨燃："……"

孙二五这个二五眼儿，还想再问，但那官兵的耐心似乎已耗尽，不住摆手道："走了走了，大家都赶着投胎，您老人家别堵着，下一个、下一个。"

孙二五被他的蒲扇一扇，赶远了。

下一个是妙龄女子，脸上脂粉敷面，仍是漂亮的，她一开腔，眼波里就透着某种行当独有的自若与风情，柔声道："官爷，小女子金花儿，是被恶霸打死的……"

众鬼喁喁，每个人都有每个人的死法，每个人都怀有每个人的心思。

诸生乱象，皆沉淀于此。没什么比这更热闹、更混杂的情景了。但墨燃只抱紧了怀里的灯。

他欠他师尊的，旁的他什么都不管。

他只要找到他师尊剩下的那段孤魂。

"名字？"

守门兵打了个哈欠，抬眼看墨燃。

墨燃正欲开口，那守卫却忽然一凛，似乎觉察到此人不太对劲，竟忽地站起来，猛盯住他的脸。

"……"

墨燃暗道不妙，且不说他是个死过一次的人，不知道自己魂魄有没有古怪，就算没有，他怀里抱着另一个人的残魂，也十分值得盘问了。可鬼界没有第二个入口，这注定是逃不过的。

因此他只得硬着头皮，和那守卫对望。

守卫眯起眼睛。

墨燃佯作镇定，自报家门："墨燃。"

守卫不吭声。

墨燃心如擂鼓，面上却是八风不动："修炼时走火入魔，就这样死了。请官爷发我照身帖。"

（未完待续）

图书在版编目（CIP）数据

海棠微雨共归途：2 / 肉包不吃肉著 . — 广州：广东旅游出版社，2021.8（2025.4 重印）
ISBN 978-7-5570-2494-9

Ⅰ . ①海… Ⅱ . ①肉… Ⅲ . ①长篇小说—中国—当代 Ⅳ . ① I247.5

中国版本图书馆 CIP 数据核字 (2021) 第 112490 号

海棠微雨共归途：2

HAITANG WEIYU GONG GUITU：2

出版人：刘志松
责任编辑：梅哲坤
责任技编：冼志良
责任校对：李瑞苑

广东旅游出版社出版发行
地址：广州市荔湾区沙面北街 71 号首、二层
邮编：510130
电话：020-87347732
印刷：北京盛通印刷股份有限公司
（地址：北京市北京技术开发区经海三路 18 号）
开本：700 毫米 ×980 毫米 1/16
字数：380 千
印张：22
版次：2021 年 8 月第 1 版
印次：2025 年 4 月第 15 次印刷
定价：52.80 元

【版权所有 侵权必究】

如发现图书质量问题，可联系调换。质量投诉电话：010-82069336